CB020272

O ATO DE AMOR DO POVO

JAMES MEEK

O ATO DE AMOR DO POVO

Tradução de
MARIA JOSÉ SILVEIRA

EDITORA RECORD
RIO DE JANEIRO • SÃO PAULO
2006

CIP-Brasil. Catalogação-na-fonte
Sindicato Nacional dos Editores de Livros, RJ.

Meek, James, 1962-
M444a O ato de amor do povo / James Meek; tradução de Maria José Silveira. – Rio de Janeiro: Record, 2006.

Tradução de: The people's act of love
ISBN 85-01-07368-7

1. Sibéria – História – Revolução, 1917-1921 – Ficção. 2. Ficção inglesa. I. Silveira, Maria José. II. Título.

CDD – 823
06-1795 CDU – 821.111-3

Título original inglês
THE PEOPLE'S ACT OF LOVE

Publicado mediante acordo com Canongate Books Ltd, Edimburgo.

Direitos exclusivos de publicação em língua portuguesa somente para o Brasil
adquiridos pela
EDITORA RECORD LTDA.
Rua Argentina 171 – Rio de Janeiro, RJ – 20921-380 – Tel.: 2585-2000
que se reserva a propriedade literária desta tradução

Impresso no Brasil

ISBN 85-01-07368-7

PEDIDOS PELO REEMBOLSO POSTAL
Caixa Postal 23.052
Rio de Janeiro, RJ — 20922-970

Ocupado em refazer o mundo, o homem esqueceu-se de refazer a si mesmo.

Andrei Platonov, *Nursery of the New Man*

Samárin

Quando Kiril Ivánovitch Samárin tinha doze anos, antes de sentir, entre o cheiro de livros escolares e água-de-colônia na bolsa de uma garota, o odor diferente da dinamite, pediu que seu tio o deixasse mudar seu segundo nome. Não queria mais ser "Ivánovitch". O Ivan de quem vinha o patronímico, seu pai, morrera quando ele tinha dois anos, logo depois de sua mãe, e desde então ele morava com o tio. O nome do tio era Pavel; por que ele não poderia se chamar Kiril Pávlovitch? Quando o tio lhe disse que não poderia mudar, que era desse jeito que as coisas eram, os pais mortos tinham direitos e exigiam respeito, o menino ficou em furioso silêncio, apertou os lábios e olhou para o outro lado, respirando fundo pelo nariz. O tio conhecia esses sinais. Via-o quase todos os meses, quando um dos amigos do menino o desapontava, ou quando lhe diziam para apagar a lâmpada de leitura e dormir, ou quando ele tentava impedir seu tio de punir um servo.

O que o menino fez a seguir não foi familiar. Ele olhou para seu tutor e sorriu, e depois começou a rir alto. O efeito dos olhos castanho-escuros do menino olhando para cima para o tio, junto com essa risada, ainda não de homem — a voz do menino não tinha engrossado —, mas tampouco a de uma criança, era perturbador.

— Tio Pavel — disse o menino. — Poderia me chamar só de "Samárin" de agora em diante, até o dia em que eu puder escolher meus próprios nomes?

Assim, o menino de doze anos passou a ser chamado, pelo menos em casa, apenas por seu sobrenome, como se estivesse vivendo na caserna. O tio gostava do sobrinho. Mimava-o quando podia, embora fosse difícil mimar Samárin.

O tio de Samárin não tinha filhos, e ficava tão tímido na presença de mulheres que era difícil dizer se gostava delas ou não. Tinha uma certa posição para apresentar, e uma grande fortuna. Era arquiteto e construtor, um desses indivíduos encantadores cuja utilidade prática transcende qualquer esnobismo, corrupção e estupidez dos poderes de cujo patrocínio eles dependem. À medida que Samárin crescia, o povo de Raduga, a cidade no Volga onde ele e seu tio viviam, parou de considerá-lo um órfão infeliz e começou a se referir a ele como *schastlivtchik*, o que tem sorte.

O fato de o tio de Samárin não se interessar por política não prejudicava seu bom nome entre a gente bem-nascida e conservadora. Em sua cidade natal não havia encontros de círculos de liberais conversadores, ele não era assinante dos periódicos de São Petersburgo, e se recusava a filiar-se às sociedades reformistas. Mesmo assim, os reformadores insistiam para que se filiasse. Ele nem sempre fora alheio às causas. No louco verão de 1874, muito antes de Samárin nascer, seu tio foi um dos estudantes que iam como se fossem missionários aos camponeses das aldeias para incitá-los à rebelião. Os camponeses não tinham idéia sobre o que os estudantes falavam, suspeitavam que estivessem zombando deles e lhes pediam, com sussurros constrangidos e alguns empurrões, que fossem embora. O tio de Samárin teve sorte de escapar do exílio na Sibéria. Nunca mais recuperou seu orgulho perdido. Uma vez por mês, escrevia uma longa carta para uma mulher que conhecera naquela época, que agora vivia na Finlândia, mas queimava-a antes de postar.

Samárin parecia seguir seu tio na política, mas não na maneira de tratar as mulheres. Ele passou pela escola e pela universidade local, no curso de engenharia, sem se vincular a nenhuma das sociedades de debate ou clubes de discussão ou aos círculos marxistas semiclandestinos formados pelos estudantes radicais. Tampouco gostava de exercícios, ou de se juntar aos militantes anti-semitas que ficavam matando o tempo nos degraus da universidade, zombando dos narizes aquilinos e das caricaturas de judeus sanguessugas nos panfletos dos vendedores ambulantes. Lia bastante — o tio lhe comprava todo livro que queria, em qualquer língua —, ia dançar e, no final da adolescência, fazia longas viagens de verão a São Petersburgo. Quando um amigo lhe perguntava sobre as etiquetas em alemão, francês e inglês em seu baú de viagem, ele sorria e dizia que comprar as etiquetas era mais barato do que ir a todos esses lugares. Tinha um grande número de amigos, ou melhor, um grande número de estudantes o considerava como amigo, ainda que, se tivessem parado para pensar a respeito, a maioria pudesse contar nos dedos de uma das mãos as horas que tinha passado com Samárin. As mulheres gostavam dele porque dançava bem, não tentava ficar bêbado o mais rápido possível, e escutava com interesse sincero quando elas falavam. Tinha um jeito de dedicar atenção absoluta a uma mulher, o que não apenas a deixava feliz durante a conversa mas a deixava, depois, com a sensação de que o tempo que tinham passado juntos — não importa se breve, e geralmente era breve — fora um tempo oferecido a ela de um acervo precioso, tempo que poderia e deveria ter sido usado por Samárin para continuar sua grande tarefa. O fato de que ninguém soubesse que grande tarefa era essa apenas intensificava a sensação. Além disso, ele se vestia bem, era herdeiro de um grande patrimônio, era inteligente, e tudo em relação a ele, seu humor, sua força, até sua aparência — era alto, um pouco macilento, com o cabelo castanho volumoso caindo até os ombros e olhos que mudavam entre o alheamento sereno e um súbito foco agudo — sugeria um homem que se continha para não se revelar completamente por consideração aos menos dotados a seu redor.

As vozes que falavam de Samárins alternativos nunca tinham ouvintes pacientes, não porque se pensasse que fossem motivadas pela inveja, mas porque suas calúnias eram consideradas muito obscuras. Eram recebidas como os pequenos parágrafos de jornais que noticiam acontecimentos estranhos em outras pequenas cidades provincianas parecidas com Raduga (embora nunca em Raduga): eram lidos com interesse, mas não levados a sério, muito menos provocavam ações. Havia a história de como alguém tinha visto Samárin e seu tio caminhando juntos quando o sobrinho tinha quinze anos, e como era o sobrinho que falava, gesticulando como se explicasse alguma coisa, e era o tio de cabelos grisalhos que escutava, em silêncio, aprovando, as mãos às costas, quase respeitoso. Naqueles dias havia intranqüilidade no campo. Mansões senhoriais eram queimadas por camponeses enraivecidos com as compensações que ainda deviam aos proprietários de terras pelo privilégio de terem sido libertados da servidão quarenta anos antes. O tio de Samárin era chamado para supervisionar a reconstrução das mansões. Levava Samárin para visitar com ele as famílias desses senhores. O que uma testemunha disse, e era só sua palavra contra a de todos, foi que tinha escutado o tio e o sobrinho juntos, depois de uma dessas visitas à família de uma nobreza menor que perdera tudo, e que os dois estavam rindo do acontecido. "Escutei o garoto rir primeiro, e então o tio começou a rir também!" Foi o que a testemunha disse.

Em 1910, quando tinha vinte e um anos, Samárin começou a ver Iekatierina Mikhailovna Orlova — Kátia —, sua colega de classe e filha do reitor da universidade. Iam caminhar juntos; ficavam conversando nos cantos, nas festas; dançavam. Um dia, no começo da primavera, o pai de Kátia mandou que ela terminasse a relação. Samárin o humilhara, ele disse, durante seu discurso anual aos estudantes, no final do ano. Quando Orlov falou como os estudantes eram afortunados por serem jovens em uma era em que a Rússia estava se tornando uma democracia rica e esclarecida, Samárin começara a rir. "Não um risinho, ou uma risadinha", disse Orlov. "Um grande rugido, uma gargalhada monstruosa, como um animal selvagem de nosso bosque acadêmico."

Houve umas férias, e Orlov levou sua filha para a casa de campo de um dos patronos da universidade. Samárin descobriu que um outro estudante tinha combinado encontrar Kátia nos jardins da casa, para ler seus poemas para ela. Samárin convenceu o estudante a irem juntos até o portão da propriedade. Disse que Kátia preferia que os homens se vestissem com roupas de cores claras. Não muito tempo depois que os dois rapazes se puseram a caminhar pela estrada que levava à casa, Samárin de bicicleta e o outro a cavalo, houve um acidente pouco comum. O cavalo, normalmente dócil, jogou o poeta no chão, justo quando atravessavam uma área de lama pegajosa, profunda. O terno branco do poeta e sua capa inglesa creme ficaram imundos, e ele machucou o tornozelo. Samárin ajudou-o a subir outra vez em sua montaria para voltar à cidade. Ofereceu-se para levar os poemas até a casa, antes de voltar e acompanhar o poeta em segurança até sua casa, e o poeta concordou. Eles se separaram.

Pouco menos de um quilômetro da casa, Samárin desmontou e foi caminhando, puxando a bicicleta com uma das mãos e segurando os poemas do estudante na outra. Os versos eram fortemente influenciados pelos trabalhos iniciais de Aleksandr Blok. As palavras "lua", "escuridão", "amor" e "sangue" ocorriam com grande freqüência. Depois de lê-los todos, Samárin parou, rasgou o papel em oito pedaços pequenos, e os jogou na vala que se estendia a um dos lados da estrada. Não havia vento e o papel se espalhou pela superfície da água derretida que corria pelo campo.

Um vigia estava no portão da propriedade. Para ele, um estudante se parecia muito com qualquer outro e, quando Samárin se apresentou como o poeta, não lhe ocorreu que o jovem poderia estar mentindo. Samárin pediu para se encontrar com Kátia no bangalô de verão perto do lago e o vigia foi buscá-la. Samárin rodou sua bicicleta até o bangalô de verão, uma estrutura abafada e frágil sendo reivindicada pelo musgo verde-escuro, encostou sua bicicleta contra uma árvore, e sentou-se em um pedaço seco da escada. Fumou um par de cigarros, observou o trabalho de uma lesma em volta de um dos dedos por cima da bota e passou a mão por uma moita de urtigas até se ferir. O sol apareceu. Kátia veio pela grama molhada e sem corte, usando um longo casaco marrom e um chapéu de abas largas. Ela sorriu quando viu que era Samárin. Abaixou-se e pegou alguma coisa do chão. Quando se sentou ao lado dele, estava carregando um ramo de gotas-de-neve, flores da região. Samárin lhe contou o que tinha acontecido com o poeta.

— Eu não deveria ver você — disse Kátia.

— Ele me deu os poemas dele — disse Samárin. — Eu os perdi. Não eram bons. Trouxe outra coisa para ler para você. Aceita um cigarro?

Kátia negou com a cabeça.

— Você agora escreve poesias? — perguntou.

— Não escrevi esta — disse Samárin, pegando um panfleto dobrado no bolso de dentro do seu casaco. — E não é poesia. Achei que você se interessaria. Ouvi dizer que quer ser terrorista.

Kátia inclinou-se para a frente e riu.

— Kiril Ivánovitch! Que coisa estúpida você disse. — Seus dentes eram pequenos e regulares. — O tempo todo brincando.

— Terrorista. Que tal? Porque você tem que se acostumar com a palavra. Terrorista.

— Seja sério! Seja sério. Quando foi que eu lhe disse alguma palavra sobre política? Melhor do que ninguém, você sabe que criatura fútil eu sou. Terror, eu nem gosto de dizer isso. A menos que você esteja falando de quando soltamos fogos de artifício atrás dos homens de gelo no ano-novo. Já estou crescida para isso. Agora sou uma dama. Na moda. Pergunte-me sobre moda! Você gosta deste casaco? Papai comprou-o em Petersburgo. É bonito, não é? Pronto. É isso. — Kátia pôs as flores na escada entre eles. As hastes estavam esmagadas onde ela as puxara. Dobrou as mãos no colo. — Não admira que papai não queira que você me veja se é para zombar de mim. Bem, leia, vamos.

Samárin abriu o panfleto e começou a ler. Leu por um longo tempo. No começo, Kátia o observava com o tipo de admiração que aparece nos rostos das pessoas quando alguém diz alguma coisa em voz alta que corresponde a seus mais profundos pensamentos; da mesma maneira, poderia ser o que aparece quando uma pessoa faz a outra uma proposta lasciva muito antes do esperado no namoro. Depois de um tempo, no entanto, os olhos azuis de Kátia estreitaram-se e a última mancha vermelha desapareceu de seu rosto branco e suave. Ela virou-se para o outro lado, tirou o chapéu, limpou a palhinha dourada de sua testa, pegou um dos cigarros dele e começou a fumar, curvada sobre o braço.

"Na natureza do verdadeiro revolucionário não tem lugar para nenhum romantismo, nenhum sentimentalismo, êxtase ou entusiasmo", leu Samárin. "Tampouco tem lugar para o ódio pessoal ou vingança. A paixão revolucionária, que neles se torna um estado habitual da mente, a cada momento deve ser combinada com o cálculo frio. Sempre e em todo lugar eles não devem ser o que suas inclinações pessoais os levariam a ser, mas o que o interesse geral da revolução prescreve."

— Escute esta parte, Kátia: "Quando um camarada é apanhado, o revolucionário, ao decidir se eles devem ou não ser resgatados, não deve pensar em termos de seus sentimentos pessoais mas só no que será bom para a causa revolucionária. Portanto, devem pesar, de um lado, a utilidade do camarada, e de outro, a quantidade de energia revolucionária que seria necessariamente gasta em sua libertação, e devem decidir em conformidade com o que tiver mais peso."

— O que este documento estranho tem a ver comigo? — perguntou Kátia.

— Há uma história sobre um plano para confiar a você um dispositivo, e um alvo.

— Você deveria cuidar de suas coisas — disse Kátia.

— Não aceite. Eu acredito que a intenção é usá-la, e marcá-la como uma perda barata.

Kátia deu uma risadinha curta.

— Leia mais — disse.

Samárin leu:

— "O revolucionário entra no mundo do Estado..."

Fumando e olhando a distância, Kátia o interrompeu.

— "O revolucionário entra no mundo do Estado, das classes e da dita 'cultura', e vive aí apenas porque tem fé em sua destruição total e rápida" — ela recitou. "Ele não é um revolucionário se sente pena de alguma coisa deste mundo. Se ele é capaz, deve enfrentar a destruição de uma situação, de um relacionamento ou de qualquer pessoa que é parte deste mundo; tudo e todos devem ser igualmente odiosos para ele. Tanto pior para ele se tiver família, amigos e pessoas queridas neste mundo; ele não é um revolucionário se puder impedir sua mão." Pronto. Se você estiver trabalhando para a polícia, pode apitar.

— Não estou trabalhando para a polícia — disse Samárin. Dobrou o panfleto e bateu com ele em seu joelho. — Eu podia ter perdido isso com os poemas, não podia? Você sabe de cor o catecismo de um revolucionário. Isso foi esperto. — Ele abaixou um pouco a cabeça e abriu a boca em um sorriso que falhou. Em vez disso, veio um esgar. Kátia jogou a ponta do cigarro na grama e se inclinou para a frente para observar a expressão de dúvida do rosto dele, uma expressão que poucas vezes vira antes. Samárin virou ligeiramente a cabeça, Kátia inclinou-se mais para a frente, Samárin girou, Kátia girou atrás e sua respiração por um momento estava no rosto de Samárin, então ele se endireitou e olhou em volta. Kátia fez um pequeno som no fundo da boca, desprezo, e diversão e descoberta, tudo de uma só vez. Ela pôs a mão em seu ombro e ele se voltou para ela, olhando dentro de seus olhos quase sem nenhuma distância. Estava tão perto que podiam dizer se estavam olhando os filamentos da íris do outro, ou as partes pretas da pupila do outro, e se perguntar que importância tinha qualquer um deles.

— É curioso — disse Kátia —, mas sinto que pela primeira vez estou olhando para seu verdadeiro eu. — Sua voz era a voz da intimidade, não um sussurro mas um murmúrio preguiçoso, sem esforço, um ronronar estridente. Com um dedo, Samárin rastreou a quase invisível penugem sobre seu lábio.

— Por que é tão insuportável?

— O quê?

— Olhar a parte que olha daquele que está olhando para você.

— Se você acha insuportável — disse Kátia —, não suporte.

— Não suportarei — disse Samárin. Ele colocou seus lábios nos delas. Seus olhos se fecharam e eles se abraçaram. Como se para dissimular, suas mãos se moveram com decoro nas costas um do outro quanto mais ansiosamente eles se beijavam. Estavam no limite da violência, no limite dos dentes e do sangue, quando ouviram gritos a distância e Kátia o empurrou e eles ficaram sentados olhando um para o outro, respirando profunda e soturnamente, como os comedores de ópio sobre o láudano que cuspiram discutindo.

— Você tem que ir embora — disse Kátia. Ela apontou para o panfleto. — Aí. Aí mais para a frente. Você leu o capítulo 2, item 21?

Samárin começou a procurar a página, mas, antes que pudesse encontrá-la, ela começou a recitar, fazendo pausas para respirar:

— A sexta, e uma importante categoria, é a das mulheres. Devem ser divididas em três tipos principais: primeiro, as mulheres frívolas, levianas e insípidas que podemos usar como usamos a terceira e a quarta categorias de homens; segundo, mulheres que são ardentes, talentosas e devotadas, mas que não pertencem a nós porque ainda não atingiram uma compreensão revolucionária real, desapaixonada e prática: essas devem ser usadas como os homens da quinta categoria; e, por fim, existem as mulheres que estão completamente conosco, isto é, que foram completamente iniciadas e aceitaram nosso programa em sua totalidade. Devemos considerar essas mulheres como o mais precioso de nossos tesouros, sem cuja contribuição não podemos passar.

Passaram-se meses antes que Samárin visse Kátia outra vez. Certa manhã ele esperou por ela na estação. A universidade tinha uma biblioteca ruim e, a intervalos, as autoridades enviavam vagões ferroviários de Penza, acondicionados com estantes e carteiras, para proporcionar acesso a títulos especializados aos estudantes. Samárin tinha em casa todos os livros de que precisava, mas nos dias mais quentes de maio, quando a biblioteca ferroviária chegava, ele estava do lado de lá. Kátia chegou, usando um vestido branco, sem chapéu e carregando uma grande bolsa escolar, quase vazia. Sua pele branca estava queimada e ela estava mais magra e mais ansiosa. Sua aparência era a de quem andava dormindo mal. Um vento quente soprava os álamos em filas atrás da estação. Samárin chamou seu nome mas ela não se virou. Entrou no vagão-biblioteca.

Samárin sentou-se em um banco na plataforma da estação, olhando o vagão. Alguma coisa estava queimando na cidade, havia fumaça preta se espalhando sobre os telhados. O vento estava tão forte e quente que parecia armar uma tempestade, mas o céu estava claro, só a fumaça se espalhando. Samárin sentou-se no banco, olhando os estudantes entrarem e saírem. O banco estava na sombra formada pelo telhado da estação e protegido do vento, mas as pranchas do telhado começaram a chocalhar. Os estudantes passavam pelas nuvens de poeira, os olhos fechados, as mulheres juntando as saias com uma das mãos e com a outra segurando os chapéus. As árvores farfalhavam e depois bramiam como uma queda-d'água. Quando já não havia estudantes esperando do lado de fora no vento, Samárin começou a contar os que saíam. Ele podia sentir o cheiro do fogo. As nuvens estavam se aproximando. Eram pesadas e inchavam enquanto ele as observava. Já não havia ninguém na plataforma. O ar fedia a poeira, fumaça e ozônio. Ficou muito escuro. O céu era um telhado baixo. O último estudante saiu correndo do vagão. Samárin levantou-se e o chamou. O estudante correu ao redor do vagão, atravessando os trilhos e saindo para os campos com a gola levantada. Ele se voltou uma vez sem parar e olhou para Samárin. Era uma mensagem do futuro. Ele tinha visto alguma coisa que não queria ver outra vez e tudo que desejava era olhar para o rosto de Samárin uma vez mais para poder dizer: "Eu vi Samárin naquele dia".

Kátia era a única que não tinha saído. Samárin foi até o vagão. A sala de leitura estava vazia e as carteiras estavam vazias a não ser pelo exemplar de *Essenciais do vapor* que Kátia tinha usado e algumas de suas anotações. Tinha escrito um poema. "Ela amava como os suicidas amam o chão no qual caem", escreveu.

O chão os apara, abraça-os e acaba com sua dor,
Mas ela estava caindo mais e mais, pulando,
Batendo no chão, morrendo e caindo outra vez.

Samárin fechou o livro, foi até a porta do escritório do bibliotecário e pôs o ouvido contra a madeira. O vagão estalava tão alto com o vento que ele não conseguia ouvir. Não podia dizer se havia sussurros no outro lado da porta ou se era o vento e o bramido das árvores. Uma rajada juntou areia e palhas e lançou-as tamborilando pelo chassi do vagão como uma torrente de ratos passando pelas rodas. Samárin afastou-se da porta e escutou um grito de mulher. Veio de fora. Ele correu para fora do vagão na poeira e olhou para cima e para baixo na plataforma. Não havia ninguém. Podia escutar os sinos da brigada dos bombeiros na cidade. Escutou outra vez o grito da mulher, como se não fosse de medo nem prazer nem raiva, mas só para fazer um som, como um lobo ou um corvo. Vinha de muito, muito longe. Uma pedra bateu no ombro de Samárin, outra em sua cabeça, e uma no seu rosto, que começou a sangrar. Ele cobriu a cabeça com os braços e correu para baixo do telhado da plataforma. O som do vento foi engolido por um som como balas de canhão sendo lançadas na cidade de uma casamata inexaurível, e o ar ficou branco. A tempestade de granizo durou dois minutos e, quando terminou, os remanescentes das folhas pendiam das árvores como trapos. O chão estava coberto de gelo até o tornozelo. Samárin viu a porta do vagão se abrir e Kátia desceu com sua bolsa escolar às costas. Alguma coisa pesada dentro dela parecia sobrecarregá-la. Ela levantou os olhos e o viu. Samárin gritou seu nome e ela começou a se afastar correndo pela linha. Ele foi atrás. Ela tropeçou no granizo e caiu e ele se aproximou. Ela estava deitada no gelo do chão, metade de costas, metade de lado. Samárin ajoelhou-se e ela olhou para ele como se ele tivesse vindo acordá-la de manhã depois de noites e dias de sono. Ela tocou o corte no rosto dele e devagar retirou a ponta do dedo manchada de sangue. Ela estava começando a tremer de frio. Perguntou a Samárin: “Para onde?”. Para onde. Samárin pegou suas mãos e a levantou do granizo amolecido. Ela estava toda molhada e tremendo. Afastou-se um pouco dele, tirou a bolsa das costas, olhou seu interior, segurou-a contra o peito e riu. Samárin disse-lhe que a desse a ele. Ela continuou rindo e correu, afastando-se pelo trilho. Samárin correu atrás e a pegou pela cintura e ela caiu de frente. Era forte e tentou cobrir a bolsa com o corpo. Samárin agarrou-a, tentando virá-la, tornozelos mergulhados na água, os joelhos contra as coxas dela, suas mãos mergulhando onde ela segurava a bolsa contra a barriga. Ele sentia o cheiro do cabelo dela e do algodão molhado do vestido, e sua cintura forte e macia girando em suas mãos como um peixe. Colocou a mão direita entre as pernas dela e a mão esquerda em seu seio e sem gritar ela largou a bolsa, contorceu-se para virar e puxou as mãos dele com as suas, as palmas geladas nos nós dos dedos dele. Ele agarrou a bolsa, afastou-se dela e parou.

— Me dê a bolsa — disse ela, parada, olhando-o.

Samárin abriu a bolsa. Dentro havia um dispositivo explosivo. Ele o tirou e devolveu-lhe a bolsa. Kátia começou a tremer.

— Melhor eu que você — disse Samárin.

— Romântico — disse Kátia, com uma voz vazia. — Você falhou antes de começar.

— O arremesso de meu braço é mais forte.

— Você vai jogá-lo no rio. Nunca vai usá-lo.

— Por que não? — disse Samárin, rindo, olhando para o pacote pesado em sua mão. — É melhor do que planos.

Kátia levantou-se, o gelo derretido deixando faixas escuras na frente amarfanhada de seu vestido. Fragmentos de granizo pendiam das pontas de seu cabelo. Ela abaixou os olhos, começou a se limpar, então parou e olhou para Samárin. Uma mudança aconteceu em seu rosto. Tornou-se cálido, faminto e interessado. Ela aproximou-se de Samárin, pressionou seu corpo contra o dele, envolveu-o com os braços e beijou-lhe nos lábios.

— Você realmente gosta tanto assim de mim? — perguntou.

— Sim — disse ele, e inclinou sua boca para a dela. Kátia puxou a bomba de sua mão distraída, chutou-lhe o tornozelo com a biqueira do sapato, tirando-lhe o equilíbrio, e correu antes que ele pudesse pegá-la.

Duas semanas mais tarde, ela foi presa e acusada de conspiração para cometer um ato de terrorismo.

O Barbeiro e o Catador de Bagas

Na metade do mês de outubro, nove anos depois, naquela parte da Sibéria que se estende entre Omsk e Krasnoiarsk, um homem alto e esguio, usando dois casacos e duas calças, veio caminhando do norte em direção à ferrovia. Ele seguia o rio, passando pelos alhos selvagens, freixos e bétulas nas pedras das cachoeiras alguns quilômetros antes da ponte. Suas orelhas espetavam entre os cabelos espiralados em pontas que chegavam ao colarinho e sua língua deslizava da barba emaranhada para lhe umedecer os lábios. Olhava diretamente para a frente e caminhava firme, sem tropeçar, não como quem conhece muito o caminho mas como alguém que caminhava havia meses em direção ao sol branco e pretendesse seguir em frente até ser morto ou barrado. Abaixava-se rapidamente e com sua mão direita tocava o pedaço de cordão que mantinha suas botas juntas. Seu antebraço esquerdo estava apertado contra o peito.

Ele estava a poucas centenas de metros da linha férrea quando escutou o apito de uma locomotiva. Não havia vento e as árvores estremeceram com o som no horizonte. Ele estava perdendo sua certeza e senso de direção e olhou a seu redor com a boca aberta, lambendo os lábios. Apertou os olhos contra o céu cinza-claro e começou a respirar pesadamente. Outra vez escutou o apito, sorriu e emitiu um som que podia ser uma parte de uma palavra ou ele tentando rir, embora tivesse esquecido como era.

Quando o apito soou pela terceira vez, mais perto, o homem correu para a frente, passou por uma curva do rio, e viu a ponte. Seu rosto se fechou e ele correu para a beira da água. Agachou-se e, com a mão direita em concha, pegou água, jogou-a sobre o rosto e bebeu um pouco. Olhou rapidamente para a ponte e para trás, através das árvores, e deixou a mão esquerda relaxar e puxar um pacote de dentro de seu casaco. Estava embrulhado em um trapo de pano. Ele pegou uma pedra pesada e a colocou entre o pano e amarrou suas duas pontas em um nó apertado. Esticando o braço para trás, lançou o pacote, que desapareceu na água do rio. Pôs as mãos na água e as lavou, tirou-as e sacudiu-as, enrolou as mangas dos casacos acima dos pulsos e lavou de novo as mãos.

A locomotiva apareceu sobre a ponte, uma besta verde-escura riscada pela corrosão, como malaquita, arrastando pelo estreito vão da ponte uma fieira de vagões de gado a reboque. O apito soou no desfiladeiro e o peso do trem sobrecarregou os frágeis dormentes com o rangido da madeira e o guinchado do ferro e aço sem lubrificação. Ela se arrastava como se tivesse muitas maneiras a escolher e não apenas uma e flocos de fuligem e pedaços de palha flutuaram pelo ar em direção ao rio. Um dos vagões balançava de um lado para o outro e sobre o barulho da máquina e do trem havia um som de golpes, como se alguém estivesse batendo com um machado numa prancha.

A porta do vagão se escancarou de repente e um homem com uniforme do exército e camisa branca apareceu, de costas para o lado de fora, segurando-se com uma das mãos e com a outra tentando pegar a brida de um cavalo. O cavalo estava empinando e tentando coicear o homem com suas pernas dianteiras. Havia mais cavalos atrás, suas cabeças levantando enlouquecidas em direção à luz. O homem caiu do vagão que balançava em direção ao rio e tropeçou sobre o trilho. Continuou caindo cinqüenta metros nos baixios pedregosos. Suas pernas agitavam-se enquanto ele caía, como se ele estivesse tentando ao mesmo tempo voar, cair com os pés primeiro e se abraçar para o momento do impacto. Seus olhos estavam abertos e também sua boca, mas ele não gritou. Suas bochechas estavam retesadas para trás e ele caiu na água de barriga. A água levantou abas altas e brancas à sua volta e, quando elas se abaixaram, o homem não se moveu, encalhado nos pedregulhos, banhado por ondas calmas à beira do rio.

Os cavalos, cinco deles, caíram do vagão depois do homem. Foram pegos entre o trem em movimento e o pequeno corrimão enferrujado da ponte. Um caiu imediatamente da beira da ponte, aterrissando na beira do rio perto do homem caído batendo na água como uma mina que detona. Os outros brigaram pelo espaço no parapeito da ponte. Um castanho atarracado foi arrastado por um vagão, seus arreios, pegos por um gancho que se projetava para fora, e foi rebocado trotando e saltando e se debatendo contra a boca do túnel no final da ponte, onde seu pescoço se quebrou.

Os três cavalos que sobreviveram tentaram mudar para uma posição segura entre a ponte e o parapeito. Só havia espaço para que eles se movessem em uma única fileira, e mal dava para isso, mas um dos três, um grande e esbelto cavalo preto como carvão, tentava ir na direção oposta à dos outros. Ele empinou e seus pés caíram no cavalo que impedia seu caminho, um baio. O preto conseguiu equilibrar-se e empinou outra vez. O baio deu um impulso para a frente e o preto terminou por cima, suas pernas penduradas no pescoço do outro.

Quando o baio e o preto ficaram bloqueados um no outro, como boxeadores bêbados, o trem deve ter dado um empurrão no terceiro, um garanhão branco, ou ele ficou maluco, porque avançou contra o corrimão e mergulhou de cabeça no rio. Estava amarrado ao baio e o baio foi tragado de baixo do negro e caiu atrás. O branco e o baio voaram para baixo, bem o oposto de Pégaso, desgraciosos no ar, as pernas paralisadas, e ruidosamente penetraram a pele da água sobre os seixos do rio.

O sobrevivente, o cavalo preto, deu alguns passos para trás, parou e andou a meio-galope contra o movimento do trem, de volta ao local de onde viera. O espaço entre o corrimão e os vagões aumentava à medida que o cavalo avançava e ele pegou velocidade quando o último vagão passou pela ponte. O vagão desapareceu no túnel e o cavalo galopou para o oeste pelo capim grosso e crescido ao lado do trilho.

O homem perto do rio continuou quieto e escutando até não haver mais som do trem. Desamarrou as botas, tirou as duas calças e entrou no rio até o lugar onde atirara o pacote. A água chegava a suas coxas brancas. Procurou por uma hora, devagar, examinando a água clara passo a passo, para a frente e para trás. Por duas vezes, abaixou-se e fechou a mão sobre uma pedra redonda e descorada.

Ele saiu, sentou-se e colocou outra vez as calças e as botas. "Um tolo, afinal", disse em voz alta.

Caminhou pela beira da água até chegar à base da ponte. O baio ainda estava vivo, sua cabeça debatendo-se entre uma nuvem tremeluzente de mosquitos, o resto do corpo paralisado com a água cobrindo-o, um monte grande e macio de carne. O soldado que caíra do trem e um dos cavalos estavam estirados na beira do rio. O soldado estava morto. Suas calças eram de bom material e suas botas, importadas. Não havia nada em seus bolsos. O homem tirou as botas e experimentou. Não conseguiu pôr seus pés dentro delas. Colocou de novo as botas no cadáver, virou o corpo de cabeça para baixo e tirou uma faca do bolso. Era uma peça de aço retangular simples, comprida, fina, amolada até o fio em um dos lados e com uma tira de feltro amarrada em uma das pontas como cabo. Dirigiu-se até um dos cavalos mortos, o branco, tirou uma tira de pele da perna, cortou uma tira de carne e colocou-a na boca. Caminhou até a borda das árvores, pegou um punhado de folhas de azeda-miúda e se acocorou, mastigando a carne crua e as folhas, olhando em volta e observando o soldado. Quando terminou, bebeu água do rio. Pressionou o ouvido contra a pilastra da ponte e escutou.

Ele foi até o soldado e pegou sua mão direita. Olhou rio acima para o caminho de onde viera, colocou o pulso do soldado sobre uma pedra lavrada por uma fina corrente de água e cortou sua mão, serrando os ligamentos e quebrando as articulações com a pressão em vez de com o fio da lâmina. O sangue escureceu a pedra, misturou-se com a água e foi girando e desaparecendo na corrente.

O homem deixou o braço do soldado cair no rio, pegou a mão cortada e correu para a floresta. Caminhou cerca de dois quilômetros desde o rio e, com as mãos, cavou um buraco entre a lama, folhas mofadas e terra. Enterrou a mão e a cobriu. Retornou ao rio, limpou suas mãos e começou a subir as pedras em direção ao túnel da ferrovia.

Os dedos de seus pés, com compridas unhas quebradas, rasgavam as pontas das botas e, quando o caminho ficou mais íngreme, ele tirou as botas e as socou dentro dos bolsos do casaco que estava por cima do outro. Trinta metros acima havia uma pilastra firmada na pedra, mas os dez metros acima dela eram escarpados, praticamente a pique, sem moitas onde se segurar. O homem parou numa saliência, respirando pesadamente, com o sol que se punha a oeste queimando suas costas cobertas com os grossos casacos, e procurou rachaduras nas pedras. Alcançou o primeiro apoio para a mão, esticou seu braço esquerdo direto para o alto, e arrastou seu pé direito para uma brecha na pedra. Foi se arrastando braço a braço até que a pedra se tornou macia e a fenda que ele vira na extensão da pilastra revelou ser a sombra de uma placa de arenito. Ele se apertou contra a pedra com os braços e pernas espalhados como uma criatura recém-nascida tentando mamar e abraçar uma pedra-mãe muito além do alcance de seus sentidos. Já subira alto demais para desistir e cair. Havia um veio de quartzo inclinando-se em direção à pilastra. O homem sentiu que a pedra estava prestes a abandoná-lo. Fez um som, meio um resmungo, meio um suspiro, e tentou agarrar o quartzo com as unhas de sua mão direita, depois da mão esquerda, conseguindo na saliência translúcida um pouco da alavanca que precisava para evitar a queda, e o resto de suas unhas. A unha comprida e dura do dedo de seu pé raspou alguns centímetros na pedra e se enfiou em uma fenda escondida. Todo o peso do homem deslizou para a frágil ranhura por um momento antes que ele a usasse para se alavancar para cima e, no instante antes de a unha se quebrar, agarrar com a mão a verga de ferro enferrujada da pilastra da ponte. Ficou pendurado por alguns segundos, depois segurou com a outra mão e se alçou até seus pés alcançarem o metal.

Ele trepou pela pilastra. Foi fácil, como uma escada de mão. A dor batia junto com sua pulsação enquanto ele subia. Havia uma abertura no final que dava para a passarela ao lado do trilho. Atravessou-a e se sentou nas placas de metal pintadas. O sol estava prestes a mergulhar atrás das árvores. Deitou-se sobre uma parte lisa de metal entre os rebites e fechou os olhos.

Escutou barulho de pés nas lascas de pedras que apoiavam os trilhos e virou a cabeça em direção ao som, sem se levantar. As nuvens tinham desaparecido e o céu a oeste estava alaranjado com a linha do horizonte marcada pelos pinheiros negros e as protuberâncias gêmeas de pedras explodidas de ambos os lados. O ser que vinha estava a pé e só, a cerca de trinta metros abaixo dos trilhos, uma forma pequena, atarracada e escura, movendo-se devagar ao crepúsculo. O homem ergueu-se e estendeu os braços.

— Irmão! — gritou ele.

A forma que se aproximava parou.

— Não tenha medo! Estou sozinho, sem armas!

A outra figura aproximou-se mais.

— Venha, não vamos nos assustar um ao outro.

Os dois homens aproximaram-se o suficiente para ver o rosto um do outro. O homem do oeste tinha chapéu e um sobretudo e uma penugem macia no queixo. Carregava uma sacola de pano.

O homem que tinha subido disse:

— Eu estava catando bagas. Samárin, Kiril Ivánovitch.

Estendeu a mão.

— Balachov, Gleb Alekséievitch. — Sua mão era comprida, fria e macia. A de Samárin era mais grossa, quente e áspera. Os dois tinham mais ou menos a mesma idade; trinta anos.

Samárin sentou-se no trilho e bateu suas botas. Balachov observou-o, segurando a sacola a sua frente com ambas as mãos.

— Por que você está caminhando? — perguntou Samárin. — Os trens são muito rápidos?

— Não tem mais trens. Só os militares. É proibido levar passageiros.

— Eu vi um trem.

— Era um trem militar. Um trem tcheco. Os tchecos atiram se você tentar subir num deles.

— Tchecos? Isso ainda é a Sibéria?

— Sibéria.

Samárin olhou com cuidado para Balachov, como se tentasse decidir se era um mentiroso, ou um idiota. Balachov limpou a garganta e olhou para o outro lado. Apertou o punho da sacola até o couro ranger. Olhou em volta, para trás, sobre o parapeito da ponte, esticando o pescoço. Deu um grito, deixou a sacola cair e agarrou o corrimão. Quando a sacola bateu no chão, caiu para um lado e seus objetos se espalharam. Balachov não prestou atenção.

— Tem cavalos lá embaixo! — disse ele. — Feridos!

— Estão mortos — disse Samárin. — Eles caíram de um dos vagões do trem. Eu vi quando caíram.

— Pobres animais. Você tem certeza? Eu deveria ir lá embaixo. Talvez um deles ainda esteja vivo. Quando os homens vão começar a deixar os cavalos fora de suas guerras? — Olhou para Samárin como se esperasse uma resposta.

Samárin riu.

— Você não vai conseguir. Eu quase me matei para subir. Bem, eu estou aqui. Todo esse tempo eu estava catando bagas e o primeiro homem que encontro quando saio da floresta é alguém que se preocupa mais com os cavalos que foram à guerra do que com os homens que foram com eles. É como a mulher inglesa que foi para o inferno e viu milhões dos condenados sendo atormentados pelos demônios enquanto enchiam de carvões acesos, carregados com as mãos nuas, as carroças puxadas por burros, e disse: "Oh, coitados desses burros!"

— Os cavalos não vão para a guerra — disse Balachov. — Os homens é que os levam.

— Tem outro cavalo morto bem ali — disse Samárin, apontando para a boca do túnel.

Balachov virou-se, prendeu a respiração, e correu em direção ao cavalo castanho deitado, cerca de cinqüenta metros adiante. Samárin o observou distanciar-se e, quando o viu se inclinar sobre o cavalo e colocar as mãos em seu pescoço, ele se agachou perto da sacola de Balachov. Um rolo de lona amarrado, pequeno e pesado tinha escorregado para fora. Havia um pão, um vidro de picles de pepinos com um rótulo chinês, e um folheto com o título *Nove maneiras secretas de acabar com o sofrimento*. Olhando sobre o ombro para verificar onde estava Balachov, Samárin abriu o rolo de lona. Dentro havia um conjunto de instrumentos cirúrgicos, um jogo completo e dobrado de picos, lâminas e tesouras em seus encaixes no tecido. Samárin esquadrinhou calmamente dentro da sacola e encontrou uma pequena garrafa de aguardente pura, que cheirou e tomou um gole. Tirou um pano largo, que já fora branco, agora duro com sangue seco. Empurrou-o de volta à sacola junto com o folheto e pegou o último item, uma carteira de papelão toda dobrada, do tamanho de um envelope, e fechada com um pedaço de elástico. Abriu a carteira e puxou uma fotografia de um escaninho de papel à prova de gordura. Era o retrato de uma jovem, não o instantâneo frio de um estúdio de província com roupas de domingo mas algo íntimo, real e verdadeiro; ela estava apoiando a cabeça na mão e talvez olhando intensamente para as lentes da câmera — estava muito escuro para ter certeza, ou perceber os detalhes. O verso da foto estava vazio. Ele colocou a carteira e a foto dentro do bolso de seu casaco de cima, arrumou a sacola, pôs a garrafa, o rolo e o pano de volta, e começou a enfiar o pão e os pepinos na boca. Comeu rapidamente, com a cabeça abaixada e os olhos abaixados.

— Desculpe — disse Samárin, mastigando, quando Balachov voltou. — A comida caiu da sua sacola. Eu estava faminto. Tome. — Com uma das mãos, estendeu para Balachov os restos do pão enquanto com a outra jogava o resto da salmoura do vidro de picles dentro de sua boca.

— Não se preocupe — disse Balachov. Ele recusou a crosta do pão. — À sua saúde. É só uma hora da caminhada até Iazik.

— De lá posso pegar um expresso para Petersburgo?

— Você ficou catando bagas muito tempo.

— Sim. Sim, fiquei.

— Eu lhe falei. Não há trens — disse Balachov. Ele estava olhando dentro da sacola. Suas mãos batiam no interior da sacola como um pássaro numa armadilha, cada vez mais raivosas. — Você viu uma carteira de papelão? Tinha uma foto dentro.

— Uma carteira? — disse Samárin. — Não, acho que não. De quem era a foto?

— Anna Petrov... — mas você não a conheceria, claro.

— Anna Petrovna! Sua esposa?

— Não, eu não tenho esposa. — Balachov apoiava nas mãos e joelhos, procurando no leito dos trilhos. Estava quase completamente escuro agora. — Uma conhecida, é tudo. Ela me pediu para levar a carteira a Verkhni Luk, tem relação com alguns documentos, mas... agora ninguém está entregando documentos.

— Que pena que se perdeu! E que pena eu não poder vê-la. Anna Petrovna. Esse é o tipo de nome que dá margem para você imaginar qualquer tipo de mulher, não é, Gleb Alekséievitch? Rabo-de-cavalo louro, cabelo ruivo curto, uma jovem estudante, uma velha *babuchka*, talvez manca, talvez não. Com um nome assim você pode imaginar um retrato como quiser. Não é, sei lá, Ievdokuia Filemonovna, que só poderia ser morena, com verrugas e seios enormes. Anna Petrovna. Uma pessoa extremamente respeitável ao que tudo indica. Ou será que é um pouco prostituta?

— Não! — disse Balachov. — É viúva de um oficial da cavalaria, tem um filho pequeno, e tem um caráter da mais alta moral possível.

— Excelente. E que admirável você se fazer de seu menino de recado.

— Sou lojista em Iazik. E barbeiro, de vez em quando. Estava indo a Verkhni Luk a negócio. São dois dias de caminhada naquela direção. Tenho um quiosque. Corto o cabelo de todos eles, e faço a barba de quem quiser — Balachov falava cada vez mais rápido, abrindo e fechando a sacola.

— Gleb Alekséievitch! — disse Samárin, colocando a mão no ombro de Balachov. — Não se preocupe. Você não tem nada a explicar. É um cidadão pacífico, respeitador das leis, cuidando de seu negócio. Agora, olhe para mim. Não sou eu o selvagem? Não sou eu quem deveria estar dando explicações?

Balachov riu nervoso.

— Está escuro — disse.

— Não tanto quanto estará no túnel — disse Samárin.

— Oh — disse Balachov. — Você também vai para Iazik?

— É a cidade mais próxima?

— Sem dúvida.

— Então tenho que avisá-los sobre o homem que está me seguindo.

Os dois homens caminharam juntos entre os trilhos apenas visíveis na noite sem estrelas. Ao passarem pelo cavalo morto na boca do túnel, Balachov fez o sinal-da-cruz e murmurou uma prece.

— Geralmente, quando somos dois a caminhar pelo túnel à noite, damo-nos as mãos — disse Balachov.

— Bom, estamos na Ásia — disse Samárin. — Balachov pegou a mão de Samárin e o conduziu para dentro do túnel. Os pés dos dois começaram a fazer um barulho forte no cascalho e a escuridão efervescia infinita em torno deles. Samárin tossiu e a tosse se afastou, viva, ao longo das paredes de tijolos invisíveis. Depois de algumas centenas de metros, Samárin parou. Balachov tentou continuar mas Samárin apertou mais sua mão e, em vez de tentar se livrar, Balachov esperou.

— Você está com medo? — perguntou a voz de Samárin.

— Não — respondeu a voz de Balachov.

— Por que não? Eu estou.

— Deus está aqui.

— Não — disse Samárin. — Não há nenhum deles. Esta escuridão é o que há para se temer. Dormir aqui, despertar na escuridão e no silêncio. — Ele soltou a mão de Balachov. — Sozinho. E sem maneira de determinar quem você é. Você pode escutar o som de sua voz. Mas é realmente você? — Ele parecia estar falando de uma grande distância, como se o ser atrás das palavras estivesse cuidando de muitas coisas ao mesmo tempo.

— Eu não estou só! — gritou Balachov. Sua voz ia para a frente e para trás no túnel, tornando-a sob medida para a percepção aguçada de seus ouvidos. Já não era infinito. Samárin agarrou Balachov e o abraçou. Hesitando, Balachov passou os braços em volta de Samárin e, por sua vez, lhe deu um abraço fraco.

— Desculpe, meu amigo — disse Samárin. — É claro que você não está só. Eu estou aqui. Aqui está minha mão. Eu estive longe por tempo demais.

Eles continuaram caminhando.

— Uma vez me perdi na floresta durante uma semana — disse Balachov. — Era nessa época do ano. De noite eu ficava aterrorizado com os animais selvagens mas não ousava fazer uma fogueira para que os bandidos não a vissem. Deitava-me sobre uma manta na escuridão depois de caminhar o dia todo, tentando não pegar no sono até sentir que meus olhos estavam a ponto de sangrar de dor. Algumas vezes escutava os lobos. O silêncio era pior. A pessoa fica doida para escutar os sapos, ou uma coruja, embora eles soem como almas pedindo para que as deixem seguir, e em vez disso passava uma hora no silêncio e depois havia um farfalhar perto e você pensava nos dentes de um animal agarrando sua perna e puxando-o com força da imobilidade, e você gritando e implorando mas sabendo que o animal não podia entendê-lo e não sabia o que era o mal e o bem para que você pudesse argumentar com ele. Mesmo no meio do medo e da dor de ficar acordado, eu começava a perceber que o horror do animal que viesse estaria só dentro de mim. Eu sentia a crueldade e a dor de uma morte solitária no ermo mas ela não seria por culpa do lobo, o lobo é apenas uma parte da obra de Deus, e Deus é bom; todo o horror disso era eu que carregava em mim, como o medo, e o lobo tiraria isso de mim e não haveria mais nada entre Deus e mim.

— E se não fosse um animal selvagem? E se fosse outro homem? — disse Samárin, com suavidade.

— Isso não seria tão terrível. Até o exato momento da morte, você esperaria que eles o salvassem do horror dentro deles mesmos, que desistiriam. Você pensaria que eles estavam enganados. Mas os animais não vieram naquela vez, ninguém veio na noite. No final, peguei no sono, e, em vez de pesadelos, os sonhos que tive eram bonitos, do paraíso e da lembrança de uma eternidade de alegrias. Quando acordei, quando compreendi que tinha acordado, me senti péssimo, como se a pessoa que eu mais amasse tivesse morrido. Caminhei o dia todo e a lembrança do sonho desapareceu e à noite fiquei outra vez aterrorizado. Uma noite, vi as luzes de uma aldeia e soube que estava salvo. Mas um novo terror me assaltou, mais forte que o anterior. Tive medo de que todos os pesadelos que eu não havia tido nas noites na floresta me assaltariam de uma vez na primeira noite no refúgio.

Samárin parou e aproximou-se de Balachov. Seu hálito tocava o rosto de Balachov.

— E eles vieram? — sussurrou ele. — Isso aconteceu?

— Não! — disse Balachov, tentando afastar o rosto do hálito quente de Samárin. — Eles nunca vieram.

— Claro que não — disse Samárin. — Claro que não. Ótimo. Continue.

Os dois homens saíram do túnel para o cheiro dos lariços de ambos os lados da estrada. A noite era de nuvens e não havia nada a ser visto a não ser um reflexo por onde os trilhos passavam e a escura e tênue forma dentada das árvores contra o céu. Um bando de gansos voou sobre suas cabeças, gritando como dobradiças estalando ao vento. As botas estragadas de Samárin faziam um som escorregadio ao bater no leito dos trilhos.

— Que ano é este? — perguntou Samárin.

— Mil novecentos e dezenove.

— A guerra ainda continua, suponho.

— É um tipo diferente de guerra. Uma guerra em que não dá para entender o lado de cada um. Na guerra antiga, aquela contra alemães e austríacos, eram os nossos contra os deles. Agora é mais os nossos contra os nossos. Tem os brancos e os vermelhos. Os brancos são pelo czar — que agora está morto, os vermelhos o mataram — e os vermelhos são pela igualdade de todos.

— E você está com quem, Gleb Alekséievitch?

Balachov ficou em silêncio por muito tempo. No final ele disse, com uma voz estendida.

— Todos são iguais diante de Deus.

— Mas como você vive isso?

— Que tipo de condenado é você?

Samárin, que estava na frente, parou e se virou. A lua tinha aparecido atrás das nuvens e uma minguada ração de luz borrava os rostos dos homens com sombras incipientes. O rosto de Samárin perdera sua animação e se arrumara com uma imobilidade vazia.

— Pensei que na Sibéria as pessoas se referissem a nós como "os desgraçados" — disse ele.

Balachov deu um passo para trás.

— É verdade, mas... você não fala como um condenado.

— Isso é bom, depois de cinco anos entre eles. — Os traços de Samárin começaram a se mexer, e, depois que seu rosto se animou, foi como se o vazio morto que caíra sobre ele não tivesse realmente existido. Ele arrancou um ramo de samambaia e começou a tirar suas folhas. Cantou alguns versos de uma canção mas demasiado baixo para Balachov entender as palavras, a não ser a frase *entre os mundos*.

— Eu realmente infringi a lei, e fugi de um campo de trabalho — disse Samárin. — Mas não sou um criminoso.

— Um político.

— Sim.

— Você é um intelectual. Um socialista.

Samárin riu e olhou dentro dos olhos de Balachov, astuto e íntimo.

— Algo assim — disse. — Fugi do Jardim Branco. Já escutou falar? Está a cerca de mil milhas para o norte.

— Havia ouro lá? — perguntou Balachov vagamente. — Eu não sabia que havia um campo de trabalho no Jardim Branco.

— Tem trabalho, mas não tem ouro — disse Samárin. — Suponho que você quer saber por que eu estava preso lá.

— Não preciso saber — disse Balachov. — Acho que a curiosidade em relação aos estranhos é um tipo de pecado, em certo sentido.

— Ei! Essa é uma maneira muito adequada de pensar. Tem certeza de que você também nunca esteve preso?

— Não. Nunca fui preso. A não ser no sentido de que todas as almas são prisioneiras dos corpos, Kiril Ivánovitch.

— Ah sim, a coisa da alma e do corpo. Sim. Bem. Se você acredita nisso, imagino.

— Em Iazik, acreditamos. Acreditamos na salvação. A maioria de nós foi salva.

— Salvação — riu Samárin. Ele recomeçou a caminhar e Balachov seguiu alguns passos atrás. Nenhum deles falou por algum tempo. Ocasionalmente Samárin tropeçava ou tossia. Balachov caminhava em silêncio, passando de um trilho a outro como se soubesse onde estava cada um, mesmo no escuro. Ele quebrou o silêncio.

— Certamente, Kiril Ivánovitch, se você quiser me contar por que foi preso, seria um pecado não lhe permitir isso — disse ele.

— Não, você tinha razão — disse Samárin, breve.

— Só que me lembro que antes você falou de um aviso. Sobre um homem que o estava seguindo.

— Sim. Talvez fosse melhor eu voltar para trás. Você já escutou a história do monge que chegou a uma pequena aldeia na Polônia, uma vez, tocou o sino no mercado, reuniu os cidadãos e lhes disse que tinha vindo para avisá-los de uma terrível praga que logo poderia atacá-los? Alguém lhe perguntou quem estava levando a praga. O monge respondeu: "Eu".

— Entendo — disse Balachov.

— Eu era um estudante de engenharia em uma cidade perto de Penza. Havia uma moça, também estudante. Kátia. Bem, o nome não importa. Éramos amigos. Ela se envolveu com o tipo errado de pessoa. E eu também. Kátia foi mais longe do que eu. Isso foi quando o czar ainda governava. Ela terminou levando uma bomba. Eu gostava dela, e não queria que fosse presa, por isso roubei a bomba dela. Então fui pego. Eles me condenaram a dez anos de trabalhos forçados no Jardim Branco.

— No extremo norte — disse Balachov. — Deve ter sido difícil.

Depois de um tempo, Samárin disse:

— Você não pode imaginar como é longe, como é frio e desesperador. Uma noite eu saí com a intenção de não voltar. A escuridão parecia duas vezes mais profunda do que esta. O vento era tão forte que você se sentia como um ramo de palha. Pensei no que diriam de mim e soube que não diriam nada. Eu não fazia parte de um movimento humano e, se todos os quinhentos de nós, os condenados, saíssemos dos alojamentos e nos deitássemos na neve, a neve nos cobriria e não deixaríamos história. Você entende? Não deixaríamos nenhuma marca. Seríamos como a história da lua. Seríamos a história do ar e da água. Havia buracos esperando por nós no gelo, seríamos da cor do gelo e caberíamos nos buracos. Pensei que, se corresse até a cerca de arame e nela me atirasse com força, não sentiria nada, dormiria do mesmo jeito, o vento me sacudiria como uma âncora na tempestade e o tecido do casaco ficaria preso nas farpas do arame, e quando eles achassem o corpo e o tirassem não seriam capazes de tirar todos os fiapos do arame, e o arame cairia e enferrujaria mas os fiapos continuariam lá, meu contorno, um sinal de que um homem correu e bateu no arame, em algum momento, e seria um minúsculo átomo do mundo melhor do futuro, a lembrança de um homem correndo na escuridão para a morte, sem deitar para não deixar a neve cobri-lo.

— Deus com certeza estava cuidando de você e o trouxe aqui — disse Balachov.

— Deus não me trouxe aqui — disse Samárin. — Um homem me trouxe aqui. O homem que está me seguindo agora. O moicano. Já escutou falar?

— Não. Quero dizer, conheço o romance, é claro.

— Esse moicano não é mais velho do que você ou eu, e é respeitado por todos os grandes ladrões, de Odessa a Sacalina. Todos têm medo dele. O moicano trepa nos corpos para chegar aonde quer ir da mesma maneira despreocupada como você está pisando nesses trilhos agora. Mesmo na prisão, ele era o homem mais livre que já conheci. Os laços que se formam imediatamente entre duas pessoas, sejam irmãos ou estranhos completos como nós dois, para ele não existem. Ele não se ocupa com a honra, o dever, a obrigação, nem se importa.

— Mesmo assim, ele o levou com ele quando fugiu.

— Sim. Ele me levou como comida. Nós fugimos em janeiro,

quando não há nada para comer na taiga, muito menos na tundra, e os rebanhos de veados estão muito ao sul. Ele me levou junto com a intenção de me matar, me esquartejar e me comer, como um porco.

— Deus tenha misericórdia.

— O que pode ser melhor do que a comida que caminha a seu lado, carrega suas coisas e lhe faz companhia até o dia em que você a come?

— Por Cristo no Céu, Kiril Ivánovitch, ele tentou?

— Tentou. Eu fugi. Calculo que estou um dia na frente dele.

— Mas, se ele chegou até aqui, por que precisaria de... não tem muita comida em Iazik, mas...

Samárin riu e bateu no ombro de Balachov.

— Gleb Alekséievitch, você deveria estar em um teatro! É muito engraçado! Isto é um trem?

Os trilhos estavam cantando. Uma faixa cinza de luz tremulava no céu a leste, na direção para onde os homens iam. Balachov e Samárin saíram dos trilhos, que corria ao longo de um barranco. Os trilhos soaram mais alto e silvavam e tremiam. O trem tinha um farol de busca montado em uma peça giratória em um vagão plano. Apareceu depois da curva no trilho, em direção ao oeste, com duas lâmpadas brancas brilhando na locomotiva, soltando centelhas vermelhas, e o farol de busca varria as árvores, cegando as corujas e afugentando as martas em pânico para longe da linha, de ambos os lados. Enquanto ele passava, Samárin começou a correr. Balachov gritou-lhe para parar. Houve uma rajada de luz e uma detonação. Samárin pulou, agarrou a corrente que pendia de um dos vagões, levantou os pés do chão, girou por uma fração de segundo, depois caiu e escorregou pelo barranco, rolando para um monte de ramos de samambaias no final. Balachov foi até ele e o ajudou a se levantar.

— Sua mão está ferida — disse.

— Deixe-me colocar um pouco do aguardente — disse Samárin. Balachov hesitou. — Tomei um trago antes.

— Eu sei — disse Balachov. — Senti o cheiro em seu hálito. — Ele tirou um lenço do bolso, ensopou-o de aguardente e limpou o corte. Perguntou a Samárin se tinha escutado o tiro. — Acho que a bala quebrou um galho por ali — disse, apontando as árvores. — Você teve sorte. Como falei, não dá para entender quem está do lado de quem agora. A guerra antiga não acabou de modo claro. Ficaram remanescentes em todo lugar na Rússia, restos, como os tchecos. A Rússia os aprisionou na guerra antiga, quando eles não tinham um país próprio. Agora têm, e estão tentando voltar para ele, mas foram pegos nessa nova guerra. Oficialmente, eles são brancos. Mas metade deles é vermelha. Tem milhares deles por toda a Sibéria. Eles tomaram toda a linha férrea Transiberiana, imagina! Nada disso faz sentido.

— Tudo faz sentido — disse Samárin. — Exceto você.

Balachov riu.

— Vamos — disse.

Eles caminharam em silêncio até Samárin dizer:

— Não, é sério. Realmente, você é que não faz sentido.

— Não entendo — disse Balachov, sua voz falhando enquanto sua garganta secava.

— Você não é barbeiro. A menos que seja um barbeiro *ruim*. Barbeiros não usam bisturis e aguardente nem fazem seus clientes sangrarem como leitão.

— Às vezes minha mão escorrega quando estou fazendo a barba.

— Fazendo que barba? Barbeando uma garganta com bisturi?

— Por favor, Kiril Ivánovitch, você deve entender que estamos distante demais de um hospital. Às vezes faço alguns pequenos procedimentos cirúrgicos.

— Acredito que você pertence a uma dessas seitas siberianas malucas. Acredito que todos em sua — como é mesmo o nome? — Iazik, pertencem. Mas você é muito bem nascido para ser um barbeiro, ou um lojista, e é estúpido demais para ser um exilado político.

— Sr. Samárin, estou lhe pedindo. Você já disse que se sente satisfeito de evitar questionamentos sobre as vidas de outras pessoas quando elas não querem que suas vidas sejam questionadas.

Samárin parou, virou-se e esticou a mão para acariciar o queixo de Balachov. Ele afastou-se imediatamente.

— Eu sei o que você é — disse Samárin. Ele dobrou os joelhos, jogou a cabeça para trás e gargalhou para o céu, uma gargalhada cheia, comprida, saboreada. Levantou a cabeça e olhou para Balachov, sacudindo a cabeça. — Eu sei o que você é. Sei o que você fez, e sei o que você perdeu. Extraordinário. Os tchecos sabem disso? Não, é óbvio que não. Eles provavelmente pensam que você é apenas um maluco como tantos. Bem, isso é muito engraçado, embora eu aposte que o homem — homem? Menino? — em Verkhni Luk não esteja rindo.

— Não perdemos — murmurou Balachov.

— O que disse?

— Você falou: "o que perdemos". Não perdemos nada a não ser uma carga, e ganhamos uma nova vida.

Samárin bocejou e assentiu.

— Sinto frio — disse. — Assim que começo a pensar em estar dentro de alguma casa quente, sinto frio. — Ele começou a caminhar e Balachov o seguiu, agora mantendo uns bons dez passos atrás.

— O que você vai fazer? — perguntou Balachov depois de um tempo.

— Vou para Petersburgo.

— Mas não há trens. E há batalhas nessa direção da ferrovia.

— Só tenho que convencer seus tchecos a me colocarem em um dos trens. Quem é o comandante deles?

— O nome é Matula — disse Balachov. — Mas ele não é perfeitamente normal. Tem a alma doente.

— É curioso que você diga que outras pessoas não são normais.

— Kiril Ivánovitch, por favor, faça o que fizer, não fale de nossa natureza em voz alta em Iazik. Os tchecos, como você disse, não sabem. Nós lhes dissemos que as crianças da cidade foram enviadas para o Turquestão para ficarem em segurança.

— Turquestão! Seu grande ator. E quanto a sua amiga Anna Petrovna? E seu filho Micha?

— Aliocha, não Micha.

— Então ele se chama Aliocha.

— Por favor, não faça nenhum mal a Anna Petrovna.

— Por que faria? — perguntou Samárin. Até esse momento ele vinha falando sem olhar para trás para Balachov mas agora se virou. Parecia curioso. — Vale a pena fazer mal a ela?

Pontos de luz apareceram entre as árvores.

— Lá está Iazik — disse Balachov.

Samárin parou e olhou para as luzes.

— Pobre cidadezinha — disse ele. — Escute. Tem uma coisa que você deve me dizer. Um xamã tungue tem importunado as pessoas recentemente? Um charlatão nativo que vagava pelas florestas, não faz muito tempo, com uma rena esquálida, falando de profecias e tentando extorquir bebidas?

— Tem um que dorme no pátio perto do *quartel-general* do capitão Matula.

— O diabo que tem. Quantos olhos ele tem?

— Um.

Samárin aproximou-se de Balachov.

— Um olho bom, você quer dizer — disse ele.

— Um olho bom, e duas vendas, uma sobre o olho ruim e outra na testa. Ele diz que tem um terceiro olho ali, mas ninguém jamais viu.

— Hmm — disse Samárin. — Pobre rapaz. Receio que ele seja o primeiro da lista do Moicano.

— Você deveria esperar aqui até de manhã — disse Balachov. — À noite, tem soldados tchecos nos limites da cidade. Tem toque de recolher. Você não tem um passe.

— Dê-me a garrafa — disse Samárin.

— Não é boa para beber, Kiril Ivánovitch.

— Eu lhe disse para me dar. — A voz de Samárin tinha se alterado. Sua voz parecia a da escuridão do túnel, uma voz mais velha, completamente desgastada dos altos e baixos de um homem com paixões.

— Eu... eu não estou com vontade de lhe dar a garrafa, Kiril Ivánovitch.

— Você não é de lutar.

— Não, mas você não deveria pegar a garrafa se eu não quero dá-la. Você disse que não é criminoso.

A mão de Samárin movimentou-se rápido e ele tirou uma faca do casaco. Pressionou-a contra o rosto de Balachov.

— Dê-me a garrafa antes que eu termine o que você começou.

Balachov pôs a sacola no chão, com cuidado afastando-se da lâmina da faca, tirou a garrafa e a deu a Samárin.

— Agora não tenho motivos para matá-lo — disse Samárin. — Você não dirá nada sobre esse encontro comigo esta noite, como se ele não tivesse acontecido. Eu não direi nada sobre o que você estava fazendo em Verkhni Luk. Nunca nos encontramos. Espero que isso seja entendido. O que tem do outro lado dessas árvores?

— Um prado.

Samárin pulou, correu para as árvores e desapareceu no prado escuro, com Balachov gritando atrás dele que esperasse, e que não machucasse Anna Petrovna. Ele escutou a voz de Samárin respondendo uma vez, com sua voz mais jovem:

— Comediante!

Mutz

O tenente Josef Mutz, da Legião Tchecolosvaca na Rússia, estava sentado à mesa em seu quarto, à luz de um lampião de querosene, esculpindo com um cinzel um pedaço de cerejeira. A cada minuto mais ou menos ele aproximava o nariz da madeira antes de consultar um pedaço borrado de jornal com a fotografia de Tomás Masaryk. Assoprou na madeira e pressionou contra um carimbo de tinta. Pegou um pedaço pequeno e retangular de papel azul de uma pilha a sua frente. No papel, em russo, tcheco e latim, estavam impressas as palavras "Primeiro Banco Eslavo-Socialista-Siberiano de Iazik: Um Bilhão de Coroas" e o número em algarismos. Mutz respirou na madeira e pressionou-a contra a parte vazia do papel. Uma imagem do primeiro presidente da Tchecolosváquia secou na nota. Os óculos de Masaryk pareciam borrados mas os detalhes mínimos das rugas ao redor de seus olhos estavam lá, e sob a barba Mutz captara o sorriso distante com que, durante décadas, o presidente escutava os tolos falarem. Mutz pegou uma goiva de ponta fina e trabalhou outra vez nos óculos. Era importante Masaryk não parecer estar usando óculos escuros. Na cunha de Mutz, os olhos dos homens bons sempre seriam vistos.

A cunha do tenente era feita com uma grande bandeja de impressor colocada de lado para formar escaninhos, com uma prancha de gamão pregada horizontalmente no fundo, indelevelmente manchada com os miolos do revolucionário da esquerda socialista Chupkin, cujo cérebro foi perfurado por um atirador de tocaia justo quando Mutz estava prestes a derrotá-lo, como sempre fazia, embora Chupkin se recusasse a reconhecer qualquer derrota anterior, uma teimosia que tinha permeado suas células nervosas e tornara o esfregão da sujeira com areia e água tão inútil como tentar mudar sua opinião sobre o papel da burguesia na luta de classes quando ainda estava vivo. A prancha sustentava os cinzéis e goivas de Mutz. Os escaninhos continham a pequena história da inflação em Iazik sob a lei marcial tcheca, notas de um a dez milhões de coroas e respectivos clichês de madeira. Já não havia muitas notas de uma coroa. Elas tinham durado dois meses completos, enquanto Mutz foi capaz de fazer Matula manter uma medida, unindo o valor do dinheiro impresso à quantidade de comida do distrito. Foram usadas até uma maciez vazia e perderam todo o valor. Mutz pegou o clichê de uma coroa e passou as pontas dos dedos sobre os entalhes. Tinha sido usado havia tanto tempo que a tinta secara e não deixara marcas. Ele pegou um papel em branco, passou tinta no clichê e imprimiu uma nova cópia. A imagem que tinha imaginado para a nota de uma coroa era a de uma mulher representando a Liberdade. A palavra "Liberdade" estava escrita debaixo da mulher que, de outra forma, poderia ser confundida com alguém famoso, ou pelo menos com alguém em particular em vez de um símbolo, porque ele não a fizera por extenso, avançando pelas barricadas, mas apenas a sua cabeça e os ombros. A cabeça estava descoberta, com uma massa de longos cabelos amarrados atrás. Tinha um nariz pontudo, e seu lábio superior era mais cheio que o inferior, precisamente delineado e um pouco virado para cima. Ela olhava direto da nota para a pessoa que a segurava, com os olhos redondos e escuros que usou por tanto tempo para devorar o mundo, e que riam tão deleitados com a farsa do que via que, mesmo quando já não havia mais nada para provocar o riso, ela não conseguiu desviar o olhar.

Mutz olhou para a Liberdade por um tempo, o rosto queimando. Ele relaxou o pescoço, passando os dedos frios sobre os músculos quentes, pôs a nota de uma coroa no bolso da camisa e a nota de um bilhão entre os lábios, levantou-se e começou a arrumar a desordem em sua cama. Colocou no chão os dentes de mamute, protuberâncias brancas do tamanho de tijolos, empilhou em uma prateleira as caixas de espécies contendo mariposas siberianas, pôs um maço de caricaturas políticas da propaganda bolchevique em ordem cronológica, e enfiou o rascunho de um relatório geológico do Ienissei superior dentro do fichário de notas em um baú perto da porta. Deitou-se na cama e segurou a nota de um bilhão de coroas contra a luz. Nenhuma marca d'água. Em Praga, agora, estavam usando o novo dinheiro tcheco, com marcas d'água. Com menos zeros. Um dia, tomara que seja em breve, uma centena de homens de uniformes andrajosos desembarcariam de um trem em Praga e marchariam para um bar, mas para os homens de ternos novos e mulheres de vestidos novos que parariam na rua para olhar a guerra teria acabado há muito tempo, e eles ficariam constrangidos com esses soldados armados marchando no meio de suas modas, insistindo como loucos que tinham estado lutando pela Tchecoslováquia na Sibéria. E os homens da companhia do capitão Matula da Legião Tcheca entrariam nos bares, silenciosos, lambendo os lábios, e tentariam pagar pela bebida com o dinheiro imperial que carregaram nos bolsos por cinco anos, através da Eurásia, da América e do Atlântico, e o dono do bar balançaria a cabeça, e lhes mostraria o novo dinheiro, o dinheiro tcheco, eles não tinham nenhum? E um deles procuraria em seu bolso outra vez e tiraria uma nota amassada de um bilhão de coroas do primeiro Banco Eslavo-Socialista-Siberiano de Iazik, e, batendo-a com força no balcão do bar, pediria cem cervejas. E o dono do bar o atenderia, talvez por pena, talvez por medo, talvez porque por um momento seria capaz de ver seus fregueses enfileirados como uma parada de maltrapilhos em uma cidade na estepe do outro lado do mundo, esperando para voltar para casa.

Mutz escutou vozes vindo do pátio debaixo de sua janela, onde o capitão Matula mantinha o xamã acorrentado em um canil. Era quase meia-noite. Mutz levantou-se e abriu a janela. Ele estava no piso superior do quartel-general que fora o prédio da administração de Iazik. A única outra luz, além da dele, era a da lanterna da sentinela que estava pendurada em um gancho na arcada que levava ao pátio. Ele viu a silhueta do sargento Nekovar sob a arcada. Nekovar virou-se e saiu da vista.

Mutz gritou para o xamã. Não podia vê-lo mas escutou um corpo deslizando na lama e um tinido de corrente.

O xamã tossiu através de camadas profundas de muco e disse:

— Todo mundo terá um cavalo.

— Você andou bebendo? — disse Mutz.

Fez-se silêncio, e depois a tosse, e com ela a resposta:

— Não.

— Então durma — disse Mutz, e fechou a janela. O capitão Matula tinha ciúmes dos sonhos do xamã. O capitão — que, antes da guerra, tinha participado de sessões espíritas em Praga, e seduzira uma médium de olhos negros e cabelos da cor do petróleo do Cárpato, achando que ela tivesse sangue brâmane, só para descobrir, quando deitados aquecidos e confortáveis em suas sedas e linhos perfumados e desarmados, que sua linha de sangue não ia além de Pressburg desde a Idade da Pedra — acreditava que, quando o xamã dormia, seu espírito vagava pela taiga. O capitão queria saber o que o xamã tinha visto, e como fazia seu espírito se movimentar, e em que mundos andara; seria possível que o plano astral visitado pelos espiritualistas europeus fosse um lugar barulhento, cheio de fofocas e na moda, como um café vienense, onde amigos se tornavam amantes e amantes lançavam olhares para as mesas vizinhas, e a notícia dos vivos era como um garçom murmurando que chamavam ao telefone; enquanto o mundo superior e o mundo inferior do xamã eram vastas planícies onde heróis, demônios e renas corriam e lutavam, lugares de sangue e ferro? Quando o xamã chegou a Iazik, procurando bebida, o capitão lhe deu um quarto e um beliche e um pouco de vodca e lhe ordenou que passasse para ele seus segredos de xamã, para ajudar o capitão a estabelecer a ordem nas terras ao norte da ferrovia, até o oceano, e ajudar uma centena de tchecos a compartilhar os mistérios das florestas de lariços. O xamã tinha pedido mais bebida, e depois caiu no sono. Quando acordou, começou a tossir sangue e chamou Matula de "avakhi", que significa "demônio" na língua tungue. Ele chamava todos os tchecos e russos de demônio. Dizia que um *avakhi* cegara seu terceiro olho na floresta e seu espírito já não podia ver nada. Matula disse que abriria seu terceiro olho, e ordenou que ele fosse acorrentado para impedir que fugisse ou fosse procurar bebida até começar de novo a ver, e lhe revelasse seus segredos.

Mutz deitou-se na cama. Houve um arrastar de botas do lado de fora e ele escutou Broucek chamá-lo. Mutz lhe disse para entrar.

Broucek ficou na soleira da porta segurando seu fuzil de maneira que a boca da arma balouçava a poucos centímetros do chão, enquanto com a outra mão mexia nervosamente no colarinho.

— Humildemente se apresentando, irmão — disse ele. — O Sr. Balachov. Quer falar com você.

— Não precisa mais dizer "humildemente se apresentando" — disse Mutz. Jogou as pernas para o lado da cama, sentou-se na beira e se perguntou em voz alta o que Balachov estava fazendo fora de casa depois do toque de recolher.

— O Sr. Balachov está muito nervoso — disse Broucek.

— Ele é nervoso.

— Mais nervoso do que o normal.

— Sente-se.

Broucek sentou-se na cama perto de Muntz, segurando a boca de seu fuzil com ambas as mãos. Ele era moreno como cigano, embora dissesse que não era, e insistisse, sem nunca ficar zangado com isso, que nenhum cigano jamais tinha se aproximado o bastante de sua mãe para contribuir para sua concepção, ou para ter feito uma troca no berço. Era alto e movimentava sua altura com graça trôpega. Sua boca mantinha um meio-sorriso permanente e seus grandes olhos negros olhavam de cima para todos, com inocência e interesse. Não era esperto, não tinha histórias para contar e não era um bom mentiroso nem puxa-saco, mas no curso da jornada da Boêmia para a Sibéria, descobriu como era atraente para as mulheres e, sem ter a intenção, aprendera com elas a linguagem que podia usar para encantá-las. Seu amigo Nekovar, que dedicava sua vida a identificar o que descrevia como a base mecânica da excitação feminina, constantemente o atormentava para conseguir informações. Enquanto isso, eles eram um trabalhador de fazenda e um desenhista transformados em soldados. No pior dia do relutante serviço militar dos dois, em Staraia Krepost, Broucek tinha recuado, sem querer tomar parte, e nunca percebeu como os gritos das mulheres eram sufocados com um horror mais silencioso e terrível quando viam o rosto inexperiente, limpo, sem rugas de Broucek, bonito e espiritual, entre os seus algozes, e percebiam que os anjos e demônios estavam mais perto uns dos outros do que jamais estariam delas.

— Aqui está o dinheiro novo — disse Muntz, mostrando

para Broucek a nota de um bilhão de coroas. Broucek pegou-a e a examinou por um longo tempo.

— Tem nove zeros — disse.

— Sim. É um bilhão. Todos nós vamos ser bilionários.

— Um bilhão é muita coisa.

— É coisa pra diabo. É mil milhões.

— Mil milhões!

— Sim!

— Quando eu trabalhava na fazenda na Boêmia, nós recebíamos dez coroas. Dez! — Broucek riu e suas mãos se abriram. — Você podia comprar todo tipo de coisas com dez coroas. Um quilo de café ou cartas de baralho, ou um lenço, ou uma garrafa de conhaque, ou um par de botas, ou um ingresso para o Hradec Kralove, ou um jornal, ou um chapéu inglês, ou um machado, ou uma ratoeira, ou uma gaita, ou um buquê de cravos, ou uma sacola de laranjas. E, da última vez que fomos pagos, quanto foi que cada um de nós ganhou?

— Quinhentos milhões de coroas.

— Sim. E não havia nada para comprar, exceto sementes de girassol, e elas custavam cem milhões o pacote. Talvez seja porque a Sibéria é grande demais. Talvez. Como se o que acontece com os quilômetros acontece também com o dinheiro. Na Boêmia, se você viaja vinte quilômetros, tudo muda. Aqui você viaja milhares de quilômetros e tudo parece a mesma coisa. Plano, com bétulas e corvos. É o retrato de Masaryk?

— Sim.

— Você o desenhou bem. Quando ele vai nos deixar voltar para casa?

— Não sei.

Broucek fungou e se inclinou para coçar o nariz com a ponta do fuzil.

— Deve estar bom para ele em Praga — disse. — Deve estar

no castelo agora. Ele não devia nos ter deixado na Sibéria, não é? Talvez tenha nos esquecido.

— Não — disse Mutz. — Mas você sabe. Quando os franceses, os ingleses e os americanos se juntaram para decidir como trinchar o Império, todos que queriam um pedaço tinham que botar alguma coisa na mesa. Alguma coisa de valor, como ouro, carvão, ou sangue. E Masaryk não tinha ouro nem carvão para oferecer.

— Não tinha? — disse Broucek. — Pensei que ele fosse rico.

— Não dessas coisas.

— Então foi sangue.

— Sim.

— Nosso sangue.

— Sim.

— Nós lutamos contra os alemães. Não foi sangue suficiente para eles?

— Isso foi bom, mas agora que os alemães foram vencidos, os franceses, os ingleses e os americanos estão preocupados com os vermelhos.

— Porque eles mataram o czar.

— Mais porque eles querem dividir todas as propriedades e reparti-las.

— Sim, escutei falar disso — disse Broucek, assentindo. — Parece uma boa idéia. Não é assim que a Tchecoslováquia vai ser quando voltarmos?

— Não tenho certeza — disse Mutz. — É assim que você quer que ela seja?

— Sim. Eu não tenho nenhuma propriedade no momento. Sempre quis um relógio de pé, antigo. E um piano. E um terno como os que os ingleses usam nas corridas de cavalo.

— Você esqueceu o gramofone.

Broucek deu de ombros.

— Outra pessoa pode ficar com o gramofone. Mas, quando voltar, quero arranjar um relógio de pé. Já é tempo. Já lutamos contra os vermelhos. Eles parecem russos. Os brancos também. Todos eles parecem russos. Não precisam de nós aqui. Eles estão matando uns aos outros muito bem sem nós. Talvez Masaryk queira fazer um Império tcheco, como os ingleses e os franceses têm. Talvez ele ache que, se os ingleses na pequena ilha deles podem ter toda a Índia, os tchecos e os eslovacos podem governar a Sibéria.

— Masaryk não — disse Mutz.

— O capitão, então, é — disse Broucek.

— Sim — disse Mutz.

— Alguns acham que deveríamos matá-lo.

— Isso seria um motim.

— Sim.

— Ele paga Smutny, Hanak, Kliment, Dezort e Buchat em dólares para protegê-lo, e eles têm o canhão Máksim.

— Você poderia nos tirar daqui. Você poderia nos levar até Vladivostok sem o capitão.

Houve uma batida tímida na porta.

— O Sr. Balachov está lá fora — disse Broucek, levantando-se.

— Vou lá. Você vai lá embaixo e pergunta ao Nekovar se o xamã está bem.

— Nekovar não está aqui, irmão. Está vigiando os moradores locais, reunidos no salão dos fundos da loja do Sr. Balachov.

— Então, ninguém está de serviço no pátio?

— Só tem o xamã, e ele está acorrentado, portanto não tem como escapar.

— E se alguém entrar? — disse Mutz.

Eles correram pelo corredor escuro, perto de Balachov, que lhes gritou alguma coisa. As botas de Mutz e as de Broucek batiam no chão no silêncio dos corredores e na entrada os ferrolhos das armas dos soldados crepitaram. Lá fora estava mais frio e a chuva começara a cair.

Os dois homens passaram correndo pela arcada e se aproximaram do canil do xamã, uma sombra contra a parede sob a luz da janela de Mutz. A bota de Mutz bateu em vidro. Ele se agachou e pegou uma garrafinha vazia. Restos de aguardente pura flutuaram e apunhalaram suas narinas. Deixou a garrafa cair na lama fresca, tossiu e limpou os olhos. Ficou mais fácil enxergar. O xamã estava sentado na lama com as costas apoiadas na lateral do canil, o tambor sobre a barriga e as mãos dobradas sobre o tambor. Mutz sacudiu seu ombro. Os animais e moedas de ferro corroído e tampas de latas dobradas que enfeitavam o casaco do xamã fizeram sua cacofonia. Mutz pegou um isqueiro no bolso de sua capa e aproximou a chama do rosto do xamã. A chuva estava lavando a bílis e o sangue de sua barba esquálida, por onde tinham escorrido de sua boca. O xamã tossiu e havia um cheiro de ácido estomacal e álcool. Seu olho bom palpitou. Mas não abriu.

Mutz pôs a mão no ombro do xamã e sacudiu-o.

— Ei — disse. — Quem lhe deu bebida?

— Extremo sul — disse o xamã. As palavras eram fracas. Ele falava bem o russo, com forte sotaque tungue e uma garganta endurecida pela idade, doença e álcool. Em seu sussurro mal havia vestígios de uma voz, como o último vermelho das cinzas de uma lareira. As palavras não eram indistintas; ele parecia mais exausto do que bêbado.

— Alguém bateu em você? — perguntou Mutz. Havia um corte nos lábios do xamã.

— Eu lhe disse que não podia ver seu irmão nos outros mundos — disse o xamã. — Só podia escutá-lo, lá embaixo, onde fede. Escutei o irmão gritando que queria seu corpo de volta.

— Irmão de quem? — Mutz voltou-se para Broucek. — Você tem alguma idéia do que ele está falando?

Broucek deu de ombros.

— Meu pai costumava ficar bêbado e gritar bobagens horas a fio e ninguém lhe perguntava sobre o que estava falando.

A cabeça do xamã recostou-se para um lado e ele começou a tossir e vomitar. Mutz sacudiu seu ombro outra vez.

— Temos que pôr você lá dentro — disse.

Broucek disse:

— Você tem a chave.

Mutz sentiu vergonha. Começou a procurar nos bolsos a chave do cadeado que prendia o xamã no canil. O xamã teve ânsia de vômito na lama. O reflexo pareceu injetar-lhe uma débil corrente de vida e ele inalou e abriu o olho.

— Maldição — disse Mutz. — Broucek, corra até meu quarto. A chave está no gancho ao lado de minha cama. Xamã, me diga quem bateu em você. Quem lhe deu a bebida?

— Quando eu tinha três olhos bons, eu era um bravo guerreiro — disse o xamã. — Nas histórias dos cantadores, eu era um guerreiro. Eles me chamavam de Nosso Homem.

— Por favor — disse Mutz. — Tente entender o que estou lhe perguntando. Você deve me dizer quem lhe fez isso.

— Não — disse o xamã. — Ele perseguirá Nosso Homem até o Mundo Superior. Ele é um demônio cruel. É um *avakhi*. — A mão do xamã escorregou até seu bolso, tirou de lá um fragmento escuro seco, enfiou entre os lábios e começou a mastigar. — Nosso Homem logo morrerá. Já está indo.

— Espere — disse Mutz. — Vamos cuidar de você lá dentro. Espere um pouco, até pegarmos a chave.

— Nosso Homem não consegue ver para onde está indo, agora, mas pode sentir o cheiro dos lariços, e escutar um galho quebrando no lugar onde uma corda o está puxando, e sentir o cheiro de um caixão de lariço balançando ao vento na ponta da corda.

— Espere — disse Mutz. — Viva! Cure-se! Você já passou por noites piores do que esta. O que ele lhe disse, o demônio?

A voz do xamã mudou; era o mesmo sussurro quase sem voz, mas sem o sotaque, e agora com escárnio áspero, como se ele tivesse gravado a voz do demônio em um disco de acetato. — Seu desgraçado filho de uma puta — disse o xamã com a voz do demônio. — Por que você veio aqui? Você acha que vou acreditar nas suas visões desgraçadas de xamã e me enforcar? — A voz do demônio estalou em uma gargalhada européia distorcida pela garganta do xamã. — O povo gosta dos cegos que contam o futuro. Eles acham que, quanto menos eles vêem, mais sabem.

— Posso encontrar e punir esse homem se você me ajudar — disse Mutz. — Você o conhece? Já o tinha encontrado antes?

O xamã respirou fundo, inspirando e expirando, e tremeu violentamente várias vezes. Em sua própria voz, disse ele:

— Partindo.

Mutz escutou o som de Broucek voltando.

— Aí vem Broucek com a chave — disse ele. — Logo nós o colocaremos lá dentro, fora da chuva.

O xamã pôs a palma de uma de suas mãos na lama e fez um movimento circular.

— Nenhum cervo para levar Nosso Homem para o Mundo Superior, e nenhum cavalo — disse ele. — Esta lama é macia. Empurre nela Nosso Homem até o rio, empurre-o para dentro da água, e deixe a corrente levá-lo para o norte.

Broucek chegou e Mutz agarrou a chave em sua mão e abriu o cadeado.

— A chata desliza pela lama e navega livre — sussurrou o xamã. Um som em sua garganta pareceu um pássaro ferido em folhas caídas. — No futuro — disse ele —, todos terão um cavalo. — Sua cabeça caiu para a frente. Mutz levantou-a, puxando-a para trás e, forçando seus maxilares para abrir-lhe um pouco a boca, segurou o dorso de sua mão contra ela. Passou o isqueiro para a frente e para trás sobre o olho bom do xamã, e depois procurou seu pulso.

— Ele está morto? — perguntou Broucek.

— Sim. Ele bebeu até se libertar — disse Mutz. — Como um homem acorrentado consegue um litro de aguardente no meio da noite em uma cidade como esta?

Mutz olhou para o rosto do xamã, tatuado por toda a extensão de cada face e envelhecido com rugas transversais tão profundas e afiadas como uma coisa que ele pudesse cortar com uma goiva boa para entalhar. O outro olho do xamã era uma órbita vazia, perdido para um urso, o que o xamã considerava uma perda nobre. Em sua testa, uma venda de couro de cervo cobria seu terceiro olho, que ele dizia ser também cego, mas que nenhum dos tchecos tinha visto. Ele brigava e gritava se alguém a tocasse. Mutz puxou a venda sobre o escalpo do homem morto. O terceiro olho era um inchaço em sua testa, osso duro sob a carne, com o desenho de um olho tatuado nele. A tatuagem era velha, e deformada, como se tivesse sido aplicada ao xamã quando ainda jovem e a protuberância óssea ainda fosse crescer. Sobre ele alguém tinha feito uma tatuagem mais recente e grosseira, cortada com a ponta de uma faca. Era uma palavra: MENTIROSO.

Eles carregaram o xamã para o prédio em seu próprio casaco. Ao atravessarem a chuva, o fedor de aguardente suavizou e eles sentiram o cheiro de ferro oxidado molhado. Deitaram-no nos ladrihos ao pé das escadas. Balachov estava ali esperando. Ele exclamou aos céus quando viu o cadáver.

— Ele foi esfaqueado? — perguntou.

— Por que você acha que ele foi esfaqueado? — perguntou Mutz.

— Às vezes vêm bandidos da floresta. Condenados sem lar. Homens que ficaram parecendo as feras.

— Você tem algum motivo para pensar que há algum condenado em Iazik agora?

Balachov balançou a cabeça.

— Você não vende bebida alcoólica em sua loja, não é? — perguntou Mutz.

— Respeitado tenente, como o senhor sabe, esta é uma cidade seca. Nossas crenças.

— Sim, suas crenças obscuras. Nem mesmo para propósitos médicos?

— Elas são tão obscuras?

— Obscuras. Sim. Tudo que sei é que vocês não vão à igreja, acreditam em Deus, não bebem nem comem carne, sempre acham um jeito de evitar uma questão direta, e nunca vemos seus filhos.

— Turquestão — murmurou Balachov. — Nós os enviamos para o Turquestão em um trem especial, você sabe... enquanto os problemas... — Ele esfregou a boca e passou a mão pelo cabelo enquanto olhava para o homem morto. — Quem lhe teria dado bebida alcoólica? Talvez não quisessem machucá-lo. Apenas ser gentil com outro desgraçado.

— O que está fazendo na rua depois do toque de recolher? Eu não me importo, entende, mas você poderia ter recebido um tiro.

— Eu estava visitando amigos fora da cidade. Queria ver o senhor. Tenho receio de que Anna Petrovna possa estar em perigo. Queria lhe pedir para mandar alguns homens vigiarem a casa dela esta noite. — Ele apontou para o xamã. — Pobre homem. Alguma coisa nova e ruim entrou em nossa cidade.

— O que o faz pensar que Anna Pretrovna corre perigo?

— Deus me disse. Um dos tungues virá buscar o corpo do xamã. Enquanto isso, o senhor deveria colocá-lo no porão frio. Mas por favor, eu lhe imploro, mande um soldado vigiar a casa de Anna Petrovna.

— Farei isso — disse Mutz. — Venha comigo.

— Não! — disse Balachov alto. Quando ele disse isso, por um instante, outro homem entrou em seu rosto e olhou para fora, tão diferente do Balachov familiar quanto uma ferida de uma cicatriz. — Não — disse ele mais calmo, o outro homem rodopiando para o nada. Um sorriso se abriu e fechou e ele colocou a mão na manga do tenente. Disse: — Anna Petrovna não permitirá — pediu-me que não se aproximasse de sua casa devido a um desentendimento duradouro entre nós. Ela é uma boa mulher, é respeitável e honesta, com um filho jovem, ela é viúva, ficou viúva na guerra. Mas o senhor a conhece, não é?

— Sim — disse Mutz.

— O senhor sabe a boa mulher que ela é.

— Sim. Ela é. — Mutz observou o sorriso de Balachov aparecer e desaparecer, depois um ataque de piscadas e um franzir de sobrancelhas acompanharam uma lembrança.

— O senhor colocou o rosto dela em seu dinheiro — disse Balachov.

— Sim — disse Mutz. — Foi um erro. Eu deveria tê-la consultado primeiro. Ela ficou zangada. Eu a vi no portão, olhando-nos quando entramos pela primeira vez na cidade. Eu me lembrava de seu rosto. Os rostos ficam comigo. Bem, eu irei até lá, de qualquer maneira. Agora, volte para casa.

Balachov agradeceu e saiu. Mutz e Broucek embrulharam o xamã em dois sacos e o carregaram para o depósito úmido e frio no porão, onde o colocaram em um monte de palhas e engradados aos pedaços, em um ajuntamento maior de lixo, móveis quebrados e partes enferrujadas de metal. Mutz estava acostumado a ver mortos parecerem desabitados, cascas secas de vida, mas o xamã parecia outra coisa. Preocupado, talvez. Como se verdadeiramente acreditasse no que disse que poderia fazer, andar no mundo dos espíritos, e tivesse morrido concentrado no grande salto até lá. Tudo o que sempre tinha feito era transformar seus sonhos em palavras. O que mais havia lá? Era quando as pessoas tentavam transformar as palavras de seus sonhos em atos que as coisas ficavam difíceis. Alguma coisa nova e ruim. Mutz nunca vira Balachov mentir tão perigosamente antes.

— Vou ver Nekovar um momento — disse Mutz. — Você vai para a casa de Anna Petrovna. Encontro-o lá mais tarde.

Broucek sorriu e assentiu.

— Você gosta dela? — perguntou Mutz, sentindo uma súbita agitação nas tripas.

Broucek riu e balançou os ombros.

— Ela é gentil — disse.

— Não fale com ela — disse Mutz. Perguntou-se se Broucek poderia ver seu rosto mudando de cor sob a luz do lampião. — É uma ordem, entende? Veja se ela está bem, me espere do lado de fora da sua porta, e deixe-a em paz.

Broucek pareceu magoado e constrangido. Assentiu outra vez e subiu as escadas.

Balachov

Mutz parou na soleira do quartel-general. Não havia luz em nenhuma janela e o barulho da chuva no telhado aumentara para um rugido. Pôs o boné e um poncho inglês e saiu. A praça estava escondida pela chuva e a escuridão; a igreja desprezada, a loja de Balachov, os escritórios abandonados do corretor de peles e a cooperativa de laticínios, as casas, a estátua de Alexandre III, os quiosques onde os russos vendiam peixe defumado, sementes de girassol, aparelhos e revistas e jornais velhos de um mês e, ultimamente, bens pessoais, relógios e jóias e enfeites. Mutz deu um passo à frente, saindo do caminho estreito de pedras, para a lama, uma camada de líquido, uma camada dura embaixo, e entre elas uma camada tão escorregadia quanto graxa. O piso exalava um cheiro denso de poeira liberada e ele sentiu o peso da água bater em seus ombros. Ao cruzar a praça, sua bota afundou na borda de um sulco e ele teve que puxar com força para fazê-la sair. Ela saiu com um estalo no ar audível mesmo com a chuva. Levou vários minutos para chegar ao outro lado. Mutz parou na esquina de uma edificação de madeira do tamanho de um celeiro, levantado sobre estacas, com um letreiro no frontão. Estava demasiado escuro para ler, mas ele sabia o que havia ali: G. A. Balachov — Mercadorias — Comestíveis. A loja, com vitrines em ambos os lados da porta, estava fechada. Mutz subiu os degraus até a porta e bateu, suavemente. Colocou o ouvido contra a porta, escutou por um momento, e caminhou de volta para a praça.

À direita da loja de Balachov, havia um beco estreito entre ela e a construção vizinha. Mutz caminhou pelo beco, por moitas encharcadas de dentes-de-leão, urtiga e capim. A loja era maior do que parecia vista da praça. Depois de um par de janelas pequenas, a parede se estendia para trás, vazia, por cerca de trinta e cinco ou quarenta metros. A chuva tinha parado e, a meio caminho, Mutz escutou uma batida fraca, de dentro do prédio, um som entre o de um tambor e um pulso, e uma outra coisa tão indistinta e sutil que ele achou a princípio que fosse um zumbido de seu próprio ouvido. Ele esteve no litoral, perto de Trieste, quando tinha vinte anos. O som era parecido.

O apito de um vapor tocou três vezes na floresta e os faróis de busca do trem do capitão Matula atravessaram a escuridão para além dos telhados de Iazik. No quintal vizinho de Balachov, cães vira-latas amarrados levantaram as cabeças e latiram. Mutz chegou ao final da loja de Balachov. No fundo do prédio havia um depósito rodeado por uma cerca de madeira alta e sólida. O sargento Nakovar estava parado contra a cerca, duro e torcido como um arbusto, os últimos restos da chuva pingando das pontas de seu bigode.

— Humildemente se apresentando, irmão, eles estão todos lá dentro — sussurrou Nekovar. — Alternando-se, discursando e fazendo profecias. Trezentos e quarenta e nove indivíduos, duzentos e noventa machos, cinqüenta e oito fêmeas.

— Posso subir?

Nekovar se ajoelhou e pegou uma escada retrátil, que esticou e colocou apoiada na parede do prédio. Seus componentes mexeram-se em silêncio lubrificado e as juntas de metal se posicionaram solidamente no lugar. Mutz balançou a cabeça.

— Quando chegar ao topo — sussurrou Nekovar —, incline-se para a frente e vai encontrar uma maçaneta. Puxe-a bem devagar em sua direção e um alçapão se abrirá no telhado. Empurre a portinhola para cima. Ela gira. Suba e verá uma pequena fenda de luz onde cortei um orifício por onde olhar. O piso do telhado é forte mas mexa-se devagar ou eles podem escutá-lo. — Ele parecia entediado com sua habilidade.

— Como você fez tudo isso sem ninguém perceber? — sussurrou Mutz, irritado por alguma razão que não entendia.

— Sou um homem prático — sussurrou Nekovar. Oh, ele estava entediado. Dê-lhe alguma coisa difícil para fazer.

Mutz começou a subir a escada. Nekovar segurava o pé. Quando Mutz chegou ao topo, a escada balançou e se curvou com seu peso, mas não pareceu prestes a cair. Agarrando na escada com uma das mãos, Mutz estendeu a outra mão às cegas, esperando alcançar a tábua úmida do telhado. Seus dedos encontram um metal frio e molhado pela chuva. A maçaneta estava em seu punho. Ele puxou, empurrou e a portinhola se abriu, e sentiu uma baforada de calor e secura, e o cheiro da loja de Balachov, peixe salgado, chá barato, endro e vinagre, serragem, querosene, bolas de naftalina e madeira recém-cortada. Mutz deu um passo para fora da escada, pisando no espaço do telhado.

O som de batidas ficou mais nítido. Era o golpe de um pé batendo na madeira. Mutz escutou o estremecimento e o som áspero e a dor e os muitos pulmões agora no barulho do mar. Era uma reunião de pessoas, respirando juntas. Viu a luz onde Nekovar cortara o buraco para espiar. Aproximou-se da maneira mais leve que podia com suas botas, abaixou-se e viu o interior do depósito nos fundos da loja de Balachov. Uma forma girava no local. Em ambos os lados do depósito havia lâmpadas e homens e mulheres balançando-se e respirando pela boca, cabeças para trás, olhos fechados, mãos unidas em prece, mas havia um espaço em torno da roda que girava, um anel de reverência e sombra entre o círculo que respirava e a roupa branca que girava. Seria um homem, só um homem transformado em turbina silenciosa, só o bater de seu pé direito no chão e o silvo da beira de seu guarda-pó cortando o ar. Seus braços estavam estendidos, o calcanhar esquerdo como um eixo no chão, como se estivesse fixado e azeitado, o guarda-pó inflado, e ele rodopiava, demasiado rápido para que seu rosto fosse visto, embora Mutz achasse que era Balachov. O guarda-pó e as calças eram de um branco ofuscante, girando tão veloz que parecia uma luz bruxuleante parada, uma semente em rodopio pega entre a árvore e o chão, fixa ali, rodopiando no encontro dos ventos.

Uma das mulheres caiu no chão, gritando palavras em uma língua que Mutz não conhecia, e ficou deitada, com repuxões, agitando a cabeça de um lado para o outro. Um homem que Mutz conhecia da rua deu um passo para a frente e começou a girar como Balachov. A respiração começou a acompanhar o ritmo da batida do pé de Balachov em seu rodopio. A assembléia respirava mais alto, em um segundo enchendo e esvaziando os limites dos pulmões. Duas outras pessoas desmaiaram e um homem gritou algo sobre o espírito. O segundo homem que rodopiava desmoronou no chão, sacudiu a cabeça, levantou-se, cambaleou como um bêbado, e se preparou para rodopiar de novo. Balachov continuou a girar, depois caiu, e foi pego por dois adoradores. Ficou deitado nos braços deles. Seus olhos estavam abertos, mas muito distantes.

Gradualmente, a respiração e a fala em outras línguas diminuíram e, sem nada dizer, os celebrantes caminharam de um lado para o outro no depósito, abraçando e beijando uns aos outros no rosto. Alguns tomaram chá. O movimento começou outra vez. Um depois do outro, como Balachov, eles começaram a rodopiar, e o silvo das bainhas no ar e a respiração deles e a batida suave do movimento de seus pés era como uma multidão de crianças correndo em um campo de trigo, tentando não fazer barulho. Balachov se ergueu e girou outra vez, derivando para o meio do salão. Uma das mulheres com cara de águia, semblante fechado, nariz aquilino e ombros largos, estava a seu lado e um por um os outros caíram ou desmaiaram ou pararam de girar e cambalearam para as margens. Depois de um tempo, só restaram Balachov e a mulher de cara de águia, seus rostos e corpos meio transparentes, velados pela velocidade, girando com as mãos dos braços esticados se cruzando, como rodas de um mecanismo maravilhoso, juntas mas sem se tocarem, em unidade e harmonia. Um som agudo veio da que se parecia com águia, ecoando entre as vigas do teto, e ela se afastou girando de Balachov e começou a desacelerar até parar e ficar quieta, ereta, brilhante de suor, cabelo liso, lutroso e em desordem como o de uma garça, o vestido colado em seu peito achatado e macio. Era uma mulher?

— Irmãos e irmãs, Cristo que são — disse a águia. — Eu voei até um lugar alto, em uma aeronave esmeralda, até os olhos de Deus. Os anjos me vestiram com um casaco de couro, branco como a neve, e com óculos de proteção dos pilotos feitos de diamantes, e um capacete de couro, como os pilotos usam, só que branco. Voei muitas horas pela escuridão até poder ver, muito distante, os olhos enormes e brilhantes de Deus ardendo, como duas Londres na noite. Quando me aproximei, pude ver os milhões de lâmpadas elétricas do céu, milhões e milhões de luzes reluzentes, e o som dos anjos cantando através de cem mil gramofones. As palavras de Deus chegam à terra através de fios de telefone tão finos como os de uma aranha, meus amigos, tão numerosos quanto todos os cabelos em todas as cabeças da Rússia, e os anjos prediletos do Senhor dirigem carros dourados, com pneus de pérolas, e buzinas de prata. Voei com a aeronave esmeralda pela face de Deus, e lá embaixo, em uma montanha verde, à beira de um rio de eletricidade, eu vi Jesus Cristo nosso Salvador falando com o nosso Cristo, nosso anjo, nosso irmão Balachov. Eu o vejo retornando agora, irmãos e irmãs, eu vejo Gleb Alekséievitch retornando do céu, com suas notícias, com suas mensagens de Deus. Ele está voltando! Ele está aqui!

O grito de resposta veio das sombras das paredes:

— Ele está aqui!

— Irmãos e irmãs — disse Balachov. O suor pingava de seu queixo. Ele balançava, piscava e pronunciava de maneira ininteligível. Inspirou lenta, longa e profundamente, e expirou. Ele se firmou e sorriu. O sorriso transformou-se em um vazio interior, como se seu espírito fosse um recipiente que vazasse, incapaz de conter a felicidade por muito tempo.

— Sim — disse Balachov debilmente. — Sim, eu estive lá e falei com nosso amigo, nosso irmão, o filho de Deus, ele que cuida dos pombos brancos.

— Ele cuida de nós — veio o murmúrio das sombras das paredes. — Não dos mortos, os corvos.

— Ele me disse que o tempo no céu é diferente e que os anos devem ser contados como horas. Nós estamos vivendo em Iazik as horas da noite, mas a aurora está prestes a romper.

— Amém!

As respostas das sombras das paredes trouxeram Balachov de volta ao local onde estivera. Sua voz tornou-se mais forte.

— Na primeira hora — disse ele —, os comissários do czar vieram para nossa aldeia e tentaram recrutar aqueles entre os pombos brancos que eram homens. Pela graça e o amor de Deus, nós os fizemos entender que não lutávamos, e eles foram embora.

— Uma estação na terra é só uma hora no céu — veio o murmúrio.

— Na segunda hora, os que chamavam a si mesmos de revolucionários socialistas vieram, elogiaram nossa virtude, admiraram nossa vida em comum, e levaram nossas galinhas.

As sombras nas paredes riram.

— Na terceira hora, os homens do czar chegaram bêbados e nos chamaram de traidores, descrentes, bateram em nossos irmãos e irmãs, nos fizeram beijar ícones e beber vodca, e pegaram nossos cavalos e foram embora. O Senhor Local e sua família foram com eles.

— Lobos! Roubar dos anjos!

— Na quarta hora, a gripe chegou à aldeia enquanto estávamos fracos de trabalhar sem cavalos, e doze dos nossos foram para sempre viver com Cristo.

— Ele conhece os seus!

— Na quinta hora, vieram os que se chamavam bolcheviques, com a bandeira vermelha, e nos disseram para nos alegrarmos porque o czar, nosso inimigo, estava morto, e porque agora estávamos livres para viver como escolhêssemos sob o comunismo. Nós lhes dissemos que sempre tínhamos vivido uma vida em comum. Eles riram, pegaram toda a nossa comida e talheres que podiam carregar, e foram embora.

— Corvos!

— Na sexta hora, vieram os tchecos e um judeu. Vasculharam nossas casas, tomaram nossa comida, e começaram a matar e comer nosso gado. Mataram nosso professor. O Senhor Local voltou. Os tchecos prometeram ir embora. Mas ficaram.

Silêncio nas sombras das paredes.

— A sétima hora está chegando. A sétima hora é o inverno, e nós estamos famintos, mesmo se repartirmos.

— Os anjos repartem.

— Mas a sétima hora é a aurora. Ele me disse. Os tchecos e o judeu irão embora, e ninguém mais virá, e teremos leite e pão outra vez, e mandaremos manteiga para o mercado. O sol se levantará sobre Iazik, e o trem virá semanalmente sem soldados. Isso é o que virá a seguir, irmãos e irmãs, e devemos rezar e ter paciência. Não mais homens do czar, não mais revolucionários, não mais bandeiras vermelhas, não mais ocidentais. Viveremos nossa vida em comum para toda a eternidade, aqui na terra como no céu, sem pecado, restaurados ao estado de Adão e Eva antes da queda.

— Nós montamos no cavalo branco!

— Sim, irmã. Devemos rezar e ter paciência. A noite passada em Verkhni Luk ajudei um jovem a montar o cavalo branco e encontrar a salvação. Ele chorou e segurou meus ombros enquanto sangrava, orando e agradecendo a Deus pela força para encontrar a salvação. Olhem, em meu ombro, as marcas de seus dedos! Depois ele se levantou e sozinho jogou as chaves do inferno no fogo. Vocês sabem, mesmo sem pecado, mesmo sem crianças, nosso número está crescendo. Paciência, será logo, nas primeiras grandes geadas, todos eles terão ido embora.

— A viúva também — disse a voz de uma mulher das sombras da parede. Não era uma resposta, nem uma pergunta. Era a águia. Ela falou como para entrelaçar sua profecia com a de Balachov.

— A viúva — disse Balachov, olhando para o chão e limpando as palmas da mão em seu guarda-pó. — Cristo não me disse nada sobre a viúva. Ela mora aqui. No céu, esses nomes não foram mencionados, irmã. Amigos! Está tarde. Um salmo, depois que os necessitados fizerem suas súplicas, e nossa oração final.

Balachov abriu a boca e cantou:

Meu Éden maravilhoso
Iluminou meu dia
Minha alma e meu conforto
Estão no paraíso

Eu vivi lá com Deus
Imortal, como um;
Ele me amou tão intimamente
Como a seu verdadeiro filho.

— Amém! — veio a resposta das sombras da parede. E: — Imortal!

Mutz escutou passos atrás dele e se contorceu para se virar, agitando suas botas e os braços como um besouro de barriga para cima na escuridão. Em seu pânico, o poncho molhado eram como inúteis asas de morcego, e ele mordeu os lábios para se impedir de gritar. Seu pé direito se prendeu a alguma coisa móvel no espaço que, horror, agarrou a sola de sua bota e não a soltou.

— Irmão! — sussurrou Nekovar. — Você tem que voltar ao quartel-general. Eles pegaram uma figura duvidosa tentando entrar. Um forasteiro, irmão. Com uma faca do tamanho de um sabre.

O Condenado

Um dos quartos do quartel-general tinha sido transformado em cela. Várias vezes os guardas de Matula levavam soldados tchecos para lá, para espancá-los quando se queixavam com demasiada freqüência por não estarem em casa. De vez em quando, como agora, a floresta e a ferrovia, uma trilha única que saía da Transiberiana principal, duzentos e sessenta quilômetros ao sul, vomitava os restos e refugos da cozinha da guerra. Um desertor cossaco de Omsk tinha estado ali, purgando-se do álcool e chorosamente se arrependendo dos estupros e incêndios. Eles o deixaram livre depois de algumas semanas e ele caminhou de volta para a floresta. Talvez ainda estivesse lá. Talvez tivesse caminhado até um lugar diferente, com um nome diferente e uma história diferente. Era uma época boa para isso. Houve um húngaro que afirmava ser um ex-prisioneiro de guerra tentando, como os tchecos, ele disse num alemão ruim, voltar para casa. Matula julgou-o espião e o fuzilou pessoalmente. Houve um revolucionário socialista, Putov, que afirmou estar visitando parentes. Jovem ansioso, companhia agradável, com olhos grandes e mangas cobrindo os nós dos dedos. Tinha se perdido em algum lugar. E o comprador de peles que veio de Perm. Eles não tinham motivos para prendê-lo. Era tão russo como o pão preto e a vodca, e tinha documentos. Mas não houve jeito de Matula persuadi-lo a ficar de outra forma, e Matula queria conversar com ele sobre os mistérios e a opulência da taiga. Portanto, prendeu-o na cela durante uma semana, depois o deixou seguir seu caminho com uma sacola de peixe vermelho salgado e feio presépio de casca de bétula como um pedido de desculpas.

Mutz levava uma lanterna pelo corredor escuro que conduzia à cela. Estava úmido e desagradável no frio da noite depois da chuva. Com o balanço da lanterna, a luz corria para cima e para baixo no corredor. Iluminava olhos e fivelas de cinturões à frente. As vozes de Racanski e Bublik, os captores, troavam. À noite nesses corredores nus, com pisos de parquete há muito desgastado do verniz, com paredes caiadas e tetos de alta umidade, duas pessoas conversando eram como uma conspiração.

— Olhe, Racanski — disse Bublik quando Mutz se aproximou. — A iluminação é para os oficiais. Bom, isso é uma metáfora da luta de classes.

— Você tem razão — disse Mutz. — Mas eu não vou lhe dar a lanterna.

— Até o prisioneiro tem um candeeiro — disse Racanski.

— Nós lhe demos o nosso — disse Bublik. — Corretamente. — Ele abaixou a voz. — Acredito que estamos na presença da grandeza, camarada judeu-tenente, senhor. O nome dele é Samárin. Um prisioneiro político. Fugido de um lugar no norte. Acho que ele pode ser um bolchevique. Um revolucionário!

— E você gosta disso.

— Que homem bom e honesto não gosta? A aliança de soldados, camponeses e trabalhadores...

— Então, por que você o prendeu?

Houve silêncio. Bublik limpou a garganta e manuseou nervosamente a lingüeta de segurança do fuzil.

— Matula — disse Racanski.

— Eu sei — disse Mutz. — Quando vocês vão fazer uma revolução contra *ele*?

— Uma revolução sem lanternas? — exclamou Bublik. Fez figa para Mutz. — O senhor seria o próximo contra a parede, camarada burguês.

— Ele é boa gente, Tomik — murmurou Racanski.

— Na revolução, ninguém é boa gente — disse Bublik para o chão.

Mutz abriu a boca, depois a fechou. Ele desejava encontrar alguma forma de tratamento para esses homens. Nesse sentido, ainda estava escondido sob as ruínas do império no qual tinha vivido, e que morrera. Tinha uma fraqueza por categorias. A maioria das pessoas tem. Ele era o camarada-judeu-tenente-senhor. Sabia como era arriscado abraçar velhas categorias nesses dias de revolução e guerra civil e novos países, mas não conseguia resistir. Abriu a boca outra vez.

— Meus... — Bublik olhou para cima — ... co-funcionários. — Os olhos de Bublik se estreitaram e as pontas de seu bigode pareceram virar para trás, como as orelhas de um gato. Estava cheio de desprezo, mas não conseguiu deixar de gostar da frase. — Vocês o revistaram?

— Ele tem a sujeira de um homem — disse Bublik.

— Ele fede — disse Racanski. — E tem piolho.

— Vamos limpá-lo — disse Mutz. — O que vocês acharam?

A lanterna foi direcionada para um monte de andrajos imundos no chão. Entre eles, havia uma extensão de metal modelado como faca tosca, um rolo de pergaminho de bétula, algumas extensões de corda feita com as tripas de um animal, e uma carteira de papelão.

— Não é muito, não é? — disse Racanski.

Mutz abriu a carteira e tirou a fotografia. Seu estômago deu uma reviravolta.

— Isso estava entre seus pertences? Ele conhece Anna Petrovna?

Bublik e Racanski juntaram-se perto da luz para ver a fotografia.

— Nós não percebemos que era ela — disse Racanski. — Ele disse que a achou na rua.

Mutz pegou o pergaminho e o desenrolou. Nele estava rabiscado, em letras maiúsculas malfeitas, "ESTOU MORRENDO AQUI. K.". Ele pôs o pergaminho e a carteira em seu bolso e perguntou se Samárin tinha dito alguma outra coisa.

Bublik aproximou o rosto de Mutz e riu.

— Alguém tentou comê-lo — disse.

Mutz pegou a chave da cela e a girou na fechadura.

— Vou deixar aberta — disse para os soldados. — Fiquem de olho.

— Se você puser a mão nele, vai ter que se entender conosco — disse Racanski.

Mutz entrou na cela e fechou a porta atrás. Olhou para baixo, para o prisioneiro, que tinha fixado o candeeiro na ponta do catre de ferro e estava sentado de pernas cruzadas sob sua luz, no chão, lendo um velho exemplar de *Diário da Tchecoslováquia*. Já estavam todos velhos quando chegavam a Iazik.

— Você lê tcheco? — perguntou Mutz, em russo.

Samárin olhou para cima.

— Tem cigarros? — perguntou.

— Não.

Mutz pôs as mãos nos bolsos e olhou o prisioneiro. O rosto magro e gasto de Samárin destilava desdém e uma mente impaciente e rápida. Seus olhos se espichavam; eles podiam tocar, afagar, cutucar ou agarrar o que viam.

— Sinto ter tido que prendê-lo — disse Mutz. — Por estranho que possa lhe parecer, temos jurisdição aqui, e já que você não tem documentos, temos que examinar mais de perto a sua história.

— Seria mais fácil me colocar no próximo trem para São Petersburgo — disse Samárin.

— São mais de três mil quilômetros até Petrogrado, e eles estão bombardeando os subúrbios de Omsk — disse Mutz. — Você sabe disso, não é?

Atravessou a cela e sentou-se no catre. À luz do candeeiro, viu um minúsculo movimento no cabelo de Samárin e se deslocou mais para cima no colchão. O estofo de palha chiou sob seu peso.

— Quando fui preso, ainda se chamava Petersburgo — disse Samárin.

— Quando foi isso?

— Em 1914. Fui julgado e levado para o campo de trabalho do Jardim Branco, em 1915. Escapei em janeiro. Nove meses atrás. Estou caminhando há nove meses.

— Haverá um interrogatório sobre sua história amanhã — disse Mutz. Eu gostaria de fazer algumas perguntas agora.

— Então? — disse Samárin. Ele tossiu, escarrou e cuspiu em um canto, pôs o antebraço no joelho e nele descansou a cabeça. Mutz percebeu que ele não estava apenas cansado. Tinha sido moído em cinco anos entre condenados, e depois no ermo. A vida de sua antiga mente, brilhante e rápida, tinha bruxuleado, enganando Mutz quando ele o viu pela primeira vez, mas agora o vazio estava se esgueirando de volta; ele já vira antes o oco dos condenados, quando o vazio não é uma ausência de vitalidade, mas a vitalidade é um desesperado truque ocasional para esconder o vazio.

— Como você cortou a mão?

— Está cheio de farpas cortantes lá fora. Um ramo pontudo.

— Você sabe alguma coisa sobre um xamã tungue com uma testa deformada? — perguntou Mutz.

Samárin tremeu.

— Eu encontrei um assim na floresta, há alguns meses. As circunstâncias eram difíceis.

— Como?

— Outro condenado estava tentando me retalhar.

— Sim. Tentativa de canibalismo. E desde então não viu mais? Você trouxe alguma bebida alcoólica para a cidade esta noite?

Samárin levantou a cabeça e riu. Mutz meio que se levantou, surpreso. Era como se ele estivesse parado no saguão de uma casa escura e fria, tendo uma conversa gritada com uma voz meio sonolenta, abafada, vindo do andar de cima quando, de repente, o proprietário escancara a porta, acende as luzes e liga o aquecedor. Não se tratava de ter julgado mal Samárin mas parecia que até agora não havia falado com ele.

— Tenente Mutz — disse Samárin, levantando-se e olhando para seu interrogador de cima, com uma das mãos no bolso e a outra alisando a barba do queixo. — Antes que pergunte, eles me falaram o seu nome, os camaradas. O senhor não acha que isso tudo está de pernas para o ar? Aqui estou eu, um estudante em meu próprio país, um condenado apenas na definição de uma tirania que agora foi derrubada, junto com as leis pelas quais fui preso. No entanto, estou aqui encarcerado por vocês. Quem é você? Um oficial judeu, pertencente ao exército de um império que não existe mais, agora servindo a um país onde o senhor nunca esteve, porque ele só tem um ano, e está a cinco mil quilômetros de distância. Parece-me que eu é quem deveria estar encarcerando *você*, e *lhe* perguntando o que faz aqui.

Mutz ergueu os olhos para Samárin, que estava acima dele com os braços cruzados e as sobrancelhas levantadas. Ele era alto, e parecia de alguma forma, mais limpo. Do corredor de fora vieram palmas e Bublik exclamou "Bravo!". Mutz sentiu-se caindo em uma fonte de tristeza. Examinou suas botas, franziu os lábios, e disse:

— Bem. Pretendo ir a Praga quando puder, é claro. Qual é o significado deste pergaminho?

Ele tirou do bolso o pedaço de casca. Samárin tomou-a dele e segurou-a na chama do candeeiro. Ela queimou tão rápido que ele a deixou cair e pisou em cima.

— Não era nada — disse rapidamente. — No Jardim Branco os condenados atiram coisas assim do bloco dos castigos. Não preciso ser lembrado disso. Não sabia que estava no meu bolso.

— Por oito meses?

— K... quem era K? Kabantchick, acredito. Um bom ladrão, caso se trate de entrar e sair por alguma janela pequena e alta.

— E a fotografia?

— Como expliquei para os jovens tchecos lá fora, entrei na cidade pelo norte, seguindo um riacho, e depois de passar pelas primeiras fazendas, quando a trilha se torna uma estrada, achei a carteira no chão.

— No escuro.

— Tenho uma vista boa.

— Você conhece a mulher na fotografia?

— Eu deveria?

— Bem, conhece?

— Você conhece?

— Sim — disse Mutz. — Eu conheço. — Ele esfregou a testa com os dedos da mão direita. — Não sou um policial. Não sou um detetive.

— Está certo. Não se preocupe — disse Samárin. — E a verdade é que eu não tinha luz para ver a fotografia, antes que seus homens a tirassem de mim. Posso vê-la agora?

Mutz pegou a fotografia e a deu para Samárin, que se sentou no catre e a segurou contra a luz do candeeiro, com o polegar e o indicador de cada mão, pinçando a borda branca com suas unhas quebradas e sujas para evitar manchar a foto. Era a mesma

Anna Petrovna que Mutz gravara na nota tcheca de uma coroa, a mesma massa de cabelos encaracolados presos na nuca e os mesmos olhos famintos, porém alguns anos mais jovem, e mais feliz: Anna antes da guerra. O vestido escuro com o colarinho alto pareceria fora de moda agora, mas pelos aparentemente descuidados dois botões desabotoados em cima, e pela maneira como a cabeça de Anna apoiada em sua mão deixava visível uma linha pálida de sua garganta, estava fora da questão da moda. Onde os fotógrafos de estúdio deixariam a cútis branca e suave sob uma luz uniforme, esta foto estava dividida em extremos de luz e sombra. O áspero contraste entre os planos do rosto de Anna escurecidos e iluminados era realçado pelo contraste entre a severidade do próprio *chiaroscuro* e a felicidade de seu sorriso. A luz — era difícil dizer se era luz do sol ou algum artifício teatral da eletricidade — captava as rugas minúsculas e os defeitos mesmo em sua pele jovem e isso, contra o modo perfeitamente simples como as maçãs do seu rosto e seu nariz levemente arrebitado estavam delineados, a fazia parecer jovem e sábia ao mesmo tempo.

— A beleza — disse Samárin. Se ele o tivesse dito de outra forma, Mutz teria se irritado e se arrependido de lhe ter mostrado a foto. Mas do modo como foi, ele o disse de maneira prosaica, como se ser bonita fosse uma profissão como a de carpinteiro ou carreteiro, e toda pequena cidade tivesse sua beleza, como uma constatação.

— Nem todo mundo acha isso — disse Mutz. — Você a reconhece?

— Não. Pergunto-me quando esta foto foi feita. Quem quer que a tenha tirado, é um mestre.

— É um auto-retrato — disse Mutz. Ele pegou a fotografia e a guardou. — Você tem algum motivo para pensar que ela pode estar em perigo?

— Nem mesmo sei o nome dela. Posso lhe dizer que todo mundo nesta cidade está em perigo. O segundo condenado estava atrás de mim. Conhecido como Moicano. Não sei seu nome de nascimento. Ele é muito metódico quando se trata de matar. Algumas dúzias de soldados tchecos não vão atrapalhá-lo.

— Você conhece um homem chamado Balachov?

— Não. Diga-me, qual é o nome dessa mulher?

— Não é necessário que você o saiba.

— É Anna Petrovna? É, sim! Posso dizer por sua expressão. Meus guardas me falaram sobre ela. Dê-lhe meus cumprimentos pela fotografia. Esta foto durará muito mais do que nós.

Houve um momento de silêncio. Mutz sentiu que Samárin o observava. Ele se virou e o prisioneiro o encarava com uma expressão de amizade natural. Realmente, quando ele falou, foi com o interesse mais delicado e íntimo, como se os dois homens fossem amigos há anos. Por um instante Mutz se viu tentando se lembrar de seus conhecidos. Ele conhecia este homem? Ridículo. E, no entanto, poderiam existir homens com o poder, pelo tom de voz, expressão e uma habilidade para interpretar os outros, de fazer parecer que são amigos de todos os outros homens? Fazer *parecer* que um segundo de afeto não era menos precioso do que anos — que o tempo não fazia diferença? A memória tinha tão pouca importância quando se tratava de dar um valor ao presente?

— Você gosta de Anna Petrovna, não gosta, Jacob? — disse Samárin.

— Não é Jacob — disse Mutz. Um equívoco comum.

— Abraham?

— Meu nome é Josef. Prefiro mantê-lo formal. Você sabia que o xamã morreu?

Samárin balançou a cabeça. Depois estalou os dedos e apontou para Mutz.

— Envenenamento por álcool! — disse. — Você já deixou claro sua suspeita. Por que eu... escute. — Ele abaixou a voz, passou a língua pelos lábios, e olhou em direção à minúscula janela da cela. Estava sério e assustado. — E se o Moicano já estiver aqui? O xamã sabia o que ele tentou fazer comigo! É difícil entender isso, mas se um grande ladrão pode se vangloriar com outros assaltantes por devorar um homem, ele não pode se permitir a vergonha de o populacho comum saber. E eu sei que ele tinha bebida alcoólica em seu poder. Por favor, tenente. Você pode ver como estou cansado, e esse tribunal amanhã — se um de seus sentinelas não ficar de plantão à noite debaixo da janela, eu não vou dormir. Todos a quem contei o que aconteceu na taiga estão correndo perigo. Você, agora. Mas amanhã eu contarei a tantas pessoas que nem ele será capaz de matá-las todas.

— Bublik! Racanski! — gritou Mutz, levantando-se e se dirigindo para a porta. — Venham aqui. — Os dois entraram. Mutz olhou em volta. — O Sr. Samárin pediu uma vigilância mais rigorosa esta noite, e eu sei que todos vocês querem se conhecer melhor. Sugiro que passem a noite juntos.

— Sinto-me honrado — grasnou Bublik.

— Não dê arma a ele. Quanto ao resto, divida o que vocês têm.

— Deixe a lanterna conosco.

— Ainda não vou sair.

Bublik deu um passo para a frente.

— Estamos honrados de ter como hóspede um membro genuíno da classe revolucionária russa, um intelectual, um amigo ativo dos trabalhadores, uma lamparina — um guia para os camponeses, um homem que testemunhou de dentro a natureza da maior revolução que o mundo já viu, que pode nos ajudar a entender os estertores do imperialismo, do capitalismo e do nacionalismo burguês, que pode ser nosso guia para as obras do grande Karl Marx. Camarada Samárin! — Bublik bateu palmas. Racanski também.

— Dê-me um cigarro — disse Samárin. Bublik cutucou Racanski, que lhe deu um e o acendeu. Samárin fumou avidamente.

— Houve uma revolução? — perguntou ele.

— Sim! — exclamou Bublik, erguendo o punho no ar.

— Suponho que houve bandeiras, marchas, uma troca de governo, a punição dos proprietários, alguns incêndios e pilhagem, uma redistribuição de terra e espaço para morar, um tanto de justiça rápida?

— Sim! — disse Bublik, abaixando um pouco o punho, menos seguro. — Tudo mudou.

— E você mudou?

— Sim! — disse Bublik, levantando o punho outra vez. — Não! — Ele deu um tapa na própria testa, no peito, bateu a base de seu fuzil no chão, empurrou Racanski. — Eu me sinto... ignorante. Isto é, sem instrução. Não é culpa minha. Todos nós somos vítimas do sistema educacional controlado pela burguesia austro-húngara. Existem tantos... processos.

— Sou apenas um estudante, você sabe — disse Samárin, aspirando calor cinzento para seu pulmão. — Não sou um revolucionário, como você diz. Cinco anos em um campo de trabalho forçado. — Ele riu. — Por um mal-entendido! Mas, se é que vale alguma coisa, é assim que me parece: uma revolução acontece quando ela acontece aqui. — Ele bateu na cabeça.

— Excelente! — disse Bublik, levantando-se e se sentando de novo várias vezes. — Você vê? Conciso, direto. Camarada Samárin, qual é a melhor maneira de realizar essa revolução interior? Muitos dos soldados e oficiais...

— Tem aqueles que são naturalmente virtuosos — disse Samárin.

— Sim!

— Naturalmente generosos. Pessoas sem egoísmos, que trabalham para o bem comum, que dividem sem buscar vantagens, que fazem sacrifícios sem esperar gratidão. Pessoas que não precisam ser organizadas.

— Sim! Eu mesmo...

— Todo o resto tem que ser destruído.

— Destruído... entendo.

— É muito fácil de ver, mas é muito difícil de encarar. É assim: embora não exista Deus, uma revolução verdadeira tem de ser como uma punição divina. Seus agentes devem parecer virtuosos como agentes de uma vontade inevitável, irresistível — a deles mesmo —, levando os malvados à condenação. Dê-me um cigarro.

— Dê-lhe um cigarro, Racanski.

— É o último.

— Você quer ser destruído pela vontade do virtuoso? Dê o cigarro a ele! — Bublik puxou-o e deu o cigarro para o prisioneiro, que se inclinou facilmente para a chama do candeeiro e o acendeu. — Continue, por favor, camarada Samárin. Diga-nos como essa destruição deve ser feita. Como os virtuosos serão reconhecidos? Há perigo de equívocos?

— Com certeza — disse Samárin, rindo. Ele rodou para um lado e se apoiou no cotovelo, afastando a fumaça com a mão. — Lembre-se, eu não sei como vai acontecer. Sou apenas um estudante.

Racanski disse:

— Mas, se os destruidores matam inocentes junto com culpados, eles também não merecem ser destruídos?

— Cale-se — disse Bublik.

— Racanski está certo — disse Samárin. — No final, os destruidores destruirão uns aos outros, e será o fim. É por isso que eles podem se permitir comportar-se, como pode parecer, como monstros. Eles estão além da culpa e inocência. São terríveis, assustadores, sangrentos. Mas você não os julga mais do que julga uma enchente, não importa o tanto que ela o aterrorizou, não importa quantos de sua família foram mortos. As águas retrocederão, a enchente terminará, e a terra terá mudado.

Bublik e Racanski olharam um para o outro, Bublik assentindo. Racanski olhando para Samárin com a boca levemente aberta. Ele se abaixou até o chão e se sentou de pernas cruzadas, o fuzil sobre seu colo, olhando para o prisioneiro. Respirando pesado pelo esforço, Bublik fez a mesma coisa.

— Alguém sabe alguma piada? — perguntou Samárin.

— Está vendo? — murmurou Racanski para Bublik. — Agora ele alivia o ambiente, e atrai os camponeses e trabalhadores com diversões e anedotas instrutivas.

— Eis uma — disse Samárin. — Um assassino leva uma menina para a floresta à noite. Está escuro, as árvores estão gemendo ao vento, e não há ninguém nos arredores. A menina diz para o homem: "Estou com medo". E o assassino diz: "Você está com medo? Sou eu quem vai ter que voltar sozinho para casa!".

Houve silêncio por alguns momentos. O rosto de Bublik se enrugou, ele apertou os olhos, abriu a boca e deu uma gargalhada longa, esganiçada. Samárin, Racanski e Mutz olharam para ele enquanto ele bufava, balançava a cabeça, limpava os olhos e continuava com a risada.

— Voltar sozinho! — disse ele, e se dobrou outra vez. — Minha nossa! Está entendendo?

Mutz aproximou-se do círculo dos três homens e pôs a lanterna no meio.

— Pronto — disse.

Bublik ergueu os olhos para ele e se virou para Samárin. Samárin disse para Mutz:

— Você é um homem generoso, Josef, por deixar sua lanterna quando está escuro. É claro que também ninguém o verá. Se estiver indo para casa de Anna Petrovna, tenho certeza de que sabe o caminho.

— Não gosto de intimidades — disse Mutz. — Tenha o prisioneiro despiolhado e limpo, com roupas novas, às nove da manhã, sargento Bublik. Por favor.

E saiu para a casa de Anna Petrovna.

Anna Petrovna

Anna Petrovna Lutova nasceu em 1891 em uma cidade da província de Voronej, na estepe européia, em uma época de fome na região. Sua mãe começou o trabalho de parto em uma tarde chuvosa de outubro e seu pai saiu para buscar o doutor. Quando os dois homens chegaram, seu pai estava pálido. Enquanto o doutor subia as escadas para ver a mãe de Anna, o pai sentou-se na cozinha sem falar, bebendo copos de conhaque, deixando a metade cair no chão porque enchia o copo até a borda e então sua mão tremia, e ele não deixava a empregada encher seu copo mas olhou como pateta quando ela tentou tomar a garrafa vazia de seus dedos. Para encontrar o doutor, ele teve que atravessar os limites da cidade. No caminho, passou por uma família na beira da estrada, três crianças que pareciam estar morrendo de fome, com a pele dos rostos caída sobre os dentes e as orelhas salientes, dormindo na grama molhada, e seus pais de pé ao lado delas, o pai com um paletó preto sobre o macacão, um boné achatado e as mãos para trás, olhando à distância; a mãe, com seu lenço de cabelo ensopado grudado na testa, foi para a frente da estrada quando o cavalo se aproximou, e falou com ele. Chamou-o de "senhor" e pediu ajuda. O pai de Anna passou sem parar. Por que a mãe e o pai deixaram os filhos dormir no chão ensopado, com a chuva caindo em seus rostos, e crianças tão fracas e desnutridas? Isso o preocupou e não o preocupou. No caminho de volta ele contou para o doutor que o olhou sem dizer nada até que, meio quilômetro adiante, ele se ergueu na sela e se virou e disse para o pai de Anna: "Provavelmente as crianças morreram de fome". Quando passaram pelo lugar, a família tinha partido. O doutor disse que só os camponeses ricos tinham ficado nas aldeias, o resto fora para as cidades, ou para as florestas. O povo estava comendo cascas de árvores e lagartos. Eles viram outra vez a família numa carroça, no limite da cidade. A mãe a o pai sentavam-se com as costas para o carroceiro. As crianças mortas estavam deitadas embaixo de uma peça de lona com poças de água suja nas dobras, e a superfície das poças enrugava-se à medida que as rodas da carroça passavam pelos buracos da estrada e a chuva pingava na água. Os pais não ergueram os olhos quando o pai de Anna e o doutor passaram a galope.

Anna escutou a história pela primeira vez de seu pai quando tinha catorze anos. Até então ela acreditava no que escutara de sua irmã mais nova, que tinha escutado da governanta, que o pai estava tão aterrorizado com o pensamento do parto que se embebedou de pânico. O pai que ela sabia que bebia apenas nos feriados e piqueniques, ou quando estava com amigos, e então bebiam por muito tempo, sérios brindes um ao outro e a pessoas com nomes estranhos como Obri Berdsley e Gustav Klint, e Anna sentiu-se orgulhosa porque, quando nasceu, seu pai estava tão emocionado que recorreu à garrafa, e cantarolou uma canção na cozinha para a filha enquanto ela nascia, talvez.

Seu pai era um artista. Era autodidata e espalhava que paisagens eram uma forma morta. Desprezava a fotografia, chamando-a de corrupta, degenerada, degradada, e se recusava a permitir que qualquer membro da família tivesse sua foto tirada. Sempre que eles pediam, ele prometia pegar seu bloco de desenhos mais tarde, mas, quando terminava o que o impedira de desenhar — por estar fumando, lendo algum romance, ou escrevendo uma carta —, esquecia-se do bloco. Ele pintava retratos de negociantes, intelectuais e aristocratas de Voronej, e de suas esposas. Abordava-os para pedir que posassem para ele, e não o contrário, mas a verdade era que às vezes eles se ofereciam para pagar. Ele rechaçava as ofertas, lançando ambas as mãos para a frente convincentemente, como se estivesse encurralando touros numa paliçada, e dizia: "Um verdadeiro artista não trabalha por dinheiro. Um verdadeiro artista não precisa de dinheiro." Era verdade que o pai de Anna não precisava de dinheiro porque a renda da cervejaria que a família possuía em Lipetsk era suficiente para pagar pela manutenção da casa, as roupas da família, a comida, quatro empregados e as coisas cobiçadas que apareciam na casa na virada do século — a bicicleta, o gramofone e a luz elétrica.

Anna cresceu com o cheiro de tinta a óleo, telas e madeira recém-aplainada que transpiravam quando a porta do ateliê se abria, com os modelos que subiam rígidos as escadas rangentes, os proprietários de terra que vinham de suas casas no campo com bainhas puídas e caspas, cheirando a umidade, os burocratas intermediários rígidos em seus uniformes novos, as lindas mulheres altas, às vezes em duplas, às vezes sozinhas, farfalhando com graça apressada em direção à luz que iluminava o andar superior. Depois de semanas, o pai de Anna a deixava entrar no ateliê e lhe mostrava o quadro, e ela ficava atônita com a maneira como o pai mudava seus retratados, como as veias vermelhas desapareciam das faces dos proprietários de terra cujos narizes pareciam mais afinados, como o volume de suas barrigas migrava para cima, para o peito, como as lindas mulheres se tornavam mais jovens e suas cinturas, mais finas do que realmente eram, como os burocratas de olhos evasivos e rostos mortos pareciam olhar de seus retratos com sabedoria e um desejo de fazer o bem para a humanidade que você nunca percebia quando os via na rua. Quando era menina, Anna achava que os clientes de seu pai deveriam ficar muito agradecidos a ele por suavizar todas as suas rugas, manchas, inchaços, verrugas e estrabismo, por afastar os cabelos muito abundantes dos rostos das mulheres e colocá-los nas cabeças dos homens, por fazer, na verdade, todas as mulheres e todos os homens parecerem exatamente iguais uns aos outros, para que nenhum deles ficasse com inveja. Achava que eles deveriam pagar quantias elevadas por seus retratos, talvez em ouro.

Uma tarde, algumas semanas antes do aniversário de quinze anos de Anna, seu pai a chamou em seu ateliê para lhe mostrar o retrato que fizera do representante local da nobreza. Apesar de gostar da arte contemporânea, em seu próprio trabalho o pai de Anna era conservador. Seus retratados se vestiam formalmente e sempre se posicionavam contra um fundo escuro, tão escuro que era difícil dizer se representava a noite, ou era uma cortina, ou simplesmente uma camada vívida de tinta preta. A perspectiva era dada por objetos em primeiro plano, como uma caveira, ou livros, ou um globo, colocados em uma mesa na qual os dedos do retratado descansavam com delicadeza. Anna reconheceu o representante pela quantidade de medalhas e condecorações que o pai detalhara em seu peito. Na mesa, seu pai tinha pintado três camundongos da época da colheita que pareciam ter morrido de fome. Suas costelas sobressaíam, seus quadris estavam secos e a pele estava puxada para os crânios, as bocas abertas em agonia. Ele nunca pintara nada tão real ou tão medonho. Anna percebeu que o pai estava excitado, e nervoso. A pintura estava quase seca mas ele ainda usava seu guarda-pó. Aquele dia, ele não descera para almoçar, não tinha sido visto no desjejum, nem mesmo tinha beijado suas filhas na noite anterior. Havia manchas de tinta em sua barba e sombras de cansaço e ansiedade em torno de seus olhos.

Anna sabia que o pai queria que ela perguntasse sobre os camundongos, portanto ela perguntou. Ele lhe contou sobre as crianças mortas que vira no dia em que ela nasceu, e como o representante da nobreza, que era o principal proprietário de terras da região, vendera todo o grão que tinha em estoque e o enviara para o exterior enquanto seus arrendatários morriam de fome, e depois tinha tentado impedir que outros aristocratas e o povo da cidade angariassem dinheiro para aliviar a escassez de víveres, por receio de que no exterior se pudesse pensar que havia fome. Anna olhou para a pintura, e olhou para o pai sorrindo e franzindo a testa e piscando e mordendo o cabo do pincel. Seu primeiro pensamento foi que era muito desatencioso outras crianças morrerem no dia de seu aniversário. Seu segundo pensamento foi que o representante da nobreza, que ela vira subir sufocado as escadas até o ateliê, que sorrira e fizera um aceno de cabeça para ela, um homem pequeno de pele cinza e bigodes brancos muito azeitados, era um monstro. Ela sentou-se à mesa onde o pai misturava suas tintas e uma lágrima correu-lhe em cada face. Seu pai largou o pincel, pôs as mãos em seus ombros, tirou-lhe o cabelo do rosto, beijou-a na testa e lhe disse para não se preocupar, ele provavelmente não seria preso. Isso não fez sentido para Anna, que estava chorando porque lhe parecia uma maneira cruel de desaparecer da memória de sua família, mortos e sem nome debaixo de uma lona na chuva, e ela se sentiu responsável, e envergonhada por não ter estado lá para ajudar.

Ela lhe perguntou outra vez o que os camundongos significavam. Ele sentou a seu lado e disse que eles eram um símbolo da fome. Ela lhe perguntou por que, em vez de pintar um símbolo da fome, ele não tinha pintado a fome. Seu pai enrubesceu, levantou e lançou as mãos ao ar e balançou a cabeça e disse que ela não tinha idéia do risco que ele estava correndo, ofendendo um homem tão poderoso como o representante, mesmo com um símbolo. Ele podia ser enviado para o exílio na Sibéria.

Anna limpou os olhos, fungou e franziu a testa. Ela não queria que seu pai fosse enviado para a Sibéria, ela lhe disse. Disse que, se ele ia ofender o representante, talvez fosse melhor pintar as pessoas verdadeiras das terras dele que tinham morrido de fome, pois ele poderia ficar tão ofendido quanto quisesse, mas não poderia discutir que não era assim. Ela disse que, se ele queria ofender o representante, não devia tê-lo pintado como um homem alto e forte, com olhos penetrantes e as mesmas faces rosadas de todos os outros homens e mulheres que pintava, devia tê-lo pintado como ele era, de pele cinzenta, ossudo e matreiro. Seu pai ficou zangado, agarrou-lhe o braço, expulsou-a do ateliê e bateu a porta.

Alguns dias mais tarde, o pai de Anna embrulhou o quadro e foi a uma reunião vespertina da assembléia da cidade, onde ia apresentá-lo ao representante, que não o tinha visto. Quando Anna viu como ele estava assustado, ela também se assustou. Seu pai abraçou-a e beijou-a e também sua irmã e sua mãe como se nunca mais fosse vê-las outra vez. O medo tinha penetrado fundo nele. Anna compreendeu que era um fragmento do mundo exterior que havia cortado o coração do seu pai. Ela, na verdade, nunca vira isso antes, a força terrível e o acúmulo da falta de misericórdia de todas as pessoas que você não conhecia que poderia atingir você e fazer você ter medo. Ela nunca vira isso, e agora via no rosto do pai. Depois, ela viu isso nele só mais duas vezes, quando ele ouviu que havia uma greve na cervejaria, e quando ouviu que era um artista ruim. Quando ela viu isso, percebeu que já tinha visto isso antes, que outras pessoas tinham isso o tempo todo, os homens com ternos empoeirados e bonés puídos que caminhavam devagar pelas ruas como se tivessem medo de ir para casa, e a ausência disso em seu pai era um sinal dos poucos negócios que tinha com aquele mundo. Fazia com que ela desejasse capturar isso e persegui-lo. Mais tarde, quando conheceu seu esposo, ela não veria nele nem o medo da negligência do grande mundo, nem a ignorância deliberada do seu pai quanto a isso, mas a crença em um outro mundo.

Naquela noite seu pai não voltou para casa, e Anna, sua irmã e a mãe ficaram acordadas até depois da meia-noite tomando chá e jogando cartas. A mãe de Anna disse aos empregados que fossem para a cama e as três ficaram sentadas juntas no divã, observando o relógio alemão na parede ao lado da lareira. A mãe ficou passando os dedos pelos cabelos das meninas até que elas lhe pediram para parar porque estava esfregando muito forte o couro cabeludo delas e adormeceram no ombro da mãe depois de o relógio bater as duas. Às cinco, houve batidas na porta e a casa acordou para as notícias. O pai de Anna tinha sido preso, seguindo as ordens do representante da nobreza, e estava na cadeia da cidade. A mãe de Anna pegou um xale e um chapéu e arrastou suas duas filhas sonolentas para a rua. Era maio, a luz começando a aparecer, e elas correram, avançaram e se apressaram pelas ruas vazias empoeiradas de azul, observadas por bêbados vagarosos. Anna ficou do lado de fora da cadeia, segurando a mão da irmã, escutando sua mãe argumentar por horas com o guarda no portão, tentando ver seu esposo, chorando e balançando o lenço no rosto do guarda e apontando para suas filhas. O guarda escutava atenciosamente, assentia, virava a ponta de seu bigode para baixo e não dizia nem fazia nada, enquanto uma pequena multidão de esposas de outros prisioneiros, mais pobres do que a mãe de Anna e zangadas porque ela estava recebendo toda a atenção, se juntou no portão. No final, a mãe de Anna se afastou, de cabeça baixa. Olhou para Anna e lhe perguntou com a voz rouca dos pedidos por que ela não estava chorando; teria ajudado. Então Anna chorou.

Seu pai ficou dois dias na prisão. Não foi enviado para a Sibéria, nem multado, nem julgado. O representante da nobreza ficou ofendido com o quadro. A acusação era ruim, mas o fato de, no início, ele não ter compreendido que estava sendo acusado foi pior, eram só três camundongos, afinal, e todos sabiam que ele estava sendo acusado porque o pai de Anna tinha passado meses tomando coragem para pintar os camundongos, e tinha tomado providências para que todos soubessem o que ia fazer. Mas era 1905 e o representante da nobreza era prudente. O conselho era um ninho de liberais, o exército usava a artilharia nas ruas de Moscou, camponeses estavam pondo fogo nas propriedades dos senhores. Um dia houve fumaça na cidade vindo de onde a Centúria Negra estava batendo nos judeus, e fumaça vindo de fora da cidade onde a casca seca da casa da herdade de Kulin-Kalenski fumigava pelos buracos das janelas. A polícia fazia seu próprio jogo, e não se devia confiar nos jornais, os editores tinham perdido seu medo característico. Quando a própria filha do representante lhe disse que ela não seria bem recebida em algumas das melhores casas da cidade porque ele prendera o artista Lutov, ele deu um jeito de o pai de Anna ser libertado.

O pai de Anna voltou para casa em triunfo, abraçou ternamente a família e, depois de uma hora, saiu para um banquete em sua homenagem oferecido pelos liberais mais importantes da cidade, onde foi elogiado nos discursos como o leão da democracia, e nos brindes seu nome foi unido tantas vezes à urgência de uma constituição e do estabelecimento de um parlamento eleito que ele chegou a acreditar que os três eram partes de um todo, e que um sem o outro não teria sentido. Depois das semanas e meses que se seguiram, essa idéia saiu da mente de todos os que compareceram ao banquete, exceto da mente do pai de Anna, que continuou a acreditar que, de todo o heroísmo demonstrado na luta por liberdade em 1905, o seu foi o mais extraordinário.

Sua família via-o pouco, e o pó se juntava em sua paleta e pincéis, enquanto ele fumava caixinhas de tabaco e tomava café turco com liberais e revolucionários em restaurantes escuros e abafados apartamentos de conspiradores. Ele conheceu o revolucionário Tsibasov, recuperando-se das feridas que obteve lutando contra os cossacos em Odessa, em fuga da polícia, provavelmente enforcado se fosse pego, uma cicatriz atravessando-lhe o queixo onde um sabre quase cortou sua cabeça em duas. Quando o pai de Anna o saudou como um guerreiro do pensamento correto que tinha feito pela causa quase tanto quanto ele, Tsibasov — que aos dezesseis anos tinha falado em um congresso revolucionário em Viena, por uma hora, sem anotações — ficou tão atônito que não conseguiu pensar numa resposta. O pai de Anna começou a passar seu tempo em uma casa que funcionava como escola noturna para mulheres jovens que queriam aprender o marxismo. Ele era capaz de lhes falar sobre Marx com mais eloqüência e convicção do que elas podiam reunir, porque não era estorvado por nenhum conhecimento sobre os escritos do grande pensador. Algumas das jovens marxistas não eram muito mais velhas que Anna.

Uma noite abafada do verão seguinte, a cabeça da irmã de Anna começou a doer. Ela ficou febril e seu nariz sangrou. Ficou na cama por dez dias, tossindo sangue, delirando e agitando-se em rolos úmidos de linho. O doutor encontrou uma erupção em seu torso e diagnosticou tifo. Eles enviaram telegramas atrás de telegramas para o pai de Anna, que tinha alugado um bangalô na Criméia durante o mês de julho, pretendendo aprofundar seu estudo de Marx, mas devem ter se extraviado porque, quando ele retornou a Voronej, sua filha mais nova mal conseguia se mexer. Sua respiração rouca e leve era o som mais alto do quarto silencioso onde ela ficava. Anna encontrou seu pai na porta, eles se abraçaram e subiram as escadas de mãos dadas até o quarto. A mãe de Anna estava sentada em uma cadeira dura ao lado de sua caçula, contando para ela sobre um baile a que comparecera em São Petersburgo, e o vestido de seda que usara. Os olhos de sua filha estavam fechados e seus lábios, levemente abertos, tinham um fina camada de espuma. Quando o marido entrou, a mãe de Anna ergueu os olhos mas logo os afastou, sem parar o que estava dizendo, como se um estranho, um estranho com alguma razão para estar ali, mas mesmo assim um estranho, tivesse entrado. O pai de Anna se inclinou, pôs sua mão na testa da filha e falou o nome dela várias vezes. Ela não se mexeu. O pai de Anna deu um suspirou lento e profundo, franziu o cenho e disse:

— Tenho que pintá-la.

Ele foi buscar o cavalete e um quadrado vazio de tela e começou a fazer um esboço de carvão. Anna o observava. Ele ficava olhando do esboço para a filha como se fosse para a vida. A figura na tela estava de pé, no entanto, como todos os retratados por seu pai. Anna viu aparecer uma versão criança de todas as mulheres que seu pai havia pintado, esbelta, com braços compridos e magros e pernas que se curvavam para lá e para cá, como se fossem feitas de corda, lábios pálidos, ondas de cabelos líquidos, um nariz pequeno e arrebitado e enormes olhos negros, enquanto a irmã de Anna era gorducha, de nariz achatado, pequenos olhos castanhos, lábios vermelhos e cabelos finos e macios que pareciam tentar se desgarrar mesmo quando presos em rabos-de-cavalo.

— Papa — disse Ana. — Papa. Eu sei o que devemos fazer. Precisamos tirar sua fotografia. Eu posso ir correndo chamar Zakhar Dmítrievitch. Não dá tempo para o senhor pintar.

O pai ergueu os olhos para ela, deixou cair seu material, beliscou-a no alto do braço e a puxou para fora do quarto, fechando a porta. Perguntou-lhe o que queria dizer quando disse que não dava tempo. Estava dizendo que sua irmã ia morrer? Não tinha vergonha?

— Ela vai morrer — disse Anna, olhando para o chão. — E será enterrada e não teremos nem uma única fotografia para lembrar como ela era realmente.

Seu pai ficou branco. Deu-lhe um tapa no rosto, a primeira vez que lhe batia, e lhe disse que era uma pequena tola e ignorante. Como achava que uma mistura de químicas em um papel, um truque de luz e espelhos, poderia entrar na alma da irmã e ver sua verdadeira natureza? Será que ela era tão fria, tinha tão poucos sentimentos, que não conseguia entender como o pai da irmã, que a viu crescer desde bebê, que tinha o mesmo sangue da filha, que tinha um dom tão poderoso com o lápis e o pincel que sacudira as fundações políticas do sul da Rússia, pintaria um retrato dela no qual toda sua vida pulsante, cantante e seu alento seriam para sempre captados, mais vívido do que um dispositivo barato inventado para camponeses e soldados celebrarem sua feiúra e suas roupas ordinárias?

O rosto de Anna ardia. Ficou surpresa por não chorar. Apertou as mãos atrás das costas e ergueu os olhos para o rosto do pai. Admirada, percebeu que suas palavras tinham causado mais dor a seu pai do que a mão dele no rosto dela. Ele piscava e respirava com dificuldade. Ela quis feri-lo ainda mais. Disse:

— Todos os seus retratos parecem iguais.

Seu pai levantou a mão para bater nela outra vez e ela apertou os olhos bem fechados e encolheu a cabeça entre os ombros. O golpe não veio e, quando ela abriu os olhos, viu que ele deixara a mão cair e estava tremendo. Ele gritou dizendo que ela era um monstro, que não podia ser filha dele, e lhe disse para ir para seu quarto.

A porta se abriu e a mãe de Anna surgiu.

— Ela morreu — disse.

Quando o funeral terminou, o pai de Anna voltou à Criméia. Até o momento em que partiu, ele não falou com ela e passaram-se anos antes que ela o visse outra vez. O aniversário de Anna aconteceu algumas semanas depois do funeral. Sua mãe entrou em seu quarto quando o céu amanheceu, pensando que a filha estivesse adormecida, carregando um pacote grande e pesado, embrulhado em papel creme. Assim que a mãe saiu, Anna foi abri-lo. Era uma câmera francesa, em uma caixa de madeira com dobradiças forrada de veludo com uma alça como uma mala. Além da câmera, a caixa continha um tripé, frascos de químicas, várias lentes, um cabo com um êmbolo para pressionar o obturador a distância e um livro grosso intitulado *Princípios da fotografia*, tudo arrumado em bolsos de veludo.

A primeira fotografia de Anna mostrou-a de pé em frente da penteadeira de seu quarto, com a luz do sol vindo por trás da câmera, brilhando através de janelas altas. Era o começo da tarde e o sol incidindo sobre Anna estava intenso, brilhante e quente. Em sua inexperiência e ansiedade, ela não pensara sobre luz e sombra e, na foto, ela flutua em um paralelograma fascinante que se afasta da escuridão do quarto sem luz em volta, onde pedaços e cantos obscurecidos escapolem sem formas para as margens do papel. Seu vestido branco estava tão superexposto que era impossível perceber qualquer detalhe ou textura e, na foto, ele parecia brilhar com luz própria. Ela estava com dezesseis anos. Seu cabelo estava amarrado atrás em um rabo-de-cavalo e seu rosto era bem nítido. Ela segurou o cabo do obturador atrás das costas e, depois de pressioná-lo, esforçou-se o mais que pôde para ficar parada um longo tempo para que a exposição não se transformasse numa mancha. Sua cabeça estava levantada. Parecia orgulhosa e feliz, olhando para o mundo com olhos úmidos pelo esforço de mantê-los abertos no sol sem piscar e mal mantinha os lábios unidos na tentativa de não rir.

Anna pegou uma parte do porão para laboratório, persuadiu a mãe a comprar uma cortina de feltro preto para pendurar do teto ao piso no canto atrás dos barris de picles, e assustava todo mundo com o cheiro de suas químicas e seus gritos quando qualquer um tentasse puxar a cortina quando ela estivesse revelando as fotos. Pegou os quadros a óleo que o pai pintara dela e estavam pendurados por toda a casa, novos quadros para cada ano de sua vida, e os colocou na fogueira de folhas que o jardineiro fez em novembro. A mãe viu da janela, com o cenho franzido, e não tentou impedi-la, mas o jardineiro se recusou a queimá-los, e disse que os levaria para seu irmão no campo, e foi como eles terminaram em uma banca do mercado, foram comprados por uma ninharia, e desapareceram. No lugar deles, Anna pendurou seus auto-retratos e fotos da mãe. Ela quis colocar uma foto dos empregados no saguão, mas a mãe se opôs e insistiu que o pendurasse na copa. Anna foi ao cemitério e tirou uma foto da sepultura da irmã na primeira neve, com resíduos pegajosos de cristal entre os pequenos seixos da base da pedra, e um ramo de crisântemos secos, ulcerados pelo frio, enfiado em um ângulo como se procurando abrigo. Colocou-a em uma moldura preta com uma fita preta na transversal em um canto, e quis pendurá-lo no lugar da última pintura que o pai fez da irmã, mas a mãe balançou a cabeça, e Anna o colocou em sua penteadeira.

Anna levou a câmera para o mercado e fotografou velhas camponesas com aventais manchados e com os grandes nós dos dedos descansando no balcão, ao lado dos castelos brancos de *tvorog** desabados, os olhos profundos e céticos no fundo das bochechas vermelhas. Algumas puxavam a ponta do lenço da cabeça sobre o rosto e a enxotavam e começavam a gritar que ela estava lhes passando mau-olhado. Outras riam e pediam a Anna que lhes desse uma cópia, e quando ela pedia seus endereços, elas cha-

*Requeijão. (*N. do E.*)

mavam a si mesmas de Tia e davam seus primeiros nomes e os nomes das aldeias. Anna tirou fotos de um grupo de trabalhadores empilhando sacos de grãos nas barcaças do Don, todos eles pararam o que estavam fazendo e se arrumaram timidamente em duas filas suadas, e nenhum deles sabia se dobravam os braços ou se seguravam as lapelas dos paletós ou se punham as mãos para trás nas costas, ficavam se mexendo e dando risadinhas e dando cotoveladas um no outro e cochichando como garotas, até que ficaram mais ousados e começaram a perguntar se ela era casada, e se gostaria de dançar, e se podiam levá-la para passear no rio, e no final estavam todos rindo e cantando canções e fazendo palhaçadas, até que o capataz saiu de um depósito onde estava tirando uma soneca e gritou para que voltassem ao trabalho.

Certa manhã, ela se levantou antes da aurora para fotografar pescadores em barcos pequenos, os cascos carregados de peixinhos prateados como poças de mercúrio, antes que o sol queimasse a bruma do rio. Ela postou a câmera no balcão da família para fotografar a cruz sendo carregada pelas ruas da cidade, os padres cegos pelo pó açoitado por um vento de verão, suas vestimentas pretas e brancas estalando com o som como o de uma população de gansos se levantando todos de uma vez no campo, e um indigente louco, de terno preto rasgado e sem camisa nem sapatos, pulando e saltando para trás na frente da procissão, a cabeça levantada para a cruz dourada, alternadamente estendendo as mãos para ela ou esfregando-as juntas como se estivessem pegando fogo, ou apertando-as contra os lados da cabeça. Ele tropeçou e caiu de costas e a procissão passou sobre ele. Alguns dos padres o chutaram ao passar e um deles colocou a sola da bota exatamente no peito do pobre coitado. No final, ele foi empurrado para o lado da rua, sangrando no canto da boca, por um grupo de freiras que o colocaram com cuidado na sarjeta e se apressaram atrás da cruz. Depois de alguns minutos o lunático se animou e, de quatro, seguiu a nuvem de poeira.

Um dia no outono de 1907, Anna foi tirar fotografias de um grupo de estudantes que tinham combinado uma reunião do clube de natação, colheita de cogumelos e patinação. Eles nadaram, patinaram e colheram cogumelos, mas só para esconder da polícia que discutiam o comunismo. Anna escutara falar de comunismo, a palavra estava no ar, mas não tinha certeza do que era; tinha a idéia de que era uma seita austera, meritória, artístico-filosófica, talvez com tendências vegetarianas, cujos membros viviam em cabanas nas clareiras das florestas — pessoas sérias, homens intelectuais de barbas compridas com roupas de camponês, mulheres com vestidos pretos simples, que passavam o tempo discutindo como podiam fazer do mundo um lugar melhor, embora eles fossem de famílias boas e prósperas, cultivando e cozinhando suas próprias comidas e mesmo lavando suas próprias roupas, embora fosse um mistério como conseguiam tempo suficiente para discussão sem empregados para fazer todo esse trabalho. Talvez as mulheres lavassem as roupas e cozinhassem e colhessem as batatas, deixando os homens livres para se organizarem para as discussões. Anna não lia jornais, só romances e poesia. Grande parte do tempo em que ela lia Aleksandr Blok, não entendia o que ele queria dizer mas amava a luz, as cores e o espaço, sem formas mas complicados, para os quais suas palavras pareciam abrir uma perspectiva, deixando-a desejosa. Ela perguntou aos estudantes se comunismo tinha algo a ver com marxismo. Um estudante magricela de óculos e cabelo disperso e comprido que ia até o colarinho, os pulsos finos saindo dos punhos de um casaco velho de lona várias vezes menor do que ele, olhou-a como se ela tivesse perguntado quantos dias existiam na semana, antes de começar, com prazer crescente, a explicar. Anna interrompeu e perguntou se ele conhecia um homem chamado Lutov.

— Conheço de nome — disse o estudante. — Ele diz que é um artista. Já vi seus quadros. Ele usa as formas burguesas degradadas. Seu estilo é muito primitivo. Pinta arquétipos de mulheres bonitas e homens bonitos. Fala de si mesmo como um revolucionário, como se tivesse colocado uma bomba debaixo do travesseiro do czar mas, pelo que todo mundo sabe, ele nunca fez nada além de distribuir panfletos. De qualquer modo, é um proprietário parasita, que vive do sangue dos trabalhadores de alguma fábrica que possui. Passa a maior parte de seu tempo tentando seduzir as garotas que circulam com os marxistas. Você é justamente o tipo dele. Deve ter cuidado.

Anna seguiu os comunistas para uma reunião que eles tinham organizado numa tinturaria perto do cais. Os trabalhadores cruzaram os braços depois que um deles se afogou em um barril de coltar e seu irmão foi posto no olho da rua porque tirou um dia para ir ao funeral sem pedir permissão. Eram seis os que seguiam pela ruela de pedra para a fábrica não muito depois do nascer do dia. O magricela com as roupas herdadas, dirigente do clube, foi na frente, carregando um punhado de panfletos, um pote de grude e uma brocha em uma sacola de couro nos ombros. Atrás dele, vinha um garoto troncudo, bem alimentado, com um boné de couro preto e um casaco novo de couro preto, o rosto com marcas de alguma doença de infância. Tinha amarrado o cinto de couro tão apertado, com um nó inflexível que não poderia ser desamarrado a não ser sentado e enfiando um cravo, que parecia a figura de um oito. Levava uma caderneta e um lápis em uma das mãos. Estava tentando escrever um artigo para uma revista clandestina, *Jovens Social-democratas do Sul da Rússia*. Uma pequena mulher, de casaco marrom e bonitos cabelos presos em um coque e sem chapéu, a pele pálida e macia como cera, os olhos grandes e azuis lacrimosos, carregava uma bandeira enrolada, feita de tecido vermelho. Caminhava com passos curtos e rápidos e sua cabeça estava ligeiramente inclinada, como se estivesse atrasada e esperasse ser punida. Isso enfatizava o poder e a graça da mulher a seu lado, uma alta e bela princesa comunista de casaco de Astracã, e uma boina encardida de camponês no cabelo preto e curto como era moda da estação em Viena. Tinha a pele morena clara, maçãs do rosto salientes e olhos puxados. Sua avó era uma mongol de Buriat. Carregava uma bolsa na mão enluvada, e ocasionalmente se voltava para sorrir para Anna, que vinha com dificuldade atrás, com o bipé e as chapas em um ombro e a câmera em uma tira, no outro. Ao lado de Anna vinha um homem de rosto doce e eriçado, um judeu com uma velha pele preta de urso que começara a ficar espetada pelo contato com o ar livre, carregando um engradado vazio. Enquanto se apressavam, ele tentava lhe explicar o marxismo, e Anna tentava escutar e entender e ao mesmo tempo imaginava como seria ser seduzida por seu pai, e o que sedução significava, e o que havia no processo, quando acontecia nos romances, que fazia os homens tratarem tão mal as mulheres depois.

Havia outros passando ao lado deles, e entre eles, trabalhadores, um turbilhão que se adensava à medida que se aproximavam do atulhado local de reunião em frente dos portões fechados da fábrica. Duzentos homens estavam de pé entre as ervas daninhas e poças meio derretidas, meio congeladas, manchadas de químicas brilhantes, reunidos em grupos em torno dos mais eloqüentes deles, discutindo o que deveriam fazer. Havia soldados em frente aos portões, um grupo de uma dúzia de cossacos montados em uma elevação entre os trabalhadores e o rio, e protegidos por um abrigo de tijolo pela metade, mais para o lado da cidade, uma tropa da cavalaria regular, observando, fumando e conversando. Anna e os comunistas seguiram o líder até um homem grande, de casaco de lã e chapéu-coco, com uma tira de pano vermelho amarrada no alto do braço.

Os dois homens se apertaram as mãos e o mais velho dos trabalhadores acenou para os outros estudantes. Seu olhar demorou mais tempo nas mulheres, seus olhos se estreitaram e ele se virou para o dirigente e olhou de novo para as mulheres, acenou outra vez e começou a falar com o comunista principal. Ele era muitos anos mais velho do que o estudante alto, mas em algum tempo anterior tinha passado pela linha divisória do entendimento e olhava e falava com o líder não como um trabalhador falando com um estudante ou como um homem autodidata falando com um letrado da universidade ou como um homem que lutava com os punhos e gerava filhos falando com um jovem descorado quase-virgem que até recentemente morava confortavelmente com sua família, mas como um homem com um problema falando com um especialista que tinha a solução. Os outros grevistas silenciaram seus defensores retóricos e se aproximaram do grupo. As duas mulheres desenrolaram a bandeira vermelha e a levantaram. Os lábios dos homens se mexiam enquanto os alfabetizados entre eles liam as palavras pintadas em branco, que diziam: Para Todos os Trabalhadores — Respeito, Dignidade, Justiça. O judeu pôs o engradado na lama e o dirigente subiu, ficando com a cabeça e os ombros acima da multidão. Ele deu o feixe de panfletos para o mais velho, que começou a distribuí-los. O silêncio caiu entre os grevistas que olharam para o jovem comunista, e havia um sentido de expectativa reverente, tal como os praticantes e celebrantes de religiões antigas imaginavam que ocorriam nos primeiros dias de milagres de sua fé, quando a palavra estava prestes a ser ouvida pela primeira vez, mas antecedida pelos rumores de sua eficácia. O murmúrio fraco das máquinas saía da fábrica, um cavalo relinchou, e os homens reprimiram suas tosses.

Quando o dirigente falou, com uma voz insistente que alcançava longe, mergulhando e elevando-se como uma cotovia num campo de feno, parecia aos grevistas que ele conhecia o sofrimento deles, podia nomeá-los e descrevê-los, como se os tivesse observado durante meses, espiando invisível por trás dos seus ombros enquanto eles vigiavam destilarias, cubas e fornalhas. Conhecia o ofício deles, e os considerava homens admiráveis. Chamava-os de respeitáveis trabalhadores, camaradas, irmãos. Sabia como eles eram mal remunerados; que horas compridas trabalhavam; como aqueles que se machucavam eram despedidos no portão sem um copeque que os aliviasse, e em certas ocasiões, perseguidos além dos portões por meirinhos por danos que supostamente causaram à maquinaria com seus membros despedaçados e crânios esmagados; como o proprietário os tratava com familiaridade, como se fossem servos ou criancinhas; como a maior parte do que pagava como salário o proprietário tomava de volta nos aluguéis de alojamentos infestados de baratas e ratos onde os trabalhadores moravam com suas famílias, e a maior parte do que sobrava com mercadorias da loja da companhia; como o filho do proprietário estuprou uma das filhas dos trabalhadores, e não foi punido, sendo mandado pela família para longe, para Kharkov, com algumas moedas de rublos de ouro e avisado para não voltar; do mais recente crime ignóbil do proprietário, depois do afogamento, quando o irmão da vítima segurou a mão do homem afogado por um momento, com o pulso ainda batendo antes de morrer, e como, quando ele desafiou o proprietário no funeral, o proprietário o esmurrou, exaltado, e o atacou e bateu em sua cabeça com uma vara até sair sangue de suas orelhas, e teve que ser segurado, ou teriam sido dois cadáveres, e outra vez, nenhum promotor aceitou o caso.

O dirigente os conquistara; fez uma pausa; os trabalhadores agora estavam tão imóveis quanto silenciosos. Ele continuou, acrescentando gestos às palavras, fechando os punhos e sacudindo os braços, dando socos em sua mão esquerda aberta, balançando os braços para trás e abrindo-os, saltando como um gato, agachando-se e girando o braço esticado em um arco direto sobre as cabeças da multidão, colocando as mãos nos quadris e girando a cabeça de um lado para o outro e depois se inclinando para a frente e apontando o dedo para as caras deles, você, e você, e você, todos nós. Anna, conseguindo espaço entre os ombros dos homens, no cheiro de umidade e tabaco impregnado em suas roupas, abaixou a cabeça para o visor da câmera e na janela de luz no escuro viu o dirigente se endireitar, inclinar-se para trás e olhar em volta para a multidão, acenando ao alisar o mundo de ar com as mãos. Ela abaixou a câmera até que aparecessem apenas os sapatos e as pernas do líder em um canto do quadro e o visor se enchesse com os rostos de três dos trabalhadores. Nesse instante, um estava gritando, os olhos em fogo entre o boné e a barba, a palavra que ele gritou, Verdade!, não seria gravada pela gelatina e nitrato de prata da chapa de Anna mas sim sua raiva, que para sempre seria testemunhada, o outro trabalhador estava olhando para cima, para o líder, o rosto cheio de silenciosa admiração, como se um dos apóstolos tivesse entrado na cidade vindo da floresta, e revelado que, a partir desse dia, todas as maravilhas entreouvidas, sonhadas e registradas seriam testemunhadas pelo homem comum, e muito mais; enquanto o terceiro homem, ainda não pronto para acreditar, nem pronto para desempenhar o papel de cético, mas sempre pronto para rir, olhava para um lado, procurando a brecha no encantamento que ele poderia abrir com uma piada. Anna pressionou o obturador, tirou a chapa e a substituiu por uma nova.

O dirigente continuou falando, mais alto, mais confiante e com novas maravilhas para tranqüilizar os trabalhadores. Tinha conhecimentos surpreendentes das finanças do proprietário e explicava quanto custava fazer as tinturas, e por quanto as tinturas eram vendidas, e como o proprietário embolsava a diferença.

Explicava como a diferença pertencia aos trabalhadores, já que eram eles que faziam as tinturas, não o proprietário — ele tinha a habilidade de fazê-las? Suas mãos alguma vez ficaram manchadas com ácido ou tintura? Não! Elas ficavam manchadas só de sangue, o sangue dos trabalhadores. O proprietário era um parasita, não quem fazia as coisas necessárias, úteis ou bonitas, um homem que ganhava seu poder por roubar os frutos do trabalho dos seus empregados não por habilidade, mas por trocar sua humanidade, seu bom coração natural, pela oportunidade de se sentar com aquela pequena corja de bandidos que administravam os bancos, os capitalistas, e ter sua parte.

Alguém gritou que os bancos eram administrados pelos judeus. Outros gritaram Sim. O líder olhou dentro dos olhos do coro, um por um, e continuou falando com uma voz que estava do lado deles e ao mesmo tempo fazia o lado deles muito mais magnífico do que jamais imaginaram. Judeus, russos, tártaros, alemães, poloneses; não era o tipo de sangue que importava, mas se você era um dos que o bebiam ou um dos que tinham o sangue bebido.

— É isso que os judeus fazem — disse o dissidente. — Eles matam os cristãos e bebem o sangue deles. Fazem isso secretamente.

O mais velho lhe disse para se calar e não ser idiota.

— Os capitalistas e seus jornais lhes contam essas histórias da carochinha para não deixar seus olhos enxergarem o verdadeiro segredo, o maior e mais terrível segredo — disse o dirigente. Ele abaixou levemente a voz, e até a respiração e as tosses da multidão pararam e os trabalhadores se acotovelaram mais perto do centro. Longe, ouviu-se o barulho de metal quando os cossacos ajustaram seus equipamentos.

— O segredo é que existem muitos de vocês, e poucos deles. Vocês são fortes, eles são fracos. Quando os trabalhadores de uma única fábrica se levantam, como vocês fizeram, eles tremem, e não caem. Mas e se todas as fábricas parassem, e não apenas as fábricas, mas os camponeses, e os soldados? E não apenas na Rússia, mas na Alemanha, na França, na Inglaterra e na América? Este é o segredo que eles não querem que vocês saibam; o povo é uma força terrível, mais forte do que os exércitos, porque sem o povo não há exército, mais forte do que o dinheiro, porque sem o povo o dinheiro não tem nada para comprar, mais forte do que o amor, porque sem o amor do povo não pode haver amor verdadeiro. O povo são vocês. O povo é todo-poderoso. *Znatchit,** vocês são todo-poderosos. Olhem! Olhem, irmãos!

O dirigente apontou para os portões da fábrica. Os soldados tinham-no aberto para deixar sair o carro do proprietário. Apesar do frio, o carro preto estava aberto e a multidão podia ver o proprietário sentado atrás, no meio, embrulhado em peles de esquilo e em sua própria gordura e músculos, um chapéu inglês na cabeça, como o usado pelo detetive inglês Sherlock Holmes. Seu assento era alto e, enquanto o carro passava pelos resíduos jogados, ele parecia um rei montado em um besouro. Tal era o feitiço lançado pelo dirigente que parecia ter sido ele a tirar o proprietário da segurança da sua fábrica por uma invocação misteriosa do povo cujo poder ele conhecia, e alguns trabalhadores afastaram-se dos engradados, esperando que os dois homens se enfrentassem em um duelo cuja natureza fantástica eles não poderiam prever. Muitos outros correram em direção ao carro, que entrara na estrada para a cidade mas se movia muito lentamente e ia se desviando.

Anna olhou sobre seus ombros para a elevação onde os cossacos esperavam. Pelos olhos deles, ela via como os homens ao

*Portanto. (*N. do E.*)

largo se espalhavam e corriam, formas negras contra o campo, uma solidariedade imperfeita, como a das gralhas, e quis colocá-la em sua segunda chapa. Os cossacos começavam a sair de seu posto, uma falange calma, silenciosa, de homens a cavalo, e quando desembainharam os sabres e os pousaram nos ombros, os cavalos não se alarmaram. Os soldados tinham montado e estavam a postos. O líder dos comunistas desceu do seu engradado e seu grupo se dispersou, exceto a mulher pequena, que corria com os trabalhadores em direção ao carro do proprietário, com uma ponta da sua bandeira se arrastando pela lama onde a princesa comunista a deixara cair.

O judeu chamou Anna, dizendo que era hora de partir.

— Por quê? — perguntou ela. — Aonde você vai?

— Os da vanguarda da luta revolucionária são muito poucos para serem sacrificados na guerra aberta com as forças da reação — disse o revolucionário. — Esta é a tarefa da ampla massa da classe operária radicalizada.

Ele se voltou e começou a caminhar rapidamente em direção à cidade com os outros quatro membros da vanguarda. Depois de alguns passos, eles começaram a correr.

O carro do proprietário foi logo imobilizado por uma coluna de trabalhadores que colocou seu peso contra o radiador. O motorista acelerou e os pneus agitaram-se. O proprietário se levantou e a multidão ridicularizou seu chapéu e perguntou onde estavam Dr. Watson e seu cachorro da Geórgia, Baskerville. Ouviram-se risadas e uma pedra bateu no ombro do proprietário. Ele mostrou um revólver, a multidão zombou e um homem gritou:

— Assassino!

— Que tipo de assassino sou eu, seu bando de imprestáveis? — gritou o proprietário. — Vocês estariam mortos de fome se eu não tivesse construído este lugar. Voltem para suas aldeias, se quiserem.

Eu pago demais para vocês. Já vi as roupas que vocês usam nos feriados. Meu pai era camponês e servo e não tinha mais do que duas camisas. Ora, vocês agora acreditam nos judeus quando eles dizem que vocês são miseráveis?

A multidão afirmou que já sabiam disso, sem ajuda de nenhum judeu, e começaram a balançar o carro de um lado para o outro. O proprietário atirou no ar, deixou o revólver cair com o empuxo, e cambaleou. O motorista se arrastou pelo pára-brisa e deslizou pela capota. O grito chegou aos cossacos, e os homens a cavalo estavam entre eles. Era velocidade, músculos, respiração de cavalos e arreios, e homens de casacos escuros se abaixando, deixando de lado as boas maneiras, atacando com a força cega de suas armas. Anna olhava pelo visor de sua câmera, a onda de homens em fuga a seu redor enquanto ela ficava o mais quieta que podia, consciente dos seus pés plantados no quadrado frio do chão duro, ela focou no carro virado de lado, o proprietário de costas, com medo mas curiosa a respeito de um homem velho, com a boca aberta, e uma aba de seu chapéu de Sherlock caída de um lado, um homem estirado perto com o rosto no chão, seu braço repuxando e o crânio manchado de sangue, um dos trabalhadores tinha achado o revólver e o engatilhou, apontou e atirou tão facilmente como se estivesse pendurando o casaco em um cabide, o empuxo não o incomodou em nada, e o cavalo do cossaco foi atingido no peito e se dobrou e caiu e outro cavaleiro se inclinou e com a ponta aguçada do sabre desenhou uma linha da testa do homem até sua cintura, a linha se engrossando em um segundo e ele caiu com os dois lados da linha abertos. Anna observou através do visor, como se estivesse acontecendo só lá dentro e, quando um dos cossacos rasgou a bandeira e cavalgou para o lado cego da mulher que a segurava, que olhava na direção errada, confusa, era uma elegante perícia de ginete, e o cossaco agarrou o cabelo da mulher e o enrolou nos dedos como rédea e puxou, e a mulher pôs as duas mãos no cabelo e tentou soltá-lo, e o cossaco ria, a mulher não gritou nem disse um palavra, e Anna apertou o obturador. O cossaco pegou o casaco da mulher por trás, com sua outra mão, e a puxou para seu cavalo, arremessando-a pelo arção, virada para baixo.

Um cossaco pôs sua bota contra a câmera. Anna olhou para seu rosto lá em cima, escuro e pulsando de raiva combativa.

— Eh, *báritchnia** — disse ele. — Que aparato é esse, para que é, o que você está fazendo aqui? *Studentka*!** Que aparato é esse, hein, espertinha, *studentka* sem deus?

— Estou tirando fotografias.

— Que fotografias?

— Das coisas que acontecem.

— Deus, que puta esperta — disse o cossaco, e girou o braço do seu sabre. Anna pôs os braços em volta da câmera e enfiou a cabeça entre os ombros. O cossaco abaixou o sabre e fez seu cavalo dar um passo atrás. Outro cavaleiro estava ao lado de Anna, um soldado regular da cavalaria, um hussardo.

— Para trás — disse o hussardo para o cossaco.

— Ela estava com a gentalha, excelência — disse o cossaco. — Agitadores hebreus, e esses amotinados.

— Não vê que ela é uma moça respeitável?

— Excelência, moças respeitáveis não carregam câmeras.

— Agora cortamos as gargantas das moças que têm câmeras?

— *Da nu, bárin**** — riu o cossaco. Metade de sua boca era de ouro e seu nariz estava quebrado e ele era um rapaz do sul, de pele vermelha bronzeada e bem-apessoado. — Um pouquinho

---

*Senhorita. (*N. do E.*)

**Estudante. (*N. do E.*)

***"Sim, patrão". (*N. do E.*)

da ponta cega de um pequeno sabre não é tão terrível — disse ele. — Só um pouco para ela se lembrar de nós.

O hussardo abaixou os olhos para Anna, e o rosto dela enrubeceu e depois ficou frio, porque entendeu que antes daquele momento nunca agradara a alguém da maneira como agradara ao jovem cavaleiro, e embora ela nada tenha falado, e não soubesse o que isso significava, ser olhada como se o tempo estivesse correndo para trás e ele estivesse dado de cara com sua lembrança mais querida, antes de ela ser uma lembrança, conhecendo-a completamente no primeiro instante e desconhecendo-a por toda a vida.

— Posso levá-la para casa — disse ele.

Ela assentiu, e ele desmontou e a ajudou a subir. Ela sentou-se de lado na sela, e o hussardo a conduziu em direção a seus camaradas, que estavam vindo encontrá-los com uma montaria extra.

Anna olhou por cima dos ombros, viu os soldados no portão e o proprietário e o motorista endireitando o carro, e dois dos trabalhadores que não podiam ser trabalhadores virando os trabalhadores mortos para cima com as pontas de suas botas e procurando em seus bolsos, e o que estava cortado rolou e suas tripas escapuliram, e os cossacos em uma confusão montada em torno do cavalo ferido, um ganido da moça com a bandeira enquanto lutava por um segundo e a luta terminava. Anna pôde ver seu cabelo caído, luz contra a lama escura multicolorida.

— Deixem a mulher ir! — gritou Anna.

— Ela ficará bem — gritaram-lhe. — O Ataman tem seis filhas. Só uma conversinha sobre o que ela estava fazendo. Procure-a amanhã.

Os hussardos e Anna seguiram pela estrada que ia do rio para a cidade. Passaram por uma capela minúscula, não muito mais do que um pequeno celeiro com uma torre e um domo torto.

Havia uma cruz dourada no topo do domo. O resto eram pranchas sem pintura, caiadas, como uma igreja missionária na costa do Ártico, feita de madeira de um naufrágio. O único entre os cavaleiros, o hussardo que se interpusera entre ela e o cossaco, que agora cavalgava a seu lado, meneou a cabeça e se benzeu, mexendo os lábios como se rezasse. Fez duas vezes o sinal-da-cruz.

— Por que só você faz isso, e nenhum outro dos seus camaradas? — perguntou ela.

— Eles têm a alma cega. Para a alma que vê, o mundo é um lugar escuro, mas ela vê outras almas boas andando pela cidade como lanternas à noite, e vê a luz se irradiando das casas do Senhor, como esta, a luz do Senhor, seu filho, seus anjos e santos e mártires espalhando-se pela rua, e a alma obediente — ele se persignou outra vez — pode beber um pouco desta luz, e quando ela volta para a escuridão, leva essa luz, e a irradia para os outros.

— Você não fala como um hussardo.

Ele riu.

— Todos os hussardos são beberrões e jogadores e... e nenhuma moça tem câmera. Por que você tira fotografias?

— Porque não sou boa em contar às pessoas o que vejo.

Quando chegaram à casa de Anna, ela perguntou se podia tirar uma foto dele. Ele chamou seus camaradas para se juntar a ele e ela olhou por cima dos ombros para eles, e balançou a cabeça. Só ele. Ele desmontou e ficou perto de seu cavalo e ela tirou a foto. Anna tinha sorte de estar ali, porque ele era o único homem no mundo. Os outros eram modelos de barro mal unidos, e com buracos de alfinetes no lugar de olhos, e corações de carne. Ele era o único que estava vivo. Aquele dia, ela vira um homem sendo abatido e deixado morto no chão. Os outros também estavam mortos, mesmo de pé e se mexendo. Só este estava vivo. Ele se inclinou e falou algumas palavras e montou em seu cavalo e partiu, levando com ele alguma coisa mais preciosa do que todas as suas alegrias anteriores, e cada átomo do mundo foi encapuzado outra vez quando ele partiu. Ela ficara com um pouco dele na câmera. Correu para dentro da sua casa para mostrá-lo a si mesma.

Um homem pesado, de casaco pesado e botas pesadas, estava no saguão. Sua mãe e outra figura falaram com ela. Estavam excitadas e falavam alto e explicavam. Era o homem pesado que estava mais perto e era mais perigoso para a câmera. Anna envolveu-a com os braços e curvou sua cabeça sobre ela e deu a volta em direção à porta. O homem pesado era forte, pôs suas mãos pesadas na câmera e a puxou. Sua força era invencível e ele arrancou a câmera, ainda com o calor de seu corpo. Anna gritou: "Não!", sua garganta estalando e os ouvidos zumbindo com seu próprio grito, sua mãe e a figura segurando-a enquanto ela tentava se levantar, lançada pela raiva, para arrancar com os dentes a cabeça do homem pesado. Ele levou sua câmera para o pátio dos fundos, colocou-a no chão, e a fez em pedaços com o golpe de um malho.

— Minha querida, o que você estava fazendo? Onde estava com esse aparato? Eles queriam prendê-la. — A mãe de Anna aterrorizou-se para além das lágrimas com as lágrimas da filha.

A figura era um policial. Ele lhe perguntou como ela imaginava que uma jovem poderia andar sozinha com a câmera, visitando toda a gentalha mais baixa, menos decente e leal, tirando fotografias deles sem autorização das autoridades, e ela devia saber que só esforços sobre-humanos de sua parte permitiram que a destruição da câmera substituísse a prisão dela, seu julgamento e provável exílio.

Mais tarde, depois que todos já tinham ido para a cama, Anna saiu no pátio escuro com uma lanterna. Passou quatro horas procurando a chapa com a imagem do cavaleiro. Não a encontrou. Encontrou o mecanismo que controlava a abertura da câmera e o levou com ela para a cama, onde ficou deitada um momento, segurando a íris de metal contra a lua e fazendo-a se expandir e se contrair, de maneira que por um momento ela segurava um minúsculo e intenso ponto de luz entre os dedos e, no minuto seguinte, via o padrão na superfície do satélite com todos os seus detalhes.

Três anos mais tarde, Anna e o hussardo estavam casados. O banquete de casamento aconteceu em um prado nos limites da cidade e os oficiais do regimento exibiram proezas para os convidados, arrebatando lenços do solo em pleno galope, cavalgando de pé nas selas e despedaçando melões colocados em mastros.

No começo da noite, o coronel do regimento disse a Anna:

— Senhora, seu marido é um cavaleiro nato. Ele cavalga como um daqueles tártaros que eram amarrados nas costas dos cavalos antes mesmo de saberem andar. Maneja seu sabre melhor do que qualquer um dos guardas. Os homens alistados o seguirão. Mesmo assim, eu me pergunto se a senhora não poderia persuadi-lo a seguir outra carreira. Não deve ser difícil para uma mulher tão bela quanto a senhora. Não quero ter que levá-lo para a guerra.

— Eu não quero que ele vá para a guerra — disse Anna —, mas ele é um tenente dos hussardos. Ele é um soldado.

— Um homem pode ser um soldado perfeito, e ser testado na primeira batalha, e falhar — disse o coronel.

— O senhor acha que meu marido é um covarde?

— Não — disse o coronel. — Ele não é. Ele tem muita coragem ao ser tão virtuoso entre os hussardos. Acreditar é uma coisa, todos nós acreditamos, mas ser virtuoso é um ato de coragem. Zombam dele por causa disso. Quando ele não aceita um jogo de cartas por apostas, não porque não tenha o dinheiro mas porque é um pecado, escarnecem dele, e ele não tolera isso. Já mandou um homem para o hospital. A senhora sabia disso? Não.

— O que é, então?

Por alguns segundos, o coronel olhou-a fixamente sem dizer nada. Então, gritou no rosto dela: "BANG!" e riu ao ver como ela saltava.

— Perdoe-me, Anna Petrovna — disse ele. — É o barulho. Seu marido se uniu ao exército tarde demais para estar na guerra com os japoneses. Ele não sabe. A senhora já escutou um *howitzer* atirando perto, ou um obus explodindo a cinqüenta metros? Não é que seja alto. É como um soco. É um golpe. É um choque. O som enche sua cabeça, pressionando contra seu cérebro desde dentro. Se estivéssemos lutando contra os turcomanos, ou algum populacho camponês, que Deus perdoe, mas seria o velho trabalho de lâminas, e seu esposo receberia louvores. Mas, se for a Turquia, ou a Áustria, ou Alemanha, Deus meu, serão milhares de armas de fogo pesadas de cada lado, todos atirando de uma vez, dois mil obuses por minuto, barulhentos o bastante para assustar o diabo. Posso falar disso, mas as palavras não dizem nada sobre o que o barulho faz com a cabeça do homem, mesmo se ele nunca for sequer arranhado pela ponta de uma metralha.

— Mas os homens se acostumam.

— Sim. Somos soldados. Temos cabeças duras, cheias de chumaço de algodão e *kacha*.* — Ele bateu com os nós dos dedos na testa. — Mas não todos nós. A senhora sabe que temos exercícios de campo, não é? Com os canhões. Poucos. Exercícios. Sim. A questão é... eu lhe desejo, à senhora e a seu esposo, muita felicidade. Quero ver meus melhores cavaleiros com as noivas mais bonitas. Só tem uma coisa, Anna Petrovna. Quando os canhões disparam, seu marido se encolhe. Encolhe-se todas as vezes. Portanto, use o seu feitiço!

*Mingau. (*N. do E.*)

— Vai haver uma guerra?

— Não até depois da lua-de-mel! Não já! Nunca, talvez! — disse o coronel, rindo. — Seus desgraçados! — gritou ele para a sua companhia, batendo na mesa. — De quem é a vez de fazer o brinde?

O marido de Anna voltou à mesa.

— Seus desgraçados! — disse outra vez o coronel, olhando por um momento para Anna. Ela olhou para o marido. O coronel deu um murro mais possante na mesa. Anna viu seu marido se encolher.

À noite, marido e mulher tomaram o trem expresso para a Criméia. Tinham uma cabine de primeira classe com dois beliches, e a viagem deveria durar vinte e quatro horas. O chefe do trem recebeu uma boa gorjeta. Fez as mesas e colocou um vaso de crisântemos brancos e uma garrafa de champanhe na mesa. O compartimento tinha luz elétrica. Era 15 de maio de 1910.

Às nove e meia, as aldeias passando do lado de fora da janela, ao norte de Kharkov, tornavam-se azuis e negras, os velhos saíam de suas varandas e só os amantes, ladrões e vagabundos agitavam o pó das ruas. Anna viu uma raposa atravessar uma clareira no campo e levantar sua cabeça, e um cavalo castrado lunático galopar no cercado à beira de um rio. O esposo de Anna foi se lavar e ela abaixou a persiana, tirou a roupa, vestiu sua camisola e soltou seu cabelo. Quando seu esposo voltou, perguntou se ela queria champanhe. Anna balançou a cabeça. O esposo trancou a porta e eles se sentaram de frente um para o outro no estreito espaço que separava as duas camas.

— Então — disse o esposo de Anna.

— Então — disse Anna. Eles riram. Anna estava tremendo. Temia esse poder. Quando parecia não haver limite para a felicidade, o rosto de seu amado, suas pernas, sua respiração, seus olhos, os mais leves movimentos de sua boca, ou o piscar de olhos, lhe falava com a dose mais forte de alegria que o universo era deles para brincar, que o mundo todo estava agachado para escutar e esperar, que o tempo parara sua marcha sinuosa e alisara um lugar para que eles se amassem como quisessem, e que não haveria mais história até que Anna e seu amado dissessem que tudo deveria recomeçar de novo.

O esposo de Anna levantou sua mão para tocar a dela, e Anna a retirou.

— Qual é o problema? — perguntou o esposo de Anna.

— Nada — disse Anna, sem fôlego, o coração batendo em suas costelas, tentando escapulir. — Eu tive medo de que, se tocássemos um ao outro, o mundo morreria.

O esposo de Anna levantou-se e se sentou a seu lado, passando os braços em volta dela, e o mundo não morreu.

— Você acredita em mim? — disse ele.

— O quê?

— Você acredita em mim quando digo que a amo?

— Sim.

— Eu a amo. Se você pudesse ver dentro do meu coração, saberia como isso é verdadeiro.

— Eu posso. Eu sei. Eu acredito.

— Nós nos tocamos antes.

— Sim.

— Nós nos beijamos. Nós dançamos. Ninguém morreu.

Anna sorriu e o beijou nos lábios e nos olhos.

— Não quis dizer o que você pensa que eu quis dizer — disse ela. Era melhor do que você pensou.

Seu esposo se ruborizou.

— Antes, eu só a toquei onde podia — disse ele.

— E a ninguém mais? Em nenhum outro lugar? De verdade?

— Ninguém.

— As garotas dizem: "Ah, os hussardos, os hussardos!". Eu encontrei o único que é um monge.

O esposo de Anna sorriu e ficou ansioso.

— Você sabe o que fazer? — disse ele.

Anna balançou a cabeça e riu.

— Você sabe?

— Eu acho que sei — disse seu esposo, como se surpreso. — Mas não me lembro de ninguém sentado me explicando.

Os dois estavam rindo.

— Devo apagar a luz? — perguntou o esposo de Anna.

— Por quê?

— Não sei.

— Não. — Anna franziu o cenho. — Eu vi os cavalos — disse ela.

— Não — disse o esposo. — Uma coisa que tenho certeza é que não é como os cavalos.

— Mas você é um cavaleiro.

— Não! — disse o esposo, por cima de sua gargalhada.

— Os homens se parecem com cavalos em outras coisas? — disse Anna.

— Eu gosto de açúcar.

— Outras coisas.

— Você quer que eu pareça?

— Mostre para mim.

— Não ficará desapontada se eu não for como um cavalo?

— Mostre para mim.

— Feche os olhos.

Anna balançou a cabeça. Ela o deixou virar as costas para ela enquanto tirava as roupas, e as dobrava e arrumava numa pilha. Ele se virou, nu a não ser por um crucifixo de ouro em uma corrente no pescoço, e se sentou junto a ela, colocando um braço sobre seus ombros e uma das mãos em seu joelho. O primeiro pênis de homem que ela via tinha um botão na ponta como uma rosa ainda fechada, não mais que uma hora antes de desabrochar. Ela sabia aonde ele iria, onde caberia, e se perguntou se desabrocharia dentro dela, se ela sentiria as pétalas se desenrolando contra o interior suave de sua carne. Ela perguntou e ele sorriu e disse não, não há pétalas.

— Pena — disse ela.

— Sementes — disse seu esposo.

— Sim? Ah, sim, claro. — Anna não podia tirar os olhos dele, não que fosse bonito, não que fosse feio, mas era curioso, e vivo, e parte do único homem no mundo, e feito daquele elemento que a fizera ter medo de tocá-lo por um motivo que ela não sabia lhe explicar, por que ela também carregava o elemento, e os dois combinados poderiam ser demasiado fortes para o resto do mundo. O momento do medo passara, mas ela ainda sabia que quando as pessoas falavam do bem e do mal, da escuridão e da luz, eles estavam mentindo, porque mantinham em segredo o terceiro extremo, o extremo para o qual amor era uma palavra demasiado fraca e tola.

— Você pode esperar um pouco? — perguntou Anna, colocando o rosto na coxa dele.

— Se você quiser — disse ele.

Anna viu como o pênis pulsava um pouco, como o sangue batia forte dentro dele, e com as pontas do seu dedo alisou sua raiz.

— Ele sempre se levanta assim? — perguntou ela.

— Não — disse seu esposo. — Só para você.

— Só para mim! — riu ela, e beijou o botão. — Você pode fazê-lo se deitar?

— Agora não.

— Oh. Mas é só para mim? Ele é meu?

— Sim. Ele é seu.

— Isso é muita generosidade — sussurrou ela, passando

distraída os dedos por seu presente e olhando em seus olhos. — Não sei o que posso lhe dar em troca.

— Eu sei — disse ele. — Vou lhe mostrar.

Ele se persignou, beijou seu crucifixo, murmurou uma prece e abriu a camisola dela.

— Eu quero tudo que você tem — disse ele. — Quero você toda, tudo o que você foi, tudo o que você é, tudo o que você será.

— Pegue — disse Anna. — E eu vou pegar o que é meu. — E pegou.

Não muito depois da lua-de-mel, o regimento foi enviado para Kiev. Anna teve um filho, Aleksei, Aliocha, Liocha, Lioch. Parecia seguro para ela comprar uma câmera, e começou a tirar retratos, às vezes por um pouco de dinheiro, às vezes por nada, porque um rosto a interessava. Nunca passava menos do que um dia com aqueles que fotografava, às vezes semanas. Convenceu seu esposo a deixar que o fotografasse nu, e fez auto-retratos. Ela e o esposo brigavam por causa da insistência dele de ir à igreja e observar os jejuns e os dias santos, e por causa das ausências dela com sua câmera pela aldeia ou na casa de um estranho, mas eles estavam entre os casais mais felizes. Nenhum se importava com o que os outros oficiais ou artistas pensavam deles, e Anna nunca perdeu sua curiosidade, nem o esposo seu desejo e confiança, quando trocavam seus presentes.

Quando os austríacos atacaram a Sérvia, e o czar mobilizou o exército, Anna disse ao esposo que não o deixaria ir para a guerra. Avisou-o que contrataria homens para amarrá-lo, prendê-lo em um caminhão e embarcá-lo em um navio para um país neutro. Ele ria, e depois parou de ir, e então começou a acreditar que ela falava sério. A guerra seria demasiado barulhenta, ela dizia. Uma noite ele beijou Aliocha muitas vezes, quando Anna não estava olhando, e lhe disse para ser um bom homem, e tomar conta de sua mãe quando seu pai não estivesse em casa, e temer a Deus. Ele não conseguia mentir, portanto contou a Anna que temia que seus camaradas o considerassem um covarde se pedisse um posto na retaguarda, e Anna achou que sua ansiedade naquela noite era por causa disso. Ele saiu de casa quando ela ainda dormia, e, quando ela chegou à estação, o trem do regimento já tinha partido. Três semanas mais tarde, chegou um telegrama avisando que seu esposo fora dado como perdido em ação.

Anna abandonou sua câmera, vestiu-se de preto e sentou-se na sala com as janelas fechadas, sem falar nem chorar até que eles trouxeram Aliocha até ela, quando começou a chorar pelo mundo ter perdido o único homem que tinha. Sua mente estava vazia. Ela chorou durante dias e depois parou, perguntando-se por que ainda estava viva quando já não havia mais nada dentro dela. Seu esposo estava certo: existe um inferno, e ela e, por alguma razão, seu filho tinham caído nele e tudo o que ela podia fazer era tentar protegê-lo enquanto ele estivesse lá. Ela começou uma vida sem cor, exceto Aliocha, e de poucas palavras, exceto para Aliocha.

Quatro meses depois do telegrama, um envelope grosso chegou para Anna, com muitas páginas dobradas. Ela se sentou em um quarto fechado para lê-las a sós, até que houve um pequeno grito e, depois de alguns minutos, ela entrou na cozinha onde a cozinheira conversava com um soldado. Anna sorria. Ela pediu uma faca grande e afiada, e a cozinheira lhe deu. O soldado conseguiu tomar-lhe a faca antes que ela se ferisse gravemente, mas houve sangue. A cozinheira ficou histérica; Anna estava inconsciente no chão, sangrando. O soldado correu para buscar um médico. Como estava bêbado, demorou muito tempo e, quando voltou com o médico, Anna e Aliocha tinham desaparecido, junto com algumas de suas coisas. Temeu-se pelas vidas da mãe e do filho. Pensou-se que Anna tinha ficado louca, embora alguns ridicularizassem a afirmação do soldado de que em vez de tentar cortar os pulsos, ou enfiar a faca no coração, ela tenha tentado cortar um dos seios. O alarme terminou um dia quando se soube que tanto Anna quanto Aliocha estavam vivos e bem. Em uma carta para o advogado da família, Anna se desculpava pelo sofrimento que causara, e garantiu que sua ferida tinha sido tratada e não fora grave. Deu instruções referentes à propriedade e bens e parecia em plena posse de suas faculdades. Ela não explicou por que escolhera estabelecer-se com o filho vários milhares de quilômetros ao leste, na Sibéria, perto do rio Ienissei, em uma pequena cidade chamada Iazik.

A Viúva

Mutz saiu da praça, caminhando em direção ao leste, para a pequena ponte que levava à casa de Anna Petrovna e, mais adiante, à estação ferroviária. Havia luzes em algumas das casas pelas quais passou, borrões amanteigados atrás dos vidros duplos das janelas. Ele se perguntava onde os russos conseguiam querosene. Não era da Legião. Eles dividiam, sem dúvida. Eram bons em dividir, esses. Nem era tanto que dividissem até seus bens, seu querosene, suas machadinhas e suas batatas, mas compartilhavam também seu tempo. A praça era um pântano, mas aqui, em uma das quatro ruas de Iazik, ele caminhava em um pavimento de pranchas de madeiras solidamente assentadas sobre e fora do nível da lama. Isso não era o trabalho de um único homem, ou de presos. E o que eles estavam lendo agora, à luz de suas lâmpadas, atrás dessas grossas paredes de madeira escura e pequenas janelas de molduras brancas: a Bíblia, claro. Talvez estivessem fazendo picles, talvez conservas, pilhas de pepino na salmoura e endro, ou talvez remendassem cotovelos e joelhos àquela luz, mas não, era mais provável que estivessem demasiado excitados depois do ofício para ler a Palavra, para alcançá-la, abri-la e se empanturrar. Mutz, que não era religioso, uma vez tentara ler o livro todo do começo ao fim, Apócrifos e tudo. Mas estacou; passou os olhos por cima, deu saltos. O Velho

Testamento tinha algumas boas histórias, mas parecia uma falsificação urdida para fazer os judeus parecem guerreiros absurdos, bombásticos e instáveis, com um Deus de *vaudeville* em rodas rangentes, enquanto o Novo ficava se esgueirando por trás da humildade e simplicidade em alguma maquinação envolvendo dinheiro vivo, ou administração eclesiástica, ou milagres em troca da fé. Mesmo assim, ele havia entendido que suas contradições, ambigüidades e amplitude podiam atrair os que estavam descontentes com o mundo como era, em particular, sua característica mais cansativa, a de continuar mudando. Ali estava um mundo inteiro que nunca mudava, e podia ser comparado com o mundo real. Para isso, a Bíblia não tinha fim; o que você não entendia, exigia ser lido e relido por essa mesma razão; o que entendia, você continuava voltando para ver de novo, pois era uma verdade imutável, quando tudo o mais lá fora, na escuridão, era o caos. Mutz se perguntava se o xamã alguma vez lera a Bíblia, depois lembrou que ele era analfabeto.

Atravessou a ponte e viu a casa de Anna Petrovna. Parou. Não havia nada o forçando a ir. Havia muito o estimulando a se virar e voltar para cama. Era tarde, dez horas talvez, mas quem sabia ao certo? O sinal de tempo de Irkustki só vinha quando o telégrafo estava funcionando. Amanhã ele teria que relatar a Matula a morte do xamã, e o capitão ainda estaria procurando os cavalos perdidos. Anna Petrovna não se importava se ele fosse ou não. Será? A dúvida o magoava e intimidava. Menos dolorosa do que se aproximar de sua casa antes de ela ter se entregado a ele, mas então tinha sido a dor de estar vivo, e isso não era a mesma coisa. Ele se deitara com ela sete vezes, quatro vezes até a primeira luz, três se esgueirando enquanto ainda estava escuro, sentindo as paredes e os móveis com as pontas dos dedos, tentando não acordar Aliocha, escutando a risada sufocada de Anna quando ele fazia uma tábua ranger, e então fazendo a madeira ranger de propósito só para escutá-la rir. Depois da sétima vez, ela lhe disse que não o deixaria mais ficar. Não, não podia, foi o que ela disse, e nunca explicou.

Um cachorro latiu. Mutz começou a contar até dez. Se o cachorro latisse outra vez antes que terminasse, ele iria em frente. Chegou a dez. O cachorro não latiu. Ele foi em frente, como sabia que iria. Já estava preso o bastante para precisar ser prisioneiro de cachorros.

Caminhou para o fundo da casa, passou pelo portão e pelo pátio, e pela porta destrancada do fundo, entrando na cozinha quente e iluminada. Broucek estava sentado à cabeceira da pequena mesa, as mãos envolvendo uma xícara de chá, o fuzil encostado em um canto como uma vassoura. Anna estava sentada de frente para a porta, com um vestido azul-escuro. Ela sorriu e cumprimentou Mutz e não descruzou os braços. Broucek abaixou a xícara e se levantou. Mutz fechou a porta. Não devia ter vindo.

Anna levantou-se, deu a volta na mesa até ele e o beijou em ambas as faces.

— Broucek estava me contando do visitante — disse ela.

Mutz olhou para Broucek.

— Desde quando você fala bem o russo? — perguntou.

Broucek sorriu e deu de ombros, pegou seu fuzil e o dependurou no ombro.

— Não faça dramas — disse Anna para Mutz. — As pessoas encontram maneiras de falar. Sente-se.

Mutz sentou-se no lugar de Broucek. A cadeira de madeira estava quente. Broucek secou sua xícara, agradeceu a Anna Petrovna, tocou no chapéu para Mutz, que assentiu, e saiu.

— Eu não o chamaria de visitante — disse Mutz. Anna pôs uma xícara a sua frente e ele a ergueu até os lábios com ambas as mãos. Percebeu que estava imitando Broucek e a abaixou sem beber.

— Bom, me conte — disse Anna, sentando-se e se inclinando para a frente. Mutz tentou se concentrar. Que estranho que, quanto mais tempo se passasse pensando em um rosto, mais espantado ficava ao vê-lo.

— Seu nome é Samárin. Kiril Ivánovitch.

— De onde?

— De algum lugar a oeste dos Urais, originalmente. O lugar da terra preta. Perto de Penza, acho.

— Idade?

— Uns trinta, acho.

— Como você é incapaz de descobrir as coisas. Como ele é? É inteligente? Devia estar morrendo de fome depois de vagar pela floresta. Não admira que aqueles que fizeram a revolução tinham sido presos. Eu seria uma revolucionária se eles tivessem me prendido.

— Se você se refere aos bolcheviques, os que fizeram a revolução não eram prisioneiros — disse Mutz. — Eram exilados. Não é a mesma coisa. E, no que se refere a sua aparência, ele podia ser um ídolo juvenil.

Anna bateu nos nós dos dedos dele com uma colher de chá.

— Não zombe de mim — disse ela.

— Ele é alto e magro — disse Mutz. — Eu o vi se transformar. Primeiro, era um condenado, vencido e exausto. E depois era outra coisa. Em um momento. Alguém capaz de persuadir. Alguém que escolhe a ação, que faz os outros agirem.

— Continue — disse Anna. Mutz tinha parado. Relutante em continuar falando de Samárin, e se arrependia do que já havia dito.

— Como saber qual era o verdadeiro Samárin, e qual era uma representação? — disse.

— Talvez ambos fossem realmente ele.

— Talvez nenhum dos dois.

— Você não gosta dele — disse Anna.

Mutz reconheceu que isso era verdade, mas não queria admitir.

— Você pode ir vê-lo amanhã, se quiser — disse ele. — Haverá uma audiência na frente de Matula. Samárin terá que se defender sozinho. Você terá de conseguir a autorização de Matula.

— Eu!

— Depende de você.

Anna brincou com seu anel.

— Irei — disse ela. — Levarei comida para ele.

Mutz enfiou a cara na xícara e sentiu uma onda de prazer interior que não conseguiu identificar mas sabia estar relacionado com a fotografia em seu bolso.

— Então você não conhece Samárin? — perguntou ele.

Anna olhou-o sem entender. Ele sentiu uma ternura desamparada e distante por ela, como alguém em um *show* de mágica que vê um outro espectador, que estava se divertindo, cobrir-se de receio quando o mágico o chama para o palco. Ele reconheceu a sensação agora, quando era tarde demais: malícia. Agora ela só teria que perguntar por que, e ele teria que lhe dizer.

— Ele estava carregando uma fotografia sua. — Mutz tirou-a e deu-a para Anna. Ela ficou pálida quando a viu e levou a mão à boca.

— Onde o prisioneiro conseguiu isto?

— Disse que a encontrou na rua. Você não a perdeu, não é?

— Não na Sibéria. Você viu Gleb Alekseievitch esta noite?

— Balachov? Sim. Ele estava preocupado com você, por algum motivo.

— Você o viu antes ou depois que esse Samárin foi preso?

— Depois. Sim, depois. Por quê?

Anna abaixou a fotografia, colocou os cotovelos sobre a mesa e passou os dedos pelo cabelo, olhando a sua frente sem focar em nada.

— Anna, lamento — tenho a sensação de ter feito algo errado — disse Mutz. Ele estendeu a mão para lhe tocar o ombro.

— Não — disse ela, afastando gentilmente a mão dele.

— Talvez você não precise me contar.

— Esta fotografia era do meu marido. Ele sempre a levava com ele. Pensei que a tivesse perdido quando morreu, em sua última batalha. É a única cópia. Eu quebrei a chapa. Fazia cinco anos que não a via.

— Anna, por favor, se você diz que não conhece Samárin, eu acredito. Não quero fazer você pensar em seu marido.

Anna estava assentindo, sem escutá-lo. Ele tinha se acostumado tanto com sua recusa de falar sobre o que acontecera entre a morte do marido e a chegada dos tchecos a Iazik que vê-la agora, mergulhada em pensamentos sobre uma foto antiga e eventos de sua vida sobre os quais ele nada sabia, fez com que se sentisse apenas parcialmente amado uma vez, como se todos os sussurros de suas noites e brincadeiras e confidências e lembranças compartilhadas, até os sons e movimentos que ela fez com ele na cama, fossem resumidos, alterados para um amante não iniciado.

— A não ser o que quiser me contar — disse Mutz, desamparado. Quanto mais perturbada ela se mostrava, mais ele queria que ela o desejasse outra vez.

Anna levantou os olhos, sorriu de uma maneira vazia, e levou Mutz para a sala. O aperto de sua palma e dedos quentes, o leve puxão de seu corpo repuseram o presente para ele. Conduzindo-o pela mão, sentando-o no sofá, jogando-se para trás, beijando-o nos lábios, jogando-se para trás, rindo, depois ele encontrando sua boca e passando a mão debaixo da saia dela e entre suas coxas, foi assim que tudo tinha começado, sob aquela feia pintura de seu esposo em uniforme completo de hussardo, com a fita preta de luto atravessada em um canto. Agora isso era como um ensaio desajeitado muito depois do final do espetáculo. Ele se viu sozinho no sofá, olhando Anna sentada à escrivaninha do outro lado da sala, abaixando a fotografia em seu colo, depois levantando-a até o rosto, fascinada. Sua boca se abriu um pouco e ela franziu as sobrancelhas ao levantar a foto até certa distância, aproximá-la lentamente, afastá-la outra vez.

Anna recordava como a luz estava quente. Um amigo tinha conseguido um dos novos holofotes da Ópera de Kiev para ela usar antes que fosse instalado. Uma lâmpada enorme, convergente, irradiando e brilhando em seu rosto em um quarto pequeno e abafado. Ela ficava desligando-a e ligando-a para evitar que sua pele se queimasse e que o quarto ficasse intoleravelmente quente. De todas as exposições e poses, esta foi a única que tinha ficado boa. Era por isso que ela estava sorrindo: sabia que tinha conseguido, o momento quando, de todas as muitas possíveis verdades da luz e sombra, e pele e olhos, ela encontrara a única que humilhava as outras. Ela dera a foto ao marido pouco antes de a guerra começar. Perguntou-se se fora apenas nessa noite que ela teria sido vista por outros homens.

— O que você acha? — perguntou ela a Mutz, sabendo que ele elogiaria sua perícia.

— Uma brilhante peça de arte — disse Mutz, ansioso.

— O que o prisioneiro disse? Samárin? O que ele fez com ela?

Mutz fez uma pausa, imaginando por que Anna se importaria. Anna percebeu que ele parara. Mutz disse:

— Beleza.

— "Beleza"? Ele disse isso?

— Ele disse isso como se fosse o seu trabalho. Como se você fosse a beldade da aldeia, cumprindo sua rotina.

— Hum. Arrogância! Você acha que sou a beldade da aldeia, Josef?

Mutz temia convites para louvores fáceis das mulheres que ele amava. Anna escutava enquanto ele hesitava. Ela se perguntava se Mutz tinha apresentado o prisioneiro de maneira precisa; se não, por que não? Um jovem russo educado chegara entre eles, como um mensageiro de um mundo mais normal.

— Foi isso tudo o que ele disse? — perguntou ela. Outra vez, Mutz hesitou, por mais tempo agora. Não tudo, então.

— Ele me pediu para lhe dar seus cumprimentos, e disse que sua foto sobreviverá a todos nós — disse Mutz.

Anna assentiu e tentou não deixar Mutz perceber como isso a deliciara. Não conseguiu. Ela mesma estava surpresa por se importar tanto. Estava surpresa por achar tão difícil, tão inconveniente, que Mutz ainda a desejasse. Olhou outra vez para sua fotografia de cinco anos atrás, pousada na escrivaninha, a foto que seu esposo tinha carregado, e como um reflexo seu dedo polegar tocou seus dentes. Esse foi o instante em que percebeu que dentro da escrivaninha ela guardava o terrível poder de resolver isso. Antes, não lhe havia ocorrido usá-lo: não lhe havia ocorrido que era algo que poderia usar, que poderia ser outra coisa além de uma maldição.

Mutz viu. Ele viu o pequeno e rápido movimento com que ela tocou seus dentes com a ponta do polegar, mantendo-o ali por alguns segundos, depois lentamente abaixou o polegar enquanto o pensamento se completava nela, e se virou para olhá-lo, como se para certificar-se de que ele ainda estava lá. Mutz sentiu-se tolo — sua mente ofereceu-lhe um registro seu implorando a Anna para ir para Praga com ele —, depois entristecido, depois apavorado. Algo terrível estava prestes a acontecer. Ele estava pronto a fazer qualquer coisa para adiar isso, mas não tinha idéia do que fazer. Contar uma história? Fugir dali? Lançar-se sobre Anna e beijá-la, mesmo se ela resistisse? Implorar?

— Josef — disse Anna. — Eu nunca lhe contei o que você queria saber, por que estou aqui, e por que parei de me encontrar com você como antes.

Ela estava tirando uma chave. Estava abrindo uma gaveta na escrivaninha. Mutz sabia que ela planejava introduzir alguma coisa ruim na vida dele, da qual ela o protegera antes e da qual ele nunca conseguiria livrar-se. Levantou-se:

— Anna — disse ele. Deu alguns passos à frente e parou. — Anna. Minha querida. Por favor. Seja o que for, não precisa ser agora.

Anna não lhe deu atenção. Estava enfiando a mão na gaveta e puxando um grosso feixe de papel. Virou-se para Mutz.

— Quando ler isso, saberá por que eu vim para cá, mas talvez não por que fiquei — disse ela. Deu um suspiro, balançou a cabeça, sorriu e continuou. — Ele criou esse segredo, mas fui eu quem fechei a mim mesma dentro dele, como se pudesse viver para sempre ali, como se pudesse *mudá-lo*. Que idiota! Quanto a você, Josef, é claro que isso torna o que fizemos uma desgraça, mas dificilmente comparável à dele mesmo. Às vezes senti pena dele, às vezes o desprezei, às vezes senti vergonha de mim mesma, e nosso caso foi em uma dessas épocas de desprezo, mas não foi apenas a piedade voltando que me fez terminar com você. — Ela fez uma pausa. — Escute. Eu pareço tão séria. Como ele. Mas isso não é uma coisa ruim, não é? Não é?

— Não — disse Mutz. Todas as células de seu corpo pareciam desalinhadas.

— A coisa mais importante — disse Anna — é que Aliocha não sabe. Se possível, não quero que ele saiba nunca. Isto está claro? Você promete?

— Sim.

— Ele gosta de você. Eu acho que você gosta dele, não é? Mas você nunca conversa com ele. Mesmo assim. Tome. Não quero estar aqui enquanto você estiver lendo. Você vai ler?

Mutz assentiu. Não podia falar.

— Estarei na cozinha — disse ela e saiu.

Mutz pegou os papéis e começou a ler as linhas bem escritas do manuscrito.

O Marido

Minha queridíssima Anna, minha estrela,

Queimei dúzias de páginas — nada pode ficar para os outros verem — tentando achar uma maneira de lhe contar como mudei e, por fim, aqui está a confissão que faço. Parecerá confusa e talvez haja partes que você não terá condições de compreender. No começo, pensei que não lhe contaria tudo, mas decidi não esconder nada de você, não importa o quanto, para mim, seja difícil escrever e o quanto, para você, será difícil ler. As palavras são para você, e são também para mim. Mesmo agora, quando muito já foi escrito, lido e esquecido, ao escrever uma coisa, ela se torna de alguma maneira sagrada.

Você pensou que eu estivesse morto? Sinto muito. Sim, por isso, eu sinto, e peço que me perdoe. Posso ver seu rosto amado todo torcido ao chorar por minha morte, e queria estar aí e lhe mostrar que estou vivo, mais do que vivo, muito mais! Portanto, lamento isso. Quando eu lhe contar como mudei, compreendo que talvez você vá querer me ver morto. (Não tenha medo.) O que você deve entender é que não posso lhe pedir perdão pelo que fiz porque só posso pedir seu perdão por meus pecados, e o que fiz não é um pecado perante Deus. Ao contrário, é uma fuga do pecado. Meu pesar não é pelo modo como mudei mas por ter demorado tanto para descobrir como deveria mudar. E lamento ter tido que deixar você e Aliocha. Agora entendo como deve ser salvar-se de um naufrágio quando seus entes queridos não foram salvos, quando você sabe que eles estão mergulhados na água fria lá fora, gritando por socorro mas sem saber de onde ele poderá vir. Devo lhe dizer que nós, aqueles entre os quais vivo agora, chamam nossa comunidade de "navio". Anna, aqui eu vivo entre anjos. Sinto naturalidade em lhe escrever isso, e lhe dizer que também sou um anjo, mas, quando leio as palavras que acabei de escrever, penso que você pode pensar que enlouqueci. Portanto, devo lhe contar tudo, sem vergonha nem medo.

Nunca foi segredo para você que eu era um grande crente, que acreditava na verdade de cada palavra dos Evangelhos, que quando as palavras dos apóstolos e profetas pareciam contradizer umas às outras, era minha própria falta de sabedoria que não me deixava entendê-las. Acho que você, como eu, acreditava no Paraíso, o reino dos Céus e da Terra, também, antes de Adão e Eva provarem o Fruto Proibido. Era assim o Paraíso que eu imaginava, o Éden, não o céu, onde eu, você e Deus caminharíamos juntos na floresta, conversando, e você e eu passearíamos entre anjos por um prado infinito. Não acho que você percebia o quanto me perturbava o fato de nosso mundo ser tão pouco parecido ao Éden, e eu e você não sermos como anjos. Odiava ver como tantos camponeses esperavam viver tão mal como viviam para sempre; como bebiam e batiam uns nos outros e passavam fome, como seus bebês paravam de respirar no colo da mãe por fome ou doença, e como eles podiam caminhar centenas de quilômetros pelo barro preto para beijar um ícone famoso. Eu odiava ver como as fábricas estavam pegando os camponeses e os transformando em partes de uma máquina. Odiava as mentiras de todos; os advogados mentiam como profissão, os burocratas mentiam sobre a própria honestidade, os padres mentiam sobre a bondade, os médicos mentiam sobre sua capacidade de curar os enfermos, os jornalistas mentiam sobre todos os outros mentirosos. Eu odiava a maneira como as pessoas maltratavam seus cavalos. Eles pareciam mais dignos do que nós, mais próximos dos cavalos do Éden do que somos dos homens e mulheres do Éden. Eles conseguem ser o que não podemos ser, ao mesmo tempo orgulhosos e humildes. O coronel amava os cavalos. Ele os tratava bem e fazia seus homens também tratarem bem seus cavalos. Por falar nisso, ele foi morto, você sabia? Quando vi os hussardos pela primeira vez, quis ser um deles. Seus cavalos e seus uniformes eram tão bonitos, e mesmo seus rostos — eles pareciam feitos mais para o amor do que para a guerra. Amor feroz, amor que deseja conquistar, mas amor de qualquer maneira, e eu tinha apenas dezessete anos, era o tipo de amor que eu queira levar ao mundo costurado em uma bandeira. Eu era ignorante e tolo. Realmente achava que não haveria mais guerras, e, se houvesse, de alguma forma, esses belos hussardos e seus lindos cavalos seriam bons demais para serem desperdiçados pelas balas. E foi só mais tarde que descobri quantos dos hussardos eram bêbados, jogadores e brutais com as mulheres. De qualquer maneira, naquela época eu acreditava que o czar estava especialmente próximo de Deus, de uma maneira que nenhum dos padres que eu conhecia estava, e servir ao czar parecia ser uma maneira de servir a Deus enquanto se tornar um monge não era. Além disso, se eu tivesse que me tornar um monge, eu nunca poderia estar com você.

Você conhecia o oficial com quem eu passava a maior parte do tempo, claro, Tchernetski, aquele que estava sempre tentando provar que tinha sangue mongol embora fosse louro e de olhos azuis. Nós fizemos piquenique juntos, não é? Havia um prado perto do rio com juncos e flores. Ele derramou vinho em seu vestido e fingiu que ia se matar. Nós rimos muito, eu me lembro, eu deveria dizer você, Tchernetski e a pessoa que um dia eu fui riram muito. Acho que agora que sou um anjo não rio tanto. Só por alegria, não por troça.

Havia outro homem no regimento do qual não lhe falei a respeito. Seu nome era Tchanov. Era um ferreiro. Era baixo, magro e forte, com um rosto bronzeado, malares proeminentes e um bigode *que nunca crescia além de alguns pêlos enrolados. Não se poderia dizer quantos anos ele tinha, ou se as rugas que se irradiavam por seu rosto a partir do nariz eram causadas pela idade, pelo sol ou por ambos. Ele era da Sibéria. Trabalhava na ferraria do alvorecer até o anoitecer e às vezes pela noite adentro, e isso, além do fato de que sabia tudo o que era preciso saber sobre cavalos, o salvava das punições por seus caprichos. Ele nunca saudava um oficial, portanto eles o mantinham escondido quando um general vinha visitar, e se recusava a ser despiolhado com o resto dos homens, quando todos tiravam suas roupas em uma choupana, eram borrifados e passavam pelo chuveiro. Ele saía da caserna e voltava horas mais tarde com* spravka* *de uma casa de banhos privados na cidade, dizendo que tinha sido borrifado e tomara banho lá. Raras vezes falava. Antes de conhecê-lo, eu tinha escutado rumores a seu respeito, que ele era um antigo prisioneiro que passara dez anos no campo de trabalhos forçados por assassinato, que tinha perdido toda a sua família na época da fome, e que não era ortodoxo, nem judeu, nem católico, nem muçulmano, mas membro de uma dessas estranhas seitas místicas sobre as quais a gente lê. Diziam que ele era um* khlist, *um flagelante, que batia em si mesmo e se chicoteava como cabeça de cerimônias secretas que terminavam em orgias. Eu sabia que ele era vegetariano, e não bebia, o que é uma marca desses não-conformistas, mas ele também era visto em todos os serviços da Igreja ortodoxa.*

Eu o vi, pela primeira vez, à distância, quando estava levando Hijaz para uma caminhada matinal com o resto do esquadrão, em um cercado perto de sua ferraria. A forja e a bigorna estavam em um pátio coberto em frente e podíamos escutá-lo e vê-lo malhando uma ferradura. Era uma manhã gelada e era difícil distinguir sua figura através da névoa da respiração de homens e cavalos, mas eu estava

*Atestado. (*N. do E.*)

olhando para ele e para o brilho vermelho da forja. As batidas pararam e eu o vi levantar-se e olhar diretamente para mim, seguindo-me com os olhos enquanto eu caminhava. Senti como se o silêncio do malho tivesse tirado de mim meu esconderijo, como se o som dos cascos de Hijaz no gramado duro e sua respiração e o tinido de seus arreios tivessem chamado a atenção de Tchanov, embora todos estivéssemos fazendo os mesmos sons. Quando um corvo grasnou, e os outros homens e cavalos passaram entre mim e a linha de visão do ferreiro, senti-me grato pelo ocultamento. Poucos minutos depois, no entanto, entrei outra vez na linha de visão do ferreiro e ele estava me olhando. Ele não levantou outra vez seu malho até eu tirar Hijaz do cercado. Você se lembra, Anna, quando nos encontramos pela primeira vez, eu lhe falei sobre ver almas boas desde longe, como luzes na escuridão? Sei agora que era isso que Tchanov procurava. Naquela época, eu tinha medo dele. Evitei qualquer contato com ele até o dia em que uma ferradura de Hijaz se desprendeu quando todos os da minha tropa estavam ocupados, e tive que ir eu mesmo falar com ele.

Ele deixou o cavalo aos cuidados de seus aprendizes, tirou seu avental e me perguntou se poderia dar-lhe a honra de tomar um chá. Falou comigo com formalidade, como um sargento para um oficial, e com franqueza, mas havia uma expressão em seu rosto, e um tom em sua voz, que não era a de um subordinado. Ele me conduzia, e eu o segui submisso, como se fosse eu tirando Hijaz de sua cocheira de manhã.

Fomos para uma oficina com uma mesa de trabalho no meio, uma única prancha de carvalho cheia de cortes e marcas, e um amontoado de ferro preto pendurado das paredes, com brilhos de aço e cobre. Havia uma fornalha no fundo e bancos de tábua de caixotes de munição e uma mesa de ferro batido muito bem trabalhado. Tinha sido feita por um dos aprendizes, disse Tchanov. Ele despejou o chá em copos armados em suportes moldados em finas folhas de latão cortadas e limadas conforme o padrão, depois enroladas num formato onde coubessem os copos. Havia mais detalhes gravados no bronze e as linhas do desenho tinham perdido o brilho, fazendo-os se sobressaírem contra o brilho do metal polido. Perguntei a Tchanov se também tinham sido feitos pelos aprendizes, e ele disse não, fora ele quem os fizera. Levantei-os para olhá-los mais de perto. Havia figuras humanas. Tinham uma aparência amontoada, pagã, cabeças grandes e corpos pequenos. Havia uma árvore, com fruta. Eu entendi o que era. Era o Jardim do Éden, e Deus estava ali debaixo da Árvore, falando com Adão e Eva! Fiquei tão tomado pela paixão que comecei a girar o copo rapidamente, como se estivesse lendo um livro, e derramei o chá no chão, e o copo depois, que se quebrou.

Tchanov limpou, silenciou minhas desculpas, e me deu um novo copo. Disse-me para não me preocupar, e não ter medo. Ouvira falar que eu era um devoto, e leal aos Evangelhos, e queria me conhecer. Ele vinha de uma cidade chamada Iazik, na Sibéria, entre Omsk e Irkutsk. Nunca fora prisioneiro, e não tinha família; era órfão, fora adotado por um ferreiro de Iazik, cujo ofício herdou depois de sua morte. Não era um flagelante, mas, como todos os habitantes de Iazik, realmente pertencia a uma seita. Ele nada me falaria sobre ela, exceto que ele, e outros membros da congregação, já estavam morando no Céu, no Paraíso, aqui na Terra.

Anna, minha querida, sou um escritor medíocre, não tenho o poder de um são João ou um são Paulo para lhe dizer como o ferreiro me pareceu sincero e convincente sobre esses acontecimentos fantásticos. Eu sempre escutava pacientemente os santos loucos e o tipo de pregador vazio que encontramos nas cidades populosas, mas não pararia para escutar um homem declarando que o Céu já existia na Terra. No entanto, Tchanov me fez parar. Ele falou com tanta certeza, me olhando nos olhos e sorrindo de maneira tão doce, envolvente e alegre, marcando o ritmo de sua fala com movimentos graciosos das mãos muito diferentes das batidas dos seus braços na bigorna. Sua voz era calma, no entanto tinha ritmo, como se cantasse.

É claro que lhe perguntei como poderíamos entrar no Paraíso dessa maneira, sem morrer, e ele ficou mais sério e disse que cada um tinha que fazer a jornada sozinho. A única maneira era queimando as Chaves do Inferno, ele disse. Pegou um pedaço de carvão, abriu a fornalha e jogou o carvão entre as brasas vermelhas onde instantaneamente ele começou a queimar. Jogou a água quente do samovar sobre seus dedos para limpar os restos do carvão.

Eu lhe perguntei o que eram as Chaves do Inferno, e ele disse que conversaríamos outro dia, e voltou para seu malho. Fiquei algum tempo perto da fornalha, girando o suporte de copo vazio em minhas mãos. Eu tinha esperança que ele me desse o suporte, como um sinal concreto da promessa de que havia mais do que eu sabia.

Da maneira como as coisas se deram, não vi o ferreiro por muitos meses depois disso. Houve manobras, eu tive que viajar — fomos visitar sua mãe, lembra-se? — e, quando fui falar com ele, os aprendizes me disseram que ele estava ocupado na oficina. Comecei a me perguntar se os aprendizes também estariam morando no Paraíso. Eles tinham alguma coisa do outro mundo; peles macias, vozes suaves e rostos sem idade. Como você pode imaginar, passei muito tempo me perguntando como os homens poderiam viver no Paraíso e, ao mesmo tempo, parecer estar morando entre nós, entre as mentiras, a sujeira e a crueldade, os desapontamentos e a feiúra. Fiquei atormentado com essas questões, e nada disse a você. Não sei por quê. Talvez eu tivesse a antevisão do que iria acontecer, que isso nos separaria. Talvez tenha sido a palavra "sozinho" que me fez temer até mencionar o ferreiro a você. Mas eu estava muito ansioso. Você deve ter notado. Era como se estivesse prestes a ser depositário de um poder secreto.

Uma noite no verão, quando o regimento estava em exercícios no campo perto de Poltava, eu cochilava em minha tenda. Um dos meus soldados da cavalaria entrou e disse que havia alguém que queria me ver. Pus minhas botas e saí. Um dos aprendizes estava lá. Em vez de me saudar, ele pôs a mão no meu ombro e começou a sussurrar algo em meu ouvido sobre Hijaz, que eu tinha mandado antes para trocar as ferraduras. Antes que ele pudesse terminar, o soldado o agarrou e o deixou inconsciente com um murro no rosto, dizendo que ia lhe ensinar a respeitar os superiores. Perguntei ao soldado se ele sabia o que acabara de fazer, e ele me olhou como se eu estivesse louco. Compreendi que, enquanto para mim parecera que o soldado tinha se condenado ao Inferno por bater em um anjo, ou pelo menos em um habitante do Paraíso, na vida do exército a ação do soldado fora normal, e eu não podia me opor a eles naquele momento. Eu disse ao soldado que levasse o aprendiz ao médico. Acho que ele tinha perdido um dente. Segui em direção ao acampamento dos ferreiros.

Suas tendas e carroças estavam a certa distância, na beira de um bosque. O espaço da forja e do malho estava debaixo de um toldo para proteger os ferreiros do sol e um dos outros aprendizes trabalhava ali. Perguntei sobre Hijaz. Ele me apontou uma paliçada onde uma quantidade de cavalos estava agrupada e disse que Hijaz estava pronto e eu poderia buscá-lo depois de falar com Tchanov, se fosse de minha conveniência. Eu assenti, incapaz de falar, com meu coração batendo demasiado rápido, e o aprendiz abaixou suas ferramentas e me conduziu até os fundos do local de trabalho.

O toldo estava armado bem ao lado das primeiras árvores. Eram faias, elegantes, cinzentas e altas. Segui o aprendiz um pouco para dentro da floresta. Eram mais ou menos dez horas. O sol acabara de se pôr mas ainda estava claro. O aprendiz me levou até uma tenda armada sobre um riacho; a lona estava presa em cada uma das margens, mas a água corria bem debaixo da linha central da tenda, e os mastros estavam enfiados entre os cascalhos do leito. O aprendiz me perguntou se eu gostaria de tirar as botas e eu as tirei, desamarrei os panos dos pés e pisei na água fria, que chegava até meus tornozelos. O aprendiz foi embora e eu caminhei pela água até a tenda.

Tchanov estava sentado à minha frente em um banco de lona. Os pés do banco, e os seus próprios pés descalços, estavam dentro da água, que jorrava a sua volta com um agradável som impetuoso. Eu pensara tanto nesse encontro, e preparei tantas perguntas e respostas, no entanto seu primeiro comentário foi completamente inesperado. Ele me perguntou por que Hijaz era um inteiro. Você sabe o que é um cavalo inteiro, não sabe, Anna? Um garanhão que não foi castrado. Eu hesitei e balbuciei que ele era um bom cavalo, obediente, forte, disposto, rápido quando eu pedia. Às vezes, ele tinha sido voluntarioso quando jovem, mas eu o persuadira a deixar de sê-lo com disciplina, justiça e amor, como um mestre de equitação deve fazer. Além disso, os hussardos desaprovavam os animais castrados. Achavam que eles careciam de ímpeto no ataque.

Eu esperava que o ferreiro começasse a dizer algo que eu pudesse entender, mas em vez disso ele assentiu e me perguntou uma coisa ainda mais estranha, se eu achava que um cavalo podia pecar. Eu disse que nunca havia pensado sobre isso antes, mas não, supunha que um cavalo não poderia, nenhum animal poderia.

Tchanov sorriu e assentiu outra vez. Disse que eu tinha razão, nenhuma besta podia pecar. Só o homem. O homem era o mestre de seu cavalo, ele disse, mas ninguém era mestre do homem a não ser o próprio homem, como Deus quis. Deus esperava que o homem dominasse a si mesmo, que compreendesse como se conduzir de novo à obediência, inocência e amor, para ser um anjo no Paraíso. O que podia ser tolerado em um garanhão não podia ser tolerado em um homem, porque a teimosia no homem era terrível e cruel, e seus desejos e ambições, desprezíveis.

Tchanov levantou-se, desabotoou seus suspensórios e começou a tirar a camisa.

— Vou me banhar — disse ele, e me falou para esperar e escutar. Mais tarde me ocorreu que, se alguém o tivesse escutado falar com um oficial dessa maneira, ele seria chicoteado e rebaixado de categoria, mas, ao mesmo tempo, nunca passou por minha cabeça questionar sua autoridade. Ele me perguntou, de uma maneira que não exigia minha resposta, o que fazia o homem tão cruel e ambicioso. O que os levava a roubar e explorar um ao outro, a fazer a guerra, a estuprar e maltratar mulheres e crianças, a mentir, enganar e se exibir como um pavão, a torturar animais, a mutilar a Natureza? Que carga eles carregam consigo, colocada neles por Deus depois de provarem a Fruta Proibida, que os fazia desprezarem a si mesmos, viverem na culpa e vergonha e terror da velhice e da morte?

Ele me deu as costas e deixou seus calções caírem na água. Estava nu no riacho, exceto pela corrente de ouro em volta de seu pescoço.

Ele disse:

— Eu não tenho mais essa carga.

Voltou-se para me olhar. E disse:

— Fui feito anjo.

Estava obscurecido dentro da tenda, mas eu podia ver que entre suas pernas não havia nada, uma brecha. Ele tinha sido castrado. Seus genitais tinham sido completamente cortados.

Tchanov se agachou e começou a jogar água em si mesmo. Disse-me que havia queimado as Chaves do Inferno, que tinha Montado no Cavalo Branco. Disse que, quando viesse a guerra, ele estaria lá para me salvar. Disse muitas outras coisas que esqueci. Eu não podia escutar mais. Saí da tenda, peguei minhas botas, e comecei a correr. Acho que devo ter caído no riacho, não me lembro. Encontrei Hijaz e cavalguei por horas, até ver o brilho de Poltava.

Durante semanas, vivi na angústia. Para mim, é difícil admitir agora, mais difícil do que você imagina, mas verdadeiramente pensei que Tchanov estivesse louco, doente da alma. Estava tão decepcio-

nado! Que tudo se resumisse ao corte de uma faca. Senti que havia sido enganado. Eu tinha imaginado, em minha fé, que ele me revelaria algum brilho secreto, alguma prece longa, profunda, mesmo um trajeto de jejum e desprendimento. Isso, a castração, era ridículo. No entanto, se examino as coisas honestamente, mesmo então, em minha dúvida, uma parte de mim admirava sua coragem, que ele acreditasse tão fortemente na Palavra a ponto de ser capaz de sacrificar isso. É estranho como podemos nos dividir em várias pessoas quando estamos inseguros sobre alguma coisa. Dentro de nossas mentes, é como se um grupo de homens estivesse discutindo, e outra parte de nós está de pé em um lado com as mãos nos ouvidos, não querendo escutar nada.

Pensei em você, é claro, e em Aliocha, como Aliocha nunca teria existido se eu fosse um dos castrados do ferreiro, como você dificilmente encontraria em mim o suficiente para merecer seu amor, muito menos para se casar comigo, se eu fosse um dócil castrado. E o estranho é que naquele último verão, antes da guerra, o mundo realmente parecia mais com o Paraíso do que com o Inferno. Talvez fosse o acaso. Talvez, depois de ver Tchanov, era isso que eu queria ver. Na cavalgada de volta ao campo, de Poltava, todos por quem eu passava pareciam me saudar alegremente. Vi um camponês molhando seu cavalo de carroça no rio e alisando-lhe o pescoço e lhe murmurando ao ouvido. Vi crianças correndo entre fileiras de girassóis em um campo. Eles corriam um atrás do ouro por puro prazer. Estavam rindo.

Você ficou surpresa, eu acho, quando voltei para casa alguns dias depois, e a puxei para o andar de cima. Você não estava querendo. Estava sentindo calor e cansada e queria se lavar, mas eu não deixei, e você acabou concordando. Deus teria feito essas Chaves do Inferno tão cruelmente, para nos dar tanto prazer, pensei então? Achava que você gostava do modo como eu as usava. Perguntei-me se Tchanov não seria um agente do Príncipe das Trevas, o Inimigo. Eu estava febril, aquele dia. Você se lembra? Passei tanto tempo com meus lábios e minha língua entre suas pernas, e explodi minhas sementes dentro de você, e as derramei uma segunda vez, em sua língua e seus lábios. Eu queria que você me sentisse penetrar em cada abertura de seu corpo. Queria entrar em seus ouvidos, seus olhos, sua barriga, suas costelas. E como eu amava o seu gosto, o suco salgado no alto de suas pernas.

E então veio a guerra, e Tchanov desapareceu. Não só ele, mas os aprendizes. Houve um escândalo terrível. Murmurou-se entre as tropas que o coronel fizera vista cega à falta de respeito de Tchanov pelos regulamentos, e, se não fosse a urgência da situação, ele teria sido punido. De qualquer maneira, eles acharam um ferreiro ucraniano para fazer o trabalho, e fomos colocados em trens rumo ao oeste para a fronteira com a Áustria.

Tudo era desconhecido nesses primeiros dias da guerra, mas eu não sentia o pavor que esperava. Sentado no compartimento do trem — era um cupê comum, o tipo que se toma para a Criméia ou Petersburgo, os soldados e os cavalos estavam nos vagões —, parecia que estávamos saindo de férias. Estávamos de uniforme cáqui, é claro, mas todos contavam todas as piadas de que podiam se lembrar. Não tínhamos idéia do que iria acontecer, ou até onde iríamos, ou com que rapidez. Pensamos que poderíamos acabar chegando a Viena. Ou mesmo Berlim. "Paris!", alguém disse, e então todos jogaram suas idéias, até nossas cabeças se encherem com as visões de uma coluna de hussardos russos trotando pelas ruas de Nova York, Rio de Janeiro ou Bagdá. E sentíamos as espadas e as pistolas pesando em nossos cinturões, e eles nos tinham treinado para usá-las.

Quando chegamos ao nosso destino, uma parada a cerca de trinta quilômetros do front, *recebemos notícias ruins. O coronel, que fora na frente para arrumar forragem e alojamento, estava em um carro do estado-maior que saíra da estrada quando um avião austríaco bombardeou. As bombas não caíram perto, mas o motorista tinha entrado em pânico. Todos no carro morreram.*

Acampamos para descansar. O coronel foi substituído pelo segundo em comando, que era menos popular. Era um nobre de linhagem superior à do coronel, e sempre achara que deveria comandar o regimento, mas realmente era um homem preguiçoso que nunca aprendera muita coisa a não ser punir os mais novos de sangue menos nobre. Você provavelmente se lembra dele, um homem grande com um rosto pálido, barba branca e olhos injetados. Rumlian-Petcherski, esse era o seu nome. Ele nos disse que avançaríamos na madrugada, possivelmente para atacar.

No trem, pensei em você. Prometi ser honesto, Anna, e no campo, ao escurecer, pensei mais sobre Tchanov. Pela primeira vez, escutei o som da artilharia a distância. As pessoas sempre dizem que parece o som de um trovão, e parece, só que o trovão pára. A noite toda houve um ir-e-vir de trens pesados, lentos, cheios de homens, cartuchos e animais, suponho: não podia vê-los, mas escutava o rangido e guinchos, e apitos e o som dos cascos, rodas de vagão e marchas. E eles estavam usando aviões! Lembra, Anna, que fomos a um campo de vôo com Aliocha para ver os aviões levantarem vôo e desaparecerem no céu? Achava que eles eram coisas maravilhosas. Pensei, quando vi o sol refletir no branco de suas asas lá no alto no azul, que o homem estava indo a algum lugar, que um novo tempo estava começando. Agora eles os usavam para jogar bombas. Embora eu fosse oficial há tanto tempo, nunca tinha visto nada parecido com esse empenho ao meu redor, essa organização, esse negócio de milhares, direcionados para alguma coisa que eu nunca presenciara mas esperava que fosse saudável. Eu ainda não entendia o que isso tinha a ver com as idéias de Tchanov. Era absurdo.

Tarde daquela mesma noite, fui procurar Tchernetski. Estava escuro. Alguns oficiais de seu batalhão jogavam baralho à luz de uma lanterna na tenda de Tchernetski, mas ele não estava ali. Pela pilha de notas na mesa, vi que jogavam com apostas altas. Eles me dirigiram um olhar com aquela mistura de aceitação e suspeita com a qual estava acostumado. Eu havia ajudado cada um deles com seus cavalos, em um momento ou outro, mas nunca bebi nem joguei com eles, nem visitava os bordéis. Você já sabe disso, de qualquer jeito. Você me ajudava com eles. Eles gostavam de você. Então, perguntei onde Tchernetski estava e eles olharam uma para o outro e um deles disse que ele estava do outro lado da estrada, atrás dos vagões da cozinha. Eles me ofereceram a lanterna elétrica de Tchernetski, um presente de sua tia, e aceitei. Atravessei a estrada, e achei os vagões da cozinha e perguntei se eles tinham visto um oficial. Eles apontaram para um ponto onde pude distinguir um grupo de árvores na escuridão. Enquanto caminhava naquela direção, escutei uma voz de mulher que puxou minha manga com a mão. A mulher me perguntou se eu estava solitário e se gostaria de passar um tempo com ela. Eu disse não e a empurrei, espero que não muito rudemente. Cheguei perto das árvores e vi uma figura com um cigarro nas mãos. Levantei a lanterna. Era Tchernetski. Uma menina estava ajoelhada no chão a sua frente. Ao toque da luz ela tirou alguma coisa da boca rapidamente e se voltou para mim, levantando a mão para bloquear o clarão. Vi que Tchernetski estava enfiando seu membro nas calças. Nem ele nem a menina pareciam pensar em se mexer. Tchernetski pôs a mão na cabeça da garota e, com a mão do cigarro fez um sinal para mim, praguejando e me dizendo para afastar a luz. Até eu falar, ele não sabia quem era, é claro. Apaguei a lanterna e disse que ela era só uma criança. Vi a ponta do cigarro subir em direção à boca do meu amigo e brilhar quando ele tragou. Ele disse que a menina tinha catorze anos, querendo dizer que tinha idade suficiente para ser comprada por um homem, suponho. Deixou o cigarro cair e eu o vi brilhar outra vez quando a criança o aspirou. Ela não parecia ter catorze anos. Não sabia que idade tinha. Doze? Dez? Uma criança, de qualquer forma, experiente naquele comércio. Acho que falei outra vez, disse alguma coisa sobre ele procurar uma garota mais velha. Posso até ter oferecido pagar. Não me aproximei mais. Não queria. Então escutei a garota falar na escuridão. Ela disse: Quem é esse? Tchernetski lhe disse para ficar calada e fazer seu trabalho. Ele me chamou pelo meu nome e disse: Isto não é para você.

Voltei para a tenda de Tchernetski e deixei a lanterna e eles me perguntaram se eu o tinha encontrado. Eu disse que não. Dois deles disseram ao mesmo tempo: Ele o encontrou! Eu lhes perguntei por que tinha que ser com uma garota tão nova. Eles não ficaram contentes com o que eu disse. Lachmanov disse, muito sério, que todos nós podíamos morrer no dia seguinte, e cada homem deveria pegar o que pudesse, garota, mulher, avó, menino. Eu disse que com certeza, se íamos ser mortos no dia seguinte, deveríamos estar rezando para Deus nos perdoar os pecados. Todos eles riram e me disseram que eu não tinha pecados. E Lachmanov disse — Anna, minha querida, você sabe que detesto usar tais palavras, mas prometi não esconder nada de você, e agora estamos muito perto da mudança —, ele disse: um hussardo bebe, fode e luta, e depois ele reza. E então bebe, fode e luta de novo.

De manhã, os oficiais receberam suas ordens. O regimento devia atacar. Todas as unidades, todo o exército, e outros exércitos russos, deviam atacar. Sabíamos que devíamos estar na vanguarda, mas tínhamos a sensação de fazer parte de uma hoste incontável, cidades de guerreiros em movimentos, e nos sentimos fortes. O fato de os oficiais superiores terem mapas detalhados dos locais para onde íamos, mesmo não sendo o território russo, nos surpreendia e encorajava. O que eles não nos disseram era se íamos atacar os alemães ou os austríacos. Temíamos os alemães, mas os austríacos, pensávamos, talvez simplesmente fugissem. Muitos deles não eram austríacos de jeito nenhum, mas tchecos, eslovacos, eslovenos, croatas, bósnios, rutenos, polacos. Poderiam até vir para o nosso lado. Nossas pistolas estavam carregadas e nossos sabres eram afiados. A coisa que eu mais temia era ter que atacar um inimigo com meu sabre. Eu estava treinado para fazer isso, claro, mas a idéia de chegar perto o bastante de um homem para beijá-lo ou apertar sua mão e descer meu sabre para tentar cortá-lo pela metade era terrível. Eu não achava que poderia encontrar ódio suficiente para matar um estranho, mesmo se ele estivesse tentando fazer o mesmo comigo. Tive o mesmo medo no dia em que nos encontramos, do lado de fora da fábrica. Pensando nisso, comecei a pensar em você. Pensei em Hijaz, o belo animal embaixo de mim, me levando para a frente, e no que Tchanov tinha dito, como me perguntara se um cavalo podia pecar. Perguntei-me se era tão diferente de Tchernetski com a garota: até mais, pois a garota, talvez, não fosse completamente inocente, mas Hijaz sim. Pensei nas últimas palavras de Tchernetski, também, outra e outra vez. Isto não é para você. Como me irritei enquanto cavalgávamos aquela manhã. No entanto, naquele dia nem sequer vimos o inimigo, mas, quando chegou ao fim, quase todos os homens e todos os cavalos do regimento estavam mortos.

Era um dia quente perto do fim de agosto. Lembro-me do cheiro de prímulas crescendo à beira da estrada, mais forte do que o cheiro do estrume, às vezes, dos vagões dos trens que alcançávamos. Passamos por colunas de soldados marchando por vários quilômetros. Muitos deles cantavam. O sentimento de que era algum tipo de estranha excursão de massa começou a voltar. Não durou. Começamos a passar por pessoas que fugiam de suas casas, indo para a direção oposta. Ainda estávamos na Rússia, mas era um tipo diferente de Rússia, na qual o povo não acreditava. Nas aldeias judaicas, aqueles com coragem suficiente para sair e nos ver passar nos olhavam como se esperassem que nunca mais voltássemos; nas aldeias católicas ortodoxas, os vivas eram desanimados. Passamos pelos santuários católicos ortodoxos, com seus Cristos na agonia da cruz, e as Madonas satisfeitas, plácidas. Lembro-me de pensar como era estranho que todos os exércitos prestes a lutar entre si acreditavam que

Cristo fora enviado por Deus para ser o último homem torturado por outros homens, no entanto aí estavam eles, em vias de torturar um ao outro às dezenas de milhares. O único povo que não acreditava nisso eram os judeus, e eles não estavam lutando.

Ao meio-dia, aproximamo-nos da linha de artilharia. Eles não começaram a disparar, mas estavam se preparando. A estrada passou perto de uma bateria com cerca de duas dúzias de obuses. Centenas de homens se moviam a seu redor com uma energia e propósito que nunca havia visto antes nos que vigiavam alguma maquinaria. Você sabe que não sou bom em comparações, Anna, não sou um poeta, mas me lembro de ter pensado como parecia que os homens estavam a serviço das armas, como se as armas fossem os senhores e eles estivessem nessa azáfama para atendê-las. Me fez pensar naquele filme que vimos sobre Luís XIV, o Rei Sol, você se lembra? Como o ator, grande e gordo, que representava o rei ficou absolutamente quieto, apenas bocejando, enquanto todas aquelas dúzias de servos se agitavam a seu redor, vestindo-o, banhando-o e o maquiando. E o rei nunca acusava a presença deles ali, nem o que faziam. Tal era o seu poder. Essas máquinas, esses grandes tubos negros horrorosos com rodas e êmbolos e alavancas, eram os senhores dos homens. Perto de cada canhão havia uma pirâmide de obuses de bronze para alimentá-las, mais alta do que um cavalo.

Quando estávamos a alguns metros de distância, os artilheiros congelaram, como atores em um quadro vivo, e houve um relâmpago irradiando de cada canhão, junto com uma lufada de fumaça preta, e os canhões deram um salto para trás e rolaram para a frente outra vez. Por um momento, me espantei com o silêncio. Então o som chegou até nós, uma série de estampidos surdos, terríveis. Acho que fomos pessimamente treinados. Eu nunca tinha visto tantas armas tão grandes assim tão perto. O que você precisa entender, Anna, é que esse não é apenas um barulho forte, como um grito, ou um trem passando, ou uma orquestra a todo vapor. É um golpe físico, que não apenas ensurdece você mas soca seu peito também, você se sente como se seu coração e pulmões estivessem sendo sacudidos de suas amarras. A maioria de nós tentou controlar os cavalos. Alguns se assustaram; nenhum disparou. Hijaz agüentou melhor do que eu. Depois de alguns momentos, percebi que havia me curvado para a frente na sela, olhos fechados, respirando como se tivesse acabado de conseguir ar depois de quase afogado, e segurava Hijaz tão apertado com meus joelhos que ele estava diminuindo a marcha, quase parando. E os disparos terminaram: houve o tropel da coluna seguindo outra vez, e as cotovias voando sobre os campos de ambos os lados. Eu relaxei, abri meus olhos e cutuquei Hijaz para a frente, antes que ele tivesse a chance de obstruir o batalhão atrás de mim.

Quando passei pelos canhões, eles dispararam outra vez. O relâmpago, a fumaça, o recuo e a explosão, tudo aconteceu ao mesmo tempo. Não podia ter sido muito mais alto, mas parecia. Tudo em que pude pensar foi em mim mesmo, em me manter inteiro. Era muito intimidador. Tive a sensação de que um estranho aparecera na minha frente e, sem nenhum razão ou sinal de emoção, empurrou com força meu peito. Sem ter consciência do que estava fazendo, larguei as rédeas e meus pés pareceram se levantar dos estribos por conta própria, e me curvei, com meus joelhos dobrados contra o arção e as mãos sobre o rosto. Como antes, o horror passou, e percebi o que estava fazendo, e lentamente afastei as mãos dos olhos. Eu não entendia o que estava acontecendo; parecia que eu estava em uma sombra, embora não houvesse árvores; e Hijaz seguia em frente como se nada tivesse acontecido. Estiquei-me e voltei a colocar os pés nos estribos. Já que eu tinha tentado me esconder do barulho dos canhões, quatro dos meus cavaleiros, os mais altos, cavalgaram ao meu redor, escondendo-me da vista do resto do batalhão e pegando as rédeas de Hijaz. Eles não olharam para mim, nem falaram nada. Moviam-se com tanta leveza e tão rápidos que era como se tivessem treinado. Eu estava perplexo, e agradecido, embora não tenha dito nada, preparando-me para a próxima salva de artilharia, cerrando os dentes e sentindo as rédeas escorregarem com o suor. Dessa vez, a salva não veio até que estivéssemos a cerca de dois quilômetros de distância, quando foi mais tolerável. Realmente, não sei o que aconteceu; talvez os cavaleiros tenham me visto recuar com o som da artilharia nos exercícios, e estavam preparados, ou talvez o coronel tenha falado com eles. Ele havia me perguntado sobre isso antes, e eu menti que não tinha problemas. Orgulho, Anna. De qualquer maneira, agora, eu estava tocado e emocionado com o cuidado que meus cavaleiros demonstraram. Mas, e se eu tivesse sido exposto naqueles momentos, e tivesse sido levado humilhado para as tropas, acusado, suponho, de covardia? Talvez eu fosse fuzilado. Talvez nunca tivesse encontrado Tchanov outra vez. Deus sabe o que faz.

Seguimos em frente. A artilharia parou depois de algum tempo, e ficou tudo muito tranqüilo, embora eu me lembre de ter ficado espantado com o pequeno número de civis que encontrávamos.

Estávamos na estrada para Lemberg. O regimento foi colocado em ordem, alimentado e hidratado em uma aldeia abandonada, onde o estado-maior montara seu quartel na casa de um camponês rico. Eles estavam instalando telefones de campanha, e um motociclista veio com um despacho e foi embora. Outra vez houve um sentimento de ordem, propósito e obediência a um poder remoto e mais exigente do que o que havíamos servido antes. Mais ou menos às quatro horas da tarde os batalhões de combate receberam ordens de montar e avançar em colunas, atravessando o campo.

Entre os oficiais novatos chegou um rumor do que havia sido dito no estado-maior. Este não era o grande ataque; isso seria mais tarde. Estávamos sendo enviados para testar as defesas do inimigo. Balões, aeronaves, espiões e sentinelas avançadas tinham examinado as linhas austríacas — eles eram austríacos, descobriu-se —, mas ainda havia posições inimigas sobre as quais o estado-maior não tinha certeza. Havia um vale coberto com um bosque no qual eles estavam interessados. O plano para o regimento era se aproximar do vale a partir dos sulcos baixos de ambos os lados. Rumlian-Petcherski estava com problemas porque isso deveria ter sido feito no dia anterior, e assim, embora já fosse tarde, restando apenas cinco horas de luz decente, devíamos ir, fazer o reconhecimento e retornar, e ele insistiu que partíssemos imediatamente. Os comandantes do batalhão não gostaram desse plano, que envolvia levar todo o regimento por uma brecha de quinhentos metros entre o bosque denso para alcançar o campo aberto que levava ao vale. Rumlian-Petcherski insistiu, assinalando que o estado-maior prometera enviar um batalhão com fuzis para defender o bosque dos dois lados da brecha. Portanto, partimos, com o sol em nossos olhos, como se o tivéssemos dado aos austríacos para usá-lo contra nós.

Depois de uma hora, vimos a brecha à frente. Os batalhões estavam avançando em colunas de quatro lado a lado pelo restolho do trigo colhido. A idéia era avançar tão rápido quanto possível pela brecha e então girar e disparar para os sulcos. O ajudante de Rumlian-Petcherski estava olhando pelos binóculos. Mesmo sem eles, podíamos ver as bandeiras balançando na beira do bosque, o sinal de que a infantaria estaria nos dando proteção. O corneteiro tocou meio-galope e nossos cavalos aumentaram suas passadas. Puxamos os sabres, embora, Deus sabe, não esperávamos ter de usá-los. Era para fazer que nos sentíssemos fortes, seu peso afiado pendurado em nossos braços. E realmente nos sentimos fortes, quando o chão começou a retumbar com o som dos nossos cascos, e éramos jovens, e parecia haver invencibilidade em nosso número, quase mil, uma inundação do poder dos cavalos e dos uniformes esticados para trás pelo vento. Você podia ver os dentes, dentes dos cavalos e dentes dos homens enquanto seus lábios se abriam para trás. Os sabres supostamente deviam ter lâminas azeitadas, sem brilho, para deslizarem macias ao saírem de suas bainhas e não refletirem o sol, mas os metais de alguns homens cintilavam no meio do campo de guerreiros. Eu via os lampejos.

Eu estava na vanguarda do segundo esquadrão. À minha frente, podia ver o primeiro esquadrão diminuir a marcha ao entrar no campo aberto e começar a se virar em direção à entrada do vale. Escutei um pequeno som estranho no ar ao meu redor, o tipo de som que o matador de mosca faz antes de atingir algo, e realmente, Khigrin, o tenente ao meu lado, bateu em sua nuca com o tipo de grito resmungado que damos quando um inseto nos pica. E então ele caiu de seu cavalo! Lembro-me de ter pensado que ele ficaria muito embaraçado, um dos melhores cavaleiros do regimento, cair de sua montaria por causa da mordida de um inseto. Agora me parece que pensei tudo isso antes de perceber que, sobre os empurrões, baques e tinidos dos cavaleiros e aquele curioso som do ar zunindo ao ser atingido, houve o som de metralhadora. Mesmo assim, não entendi que era dirigido a nós. Virei-me e vi que nossa coluna estava deixando pequenos montes pretos que se estendiam escuros como estrume contra o restolho brilhante. O cavaleiro Bilenko olhava para mim com uma cara de cachorro bravo na caça. Eu o vi se curvar abruptamente no meio, de lado, como um boneco, uma coisa que um homem não podia fazer a menos que sua espinha tivesse sido violentamente quebrada, e ele começou a me gritar alguma coisa, eu escutei a primeira palavra, "Eles...", quando uma parte de seu pescoço estalou, como um elástico puxado firme, e sua boca foi calada por uma golfada de sangue. Senti algumas de suas gotas quentes acertarem meu rosto enquanto o cavalo de Bilenko morria embaixo dele e lançava de catapulta o cavaleiro morto sobre sua cabeça para o chão. Virei-me outra vez e limpei meus olhos do sangue de Bilenko com as costas da mão. Podia ver o primeiro esquadrão explodir na minha frente. Seu contorno elegante de poucos segundos atrás ainda estava lá, só que marcado por homens e cavalos mortos e aleijados, enquanto os sobreviventes feridos fugiam em todas as direções, sendo abatidos ao avançarem.

Eu entendi que o esquadrão tinha que se formar lado a lado e se dirigir para as árvores de um ou de outro lado. Eu estava confuso. Teria sido a coisa certa a fazer se eu fosse um bom oficial com a cabeça lúcida, já que os disparos vinham de lá e estávamos muito próximos para uma retirada, mas no estado em que eu estava só pensava em como o bosque era escuro e abrigado, como proporcionar algum lugar para esconder. Ainda mais peculiar é que eu estava pensando menos em mim mesmo, ou nos outros homens do esquadrão, e mais em Hijaz. A coisa mais importante naquele momento era que Hijaz não se ferisse. Senti que alguma coisa vital para mim dependia disso.

Já não via outros oficiais vivos, nem o corneteiro, assim puxei as rédeas de Hijaz, virei, levantei meu sabre e gritei o comando, olhando para trás para a coluna. No começo pensei que os homens, em desespero, estivessem tentando se esconder no chão, ou atrás dos cavalos mortos, eram tantos estirados quietos e tão poucos de pé. Não parecia possível que tivéssemos perdido mais da metade do esquadrão em tão pouco tempo. Mas era verdade. Os sobreviventes começaram a mudar de direção. Mesmo ao fazerem isso, claro, eles continuaram caindo, daquela maneira tão rápida e estúpida. As balas tomavam posse deles e, em um momento, eles deixavam de existir, sem o espaço de um fio de cabelo entre viver e morrer. Uma espécie de magia começou a crescer em minha mente, para quem, eu não sei, pedindo para diminuir a marcha, para esperar, para que as coisas fossem feitas com mais misericórdia e dignidade, para nos deixar pelo menos testemunhar cada execução, mesmo se as testemunhas depois fossem elas também executadas. E, quanto mais sangue e quedas aconteciam à minha volta, tanto mais alta a prece, como se parte de mim sentisse que eu realmente poderia, se não parar a matança, pelo menos fazê-la acontecer mais devagar, ou ser feita de novo desde o começo de uma maneira para a qual estivéssemos preparados. Talvez eu estivesse pensando no futebol, esperando que alguém tocasse o apito, impusesse a ordem e a justiça. Mas vi Tchernetski, completamente inconsciente no restolho com o paletó coberto de sangue fresco e a cabeça descansando no peito que se levantava e subia de seu cavalo em agonia, completamente inconsciente, embora um cavaleiro cujas pernas foram feitas em pedaços estivesse gritando em seu ouvido para que ele se levantasse. Então, quando já estávamos quase entrando nos bosques, escutamos um som como uma multidão de seres malignos caindo sobre nós de cima, e o céu explodiu em pedaços. Eu estava dentro de um tambor no qual um garoto batia enlouquecido, tão grande quanto o mundo, o som e a rajada juntos, os obuses explodindo acima do chão. Eu sabia que estava surdo depois da primeira queda de obuses, mas ainda escutava as explosões com todo o meu corpo. Embora não tivesse sido atingido, sentia que meus ossos iam estourar em pedaços. Fui despencado de Hijaz e caí sobre um cadáver, e rolei mas cambaleei de volta e abri meus olhos a tempo de ver a enorme lâmina giratória de uma granada abrir meu cavalo do pescoço até o traseiro, estraçalhando-o profundamente, até as tripas e juntas. Ele se manteve nas quatro patas por um momento, balançou a cabeça de um lado para o outro, irritado, como fazia quando havia muitas moscas. Então suas pernas se dobraram e ele caiu. Tirei minha pistola e me ajoelhei sobre ele, mas seu coração tinha deixado de bater. Pus minhas mãos em volta de seu pescoço e me enrolei o mais apertado que consegui, enfiando meu rosto no escudo escuro e quente do meu peito e da crina dele, e chorei como uma criança, Anna. Realmente, chorei, eu tinha lido a expressão, mas me escutei berrando, gritando através das lágrimas, e mesmo quando as lágrimas pararam, até minha garganta estava arranhada.

Depois de um tempo, quando parei de gritar, ainda em meu casulo, ocorreu-me que não havia mais obuses, e a natureza dos disparos tinha mudado. Pareceu-me incompreensível que aqueles homens ainda pudessem ser capazes de lutar, mas, quando a luz declinou — eu abria meus olhos por segundos em um momento ou outro —, eu os escutei, gritando ordens, gritando por socorro, atirando. Cavalos passavam disparados, sozinhos ou em grupos pequenos. Escutei mais obuses à distância, rajadas de fuzil e gritos de homens atacando, e um avião sobre minha cabeça. Depois ficou escuro.

Não sei o que aconteceu, se confundimos as bandeiras, se os austríacos capturaram nossos homens e descobriram o sinal. Não sei que obuses eram aqueles que caíram sobre nós, se eram dos austríacos ou nossos. Não parece ter importância. Não importava naquele momento. Eu me desenrolei na escuridão e me pus de joelhos. Ao meu redor, podia ver os montes de mortos. Havia algum movimento, uns puxões e escorregões. Nem todos estavam mortos. Escutei a respiração enferma de um cavalo, e depois a voz de um homem, murmurando e gemendo. Juntei minhas mãos, coloquei-as na barriga dura de Hijaz, curvei a cabeça e pedi a Deus que nos perdoasse a todos.

Eu não podia me livrar do sentimento de ter sido ferido. Tirei meu estojo e meu fuzil e todas as minhas correias e as joguei fora. Tirei meu paletó e o descartei, com todos os meus documentos e, Anna, a sua fotografia e a de Aliocha. Lembrei-me delas depois, quando já era tarde demais, e lamentei, mas naquele momento eu parecia ter passado completamente para outro mundo. Passei minhas mãos por meu rosto, meu peito, minhas costas, da melhor maneira que podia, minhas pernas, meu tronco. Havia o sangue seco dos outros sobre mim, mas eu não tinha sangramento. Eu estava intocado.

Levantei-me e, agachado, abri caminho até onde o homem estava falando. A dele também era um tipo de prece, parecia uma lista de todas as pessoas que conhecia. Cheguei até ele e lhe disse quem eu era e ele me disse que era Iantariov. Era um dos cavaleiros que me protegeram na cavalgada de antes. Perguntou-me se nosso pessoal havia vencido. Eu mal compreendi o que ele queria dizer com essas palavras. Disse que não sabia. Perguntou-me se nosso pessoal viria nos buscar e eu lhe disse que sim. O estômago de Iantariov tinha sido cortado ao meio. Ele devia estar sentindo dores terríveis. De que são feitos homens assim? Ele era do Cáspio, eu acho. Astrakhan. Perguntou-me onde eu estava ferido e não lhe respondi. Ele me pediu para matar seu cavalo. Disse-lhe que seu cavalo estava morto. Ele me pediu para atirar nele. Disse que não viveria mais do que algumas horas, o que era verdade, e estava doendo. Disse-lhe que não poderia matá-lo. Seria um pecado. Ele disse que eu tinha razão, desculpou-se, e me pediu um pouco d'água. Seu cantil estava vazio, portanto fui pegar o meu. Quando o peguei, escutei um tiro. Corri de volta para Iantariov e o encontrei morto, com sua própria pistola na boca e sua mão no gatilho. Uma luz áspera iluminou o céu. Um clarão vinha caindo. Estendi-me no chão. As metralhadores soaram outra vez. Fiquei estendido ali por um longo tempo, até não haver mais clarões. Então, apoiado nas mãos e nos joelhos, comecei a engatinhar até o bosque. Não sabia o que estava fazendo nem para onde estava indo. Talvez pensasse que, se ia morrer, preferia estar perto das pessoas que iam me matar. E ainda pensei sobre refúgio e esconderijo. Não pensei em voltar para me unir ao regimento. Era um desertor e um foragido, mas isso não me ocorreu naquele momento.

Entre as árvores, devia haver soldados de um ou outro tipo, mas sem realmente procurar, me esgueirei entre eles. Esses foram os primeiros dias da guerra. Não segui as notícias de perto nos meses que se passaram, como você pode imaginar, mas sei que as tropas têm a tendência de se esconder em buracos e fazer fortificações sempre que podem. Movem-se mais lentamente, com mais cuidado. A cavalaria desmontou. Ficaram mais sábios. Mesmo assim, é claro, continuam morrendo.

Caminhei durante horas, tentando fazer o menor barulho possível e tentando entrar cada vez mais na floresta. Era uma noite quente. Aninhei-me em uma cama de folhas do ano anterior entre duas raízes de árvores e dormi. Despertei de um pesadelo quando começava a clarear. Sonhara com os eventos da batalha — batalha? chamar aquilo de batalha? foi só matança —, exatamente como tinham acontecido, com um ou dois detalhes a mais. Um era que você e Aliocha e o coronel estavam lá, de alguma maneira, mas você estava de costas para nós: estava observando outra coisa. O outro era que, quando os obuses começaram a explodir, eu senti como se tivesse sido mordido por algum animal pequeno, maligno, mas por dentro, como se ele estivesse para explodir dentro da minha pele. Levantei-me com um grito, entre as folhas que caíam, tirei minha roupa e passei as mãos por meu corpo. Não havia nenhuma marca nova, nem mesmo um arranhão. Tirei minhas botas e o resto das roupas e me sentei nu na raiz, tentando achar o ferimento que eu tinha certeza de ter. Não achei nada. No íntimo, não fiquei surpreso, pois não tinha sentido que havia perdido nada, nem sangue nem carne. Era mais como se tivesse ganho alguma coisa que não devia, que não estava lá antes. Eu tinha visto a maior parte de duzentos camaradas e seus cavalos serem abatidos como grama, em poucos minutos, e eu escapara sem um corte. Eu deveria me pôr de joelhos, por vários dias, agradecendo ao Senhor a sua misericórdia. Mas não me sentia a salvo. Sentia-me sujo por dentro, como se minha alma nunca pudesse ficar limpa outra vez, por mais que jejuasse e orasse, e um peso que nunca deixaria minha alma flutuar livre desse mundo de matança cega.

Escutei um ramo quebrando-se e pulei para trás da raiz, agarrando minhas roupas. Vi uma figura escura se movendo entre as árvores algumas centenas de metros adiante. Era um cavalo, sem cavaleiro. Vesti minhas roupas e minhas botas. Tomei consciência de quanta sede eu tinha, e pensei em parar e procurar água. Decidi seguir o cavalo. Não foi difícil. O animal parava a cada momento. Parecia estar pensando, ou escutando. Um par de vezes, olhou para trás, para mim. Não estava preocupado por eu estar seguindo-o. Quando cheguei mais perto, vi que era da cavalaria. Tinha uma sela de nosso regimento. Reconheci o animal: Dandi, montaria do cavaleiro Chtekel. Poderia tentar agarrá-lo, mas não tinha nenhuma idéia própria para seguir, e me senti tão mal por Hijaz que estava pronto, até ansioso, para me humilhar diante de um cavalo, deixando-o me conduzir. Não via como poderia me atrever a montar um cavalo de novo, e senti um caroço na garganta com esse pensamento.

Depois de mais ou menos dois quilômetros, houve um ruído a nossa direita e vi o focinho escuro e familiar do cinzento Liotchik. Não me lembrava do seu cavaleiro. Estava morto, supus, e me senti constrangido por não lembrar. Nada me parecia estranho agora e seguimos adiante juntos, dois cavalos conduzindo um homem pela floresta. Depois de cerca de uma hora, senti cheiro de madeira queimando e chegamos a uma clareira com uma choça para queimar carvão. Quatro homens estavam sentados em um tronco perto de uma pequena fogueira. Também da choça saía uma fumaça. Quando entramos na clareira, um dos quatro, um homem que reconheci, levantou-se e tomou as rédeas dos cavalos, me cumprimentando. Os outros três me olharam. Reconheci todos eles. Aproximei-me e Tchanov me perguntou se eu queria me sentar em frente a ele. Sentei-me e pedi um copo d'água. Um dos aprendizes me trouxe um copo cheio, e depois outro quando esvaziei o primeiro.

Disse a Tchanov que ele tinha sido procurado. Ele disse que não poderia participar daquilo. Apontou para a direção da qual eu viera quando disse "aquela". Perguntou-me onde estava o regimento e eu lhe disse que estavam quase todos mortos. Ele assentiu e me disse que, ainda sim, seria considerado uma vitória.

Perguntei-lhe o que queria dizer. Ele disse que os que comandam, o czar, seus generais, os grandes capitalistas e financistas, não contam as vidas dos homens individuais, não mais do que contam simples rublos ou dólares americanos. Em seus negócios e na mesa de jogo, eles perdem milhares para ganhar milhões; e, se perdem milhões, eles têm outros mais. É o mesmo com o gasto de homens. Um regimento de mil almas era uma aposta pequena. Mas eu deveria entender a verdade que estava escondida até do czar: que ele, seus comandantes, nobres e capitalistas, e o cáiser, o imperador da Áustria, e o rei da Inglaterra e o presidente da França, e todas as suas cortes ricas e poderosas e generais de estados-maiores e bolsas de valores, eles também eram apenas apostas feitas por um jogador maior em um jogo maior. Tchanov me perguntou se eu sentia a presença dessa mão maior. Eu disse que sentia. Perguntou se eu sabia de quem era. Eu disse: "De Satã?". Tchanov disse: "Sim, ele é o Inimigo". Tchanov disse que Satã instigara a humanidade para essa guerra como sua melhor artimanha para ofender a Deus. O Diabo trabalhou em nós por décadas para chegar a isso, e tinha sido fácil porque ele mantinha todos os homens em sua corrente. Satã era uma lua maléfica, e podia puxar as sementes dos homens e fazê-los seguir seus propósitos como a lua faz com as marés.

— Mas não com você — disse eu.

— Não comigo — retrucou Tchanov. — Eu não sou um homem. Eu me refiz à maneira e semelhança de um anjo. Tirei as Chaves do Inferno que me prendiam e as atirei na fornalha. Fazendo isso, retornei ao Paraíso que Deus fez para os homens no Começo, e é aí que eu moro.

Tchanov disse que Deus lhe tinha dito para atravessar os Urais antes da guerra prevista e se unir ao exército para encontrar ali as poucas almas que compreenderiam a prisão em que estavam, e como poderiam libertar a si mesmas. Eu deveria pensar nele, ele disse, como em um anjo que tinha feito uma jornada ao Inferno, e que dali resgataria tantas almas puras quantas pudesse achar, que pudessem reconhecer sua própria natureza o suficiente para concordar em ir.

Perguntei-lhe como era possível para um homem viver no Paraíso e na Terra ao mesmo tempo, e ele disse que o Paraíso dos

Pombos Brancos — era assim que ele chamava os castrados — era como um navio, da terra mas flutuando livre dela, ancorando em alguns lugares mas nunca permanecendo aí, fora das leis e dos limites de qualquer território mortal.

Perguntei-lhe como Deus falava com eles, e ele disse: "Nós giramos". Ele tocou um dos aprendizes no ombro e o homem se levantou e ficou em pé em uma pedra chata perto da beira da clareira. Ele estendeu os braços horizontalmente de ambos os lados e começou a girar em um pé, rapidamente chegando a uma velocidade em que seu corpo virou uma mancha, como um pião, e ele perdeu a aparência de um homem. Parecia de uma substância mais leve do que o mundo parado a seu redor. Achei que ele poderia se erguer da pedra e começar a voar até o alto das árvores. Um segundo aprendiz foi até ele e, depois de alguns minutos girando, a figura foi diminuindo a velocidade, retornando à sua substância terrena, e caiu, encharcado de suor e de olhos fechados, murmurando e sorrindo, nos braços do seu companheiro.

Tchanov me pediu para lhe contar sobre a matança e, embora me fosse difícil, eu lhe contei tudo com todos os detalhes que consegui. Ele me perguntou se eu tinha me machucado e eu disse não, não tinha, e não podia entender por que Deus tinha me escolhido entre todos os meus camaradas para sair do campo inteiro. No entanto, como disse a Tchanov, era como se estivesse carregando comigo uma carga do campo dos mortos, que para sempre me manteria acorrentado à matança.

E Tchanov perguntou:

— Você sabe o nome e o lugar dessa carga?

Olhei para ele e entendi o que era a carga, e pus minha mão ali e o senti pendurado como um tumor. Havia medo em mim, mas era um medo que acredito ter vindo do meu corpo, enquanto sentia, em minha alma, o nascer de uma grande alegria, e me veio uma visão clara de mim mesmo em pé em um barco preso a uma terra que se queimava, e uma espada queimando a corda que ancorava o barco, e eu flutuando livre na paz das ondas. Pensei em você, também, e Aliocha. Vocês não estavam nessa visão. Era como se estivessem em um mundo completamente outro, uma Rússia que estava do outro lado da matança, um lugar para onde eu não poderia voltar. A alegria foi aumentando em mim, e o medo também, mas a alegria era bem maior. Deus me salvara para isso, compreendi; um julgamento. Se não, por que encontrei Tchanov?

E Tchanov disse que, para os que não eram Pombos Brancos, os corvos, assim os chamava, parecia que o sofrimento e a maldade do mundo estavam divididas em milhões de partes que não se ligavam. Que a raiva, a avareza, a luxúria, a belicosidade, a ambição que pisa nos outros, a mentira para ganhar, o egoísmo, a tristeza que acomete até o rico à noite não eram tudo parte daquele mesmo impulso do Diabo. Eles estavam cegos. Por que o homem fazia a guerra e amontoava riquezas e luxúrias para as mulheres se não pelo mesmo comichão de seu sêmen, pressionando-o a continuar? Eu não vira, nos rostos dos hussardos ao cavalgarem para a guerra levando seus animais inocentes para a destruição, aquela mesma fome insaciável que eu vira neles nas mesas de jogo e quando cobiçavam os bens e as mulheres dos outros? A corrente do cadeado do Diabo era demasiado forte para ser dominada pelos Mandamentos do Senhor. A própria forma das Chaves do Inferno mostrava que eram a Maldição da Serpente e o Fruto da Árvore do Conhecimento; um tronco e dois frutos. O homem só poderá escapar, se as destruir, e o Inimigo as fez tão prezadas por nós. Eu não tinha pensado, quando ele me mostrou seu corpo de anjo no riacho, que ele fizera um sacrifício maior do que se tivesse cortado suas mãos ou sua garganta? Eu não tinha pensado isso?

Eu lhe disse que sim, tinha, e lhe disse que estava pronto. Ele me disse que eu não estava. Repetimos essas palavras muitas vezes um para o outro, até que lhe perguntei o que a Bíblia dizia.

Tchanov recitou as palavras de Mateus: "E se vosso olho direito vos ofender, tirai-o e jogai-o longe; pois é melhor para vós que um de vossos membros pereça, e não que vosso corpo inteiro seja lançado ao inferno." E ele recitou de João: "Não ame o mundo, nem as coisas que estão no mundo. Se um homem ama o mundo, o amor do Pai não está nele. Pois tudo o que há no mundo, a luxúria da carne e a luxúria dos olhos, e o orgulho da vida, não é do Pai, mas é do mundo."

Levantei-me e lhe implorei que me levasse com ele para o Paraíso. Ele levantou, pôs sua mão no meu ombro, balançou sua cabeça e disse que não podia. Eu lhe pedi outra vez. Depois que lhe pedi muitas vezes, ele me perguntou se eu realmente queria isso e eu disse que queria, a alegria e o medo ainda crescendo em mim. Ele me levou até a choça de queimar carvão, parando a cada passo para me perguntar outra vez se eu tinha certeza.

Dentro da choça estava muito quente. Uma fornalha aberta brilhava vermelha, e havia uma cadeira de madeira no chão sujo. Tchanov me disse para tirar as roupas. Ele me disse que a qualquer momento eu poderia parar antes do corte gritando: "Eu recuso!"

Escutei uma faca sendo amolada do lado de fora. Por um momento o medo aumentou e então pensei que, comparado ao que eu havia visto na matança, ao que meus camaradas tinham sofrido e sofreriam, isso era pouco. Tchanov me sentou na cadeira e ordenou que eu abrisse as pernas. Disse-me que por enquanto cortaria apenas o fruto e não o tronco. Isto era chamado o Primeiro Selo e Montar no Cavalo Malhado; Montar no Cavalo Branco viria depois. Ele disse que, quando terminasse, eu deveria pegá-los e jogá-los no fogo.

Os aprendizes entraram. O que havia girado ainda sorria e seus olhos pareciam um pouco vidrados. Um deles segurava uma faca pequena, amolada, que deu para Tchanov, uma toalha branca, e uma garrafa aberta de aguardente que colocou no chão.

Os quatro homens se ajoelharam à minha frente e começaram a orar. A intervalos, me ensinavam respostas para dar. Anna, essas eu não posso lhe contar; são palavras do maior segredo. Os homens se levantaram. Um dos aprendizes segurou meus braços para trás; os outros dois seguraram os tornozelos de minhas pernas abertas. Tchanov se inclinou sobre mim, levantou meu membro com sua mão esquerda, e passou a faca rapidamente com a outra. Naquele momento, parecia que Deus havia virado seu rosto, e o medo sobrepujou a alegria. Pensei em Aliocha, e fiquei contente por ter ajudado a trazê-lo ao mundo, e pensei em você e eu juntos no trem para a Criméia depois que casamos, e como você tinha se apossado de uma parte minha, e como eu a dera para você, e como eu estava quebrando essa promessa. A faca estava muito afiada. Cortou minha pele e os tubos até o miolo da carne em menos de um segundo, muito antes que eu começasse a sentir dor. Não acho que tenha gritado. Por alguma razão, tentei não gritar. Talvez eu tenha gritado tudo o que tinha a gritar contra o pescoço morto de Hijaz. Senti que os aprendizes me soltavam, a golfada morna do sangue entre minhas coxas, o choque da aguardente sendo derramada sobre a ferida, e a toalha me sendo dada para pressionar. Então Tchanov pôs o saco que ele tinha amputado na palma de minha mão livre, uma parte minha familiar e quente que já não fazia parte de mim. Fui até a fornalha e o joguei ali, onde ele crepitou e desapareceu nas chamas. Eu caí.

Anna, está feito, e não pode ser refeito. Tenho muito mais a lhe dizer e logo escreverei outra vez. Queria que você soubesse, embora supostamente não devesse lhe contar. Eu queria que você soubesse. Não conte ainda a Aliocha. Mas eu queria que você soubesse que sou um desertor, e sou um anjo. Fui castrado e estou feliz.

Com o que permanece puro de meu amor por você,
Não fique zangada para sempre,
Seu esposo na lei,
Ex-tenente Gleb Alekséievitch Balachov

Iazik
20 de dezembro de 1914

Mutz terminou a leitura e colocou a carta no sofá. Olhou para o quadro do homem que agora ele sabia que era Balachov, o presente de casamento do pai de Anna. Não tinha semelhança com o lojista de Iazik, claro, mas esse fora o talento do pai. Algo para mostrar a Aliocha. Mutz nunca se sentira tão aviltado quanto depois de ler a confissão de Balachov. Tremeu com a sensação daquela lâmina, que era impossível não sentir cortando a mesma tênue ligação de carne entre suas próprias pernas. Levantou-se, flexionou os dedos, olhou em volta sem saber para quê. Estava suando e engolira em seco várias vezes, perguntando-se se estava a ponto de vomitar. Ele devia entrar e falar com Anna Petrovna, mas não poderia suportar olhar no rosto da meretriz. O suor frio o inundava em uma onda ao escutar sua mente produzir essa frase, como se viesse de um país desconhecido dentro dele: o rosto da meretriz. Era a primeira chama de uma raiva que começava a queimar dentro dele vindo de diferentes direções, fazendo-o cair de novo no sofá, imobilizando-o, enquanto sua pele, todo o seu corpo, se tornava quente. Raiva por ele não ter visto que esta era uma comunidade de *skoptsi*, de castrados, era a menor delas. A raiva se alimentava com o animal estúpido, ignorante, cego, de mente cegamente estreita como Balachov, da fúria petulante da ação, da impossibilidade de uma mente sã como a de Mutz alguma vez abarcar a distância entre os dois extremos, entre o maior dos males e a dor, e a piada mais imbecil, que um homem podia executar a seu próprio corpo. A raiva queimava nele vindo da auto-ilusão e ingenuidade de Anna Petrovna, confiando na sanidade de um hussardo obcecado por Deus, e deixando-o seguir para a guerra. Queimava ainda mais pelo egoísmo dela em seguir o louco até aqui, à beira do mundo, como se eles pudessem em algum sentido ser marido e mulher, deixando seu filho debilitar-se em um exílio desnecessário, e, depois de deixar que ele, Mutz, acreditasse que ela estava apaixonada por ele, revelar-lhe seu bufão eunuco como se ele pudesse realmente ser ainda que uma razão parcial para sua repentina frieza.

Mutz sentiu que tinha que bater em alguma coisa. Não havia razão para permanecer. Com largas passadas, saiu pela porta da frente da casa, batendo-a atrás de si, para a rua, em direção à ponte. Um pouco antes de ponte havia um grupo de sorveiras bravas e ele agarrou o tronco de uma e o sacudiu, gritando, até que as sorvas se esparramaram pelos arbustos molhados embaixo. Um dos galhos partiu e a violência do som o fez parar e tentar se lembrar por que tinha ido à casa de Anna Petrovna. O ladrão assassino de Samárin. O canibal.

Mutz começou a caminhar de volta. O mesmo cão latiu e ele se lembrou de sua hesitação, seu medo e esperança ao entrar na casa de Anna Petrovna só uma hora antes, e como o canibal de Samárin tinha desaparecido de sua mente. Por quê? Suas tripas viraram pedras. Porque ele estava pensando com aquilo que Balachov tinha removido. Se você não acreditava em Deus ou no Diabo, era pior deixar-se levar por aquilo? Acorrentado a quem estava ele?

Mutz, dócil e suave agora, esgueirou-se pela porta da frente, tirou a chave da fechadura por dentro, trancou a porta pelo lado de fora, e passou a chave por baixo da porta. Voltou para o fundo da casa. Olhou pela janela da cozinha. Anna Petrovna estava dormindo, a cabeça na mesa da cozinha. Ele não pensou em acordá-la. Talvez a amasse, de uma maneira que nada tinha a ver com o que seus quadris lhe diziam para fazer. Como poderia algum dia ter certeza?

Ele voltou para o portão do quintal e o trancou, depois se deitou na palha de fedor aquecido do pequeno estábulo. Era Balachov, claro, que estava preocupado com Anna Petrovna. Com sua esposa, maldito seja. Ele tinha cuidado com ela. Cuidado era amor? De que servia agora para Anna Petrovna seu amor pelo marido? Ele havia se divorciado dela com uma faca mais veloz do que qualquer advogado. E muito mais barato. Mutz viu que estava sorrindo. Por um momento, sentiu-se miserável, depois conseguiu persuadir-se de que era um sinal de que seu desprezo e raiva por Balachov estavam se transformando em piedade. Tudo que Balachov queria, tudo que sua congregação estropiada de anjos amputados queria, era ser deixado em paz. Ainda deveria haver algumas ilhas de sentimento humano aparecendo sobre a superfície da insanidade do esposo de Anna Petrovna; talvez, um sentimento de dever. Mutz podia alcançar essas ilhas e trabalhar com elas. Seria assim tão ridículo, afinal, acreditar que Balachov era o que estava impedindo Anna Petrovna e Aliocha de deixar Iazik com ele? Teria que falar com Balachov e explicar por que ele deveria convencer a esposa e o filho a partir e nunca mais vê-lo outra vez. Ele entenderia. Combinaria com a lógica de sua loucura. Depois, o que restaria seria conseguir que Matula liberasse os tchecos da loucura *dele*, e começassem a grande jornada até Vladivostok. Seria difícil, mas era simples. Ele não poderia deixar os tchecos para trás. Eles eram o seu povo, mesmo se não pensassem assim. Mutz adormeceu.

Matula

Viktor Timofeiovitch Ckatchkov, a autoridade civil de Iazik, estava tomando seu desjejum sozinho na sala de jantar quando sua esposa gritou o nome do Senhor três vezes no andar de cima, cada vez mais alto que a anterior, depois soltou um longo gemido que vibrou de alto a baixo, terminando em um balbucio de pura alegria, como a risada de um bebê. Os sons foram escutados na casa toda. Os lábios da autoridade civil tiraram o rissole da ponta do garfo, macia e rapidamente. Quando Elizaveta Timurovna fez silêncio, a sala de jantar estava iluminada e tranqüila, com suas janelas de ambos os lados, a poeira girando nos raios de sol, o tiquetaque de um relógio e o ruge-ruge de roupa quando a empregada, Pelageia Fedotovna Pilipenko, servia o chá.

— Desgraça — sussurrou ela.

A autoridade civil não fez barulho ao beber a água quente, nem abriu a boca ao mastigar, nem tiniu os talheres contra a porcelana de seu prato. Ele estava em um altar do silêncio.

— Bom dia, Viktor Timofeiovitch — disse Mutz, na soleira da porta. — Bom dia, Pelageia Fedotovna. O capitão Matula nos convidou para acompanhá-lo no desjejum.

A autoridade civil continuou comendo como se não tivesse escutado, olhando para uma mancha no meio da mesa comprida.

— Bem, sente-se — disse Pelageia Fedotovna.

Mutz agradeceu e entrou com os outros dois tenentes tchecos, Kliment e Dezort.

— Você poderia fritar batatas para nós, com um pouco de bacon e queijo defumado? — disse Kliment para Pelageia Fedotovna, inclinando-se para trás em sua cadeira.

— Arrogância! — disse Pelageia Fedotovna. — Tem rissoles e *kacha*, pão e chá. Você não está em Karlsbad.

— Gostaria de poder levá-la lá — disse Kliment, partindo um pedaço de pão e enfiando-o na boca. — Eu lhe compraria um vestido azul. Você ficaria linda.

— Por que azul? — resmungou Pelageia Fedotovna, colocando os pratos para os oficiais.

— E diamantes — disse Kliment.

— Não sei o que eu iria querer fazer em Karlsbad, na doida Europa de vocês.

— De vestido azul, com diamantes, descendo as escadas do Hotel Bristol, e todos os cavalheiros e damas da moda diriam: quem é esta fascinante beldade russa? Com certeza alguma princesa de alguma nobreza antiga, ou a nova *protegé* de Diaghilev?

— Besteira — disse Pelageia Fedotovna. — Idiotice completa. E por que azul? Por que não amarelo, por exemplo?

Kliment e Dezort riram e Pelageia Fedotovna se ruborizou e lhes disse para parar, isso era indecente, era ousadia, pura ousadia, imperdoável.

— Eu fui a Karlsbad — disse a autoridade civil.

Todos tinham se esquecido de que ele não fazia parte dos móveis, que seus movimentos e consumo de comida era algo mais sem pensamentos que o tiquetaque do relógio.

A autoridade civil disse:

— Lembro que em um dos teatros eles tinham uma mulher negra vestida de branco que dizia poder falar com Satã, mas era tudo um truque, não nos deixamos enganar quando ela falou em suas duas vozes, uma muita alta, a outra baixa como a de um urso. Ela tentou nos assustar, mas não nos assustamos, embora, como todos os africanos, ela tivesse familiaridade com o Inimigo, é claro, e eu estivesse com minha mão no bolso, na pistola. A comida era muito ruim, eu me lembro. A truta deles era insípida, nada como os peixes que podemos pegar aqui. O peixe grande vermelho, do tamanho desta mesa, saboroso como carne de veado.

— Sim, sua Excelência, o peixe daqui é bom — disse Mutz. Os oficiais olhavam para seus pratos enquanto Pelageia Fedotovna colocava colheradas de uma comida verde. Dezort limpou a garganta. Kliment começou a cantarolar bem baixinho, levantando a vista para olhar Pelageia Fedotovna quando ela se curvava sobre ele. Ele piscava e fazia um muxoxo e seus olhos dardejavam dos olhos dela até seu seio.

A autoridade civil falou outra vez, devagar, sem modular a voz nem levantar os olhos.

— Fomos ao cassino e apostamos na roleta até eu gastar todo o dinheiro que tinha comigo. Pus minhas duas abotoaduras de ouro no vermelho, e ganhei, e o crupiê enfiou a mão em uma caixa e acrescentou duas abotoaduras, portanto fiquei com quatro. Elas tinham o formato de bolotas. O crupiê disse que era a caixa dos russos. Eu disse a minha mulher que, se ela colocasse seu anel em um número, e saísse o número, ela ganharia 36 anéis. Mas ela não quis jogar. Ficou com seu anel, o que comprei para ela em Nevski Prospekt por quinhentos rublos, com cinco diamantes em um feixe ao redor de uma esmeralda. Ela ficou com o anel. E então eu perdi as abotoaduras.

— Isso é muito engraçado, Sua Excelência — disse Mutz.

Fracos ahn-ahns de concordância saíram das gargantas de Kliment e Dezort. A autoridade civil nem riu nem levantou os olhos. Tinha sido mesmo uma história engraçada? Mutz e Dezort se concentraram em seus pratos. Kliment reclinou-se para trás na cadeira, um cotovelo descansando. Delicadamente, juntou a *kacha* com o garfo da outra mão.

— Preciso de um pouco de mostarda — disse.

— Não temos. Desde antes da Quaresma não temos mostarda por aqui — disse Pelageia Fedotovna.

— Tem na sua cozinha — disse o tenente Kliment. — Vi um grande pote marcado "mostarda", com manchas amarelas caindo nos lados.

— Besteira.

— Um grande pote de mostarda. Cheirava a mostarda boa e picante. Você deve tê-lo visto. Não viu? Você gosta daquele gosto picante na língua, não gosta? Sei que você gosta. Sei que gosta. Vamos, vou lhe mostrar.

— Vocês estão loucos — disse Pelageia Fedotovna. — Não têm vergonha de si mesmos, agindo como porcos? — Ela passou a língua pelos lábios, alisou o avental e deu uma olhada para Kliment. Ele se levantou, espreguiçou-se, e passou por ela em direção à porta, assobiando. Parou e se virou para fazer uma reverência para a autoridade civil. Saiu, com Pelageia Fedotovna atrás, e a porta da cozinha se fechou.

Dezort enfiou um rissole na boca, abaixou o garfo, dobrou as mãos na frente do prato e se inclinou para a frente, para Mutz, que estava do lado oposto. Falou baixo, mudando do russo para o tcheco.

— Você acha que Kliment vai fazer sexo com ela na cozinha? — perguntou.

— Não sei — disse Mutz. — Você acha que ele vai achar a mostarda?

— Você deve estar se amaldiçoando pensando no que Matula vai dizer quando ficar sabendo do xamã.

— Ele sabe — disse Mutz. — A noite passada, enviei-lhe uma mensagem.

— Você acha que foi o prisioneiro que passou a garrafa para ele?

— Talvez. Você vai escutar a história dele mais tarde, não é, a menos que tenha que contar as agulhas dos lariços. — Mutz se perguntava quanto tempo Samárin levaria para depor, se Matula o julgaria culpado e o fuzilaria, e se ele, Mutz, se sentiria muito mal por não tentar detê-lo. Ele estava tentando descobrir uma maneira de encontrar Balachov, e estava oprimido pelo sentimento que carregava dentro dele, desde que se levantou na madrugada e saiu da casa de Anna Petrovna, de que cometera um terrível erro por não tê-la acordado e conversado com ela sobre a carta.

— Não sei que carne é essa nos rissoles — disse ele.

— Qualquer uma, desde que não seja a que você sabe.

Mutz revirou um pedaço dentro da boca, franziu o cenho, enrugou o nariz, engoliu, abaixou a faca e o garfo e tomou um gole de chá.

— É de gato — disse.

— Graças a Deus — disse Dezort. — Podia ser de cavalo. Estive fora ontem a noite toda tentando encontrar os que estão faltando. Ljkurg era um deles, a montaria de Matula quando estávamos em Tcheliabinsk. Grande diabo de garanhão branco, mandou um cavalariço para o hospital com as costelas quebradas. Foi por isso que o trem não chegou a noite passada. O comandante estava com tanto pavor de Matula que parou perto de Iazik para checar se tudo estava no lugar. Descobriu que os cavalos tinham desaparecido, e um homem com eles. Eles escaparam, ou ele os roubou, de alguma forma. De qualquer maneira, o comandante do trem entrou em pânico e voltou para Verkhni Luk. De lá enviaram um telegrama sobre os cavalos.

— Pensei que o telégrafo estivesse estragado.

Os olhos de Dezort se alargaram, como sempre faziam instintivamente quando ele estava prestes a mentir, um dos motivos pelos quais nunca seria um oficial de sucesso.

— Foi consertado — disse ele. — Agora quebrou de novo. Matula ontem falou do cavalo, como estivéssemos procurando seu filho único. Com isso e com o xamã, ele vai ficar feito o diabo.

— Alguém está tentando fazê-lo feliz — disse Mutz.

— Oh — disse Dezort. Lançou outra olhadela à autoridade civil, que tinha parado de comer, e estava sentado com a cabeça abaixada, como se dormisse, as mãos espalmadas na mesa à sua frente.

Mutz inclinou-se para mais perto de Dezort.

— Você sabe por que o comandante não trouxe o trem para Iazik — disse ele. — Não foi por ter medo de Matula. Nem Matula ousaria tomar um trem, por enquanto. Foi porque todo mundo da ferrovia o detesta.

— Ele é um bom soldado.

— Você está pronto para morrer por ele?

— Eu quero ir para casa, claro. Mas tem tempo, não é?

— Você está pronto para fuzilar os homens quando eles lhe falarem que não vão mais lutar, que querem voltar para casa?

— Não vai chegar a esse ponto. A Legião é forte. Os brancos são fortes. Os ingleses, e os franceses, e os americanos e os japoneses, eles estão conosco, não estão? Estão. Eu sei que estão.

— A Legião não é um exército — disse Mutz. — São cinqüenta mil viajantes esperando na plataforma o trem atrasado para casa.

— Você não devia ser tão pouco patriota, Mutz. Você sabe que não compactuo com a conversa de que você é um judeu imundo, mas você dá margem para que as pessoas falem desse jeito. Alguns dos homens acham que você fala com sotaque alemão.

— Dezort, você entende que os brancos estão perdidos, não é? Eles perderam o czar, a única coisa que querem é vingança, e o que mais querem acima de tudo é se enrodilharem na frente da lareira, ter servos para lhes servir carne quente, ter um bom sono, e se levantarem para encontrar tudo do jeito que estava antes. O problema é que os servos só pensam em matá-los.

Os olhos de Dezort mudaram. Com o dedo, enfiou o canto do bigode na boca. Mordeu uma cerda e a arrancou.

— Estão todos muito longe daqui — disse.

— Os vermelhos já invadiram os Urais. Depois que tomarem Omsk, estarão aqui em poucos dias. Eles se lembram de nós. Eles sabem quem nós somos e todas as coisas que Matula nos obrigou a fazer. Eles têm até um filme sobre o que fizemos em Staraia Krepost.

— Como você sabe disso?

— Eu não sei como você agüenta isso. Você não tem uma esposa em Budujovice?

— Sim — disse Dezort. — Já não penso nela tanto quanto costumava pensar. Na verdade, nem consigo mais me lembrar de como ela é, para ser franco. Sabe, é engraçado você querer tanto ir embora quando está vendo aquela viúva depois da ponte.

— Não há nada entre nós — disse Mutz. — A não ser cortesias comuns.

Derzot fechou os lábios, olhou para Mutz, e riu:

— Você é um jumento pomposo — disse.

Ouviu-se um ganido vindo da cozinha, um bater de panelas e pragas de Pelageia Fedotovna e Kliment. Kliment voltou para a sala de jantar, abotoando sua capa, e se sentou. Estava sem fôlego. Passou a mão pelos cabelos.

— Qual é a graça? — perguntou, enfiando *kacha* na boca.

— Mutz está tendo problemas com a viúva — disse Dezort.

— O que o fez pensar que ela estaria interessada em um judeu?

— Você encontrou a mostarda? — perguntou Dezort.

— Sim — disse Kliment, lambendo os lábios. — Estava mais picante do que esperava. E quando eu ia — ele deu uma olhadela para a autoridade civil, imóvel, com a cabeça abaixada na ponta da mesa —, quando eu ia completar o assunto, ela gritou e me deu um chute, e achei que ela estivesse realmente gostando, e vejo um lampejo de pele preta, e laranja e sangue. Uma marta! Vocês acreditam nisso? Uma marta entrou na cozinha e a mordeu na coxa enquanto nós, bem. Que lugar. Até os bichos pequenos são perversos. Dentes minúsculos, mas afiados. Como um lobo maldito. Eu achava que elas comessem pinhões, sabe. Mutz, você deveria escrever algo sobre isso para o *Diário Tchecoslovaco*.

— Talvez fosse hidrófoba — disse Mutz.

Kliment piscou, abriu a boca, deixou cair o garfo e agarrou os botões de sua túnica. Uma protuberância formou-se no tecido e se esticou enquanto a criatura enlouquecida lá dentro se esgueirava pelo torso de Kliment. Ele pulou, uma das mãos na nuca, a outra no alto da túnica, forçando e torcendo e puxando e revelando os dentes. Uma extensão de pele e músculos ágeis conseguiu sair e mergulhar debaixo da cômoda atrás de Kliment.

Mutz parou de rir, levantou-se em atenção e deu ordem de comando. Dezort imediatamente se postou e Kliment bateu os calcanhares, fechando sua túnica com uma das mãos e o dedão da outra na costura de suas calças. O ruivo Matula estava de pé, olhando-os da soleira da porta, a esposa da autoridade civil atrás de seu ombro.

Os olhos escuros de Matula afundavam-se em seu rosto. A pele em volta dos olhos estava enrugada e a carne asperamente esfolada pelo calor e o frio e febres, e icterícias e escorbuto. Tinha uma cicatriz tortuosa de uma ferida mal costurada atravessando-lhe o queixo. Só sua boca ficara imune a todas as geadas e matanças de cinco anos de campanha. Seus lábios eram macios e cheios, vermelhos como os de um rapaz, como se ele os tivesse tirado para protegê-los quando enfrentava as batalhas ou os invernos, como se nunca tivessem se esticado para um grito no ataque, como se nunca tivessem sido apertados ou mordidos quando sua língua dizia aos homens para matar os prisioneiros, como se ele os guardasse para as festas, jogos e beijos. Seus olhos tinham visto tudo. Ele tinha vinte e quatro anos.

— Todos os meus príncipes siberianos estão aqui — disse ele, e se sentou à cabeceira da mesa, na ponta oposta à autoridade civil. — Todos os meus cavaleiros da taiga. Que territórios eu deveria lhes dar? Decidi que todos vocês devem se casar com mulheres russas, e criarem dinastias. Exceto o tenente Mutz. Ele deve se casar com uma mulher judia, e criar dinheiro.

Kliment e Dezort riram. Elizaveta Timurovna sorriu, e perdeu seu sorriso e sorriu de novo. Ela brincava com o cabelo, e chupava os lábios e olhava para Matula. Estava com um vestido branco de verão que antes usava para os piqueniques. Ainda tinha as marcas e o odor de ter ficado guardado em um baú durante anos. Havia rubor em suas bochechas e, nos olhos, o brilho do desejo sexual recentemente aperfeiçoado. Ela amarrara uma fita de cetim branca ao redor do pescoço. Sentou-se perto de Matula e não se virou para o esposo.

— Tem um rato debaixo da cômoda — disse Matula.

— É uma marta, senhor — disse Dezort. — Mutz acha que ela pode estar louca. Mordeu Pelageia Fedotovna na perna.

— Então deve estar louca — disse Matula. — Eu mordi uma mulher esta manhã. E a morderia de novo. — Ele riu para Elizaveta Timurovna e passou os dedos sobre a coxa dela sob a mesa. Ela se contorceu, afastando-se, e riu. Pelageia Fedotovna entrou na sala, mancando, e serviu Matula. Todos a observaram.

— Pode me servir mais chá? — disse Kliment.

Pelageia Fedotovna lançou-lhe um olhar assassino e mancou até ele para pegar sua xícara.

— Está doendo? — perguntou Kliment, levantando os olhos para ela com a boca torcida.

Ela pressionou os lábios, abaixou a xícara, pôs as mãos nos quadris e então cuspiu nele e saiu cambaleando da sala, chorando. Um pouco de muco caiu na túnica de Kliment. Dezort riu e Kliment começou a se levantar. Matula empurrou-o de novo para a cadeira.

— Sente-se — disse Matula. — Você mereceu. Não mereceu, Mutz?

— Por que está me perguntando, senhor?

— Você está sempre julgando as pessoas. É isso que você é, não, um juiz? Quer dizer, sabemos que você era apenas um gravador em Praga mas conosco é um juiz. Você está aqui para nos dizer quando acertamos e quando erramos. É engraçado, não sei quem o indicou, não fui eu, mas você tem estado muito ocupado nos julgando, fazendo lista de todos os nossos pecados e crimes.

— Não fiz nenhuma lista, senhor.

— Oh, eu sei, está tudo na sua cabeça. E você também não fala nada de seus julgamentos, não é, está no modo como você nos olha. É a coisa mais estranha, quando estou tentando nos manter vivos, e seus camaradas de armas estão tentando se manter contentes, estamos sempre nos virando e vendo você nos olhar com essa expressão de repulsa. Fica pensando em que castigo nos dar, não é, como um juiz. Você entende o que quero dizer, tenente Kliment?

— Sim. Ou como um policial. Como se não estivesse de jeito nenhum de nosso lado. Como se estivesse do lado de alguma lei que ele está trazendo de outro país.

— Você julgou o tenente Kliment aqui, Mutz — disse Matula. — Eu vi. Seu julgamento foi: culpado de se aproveitar de uma donzela doméstica. Tampouco escutou a defesa dele.

Matula tinha os punhos colocados na beira da mesa. Levantou-os, abriu-os, e os sacudiu com ênfase enquanto sorria com sua boca de garoto e observava Mutz com seus olhos velhos.

— Você está nos julgando já há vários anos, tenente Mutz — disse ele. — Quando vai nos dar a sentença? Não está na hora?

— Estamos na Sibéria — disse Mutz. — Acho que já é sentença suficiente.

— Ah! Você não nega que está nos julgando. Mmmm. Mas o que pensamos, cavalheiros, madame, um juiz não deveria ser mais virtuoso do que as pessoas que ele está julgando?

— O capitão está certo — disse Kliment, balançando-se na cadeira. A marta fazia ruídos debaixo da cômoda, experimentando a noz com as garras.

— Está certo você julgar os camaradas que estão cortejando as mulheres russas, homenageando-as, levando-lhes presentes e sensibilizando seus mais íntimos, suaves, ternos — ele olhou para Elizaveta Timurovna —, mais macios e deleitáveis... corações...?

— Oh! Meu coração! — respirou Elizaveta Timurovna.

— ...quando você mesmo está tentando seduzir uma viúva, qual é o nome dela, Lutova?

— Foi isso que eu disse! — gritou Dezort.

— Não estou seduzindo ninguém — disse Mutz.

— Está tentando, seu duas vezes maldito, em hebraico e na cabala — disse Matula. — Está pronto para enviar o pobre e velho Kliment à forca pela empregada, e lá está você cantando canções de amor judaicas ao ouvido de sua viúva, dizendo-lhe que a ama, e o tempo todo planejando uma maneira de escapar para Vladivostok.

— Foi o que eu disse a ele! — gritou Dezort.

— Anna Petrovna sabe que os homens querem partir, senhor — disse Mutz.

— Ela é uma terrível esnobe, Anna Petrovna, sem gosto — disse Elizaveta Timurovna, dobrando os braços e inclinando-se para a frente. Ela enrugou o nariz e mostrou os dois dentes superiores. — Não é como se ela fosse de Petersburgo. Pobre mulher. Ela achou que, se viesse para a Sibéria, dominaria pessoas ainda mais provincianas do que ela, mas não está capacitada para isso, não é, com aquelas roupas justas de tecidos de segunda e aquelas ridículas bainhas quase chegando aos joelhos. Pode-se dizer que ela tem orgulho de ser tão magra e sem peito como é. O jeito como os ossos aparecem em suas bochechas. Ela age como se fosse uma intelectual e não tem nem mesmo um piano em casa, que dirá um gramofone. Não acredito que saiba tocar nada a não ser aquela guitarra que ela tem, e sei que não sabe pintar tão bem como eu. Costumávamos convidá-la para jogar cartas, e para as danças, quer dizer, ela não é uma camponesa, afinal, mas ela ficava o tempo todo bocejando e olhando pela janela quando alguém contava uma história. Tem um jeito tão enfurecedor. A maneira como anda, e vira a cabeça quando você fala com ela, tão vagarosamente, como se o que disséssemos não fosse importante e ela tivesse todo o tempo.

— Ela parece aquela atriz do filme de Charlie Chaplin que vimos em Kiev — disse Dezort.

— Acho que se pronuncia Chaplá — disse Elizaveta Timurovna, que nunca vira um filme. — Charlí Chaplá.

— *O Imigrante*? — disse Mutz.

— Pode ser.... — disse Dezort, franzindo o cenho.

— Ela não se parece nada com Edna Purviance, se é a ela que você está se referindo.

— Purviance! Acho que sim!

— Vamos, Dezort — disse Kliment. — Você nem consegue se lembrar de como é sua esposa.

— Queria que ela se parecesse com alguém — disse Dezort. — Com alguém de quem eu me lembrasse.

Elizaveta Timurovna gritou e apontou para um atrevido,

belicoso par de dentes e olhos brilhantes e narinas úmidas que apareceu sob a cômoda atrás de Kliment e Dezort. Kliment sacou sua Mauser, virou-se, equilibrou a cadeira em uma única perna, e com o braço esticado atirou duas vezes na cara da marta. Os disparos penetraram no piso e um amargo cheiro incendiário surgiu da arma. Por segundos, a sala ficou meio surda.

— Você a matou? — perguntou Elizaveta Timurovna, de olhos fechados e as mãos tampando os ouvidos.

— Não — disse Kliment, colocando a pistola na mesa. — Ela é esperta. Mas vou matá-la. E depois comê-la.

— Deixe o animal em paz — disse Matula.

Sem uma palavra, Kliment pôs a pistola no coldre, abotoou-o e se sentou na cadeira, firmando seus quatro pés no chão.

Houve silêncio por um tempo enquanto Matula comia. Mutz e Kliment olhavam um para o outro e desviavam a vista. Dezort observava Elizaveta Timurovna, que estava cuidando de suas mãos com uma lima, e seus dentes.

— Tenente Mutz — disse Matula. — Você acredita que a alma de um xamã vive em uma árvore da floresta, e que quando o xamã morre, esteja onde estiver, a árvore cai?

— Não, mas, quando um xamã fica bêbado, tenho certeza de que todas as árvores começam a balançar.

— Eh — disse Matula. Ele pegou as migalhas do prato e as colocou na língua com a ponta do dedo. — Boa, Mutzie. Você podia ter tentado manter a bebida longe dele, não podia?

— Eu estava trabalhando no dinheiro novo, como o senhor mandou, senhor.

— Oh, sim. Dinheiro. Para algumas pessoas, suponho, é dinheiro. Mutz, você não entende, o seu povo não entende, vocês não sentem o que nós, eslavos, sentimos, o que o xamã sente. O sentido da floresta. Nós, eslavos, temos todos uma parte de nossa alma morando na floresta. Você sabia que os tungues fazem seus arcos de guerra com o marfim do mamute?

— Estamos comendo gato, senhor — disse Mutz. — Só tem uma centena dos nossos e ninguém vai ajudar. Os bolcheviques estão chegando. Eles vão nos matar. Temos que partir.

— A floresta nos protegerá — disse Matula. — Nosso destino nos faz invencíveis aqui. É uma união de todos os nossos ensinamentos europeus e nossas almas da floresta asiática. Por que você não cuidou melhor do xamã, Mutz? Hein? Ele era meu guia, ele ia reagrupar os clãs.

— Ele gostava muito de álcool.

— Ele enxergava o submundo e o mundo de cima! — disse Matula, levantando a voz, seus lábios como os de um anjo e os olhos vazios. Ele se inclinou, passou a mão por baixo da cômoda e puxou a marta pela garganta. O animal dançava no seu punho, os lábios tão puxados para trás que parecia ter mais dentes do que cabeça. Ela se retorceu em forma de um c, tentando apoderar-se do pulso de Matula com todas as garras de seus membros. Matula esticou o braço na direção de Mutz e deu uma estocada em direção a sua cabeça com a boca da marta. A queixada do animal estava cheia de espuma.

— Qual era a profecia final dele? — gritou Matula.

— Acredito que ele foi assassinado, senhor — disse Mutz, mexendo a cabeça para escapar das investidas dos pequenos dentes e das garras. — O prisioneiro político, Samárin, nos avisou que um assassino estava entre nós, vindo do norte.

— Qual foi a última coisa que o xamã disse, eu lhe perguntei?

— Ele disse: "Todos terão um cavalo".

— Ah! — disse Matula, sorrindo e voltando a se sentar. — Está vendo? — Ele coçou o pêlo da cabeça da marta como se ela fosse seu velho cachorro favorito. — Está vendo? Ele sabia que os cavalos estavam chegando. Ele viu. Todos os seus três olhos estavam funcionando, não importa o que dissesse. Ele lhe teria dito se fosse ser assassinado, Mutz. Ele saberia. Ele deve ter escondido a aguardente em seu canil. Isso foi um descuido seu, tenente. Terá que haver algum tipo de ação disciplinar. Kliment, vá dizer a sua Pelegeia Fedotovna para afiar meu sabre. Esta noite vou sair.

— Finalmente vou conhecer seu famoso cavalo? — disse Elizaveta Timurovna.

— Não seria interessante — disse Matula.

— Mas eu adoraria.

— Quero dizer que não seria interessante para o cavalo.

Na cozinha uma lâmina era raspada na pedra de amolar. Kliment voltou.

— Hanak está chegando — disse ele. Lançou um olhar para Mutz, longe da vista de Matula, e balançou a cabeça. A marta guinchava e gorgolejava enquanto Matula a alisava, ele estava mexendo a cabeça e sorrindo, a felicidade inocente dos lábios escarlate e os olhos mortos, basalto.

— Parece que ela está colocando um belo gume naquela lâmina, Kliment. Este vai ser um dia bom.

O sargento Hanak bateu à porta, fez continência na soleira, entrou, ajoelhou-se perto de Matula e começou a segredar algo em seu ouvido. Ao mesmo tempo, colocou uma lata de chá chinês na mesa em frente do capitão. Matula não pareceu se mexer enquanto Hanak falava. Sua mão parou de alisar a cabeça da marta, embora ele ainda a mantivesse presa pela garganta com sua outra mão, e a marta ainda se contorcia e coiceava, agora com menos força. Matula olhava para a frente, uma estátua companheira para o silêncio impassível da autoridade civil na ponta oposta da mesa. Enquanto Hanak sussurrava, lágrimas se formaram nos olhos de Matula e pingavam como orvalho condensando no granito. Hanak terminou seu informe e se levantou. Matula respirou profundamente e exalou, sobrepondo-se às tentativas de seu corpo de chorar.

— Todos estão liquidados — disse ele. — Lajkurg está morto. Todas as montarias exceto uma estão mortas, e a quinta está desaparecida. Foram encontrados no rio. Alguém cortou uma tira de carne do meu cavalo, uma tira para mascar, e se mandou. Quem poderia ser tão perverso! Lajkurg. Carne para uma ralé humana com uma faca.

— Nós os encontraremos e os mataremos — disse Kliment.

— O que aconteceu com o homem desaparecido? — perguntou Mutz.

Elizaveta pôs as mãos no ombro de Matula. Ela a empurrou, levantou-se com os dentes cerrados e com um gemido de ódio e dor espatifou a cabeça da marta contra o roupeiro branco. Ela estilhaçou-se como uma concha e pedaços de miolo e sangue caíram em Elizaveta Timurovna e Kliment. Matula deixou cair os restos do cadáver no chão e fechou os punhos contra seus olhos, gemendo. Pelageia Fedotovna entrou com o sabre, embrulhado em um pano de prato. Matula a viu e pegou o sabre, agarrou Pelageia Fedotovna pelo pescoço e a segurou bem perto, olhando-a no rosto.

— Oh, Deus — disse ela, e fechou os olhos e virou o rosto para o outro lado. Matula segurou a lâmina afiada a poucos centímetros de seu rosto, depois a deixou ir e se sentou. Dispensou Hanak, levantou a toalha de mesa ensangüentada, abriu a latinha de chá e despejou um pouco do pó branco que ela continha na madeira escura envernizada da mesa. Segurando o sabre com delicadeza, usou-o para agrupar o pó em fileira. Deitou a arma atravessada nos joelhos, tirou um lenço, assoou o nariz, afastou o lenço, tirou um canudinho de palha, aspirou um par de fileiras e passou o canudinho para Elizaveta Timurovna.

— O que aconteceu com o homem que estava desaparecido? — perguntou Mutz.

— Morto. No rio — disse Matula. — Alguém cortou as mãos dele. Tem uma gentalha estranha na floresta.

Elizaveta Timurovna piscou rapidamente, riu, passou o dedo sob o nariz e entregou o canudo para Kliment.

— Música! — disse ela. — Vou dar corda no gramofone. Adoro música no desjejum no outono, quando as árvores estão começando a dormir. Por que todos nós não ficamos em casa e cantamos? Todo mundo deveria cantar. — Ela começou a cantar "Olhos Negros". Uma gota congelada do sangue e miolos da marta permanecia em sua testa.

— Mutz — disse Matula, tomando o canudo de Kliment quando ele ia oferecê-lo a Dezort. — Você gosta de julgar. Estou colocando-o como responsável pela investigação. Quando você puder me dizer quem tentou comer meu cavalo, e nós o tivermos empalado do cu à cabeça, então partiremos. Dou-lhe minha palavra.

— Vou cobrar.

— É claro que irá. Este é o seu jeito. Tenha cuidado, Mutz. Estamos preocupados com você. Você parece solitário. Você parece um homem na multidão de Viena, mas sem a multidão, e sem Viena.

Mutz não havia feito nada para parar o que aconteceu em Staraia Krepost. Como outros entre os tchecos, ele ficou atrás, observando ou se afastando, escutando os gritos e querendo tanto que eles parassem que era quase como se já tivessem parado, quando na verdade tinham apenas começado. Dividiu os acontecimentos de duas horas em centenas de pedaços diminutos e os espremeu em nichos espalhados por toda a extensão de sua memória, para que nunca tivesse que colocá-los juntos. Depois, ele salvou a vida de Matula, o que era um dos motivos de Matula odiá-lo. Mas, toda vez que Matula se referia a ele como juiz, o estava desafiando a se lembrar de tudo o que o capitão tinha feito e dito aquele dia. Matula queria saber quem mutilara seu cavalo e como o xamã tinha morrido, mas por enquanto essas eram apenas investigações que cobriam a que Matula fazia dentro de si mesmo, a que não podia ordenar que Mutz começasse a fazer, mas acreditava que ele estivesse fadado a isso, a que ele desesperadamente queria que Mutz começasse porque não poderia permitir que ele a terminasse e teria assim a razão que ansiava para matá-lo.

— É hora de escutar a explicação do prisioneiro, senhor — disse Mutz. Matula não respondeu. O sol tinha desaparecido. O céu estava mais espesso e mais baixo. Um cheiro de madeira queimada fez Dezort estremecer. Os restos da comida estavam começando a feder. Elizaveta Timurovna estava sentada no piso perto do gramofone, rodando a manivela e cantando os versos de abertura de "Olhos Negros" uma e outra e outra vez. Kliment abaixou sua cabeça até a mesa, passando as narinas salientes pela superfície, sentindo os grãos da cocaína. Matula sentou-se de novo com o sabre atravessado no colo, a boca torcendo-se como a de uma criança sonhando com risadas inocentes nos dias de jogo antes do conhecimento, os olhos tão silenciosos como duas pedras quaisquer.

Sem se mover nem soltando a respiração, sem levantar os olhos, a autoridade civil, que tinha ficado parada e em silêncio por uma hora, começou a falar.

— Nós fomos clementes demais — disse ele. — Fomos por demais gentis. Tivemos demasiado receio dos desclassificados quando eles é que deveriam ter medo de nós. Quando esse caos acabar e tivermos expulsado os estrangeiros, saberemos o que fazer. Não importa quem domina, seja ele príncipe de sangue ou marxista, desde que sejam russos, e desde que os camponeses os temam como deveriam ter temido a nós. O medo deve brilhar neles como uma luz, um sol de medo se levantando de manhã, um medo esquentando suas costas à tarde e um medo elétrico brilhando neles à noite, um medo claro e ofuscante, de maneira que, mesmo se o novo governante morrer e for substituído por outro poltrão, o terror ficará com eles e seus filhos durante gerações, e, mesmo quando a fonte do medo acabar, eles ainda estarão esperando por ele, como pessoas que não podem viver sem isso.

O Tribunal

Anna Petrovna acordou. Estava claro lá fora. O sol batia no telhado do estábulo. Com os dedos, ela sentiu as marcas vermelhas no rosto deixadas pelos nós dos seus dedos, onde ele descansara. Estava frio. O fogão estava apagado. Penteou o cabelo com os dedos e foi até a sala. Havia uma luz cinza entrando pelas pequenas janelas e ela viu a carta do esposo no divã. Respirou fundo, pegou-a, dobrou-a e voltou a colocá-la na gaveta da escrivaninha. Mutz partira. Será que a entendera tão mal a ponto de ir se esgueirar até sua cama? Foi olhar. Não. Encontrou a chave da porta da frente no chão, saiu piscando à luz gelada e viu que o portão do pátio estava aberto. Ele tinha mesmo ido embora. Ao lhe mostrar a carta, ela não tivera a intenção de afugentá-lo, mas deve tê-lo assustado.

Ela foi para a cozinha, raspou as cinzas da grelha do fogão, juntou-as em um balde, pegou um punhado de gravetos de bétula, amontoou-os na grelha, cobriu-os com ramos, pôs um par de lenhas por cima e acendeu o pedaço de couro de ovelha mais próximo. A chama pegou, avançou e se contorceu quente e amarela no centro da pira. Anna Petrovna fechou a meio a porta do forno e escutou o bramido quando o fogo levantou. Viu que sua antipatia por Mutz, que até então ela negara, ou pelo menos tentara fingir que não havia, tomava uma forma e um nome:

Ordem. Demasiada preocupação de que as coisas estivessem em um lugar e não em outro. Uma paixão demasiado admirada por categorias e análises. Mesmo quando disse que a amava, tralalá, não era nem amor nem mesmo um desejo que ele não pudesse controlar e colocar dentro dela. Era um amor que avaliava, ficava de olho com as mãos nos quadris balançando a cabeça, maravilhava-se, e ia embora descrevê-lo em um diário.

Anna foi até o tanque, encheu dois baldes de água e puxou-os até a cozinha, estremecendo com a desarmonia dos músculos em suas omoplatas. Encheu quatro panelas de água e colocou-as no fogão. Pôs mais lenhas. O ferro do fogão palpitava com o calor. O fato de o esposo dela ter passado de hussardo engalanado a um completo castrado por um ato de vontade tinha sido mais do que sua esplêndida, educada, racional mente judaico-alemã podia agüentar. Tudo que ele foi capaz de fazer tinha sido fugir. Quando podia ter lhe perguntado. E ela teria lhe dito que, sim, como era profundo e verdadeiro e puro seu ódio por Gleb Alekséievitch Balachov, e como era desprezível o culto do castrado, e como ele era bom, e como tinha sido um amante ardoroso e devotado. Estava além do entendimento de Mutz que uma mulher pudesse ter todas essas coisas em sua cabeça ao mesmo tempo. Deixe-o fugir. Todos eles irão embora, os tchecos, e ver a fotografia pelo menos a despertara: já estava passando da hora de ela e Aliocha voltarem para a Rússia européia, não importa o que os vermelhos estivessem fazendo por lá. Ficar com Mutz tinha sido um substituto para deixar Iazik, e partilhar com ele sua razão para ficar tornava mais fácil agora partir.

Kristina Pankofska, uma exilada polaca para quem Anna Petrovna pagava um rublo de ouro por mês para limpar e ajudar, chegou com um balde de *kacha* quente e dois ovos frescos. Ela vivia em Iazik fazia cinqüenta anos. Sua grande realização tinha sido se forçar a esquecer que um lugar chamado Polônia realmente existira. Cheirava a tabaco e a colônia e sempre usava um colar de velhas pérolas falsas, não importa o que vestisse. Ela previra a chegada dos primeiros castrados e assim, ao contrário da maioria das mulheres em Iazik, não mutilara secretamente seus seios para ficar mais intimamente parecida com um anjo. Quando entrou na cozinha, ela deixou sair uma nota comprida, baixa de reclamação. Anna não deveria ter carregado a água ela mesma. Deslizou os ovos para dentro de uma das panelas ferventes.

— Vou me lavar com esta — disse Anna.

— Eu sei, *golubtchik** — disse Kristina. — Para quem? — Era baixa e, quando levantava os olhos para Anna como agora, quase sem dentes como era, seus olhos pareciam ter quatorze anos.

Anna pegou a panela maior e a levou para cima. Colocou-o no chão do seu quarto e foi acordar Aliocha.

— Ei — disse. — Pequeno bárbaro. Está na hora.

Aliocha abriu os olhos, jogou-se para fora do acolchoado e ficou balançando de pé no tapete, esfregando os olhos. Parecia exausto, embora tivesse dormido nove horas, como se pudesse dormir por novecentos. Se pelo menos ela pudesse mantê-lo nesse estado e ele pudesse dormir até a primavera de 1920; o zero o faria novo. Ela o colocaria em uma caixa acolchoada e, quando ele despertasse, eles estariam em um lugar com trens, correio, escolas e outros garotos.

— Sonhei com políticos — murmurou Aliocha. Bocejou.

— Políticos? Que políticos?

— Os com divisas.

— Ah. Com divisas.

— De cabelos compridos, unhas compridas, olhos vermelhos, como os alemães.

---

*Queridinha. (*N. do E.*)

— Por que você acha que os alemães têm olhos vermelhos?

— E então papai chegou com seu cavalo e os outros hussardos e cortaram as cabeças deles.

— Você precisa de sonhos melhores. Vamos, meu belo. Mamãe precisa de sua ajuda. Lave seu rosto.

Anna trouxe as outras panelas para cima, tirando os ovos, e colocou uma bacia no meio delas. Tirou as roupas e se agachou nua na bacia. Aliocha ficou de pé a seu lado, tirando água das panelas com uma jarra. Despejou a água sobre ela em um filete grosso, fazendo-a escorrer pelos dois lados de suas costas.

— Aponte para o sinal da pele — disse ela

— Eu *sei* — disse Aliocha.

— Motim?

— Por que eu tenho que fazer isso?

— Bons marinheiros...?

— Não são reclamões! — ofendeu-se o garoto.

Anna levantou-se e Aliocha lhe deu o sabão. Ficou olhando até ela deslizar a mão para o emaranhado escuro entre suas pernas, quando então se voltou, pegou um hussardo de madeira do bolso de seu camisão de dormir e o fez cavalgar no ar. Depois de um tempo, ela pediu baixinho que ele a enxaguasse. Ele encheu a jarra e voltou-se para ela. Anna o olhou, formas de espuma escorrendo por sua pele, e ela era magra. Agachou-se outra vez à aproximação do filho e abaixou os olhos, esperando pela água.

— O que você acha do tenente Mutz? — perguntou ela quando a água caiu.

— Não sei — disse ele.

— Mas... — Anna não sabia mas o quê. Mutz não conseguia conversar com Aliocha. Tímido com crianças.

— Eu lhe pedi para ver sua pistola — disse Aliocha. — Ele disse que não podia. Disse que era proibido.

— Obrigada, Liocha. Desça e tome seu café-da-manhã.

Anna se secou, tremendo no frio do andar de cima, e pôs uma anágua limpa, ceroulas e meias compridas pretas. Procurou no guarda-roupa sem esperança. Não era que as coisas fossem velhas, ou fora de moda, ela não tinha idéia do que estava na moda ou onde isso estava sendo decidido esses dias, só que as coisas não podiam mudar. Colocou um vestido verde-escuro de algodão e um paletó marrom e prendeu os cabelos. Se um casaco de penas e um boné branco de jóquei tivessem se materializado no guarda-roupa, ela os teria colocado. Escovou o cabelo. Deveria tê-lo lavado, mas não havia tempo. Forçou-se a se olhar no espelho. Pálida. Ainda gostava dos seus olhos. Uma marca, uma erupção na pele: que pena. Só para ver o quanto se importava, se é que se importava, rapidamente abriu a pequena gaveta onde guardava seu velho estojo de cosméticos. A gaveta veio veloz e caiu no chão. A escovinha de rímel estava pregada com a dureza preta que o tempo consolidou ali, o último batom estava seco como uma protuberância porosa, e os grãos de pó colados na beira do estojo eram suficientes para aplicar em um único ponto de sua testa. Ela se importava, afinal, mas não por muito tempo. A casa estava cheia de pequenos deleites de autopiedade com os quais poderia se consolar, se quisesse.

Lambeu o indicador e com ele alisou as sobrancelhas. Um passado alternativo veio à sua cabeça, sem que ela quisesse, ela correndo atrás dos comunistas em vez de ficar para fotografar os grevistas, doze anos antes. Nunca encontrando o doce cavaleiro que se transformaria em um eunuco siberiano. Naquele momento, os comunistas pareceram covardes. Agora a lembrança, mais clara do que nunca, de seus pés jovens, rápidos e sábios na lama a fez sentir-se mal com o arrependimento. O objetivo deles não significava nada para ela e a jornada deles não lhe parecia clara. No entanto, agora, ela podia sentir o calor do propósito deles de uma maneira que não pôde na época, o objetivo de romper uma barreira para um novo mundo. Anna não acreditava em mundos novos, mas sabia que não podia evitar querer estar junto de homens e mulheres que acreditavam. Escondido entre os comunistas que fugiam de sua memória havia uma sombra falsa, um homem que não estava ali e que ela nunca tinha visto, Samárin, transformado em um símbolo mal colocado da escolha que ela não fizera.

Ela desceu as escadas, tomou alguns goles de *kacha* e chá, pôs um pão e uma lata de arenque em uma sacola de barbante, despediu-se de Liocha com um beijo, pôs suas botas e um chapéu preto, e saiu. No momento em que fechava a porta, teve um vislumbre do rosto de Kristina olhando para ela como se colhida pela peculiaridade de um estranho.

— Você vai pegar sua morte — disse Kristina, ausente, como uma médium.

Tiras de nuvens esfarrapadas de fundo amarelo cobriam a luz do sol sobre Iazik. Água parada cintilava e voltava à sombra nos sulcos das carroças no caminho para a praça. Anna apertou o casaco em torno de si, contra a brisa. O caminho era largo mas as casas de madeira preta ombreavam uma com a outra como se estivessem amontoadas em uma ilha, como se o espaço infinito da Sibéria fosse um oceano que as pudesse engolir, ou pelo menos enlouquecê-las, se não ficassem a uma distância de um braço uma das outras para se apoiar. E mesmo assim todos eram loucos; foi por isso que vieram. Os castrados não tinham herdeiros.

Ela passou por quatro castrados suando para levantar uma pesada casa de estorninho no pedaço de terra de grama e pasto de ganso, em frente à casa de Mikhail Antonovitch. Ela sabia os nomes de todos. Quando passou, eles acenaram e a cumprimentaram discretamente. Bogomil Nikonovitch, conduzindo uma vaca magra, a última de seu rebanho, levantou o chapéu, revelando a cabeça careca como uma abóbora. Disse bom-dia, e passou os olhos pelas pernas de Anna Petrovna.

Ela era a louca. Mal podia recordar a fábula que seu esposo tinha contado a seus companheiros castrados sobre o motivo de sua vinda. Falava de fotografia, viuvez e um desejo histérico de tranqüilidade, e só podia ter sido entendido pela comunidade como uma defesa generosa de uma mulher que perdera o juízo. Ela era sobrinha de Satã, no entanto a toleravam. Ela fumava, bebia; comia carne; nunca orava; fornicava; não acreditava que amputar e mutilar os órgãos sexuais transformava os amputados em anjos. Preocupava-se mais com seu filho do que com seu vizinho. Era avara e egoísta com seu tempo. Não procurava a perfeição nem o paraíso. Amava o mundo mais do que desejava o céu ou temia o inferno. Não procurava na Bíblia as regras da vida, não mais do que recorreria a *Nicholas Nickleby*. Ela estava fora do controle. Não era o demônio da família, mas o próprio Inimigo. E como eles eram corteses com essa mulher louca e má que morava no meio deles. Para os castrados, ela estava tão doente de alma quanto os pobres vagabundos das cidades, que podiam ser postos de quatro e humilhados por qualquer grupo de meninos; no entanto, aqui eles não podiam lhe dar sequer o prazer do martírio dos vagabundos. Eles podiam ensinar às cidades como se compadecer de seus marginais com dignidade.

Ao se aproximar da praça, viu um homem saindo da casa de Timofei Semionovitch com um cesto de vime vazio. Ele usava uma boina preta e um casaco preto sobre o macacão e calções de camponês. Era Gleb Alekséievitch Balachov. Encontrar seu esposo sempre começava mal e acabava mal. Ele a viu e foi a seu encontro. Ficaram a quase dois metros de distância, cumprimentaram-se com formalidade e não se beijaram. As regras tinham sido claras desde o dia que ela chegara a Iazik, na primavera de 1915.

— Os tchecos me disseram para ir ao julgamento — disse ele. — Como líder da congregação.

— Eu também vou — disse ela. — É um tipo de distração.

Balachov olhou-a com pena verdadeira por sua alma. Era sincero e confuso. Irritava-a.

— O capitão Matula pode fuzilá-lo no final — disse ele.

— Então, ele irá para o céu.

— Ele é ateu. Eu acho.

— Então terá uma surpresa agradável quando chegar lá.

Eles começaram a caminhar em direção à praça. Balachov perguntou sobre Aliocha.

— Ele sonha com seu bravo pai morto — disse Anna.

— O pai dele não está morto — disse Balachov, com humildade. — Apenas mudado.

— Bonita palavra, essa — disse Anna. Ela jamais conseguia captar, de antemão, a simplicidade com a qual ele azedaria seus pensamentos. Era a própria simplicidade. A maneira afetada de seu esposo de usar um pequeno grupo casto de palavras para cada movimento desvairado de sua mente conturbada. — Você diz "mudado" como se fosse uma folha mudando de cor. Não uma faca entrando em sua carne. Ela faz sangrar. Deixa cicatrizes. Dói.

— A vida dói. Quanto mais você vive, mais dói.

— Isso não é verdade. — Anna não conseguia se concentrar no que dizia. A idéia da mudança da folha passou para o camarote no trem em sua noite de núpcias e o botão que não desabrochava, e isso pulou para a noite um ano depois de sua chegada a Iazik, quando ela bebeu meia garrafa de conhaque sozinha e saiu correndo de sua casa, por esse mesmo caminho, até o quarto onde o marido dormia, puxou as cobertas dele e tentou violentá-lo, tentando furiosamente colocar o remanescente de um pau vigoroso dentro de seu sexo, e não foi a cicatriz ou a ausência ou ele não endurecer o que a fez sair de lá em lágrimas gritando, mas a submissão do corpo dele e o murmúrio baixo monótono e indistinto de suas orações.

— Vá na frente — disse ela, parando. — Continue. Vou ignorar você lá dentro.

Balachov assentiu e caminhou sem uma palavra. Era impossível acreditar que ele não sabia o que a enfurecia mais.

— Contei a Mutz sobre você — falou ela atrás dele. — Quebrei minha promessa.

Balachov tropeçou sem parar, olhou-a por sobre o ombro, disse:

— Sinto muito — e continuou em frente.

— Por que você me mentiu sobre a fotografia? — gritou ela. — Você disse em sua carta que tinha deixado tudo para trás no campo de batalha. Por que me mentiu?

Gleb parou, virou-se e disse, sem levantar a voz:

— Tinha vergonha de mim mesmo por guardá-la.

— Vergonha? Por guardar uma foto de sua esposa? Foi por isso que a deixou no meio da rua?

— Sinto muito. Posso ter a foto de volta?

Anna procurou em volta uma pedra para atirar nele. Não achou nenhuma e, quando olhou outra vez, Gleb tinha seguido seu caminho. Não podia tolerar continuar olhando para ele. Ficou parada no calçamento de madeira no meio da lama, sem lugar para se sentar e nada onde se encostar e nada para ver que já não tivesse visto, e sentiu-se abominavelmente só.

Depois de alguns minutos, caminhou até o prédio administrativo e entrou no pátio, onde a cabana do xamã parecia tão desamparada e maldita quanto as botas de um homem morto. Ela o vira algumas vezes, tentara falar com ele uma vez com a intenção de usar uma de suas últimas placas remanescentes para fotografá-lo. Ele continuou com as pernas cruzadas, o tornozelo na corrente por cima do outro, e os braços dobrados, balançou a cabeça e recusou-se a olhar para ela. Talvez tivesse pensado que ela ficaria intimidada pela distância e intangibilidade de um homem de religião esotérica. Alguns estados em que nem os xamãs siberianos poderiam sonhar se colocar; só os camponeses da terra preta, ou gentis rapazes burgueses bem-educados, das províncias européias.

Um grupo de pessoas estava parado a pequena distância da cabana, conversando com as mãos nos bolsos e fumando, como se fossem voltar para o teatro depois do intervalo. Viraram-se para olhar para Anna. Eram os tchecos, em suas pequenas facções. Mutz parecia prestes a falar com o esposo de Anna quando ela chegou e ele a viu. Quando pensava em Mutz, e muitas vezes o fazia, era com esse jeito perturbado no rosto, e suas fantasias ocasionais de casamento sempre terminavam com ela tentando distraí-lo de um trabalho meticuloso que ele estaria fazendo sob uma grande lâmpada, em uma sala distante. Ele estava perto do sargento Nekovar, o artesão habilidoso que tinha arrumado o aquecedor de Anna, fazendo-lhes algumas perguntas estranhas sobre se o coração de uma mulher era como um forno, e via em Mutz tanto um companheiro-artesão quanto o único oficial tão determinado como a maioria dos soldados a deixar a Sibéria o mais rápido possível. O sargento Bublik, que se dizia um comunista embora nunca tivesse ousado desertar para se juntar aos vermelhos, estava de pé a um canto. Ckatchkov, a autoridade civil, ainda o responsável civil por Iazik num pedaço de papel em algum lugar da chancelaria Branca, em Omsk, mas só aí; a destruição da velha ordem, a morte do czar e a tomada da cidade pelos tchecos tinham-no abatido como um ataque cardíaco, depois de ter passado um longo tempo negando com sucesso para si mesmo e para os questionamentos de fora, que a cidade era, como diziam os rumores, quase exclusivamente habitada por monstros apóstatas, executantes de um pecado demasiado grotesco para ser nomeado. Ele ainda podia andar, conversar, comer e beber sem ajuda, mas todo dia se sentava atrás de sua escrivaninha no escritório, a grande escrivaninha com outra pequena em frente, em ângulo reto, para os visitantes que ele nunca chamava, e olhava para o espaço, tremendo, limpando a garganta algumas vezes, arrumando uma pilha de documentos velhos a sua frente para que todos os cantos ficassem perfeitamente alinhados.

No centro do grupo estava Matula. A cidade era tanto um brinquedo para ele que Anna se surpreendia por ele ainda não ter se cansado dela. Seria realmente Iazik um destino suficiente para ele? Matula parecia alimentar-se do sentido de escuridão acumulado sob os milhões de árvores da floresta em volta, contando as sombras como os outros contam ouro. Ele tinha seu séquito, sargento Hanak, cujo queixo e nariz se esticavam para a frente, como o de um cachorro, o infeliz tenente Dezort e a esposa de Ckatchkov, Elizaveta Timurovna, amante de Matula, que jamais perdoaria Anna por não ter se ofendido quando ela a desprezara. O único que faltava era o odioso Kliment. Matula e Elizaveta Timurovna estavam rindo juntos. Pareciam bêbados, de uma maneira estranha, acelerada. Matula perguntou a Anna Petrovna se ela trouxera seu almoço.

— Eu não sabia se vocês estavam alimentando o prisioneiro adequadamente — disse ela. — Não cuidaram bem do último.

Elizaveta Timurovna fez beicinho e muxoxos de desaprovação. Em um canto, Bublik estudou a lata de arenques e murmurou:

— Burguês.

— Pensei que você só tivesse comida *kosher*, Anna Petrovna — disse Matula, muito rápido. — Nós perdemos um xamã? Sim, perdemos. Departamento de Mutz. Fica perdendo coisas. Xamãs, cavalos, confiança dos homens. Não sei se o prisioneiro terá tempo de comer. Talvez seja considerado culpado em um minuto.

Ping! Assim todos nós dividiremos o almoço de Anna Petrovna. Pães e peixes.

— Senhor — disse Mutz. — Devemos entrar.

Os dez entraram em fila no velho tribunal de Iazik, uma pequena sala com um banco de réus, duas fileiras de cadeiras e uma cadeira maior, estofada, com espaldares, colocada em um tablado alguns centímetros acima do piso. Matula foi direto para a grande cadeira, afofou-a, se escarrapachou, tirou sua pistola, fechou um olho, mirou o banco dos réus, deixou a pistola em seu colo e fez sinal a Mutz. Mutz acenou para Nekovar ir buscar o prisioneiro. Os outros sentaram-se. Depois de um minuto de mexidas silenciosas e tosses, escutaram passos duplos e Samárin entrou na sala, empurrado por Nekovar com um rifle encostado em suas costas. Samárin olhou em volta, balançou a cabeça em cumprimento à companhia reunida, desejou-lhes bom-dia, ao que Anna respondeu com um sorriso e Bublik com uma saudação formal, irmão. Samárin parecia prestes a tomar um lugar vazio na fila da frente oposta à Matula, mas Mutz deu um passo em sua direção, pegou seu cotovelo e o conduziu até o banco dos réus. Samárin pareceu surpreso mas caminhou amigavelmente para seu lugar e lá ficou de pé, olhando em volta sem piscar. Seus olhos se fixaram nos de Anna por um momento e ele lhe sorriu. Ela sentiu o sangue queimar em suas faces como uma garota.

— Em... — começou Mutz. Matula o interrompeu.

— Tem alguma coisa errada com você? — perguntou Matula.

— É meu cabelo — disse Samárin.

— Você não tem nenhum cabelo.

— Este é o problema — disse Samárin. Anna, Nekovar e Dezort riram. Duas vezes Samárin tinha virado a cabeça como um cavalo incomodado pelas moscas, ou um homem com um tique grave. — Eles rasparam minha cabeça esta manhã. É difícil se acostumar a não ter cabelo comprido depois de nove meses. É difícil se acostumar a estar limpo. Sou grato ao sargento Bublik — fez um aceno para Bublik, que resmungou — e ao soldado raso Racanski, que me providenciou água quente e roupas e queimou meu cabelo.

Matula assentiu e Mutz começou outra vez.

— Em nome da administração provisória de Iazik, em nome do capitão Matula, abro esta audição sobre as circunstâncias da chegada do Sr. Samárin à cidade a noite passada, sem nenhum documento, aproximadamente na mesma hora da morte do xamã. Senhor, por favor, nos diga seu nome completo, data de nascimento, lugar de residência permanente, e ocupação.

— Tenho direito a um advogado? — perguntou Samárin.

— Não — disse Matula.

— Estou em julgamento? Sou acusado de alguma coisa?

— É acusado de ter uma personalidade indefinida — disse Matula. Ele encheu as bochechas de ar, exalou, inclinou a testa para a frente, para a boca de sua pistola, e se coçou com os olhos fechados. Ele estava se acalmando. Endireitou-se e olhou com preguiça para Samárin.

— Olhe, meu rapaz — disse ele. — As florestas estão cheias de espiões vermelhos, e não temos a mais leve idéia de quem você é. Mutz aqui acha que foi você quem contrabandeou para o xamã um litro de aguardente...

— Senhor, eu sou só...

— Não interrompa, seu maldito judeu! E o Sr. Mutz acredita que você é uma ameaça à sociedade. Tem também a questão do meu belo e bravo cavalo, que está morto, e a quem alguém tentou ... — Matula começou a respirar pesadamente. A respiração tornou-se mais e mais audível até Matula gritar: — COMER! — Recostou a cabeça e passou a boca da pistola de um lado para o outro de seu lábio inferior. — Eu sou a lei nesta parte da Sibéria — disse com calma. — Queremos escutar sua história. Se eu gostar dela — não digo acreditar, digo gostar —, provavelmente soltarei você. Caso contrário, terá tempo suficiente para se arrepender de não ter tentado inventar uma melhor antes de ir tentar convencer os corvos.

O Rio

— Meu nome é Kiril Ivánovitch Samárin — começou o prisioneiro. — Nasci no dia 3 de fevereiro de 1889, em Carélia, e depois da morte de meus pais fui morar com meu tio em Raduga, perto de Penza. Estudei lá até ser preso em 1914. Não tenho outra profissão. Não sei o que aconteceu com minha família e nossa casa. Aconteceram muitas mudanças, acredito.

Bublik e Racanski tinham lhe arranjado um macacão e calções de camponês, mas não conseguiram encontrar botas, nem casaco. Ele usava as mesmas botas furadas com as quais chegara, e uma manta sobre os ombros. Enquanto falava, tirou-a, dobrou-a e a colocou na beira do banco. Sua cabeça e seu rosto estavam raspados. Ele rapidamente perdeu o hábito de afastar dos olhos seu cabelo não existente, mas Anna achou que ele estava humilhado e desconfiado por terem raspado seu cabelo. Enquanto falava, tinha um jeito de se voltar para cada um da sala, um por vez, e alargar os olhos para eles.

— Você, pelo menos você sabe do que estou falando.

Não deixava ninguém de fora, nem mesmo Ckatchkov e a autoridade civil, que não olhou nem uma vez para ele e não dava sinais de estar escutando. Deixava os olhos se demorarem mais em Anna, e ela estava contente de deixar seus olhos encontrarem os dele, até se tornar uma disputa, e ela perder, ou melhor, ela não quis que se tornasse uma disputa; desviou os olhos primeiro.

— Você me falou a noite passada que tinha sido preso por suspeita de ser terrorista. Que você estava com uma bomba — disse Mutz. — Eu gostaria...

— Mutz, Mutz, Mutz — disse Matula, com a mão livre sobre os olhos. Ele massageava o osso do nariz e a mão na pistola crispava-se. — Deixe o homem contar sua história. Não o interrompa outra vez. Meus humores estão ficando turbulentos.

Mutz, que estava de pé entre Matula e o banco do réu, fechou os lábios e deu um passo atrás para se encostar na parede distante. Samárin começou a encarar um a um.

— Com sua permissão, respeitáveis senhoras e cavalheiros, oficiais e homens da Legião Tcheca, Sua Excelência, camarada Bublik — disse ele. — Em algumas admiravelmente concisas palavras, o tenente Mutz relatou os motivos para minha prisão, e mencionou a bomba que roubei para proteger uma jovem amiga das conseqüências de sua ingenuidade. Proponho explicar a vocês algo do que sofri no campo de prisioneiros ao qual me enviaram, o Jardim Branco, e as razões pelas quais e a maneira como escapei e estou aqui. Antes de começar, devo repetir o alerta que dei ao tenente na noite passada. Tenho certeza de que o homem que propiciou minha fuga, o ladrão que conheço apenas por seu codinome, o Moicano, me perseguiu até este primeiro refúgio no deserto. Tenho certeza de que ele está aqui, agora, em Iazik. Tenho certeza de que foi ele o responsável pela morte do xamã, e a mutilação — capitão Matula, não posso lhe expressar o quanto lamento esse ato desprezível — de seu cavalo. Seja qual for meu destino, vocês todos devem reforçar suas trancas e suas armas. O Moicano... não. Tudo não está onde devia estar. Amigos. Deixem-me começar com o rio, o grande rio do meio, o Ienissei.

Enquanto Samárin contava sua história, fazendo suas rodadas cuidadosas de ouvintes, Anna espantava-se ao ver como seus olhos implorantes pareciam vivos e sem culpas diante da feiúra dos acontecimentos que descrevia. Ela tomou consciência de que já decidira que ele era inocente, e não mudaria de idéia; inocente, isto é, do que Mutz tentava extrair dele. Estava surpresa por ter chegado tão rapidamente à sua decisão, e compreendeu que não havia nada mais convincente do que um homem que podia sentir toda a riqueza do mundo — as piores, então, presumivelmente, se acontecesse, também as melhores — sem perder sua alma para qualquer uma de suas partes, nem se tornar ligado a essa parte. Convincente não era a palavra certa. Talvez o que ela quisesse dizer fosse granjear afeição. Às vezes, enquanto ele falava, quando se afastava de seus ouvintes por um momento e parecia mergulhar dentro de si mesmo para buscar suas lembranças, ou quando sua voz mudava e de sua boca saía a gíria e o tom dos outros prisioneiros, ela sentia que era por ela; que esse era um homem que não apenas estava negociando sua vida mas levando-a junto com ele, para mostrar a ela como era ser como ele.

— Quando cheguei ao fim da linha da estrada de ferro em Ienisseisk com minha escolta, ainda pensava que seria exilado em uma aldeia do longínquo interior do país — disse Samárin. — Podia imaginar o tipo de lugar para onde estavam mandando políticos, algum lugar a um par de dias de viagem rio abaixo, para onde provavelmente se ia de carroça a partir do fim da linha, ou de trenó no inverno. Haveria uma fila de casas ao longo da margem do rio, com um píer e uma terra de pasto e a floresta atrás. Haveria uma loja onde os aborígines e caçadores viriam beber e comprar suprimentos. Eles me dariam um quarto na casa de um camponês, próxima ao estábulo, e pequenas tarefas, cortar lenha, ensinar as pessoas a ler, beber chá com seja lá quem fosse que imaginasse ser o liberal local, fazendo-lhe companhia ao redor do *samogon** no inverno, discutindo as notícias da Europa em velhos jornais, indo caminhar na floresta, tomando notas para artigos sobre a flora e a fauna. Eles esperariam que eu tentasse fugir. Não seria difícil. Bastaria sair caminhando. Mas eu não iria fugir. Eu estava contente por não ter sido enforcado. Não queria tocar em nenhuma bomba outra vez. A oeste, os impérios estavam se destruindo na guerra. Estavam se despedaçando mais do que conseguiria um terrorista solitário, e estavam muito longe, no outro lado dos Urais, com três rios enormes entre eles e mim. Eu esperaria. Sentado sobre minha caixa no cais, enquanto minha escolta comparava os documentos com a polícia local, sonhei que seria como o jovem Tolstói, e a Sibéria, o meu Cáucaso. Algum velho *diadia*** me levaria para caçar na floresta, eu teria um caso com uma garota local, minha pele ficaria tão dura com o calor e o frio que eu não mais sentiria os mosquitos a não ser para me ajudar a saber que estava vivo. Isso foi há cinco anos, um pouco mais adiantado no ano do que agora, mas o sol ainda aparecia, o Ienissei estava correndo na minha frente, era largo e lento. Vi peixes batendo na superfície. Havia tempo.

"Escutei a porta mal azeitada do escritório da companhia marítima se abrir e não se fechar. Alguém saíra e estava de pé na soleira, me olhando, um homem gordo de uniforme da companhia marítima, piscando os olhos e manuseando suas contas. Ele me examinou por um minuto e sem levantar os pés virou-se para a escuridão do escritório e chamou alguém que eu não podia ver: 'Podíamos lhes enviar o político.'

"Por um momento, ninguém respondeu. Então, escutei uma voz, mas não entendi o que dizia. O homem gordo me olhou e

---

*Aguardente caseira. (*N. do E.*)
**Tio.(*N. do E.*)

disse: 'O que seu pai faz?' Respondi que ele era arquiteto antes de morrer.

"'Sem posição', disse o homem para dentro do escritório, e cuspiu. Para mim, disse: 'Eles devem considerá-lo uma grande ameaça para a sociedade, para ter exilado você quando precisam tanto de bala de canhão para os alemães. Duvido que alguém se importe com o que fizermos com você.'

"Então me colocaram em um barco a vapor com meus guardas. O barco levava um geólogo e uma tripulação de três: o capitão, o maquinista e o taifeiro. Eles me acorrentaram pelo tornozelo à amurada e me deixaram com os guardas para passarmos a noite no tombadilho. De manhã nos dirigimos ao norte com a corrente. Perguntei para onde estavam me levando. A tripulação não disse nada. O geólogo disse que era um segredo de Estado. Nas primeiras noites, paramos em povoados à beira do rio. Cada vez, eu pensava que eles me tirariam de lá e me deixariam, mas sempre acontecia a mesma coisa. Uma multidão com seus cachorros e vacas aguardava por nós depois do cais, esperando o barco atracar como se estivessem assistindo à chegada de uma criança perdida, e mal acreditando. Então o geólogo, a tripulação e os guardas desciam, e eu ficava onde estava, acorrentado como um cachorro, com uma manta e um pouco de peixe seco e água, e só as estrelas e a geada por companhia. Dava para ver as lâmpadas brilhando nas janelas das cabanas do povoado, e escutá-los cantando e erguendo brindes ao darem as boas-vindas aos convidados com vodca. Às vezes os guardas me traziam comida extra. Às vezes um morador me trazia chá ou *kacha* ou um pedaço de salsicha, geralmente os velhos que também tinham sido exilados, ou os jovens cujos pais tinham sido. Eles me perguntavam coisas sobre mim, e sobre política, e sobre a guerra. Todos tinham filhos e irmãos no *front*.

Todos terminavam balançando as cabeças, murmurando 'Senhor Meu Deus' e indo embora, e eu tentava dormir no frio, com o barulho da água no casco, e nenhum outro som depois que os cantores e seus animais caíam no sono.

"Os povoados foram escasseando e desapareceram à medida que entrávamos mais para o norte. As árvores e as noites ficaram mais curtas e o gelo no tombadilho não derretia até depois do meio-dia. O geólogo, Bodrov, ficou animado. Estava sempre na proa do barco. Sempre que havia penhascos, ele pedia ao capitão para parar. Pegava seu pequeno martelo, queria tirar amostras. O capitão balançava a cabeça. Quanto mais nos aproximávamos do Ártico, mais quieto o capitão ficava, a não ser para gritar com o maquinista lá embaixo, pedindo mais potência. Ele receava que o rio congelasse e o barco ficasse preso antes que pudesse voltar para o sul. Quanto mais calado o capitão ficava, mais Bodrov falava. Ele gritou uma noite quando a aurora boreal apareceu, como uma saraivada de pó caindo por uma brecha no campo das estrelas, e passou os braços pelos ombros de meus guardas quando eles vieram correndo ver o que estava acontecendo. Contou-lhes do que era feita a aurora, e apontou os nomes das estrelas que formavam as constelações. Um dia vimos um tungue montado em um cervo do tamanho de um cavalo, observando-nos da beira da floresta, segurando uma lança de pescaria, e Bodrov começou a acenar e a gritar para ele. O homem virou sua montaria e desapareceu na escuridão entre as árvores. Quando atravessamos o círculo Ártico, Bodrov pegou uma garrafa de *brandy* francês e nos fez a todos tomar um drinque fazendo um brinde em homenagem à estrela do norte, e cantou canções de estudantes sobre como 'nosso objetivo é o pólo, rapazes, as garotas tungues são esposas maravilhosas, viveremos em uma tenda, não pagaremos aluguel e comeremos neve a vida inteira.'

"O capitão tomou o *brandy*, foi até o balde de água, arremessou-o a um lado, puxou-o cheio de água e jogou-a sobre Bodrov. Todos nós sentimos a picada do frio nos rostos. O capitão disse: 'Este é o espírito do rio. Ele corre para o norte. É frio como a morte e ele é a morte. Este é o deserto onde nada cresce. Ninguém deveria ter que viver aqui.'

"Bodrov limpou a água dos olhos, e ficou confuso durante um momento, mas então riu e esfregou o rosto até ficar vermelho. 'Olhem o rio!', disse ele. 'Cheio de peixes! O ar está cheio de pássaros e a floresta, de alces e martas-zibelinas. Alguns milhares de tungues com lanças e machados, morando em tendas cônicas, vivem bem aqui, e vocês, homens civilizados, voltam correndo para o sul ao primeiro sinal de geada. As pedras estão cheias de ouro, diamantes, platina, rubis, há cobre e níquel, há mares de carvão e lagos de petróleo. Lagos de petróleo para iluminar o mundo!'

"Ele ia tirando suas roupas enquanto dizia isso, e pulou no rio e reapareceu sorrindo na superfície, agitando os punhos sobre sua cabeça. O capitão praguejou, parou o barco e lhe jogou uma corda. Se o deixassem, ele morreria em poucos minutos. Eles o levaram para baixo, envolvido em um cobertor, tremendo. O capitão me olhou e disse outra vez: 'Ninguém deveria ter que viver aqui.'

"O capitão mandou que me soltassem da corrente e me deixou dormir na sala de caldeiras, onde cheirava a fumaça e enxofre. Nunca antes em minha vida me senti tão feliz como quando me tiraram do frio e me deixaram dormir ali. Não havia nada macio onde me deitar, e o piso estava coberto de cinzas, borralho e pedaços de carvão, mas era quente. A quentura era tão boa, era como uma amiga que tivesse sentido minha falta, e fosse sentir minha falta outra vez quando eu partisse.

"O taifeiro me sacudiu para me despertar, me deu uma vassoura e me disse para ir lá para cima e limpar a neve. Era de manhã, e o barco estava avançando contra uma tempestade de neve. Mal se podiam ver as margens do rio devido às nuvens encapeladas. O rosto do capitão na casa do leme estava furioso e assustado. Ele antes nunca viera tão longe ao norte nessa época do ano. Durante horas, limpei a neve, me esforçando de um lado para o outro do barco até minhas costas doerem. A tempestade se dispersou, o vento amainou e a neve caiu em flocos grandes e pesados. À beira do rio eu via do que o capitão tivera medo. Havia lâminas curvas, delicadas, de gelo cristalizando-se a partir da lama gelada, meio transparentes, meio frágeis e poderosas. Havia menos árvores agora, estavam mais distantes umas das outras, e pareciam tolhidas.

"No dia seguinte, viramos para o leste, saindo do Ienissei para entrar num tributário. Isso significa avançar contra a corrente, o que nos retardava. A corrente era forte, dura, o rio era preto e profundo, o que evitava o gelo. O céu mudou sua cor para a de couro e as tempestades voltaram. Quando elas passaram, vimos montanhas escarpadas de pedra cinza com manchas de neve. Bodrov, com um chapéu de lobo e um casco de carneiro preto, estava em êxtase. Disse que ali era Putorana, e que a história do mundo fora escrita ali.

"Eles o deixaram em terra, em uma cabana de madeira, e prometeram voltar em quatro dias para pegá-lo. Ele não escutava ninguém. Queria ir para terra com seu martelo, seus instrumentos e seus sapatos de neve. Antes de sairmos da vista, podíamos vê-lo caminhar firmemente subindo as ladeiras atrás da cabana, deixando uma trilha entre as árvores.

"Perguntei ao capitão o que aconteceria a Bodrov se o barco ficasse preso rio acima. O capitão me olhou como um homem vendo um cachorro fazendo malabarismos. Disse: 'Ele caça, ou ele morre. Mas aonde você vai você não terá que se preocupar com ele.'

"Pouco antes do alvorecer, dois dias mais mais tarde, chegamos ao Jardim Branco.

O Jardim Branco

— O Jardim Branco está na tundra, entre o rio e montes de pedra em forma de cone, os contrafortes das montanhas Putorana. Eles têm sulcos profundos e os sulcos são denteados; vocês já viram conchas de lapa? São parecidas. Têm apenas algumas centenas de metros de altura, mas até em agosto há neve entre os sulcos. Ao norte dos montes estão as montanhas, geleiras, Taimir, e o mar Ártico. O rio faz uma curva e o Jardim Branco está no promontório, assim o rio o margeia pelo leste, sul e oeste. Não há povoado, exceto chumas dos tungues, por dois mil quilômetros em nenhuma direção. No verão, tem musgo e bagas e flores no chão, e arbustos, arbustos duros. Quando eles ficam verdes por algumas semanas, é como arame farpado dando folhas. Nenhuma árvore. Nem grama. A terra está sempre gelada sob seus pés. No gelo do rio em janeiro, a temperatura chega a menos de cinqüenta graus. É quando ele fica parado. Da noite para o dia, quando a *purga*, a tempestade negra, sopra, pode empilhar a neve a uma altura maior que a do mastro de um navio. Não é o nosso mundo. Quando eu era estudante, costumávamos conversar sobre como seria possível construir uma rampa alta e comprida o suficiente para um trem se arremessar do final até o espaço, para a lua, ou Vênus. O Jardim Branco era um lugar assim, a estação final de uma jornada depois do somatório de todos os nossos lares. Em pleno inverno, o ar é outro ar, respirá-lo dói. Não se vê o sol durante semanas. Era preciso chutar as estacas do cais para acreditar que havia alguma ligação entre o lugar que estávamos e o lugar de antes, e, mesmo quando víamos os barcos atracados na margem, eles pareciam embarcações caídas por engano do plano astral, quando o rio fica tão solidamente congelado que parece mais duro e mais velho do que as próprias rochas, e para acreditar que ele pode derreter e ser água outra vez é preciso um ato de fé maior do que acreditar em Deus. Quando vem o verão com sua luz eterna, é como a passagem final para a loucura, o sol nunca se pôr. O alojamento ficava numa faixa de cascalho de quartzo branco. Durante alguns dias no meio do verão, ele refletia o sol, cintilando como o tesouro de um dragão, queimando um padrão dentro de seus olhos que você continuava vendo quando os fechava. No cimo dos montes havia uma cachoeira, e quando não estava gelada, deixava minerais nas pedras onde caía, grandes cristais brancos na forma de troncos e ramos como uma árvore de Natal. Na primeira vez em que você os vê, acha-os bonitos, mas depois começa a detestá-los, como fazem os exilados quando descobrem que os suvenires de suas vidas antigas são falsos. Os primeiros europeus que ali chegaram viram o quartzo cintilando e as árvores de minerais e o chamaram de Jardim Branco e pensaram que encontrariam ouro. Continuaram nos fazendo procurar, escavar nos sopés dos morros com picaretas, ferrões e martelos, tentando achar os veios do metal precioso, ou de qualquer metal, ferro, níquel. Não encontramos nada. Apenas transformamos pedras inteiras em campos de pedras quebradas, e cada pedra quebrada o torna mais forte ou mais fraco, e de qualquer maneira o envelhece.

"Quando cheguei, me colocaram num beliche em uma cabana de alojamento com outros quarenta, e sob as ordens de um capataz do grupo de trabalho que começaria no dia seguinte.

Doze horas por dia, seis dias por semana. Domingo era o dia de descanso. Eu não estava preparado para o Jardim Branco. Entrei no alojamento com uma mala e uma caixa de livros, com minha cabeça raspada como um prisioneiro, mas ainda usando meu uniforme de estudante. Os outros prisioneiros me olharam como se eu fosse uma carteira recheada que alguém deixara cair, e era só o caso de se certificarem de que o dono estava bem longe. Eu estava lá sob o código de criminosos como eles mas não era como eles. Não é que eles me odiassem. Não havia ódio. Não tem nada a ver com ódio, a não ser o ódio que você precisa tomar como um drinque antes de atacar alguém. Eis como eu compreendia pouco: pensei que o comandante, um aristocrata chamado príncipe Apaksin-Aprakov, administrava o campo, e achava que os guardas eram os meios que ele tinha para nos controlar. É claro que ele não administrava o campo; ele era o dono. Os guardas estavam ali para protegê-lo e não deixar ninguém fugir. A administração do campo ficava nas mãos dos prisioneiros mais importantes, principalmente três autoridades criminosas, Avraam, Palito de Fósforo, Serguei, a Metralhadora, e o Moicano.

"Comecei a duvidar da existência do Príncipe Apraksin-Aprakov. Durante anos, nunca o vi, embora dissessem que ele estava lá. Ele tinha uma casa na beira do campo, acima do arame farpado. De noite, viam-se lampiões queimando, e podia-se escutar um gramofone. A única evidência de sua presença eram seus decretos aberrantes. Uma vez Pchelentsev, o chefe dos guardas, nos reuniu no equinócio do outono e disse que o príncipe tinha o prazer de nos dar a honra de esculpir uma réplica em gelo do Pavilhão Real de Brighton, Inglaterra. Pchelentsev perguntou se algum de nós conhecia a Inglaterra. Ninguém disse nada. Tolik Redhea, um ladrão de galinhas de Kiev, reincidente, disse que não conhecia a Inglaterra mas conhecia uma garota em Brovari cujas roupas de baixo vinham de Manchester. O tenente lhe deu vinte chicotadas com o chicote russo e o prendeu em uma jaula por alguns dias até a neve chegar à altura do tornozelo. Ele perdeu um par dos dedos do pé. Eles ficaram pretos e o cirurgião cortou-os como um cozinheiro descasca uma batata. Tolik disse que não era nada terrível, ele ainda tinha oito, e o doutor lhe deu um gole de álcool antes de cada um, então ele lhe pediu para cortar todos, devagar, em troca de 100 gramas de álcool por cada um para acalmar a dor, mas o doutor disse que mal tinha álcool suficiente para si mesmo até chegar o degelo, e o que faria ele com oito dedos saudáveis agora que o chão estava duro e não poderia enterrá-los, teria que queimá-los. E temia que eles voltassem para assombrá-lo, oito dedos fantasmagóricos do pé de um cristão subindo por sua cama à luz da lua. A escultura de gelo nunca foi feita.

"Eu fui roubado, socado e ridicularizado por alguns dos prisioneiros, ajudado por outros, ignorado pela maioria. No primeiro ano, quando havia uma quantidade tolerável de comida, os barcos a vapor e parelhas de cervos faziam a corrida do sul para o Jardim Branco antes do inverno, eu podia suportar o trabalho forçado. O príncipe estabelecia cotas, mas os capatazes dos grupos de trabalho não as impunham com rigidez. Eles apreciavam que ao passarem pelo seu pedaço, sua picareta estivesse batendo na pedra, e apreciavam que os grupos deles tivessem alterado uma faixa da encosta na mudança de turno, e, porque eles apreciavam, seus colegas também apreciavam e ficavam de olho em você.

"Deve ter sido em 1916 que isso começou a mudar. Uma barcaça militar chegou e levou os prisioneiros mais fortes e mais generosos para serem mortos de uniforme. Foi ordenado ao príncipe para procurar metais de guerra, seja lá o que isso significasse, e ele dobrou nossas cotas, com menos homens para o trabalho. Ao mesmo tempo, nossas rações foram cortadas.

"No começo, quando eu cheguei ao campo, eles tinham uma cabana de cozinha. Um grupo de prisioneiros que tinha acordo com os guardas cozinhava a comida, assavam o pão e os distribuíam. Eles nos alimentavam duas vezes por dia, pão, *kacha*, sopa e chá, às vezes um pouco de salsicha no aniversário do príncipe ou algum dia santo. Os guardas também eram alimentados ali, mas sentavam-se lá dentro, e nós levávamos a nossa parte para comer no alojamento. Quando o racionamento começou, a primeira coisa foi a sopa ficar mais rala e já não ter muita *kacha* no seu prato. Eles colocavam serragem, cinzas e pedaços de musgo seco na farinha de pão para fazer o pão render mais. O pão era cinzento e as bisnagas não se juntavam de maneira adequada. Quando se tentava cortá-las, elas esfarinhavam como madeira de má qualidade. Às vezes não se conseguia uma fatia de pão e sim um punhado de farelos e migalhas.

"Eu comecei a ser um objeto de troca. Eu pertencia a Palito de Fósforo, e ele começou a me vender. Ou ele me vendia como escravo, para trabalhar um meio-turno extra para o comprador, ou ele vendia minha ração. Um dia ele vendeu os dois. Quase morri. Dezesseis horas com a picareta na neve, e nada a não ser água quente no final. Pus palha do meu colchão na água. Sei que parece absurdo, mas não havia outra coisa para engrossá-la. No dia seguinte, comi e trabalhei em um turno normal, mas carreguei o déficit comigo durante meses. Ainda agora sinto a falta da refeição perdida. Minha salvação foi Metralhadora, ou assim pareceu. Autoridades como ele nunca sentiam a escassez; sempre estavam procurando se divertir. Escutei que ele não sabia ler e me ofereci para ensiná-lo, a ler para ele, se ele me comprasse de Palito de Fósforo. Ele fez a compra. Eu ainda tinha que trabalhar minhas doze horas porém não mais do que isso, e tinha mais chance de comer. Metralhadora gostava de ter os livros em uma prateleira perto de sua cama e eu lia para ele. Ele gostava de Púchkin e do

Livro das Revelações. Era sentimental. Era do Cáucaso, Svanetia, usava o barrete cinza. Roubava bancos. Roubou uma metralhadora de uma unidade em Kutaisi e a montou nos fundos de um carro fúnebre de quatro cavalos. Ele chamava munição de caviar, e a arma de mãe-peixe, o esturjão. Ia com o carro para as praças poeirentas da Geórgia, tirava o encerado e armava a metralhadora, gritando 'Ela vai desovar', e todos saíam correndo do banco, jogando o dinheiro pela janela, mas não era o suficiente, depois que ele anunciava não podia parar até esvaziar a última bala que tinha no banco. Quando o pegaram, ele estava tomando banho nu com a metralhadora em uma banheira de barro cheia de azeite de oliva. Ele se ofereceu para ir para a guerra com ela, matar alemães. Ele disse: 'Só eu posso fazer o peixe-mãe desovar.' Eles separaram os dois, mandaram-no para o Jardim Branco e levaram a metralhadora para a guerra sem ele. E ela nunca funcionou, embora eles dissessem que era porque não tinha o tipo certo de óleo. Eu queria ler Bakúnin para ele. Achei que gostaria de Bakúnin. Mas ele só queria escutar a última trombeta de *O prisioneiro*. Vocês sabem, Púchkin.

Somos pássaros, estamos morrendo: tempo, irmão, tempo!
Lá, além das nuvens, por onde sobem as montanhas brancas
Lá, onde a terra tem a cor do azul do mar
Lá, onde só o vento caminha, além de mim.

"Nas primeiras vezes em que o li, ele deixou cair algumas lágrimas, me abraçou, me beijou e foi dormir. Na terceira vez, a pele de seu rosto pareceu endurecer como pedra enquanto eu lia. Ficou deitado no beliche sem se mexer, os olhos bem abertos, por um longo tempo depois que terminei. Ele levantou-se e começou a caminhar para cima e para baixo na cabana. Juntou os punhos, sacudiu-os e começou a fazer barulhos como se estivesse disparando a metralhadora. Ia de um extremo ao outro, os barulhos ficando mais fortes e, cada vez que chegava perto de mim, me olhava. Ele parou, gritou "Ela vai desovar!" e bateu no meu rosto com os dois punhos juntos. Era um homem grande, fui direto para o chão, ele se sentou em cima de mim, com uma perna de cada lado, e batia os nós dos dedos em meu rosto, meu pescoço, meu peito, fazendo esse som com a garganta akh-akh-akh-akh-akh-akh-akh-akh-ahk, baba e muco saindo de seus lábios. Acho que ele... bem, ele parou de repente e caiu em cima de mim, seu cabelo espetado junto dos anéis ensangüentados de minha barba. Ele nunca teve esposa, e estava sentindo demais a falta de sua arma.

"Eu acreditava em Deus menos do que qualquer um deles, mas era o único que acreditava que merecia viver. Não apenas queria, mas merecia, como se houvesse outro alguém para fazer a escolha. Eles sentiam isso. Ficavam curiosos. Isso os provocava. Perguntavam-se quem era esse outro alguém. Queriam me fazer em pedaços. Queriam sentir o que eu tinha dentro. Metralhadora disse: O que o faz pensar que é melhor do que nós?'. Eu disse: 'Eu não acho, todos os homens são iguais'. Ele olhou nos meus olhos por um longo tempo e me mandou tirar a roupa. Disse: 'Vamos ver se todos os homens são iguais.' Dois dias depois eu despertei no chão da caserna. Mal conseguia enxergar, mas ele estava ali, eu podia ver suas botas e joelhos gordos sobressaindo sobre as pontas dos meus pés, enquanto ele se agachava ali, examinando o que tinha feito comigo. Ele disse o que era que você estava dizendo, era interessante, sobre o proletariado. Disse: 'Sob o socialismo, eu poderei ter a minha própria metralhadora?' Eu lhe disse que, segundo meu entendimento do dogma socialista, todos os trabalhadores teriam acesso completo e igual aos meios de defesa de suas casas e locais de trabalho. Ele disse: 'Sim, mas eu terei que roubar bancos?'. Eu lhe disse que, no futuro, não seria preciso roubar bancos. Ele cuspiu e disse que eu não sabia do que ele precisava ou não precisava e me deixou lá.

"Depois disso, Metralhadora não me batia com freqüência, mas ainda roubava minha comida. À noite, quando não conseguia dormir, ele se ajoelhava na beira da minha cama, punha sua mão debaixo do meu cobertor e alisava meus quadris, passando as pontas dos dedos nas depressões entre eles, alisando o lugar onde estaria meu estômago com a palma de sua mão, amassando a cavidade como um padeiro untando a farinha. Dizia: 'Você quer saber o que estou fazendo?'. Eu dizia: 'Não.' Ele dizia: 'Estou sentindo seu coração.'

"Eu ficava deitado quieto de costas e o deixava fazer. Queria pedir-lhe pão. Mas tinha medo. Seus dedos eram duros e quentes e lá no fundo da carne e dos ossos eu podia senti-lo tremendo enquanto chorava. Às vezes, suas lágrimas caíam no meu rosto e eu abria minha boca. Na escuridão, ele não podia ver que eu as bebia. De manhã, ele tomava metade da minha ração. Ele tomava a comida dos outros também, mas não tanto. Ele me dizia: 'Quem é que cuida de você, Inteligente?'. E eu respondia: 'Ninguém.' Ele dizia: 'Você não é um santo, é, Deus não teria santos que não acreditassem nele.' 'Não', respondi. 'Então, por que você acha que merece viver?', disse ele. 'Deve ser o proletariado.' Eu disse que não podia comer o proletariado. Ele disse: 'Bom, você não teria que comê-lo todo', e riu. Tentei rir também, pensando que talvez ele me deixasse com mais pão. Reparei como Metralhadora tinha ficado mais calado, parte da quietude assassina geral do campo quando a comida acabou e os guardas começaram a desaparecer. Os prisioneiros e a guarnição estavam morrendo de fome. Podia-se ver o pássaro da fome empoleirando-se neles, esperando a fome chocar, um pássaro-mãe embolorado esperando um ninhada de caveiras brancas cegas quebrarem a casca para sair dessas cabeças atrofiadas.

"Ouvimos falar das revoluções, e da paz com a Alemanha, e de como eles estavam lutando por todo o país. Em geral, quando acontece uma revolução, eles esvaziam as prisões, não é? Não o Jardim Branco. Estávamos longe demais para sermos lembrados. O príncipe decidiu que esperaria. Talvez pensasse que ali estivesse mais seguro. Ele peneirava a notícia para nós. Encarregou-se da entrega do carregamento de notícias que chegou no meio do verão e o foi por toda a estação fria, acrescentando mentiras para manter os prisioneiros submissos e os guardas, leais. Em algum lugar, em alguma chancelaria em Petrogrado, algum ministro ou revolucionário ou ministro-revolucionário deve ter assinado ordens para dissolver o campo, colocando o prisioneiro político, eu, finalmente em liberdade. E o ministro foi jantar, porque o Jardim Branco é muito distante de Petrogrado, depois dos Urais e ao longo da Transiberiana e ainda mais, mais, longe, perto da verdadeira margem do mundo, e ele não ia entregar a ordem ele mesmo. Portanto, talvez ela tenha se perdido. Talvez tenha vindo pelo fio do telégrafo e tenha parado onde o fio foi cortado pelos camaradas, ou foi incinerada em uma batalha em uma cidade no caminho, ou foi usada por um saqueador para enrolar um cigarro, ou foi apenas levada pelo vento e passou voando pelas árvores na taiga e ficou presa nos ramos de um lariço acrobático e se transformou em revestimento para o ninho de um esquilo. Assim, dois anos atrás, escutamos que tinha acontecido uma revolução, mas que os revolucionários eram leais ao czar e à guerra, portanto ainda éramos prisioneiros. Então, no ano passado, escutamos que os revolucionários não eram leais ao czar e à guerra, mas estavam prestes a serem derrubados pelos brancos, que eram, portanto ainda éramos prisioneiros. E porque a Rússia agora estava em guerra consigo mesma, em vez de com os alemães, a comida ia diminuir.

"Houve muitos dias em que pensei que seria meu último, e

num desses, fui parado por Metralhadora e Ruivo do lado de fora da cozinha. Eu estava com os pães deles e o meu: uma ração completa no total, e uma adulterada com a farinha de ossos de baleia, feita com partes dos esqueletos que os tungues tinham rebocado do oceano do norte e trocado no campo por um caixote de rifles e munição, um mês antes.

"A única vantagem de estar morrendo de fome era que isso tinha tirado todo o orgulho de mim. Ajoelhei na neve na frente deles, segurando o pão contra meu peito, e me curvei de maneira que minha testa tocava as botas de Metralhadora. Fiquei me curvando repetidas vezes, batendo em suas botas com minha testa, como tinha visto os camponeses fazendo com o cobrador de impostos, e lhe implorei para me deixar ficar com o meu pão. Eu o chamei de senhor, amável, Sua Excelência, o mais corajoso e mais honorável homem de todo o Cáucaso, o melhor atirador de metralhadora do mundo. Eu disse que era um monte de merda fedorenta cujo desejo era só servi-lo, que lhe daria minha vida, indigno como era, não merecia que ele pisasse sobre mim, eu era o mais pobre, o mais miserável pecador da Criação, que merecia me arrastar com as minhocas e cobras e besouros pelo resto de meus dias, me arrastar com as mãos implorando perdão e a glória eterna do grande Serguei Metralhadora Gobetchia, um herói e um santo, se ele pelo menos me desse a graça de sua infinita misericórdia, se com um único ato ele ganhasse a adoração final de um homem que já o amava e idolatrava como um deus entre os homens, se ele me permitisse ficar com algumas migalhas do pão que humildemente eu trazia para ele da cozinha, e que fosse recompensado mil vezes em ouro e sangue e qualquer outra medida quando a guerra e seu injusto aprisionamento tivessem acabado.

"Enquanto eu dizia isso, o Ruivo puxava minha cabeça para trás pelo cabelo e Metralhadora, sem dizer nada, arrancava o pão dos meus dedos. Eles tomaram tudo e foram embora. Vi um pouco de migalhas no chão, catei-as e as deixei descansar na minha língua. Levantei minha língua suavemente até o céu da boca e deixei as migalhas se dissolverem ali. Comecei a procurar mais migalhas no chão. Tomei consciência de uma mudança.

"Um homem me olhava a uma distância de uns vinte metros. Ele estava de pé perto do espaço entre duas cabanas onde as botas de Metralhadora apareciam, na horizontal. Tinha uma cara cinza. Todos nós tínhamos caras cinza mas a dele era do cinza de um véu voando sobre o perfil da sabedoria esculpida na pedra, não o cinza da carne faminta e desamparada. Seu sorriso era como um dedo acenando, de piedade. Ele parecia alimentado, pensativo e gentil. Caminhei até lá e olhei para Metralhadora deitado ali com sua garganta aberta. O Moicano disse: 'Ele roubou seu pão', e me deu uma ração completa de pão e um pedaço de salsicha. Enquanto a enfiava na minha boca e sentia outra vez o mundo e minha dor, senti pena por Metralhadora. Ele disparava e batia nas pessoas porque não conseguia conversar com elas. Violência era a única linguagem que ninguém podia entender. Não havia tradutores. E ele falava comigo mais demoradamente, e de maneira mais sofrida do que com qualquer outro.

"O Moicano me disse: 'Eu entendo. E porque entendo, entendo que você entende, e tenho que cuidar de você. Todo mundo tem seu lugar, e vocês não deveriam morrer aqui.' O Moicano disse: 'Falei com ele em sua própria língua'. Igual aos aristocratas, os grandes ladrões pensam em si mesmos como pessoas à parte, vivendo e respirando honra, obcecado com o estilo, o estilo deles mesmos e de ninguém mais. Vêem os não-ladrões como um tipo de animal de caça cuja única honra é ser caçado pelos ladrões. Dividem as mulheres em cinco tipos. Suas mães; avós; parideiras; concubinas; e putas. São vaidosos, corajosos, cruéis e sentimentais. Amam gastar o dinheiro que roubam em rosas, perfumes e ouro para mulheres que não conhecem. Apostam tudo o que têm em qualquer coisa, suas vidas em que pingente de gelo vai cair primeiro. Suas roupas valem mais do que suas casas, odeiam o progresso, acham que o mundo sempre foi do jeito que é, e deveria continuar desse jeito. Preferem morrer a engolir um insulto. Aprendi isso no Jardim Branco. Achei que o Moicano fosse um desses. Eu estava errado.

"Ele era um ladrão, e eles o respeitavam por isso. Tinha roubado uma barcaça de ouro, e matado soldados. Era habilidoso com o fuzil e a faca. Havia uma história de que ele tinha escapado da prisão em Bukhara e matado todos os guardas, todos eles, e uma história de que tinha dinamitado a casa de um homem de negócios em Taganrog, enterrado toda a família, e eles até diziam que ele assaltara um banco no Alasca e atravessado até o Tchukotka com uma parelha de cachorros de caça esquimós. Era mais perigoso do que os outros ladrões porque não tinha o sentimentalismo deles nem a mesma necessidade de uma corte para bajulá-lo. Ele sentia as paixões humanas. Não, não as sentia. Ele as manipulava. Sentia a natureza delas e as cheirava, provava e esfregava em seu rosto, mas elas não se alojavam nele. Era como alguém que podia sentir a agonia do veneno mas não podia ser morto por ele, não importa o quanto bebesse. Assim ele podia sentir a piedade correr por seu corpo ao ver uma criança olhar para ele da janela de uma casa onde instalara explosivos, e ainda assim fechar o circuito, porque a piedade não deixava marca ao passar. O mais terrível em relação a ele era sua certeza. Para um homem assim, você pensaria, a vida é um jogo. Quando não há pelo que lutar, nenhum desejo humano irresistível, você joga. Ele não estava jogando. Com ele, era como a diferença entre escrever e desenhar. Nós vivemos a nossa vida como se escrevêssemos. A caneta se move sobre o papel em linhas regulares. O passado é escrito e pode ser lido, o futuro está em branco, e a caneta fica na palavra que está sendo escrita agora. O Moicano vive como se desenhasse. Faz um traço depois do outro, mas os traços podem estar em qualquer lugar do papel. Quando você olha, os traços parecem desunidos e sem sentido, mas em sua cabeça ele vê o quadro todo, completo. Completo até sua morte. Ele está apenas o preenchendo. É isso que você é para o Moicano. Um traço em seu desenho. Você pode estar na beirada ou no meio, pode ser uma garganta aberta e um minúsculo detalhe ou uma única olhada que enche todo o primeiro plano. Só ele sabe, mas ele realmente sabe. Ele sabe sua própria ordem das coisas.

"Em janeiro, não muito depois que o Moicano começou a me alimentar, o Jardim Branco desmoronou. Os últimos barcos tinham saído cinco meses antes, com os guardas que puderam comprar um lugar. Ficamos isolados desde então, e o rio de gelo só se derreteria no final de maio, no mínimo. No campo, na maior parte do ano, os guardas e o comandante eram tão prisioneiros como nós. Aonde poderiam ir? As montanhas e geleiras formavam uma parede ao norte, e, mesmo se pudessem ser atravessadas, nada havia do outro lado exceto mais tundra e o oceano Ártico. Claro, você poderia caminhar pelo rio congelado em direção ao sul, ou mesmo caminhar pelo rio até o primeiro povoado. Mas morreria congelado, ou de fome, antes de chegar lá. O campo não tinha cavalos nem caminhões. Havia os tungues. Eles podiam lhe vender cervos para montaria. Mas eles não viriam a Putorana antes da primavera, e não se podia ter certeza de encontrá-los caso se saísse à sua procura, ou de eles encontrarem você, nem mesmo de chegar até a linha das árvores. Alguns guardas tinham se posto em marcha em novembro para tentar a sorte. Nós os observamos caminhar pelo rio, subir pela outra margem e chapinhar pelos campos de neve do outro lado. Ali havia um declive para a terra, e nas poucas horas de luz conseguimos vê-los se movendo lentamente com a neve até a cintura.

Ninguém esperava que a neve fosse tão macia e profunda naquele lugar. Quando a luz se foi eles ainda não tinham atingido a crista, e então veio uma tempestade de neve, e no dia seguinte a trilha que tinham deixado estava coberta, e talvez eles também. Eu não sei se os tungues os teriam ajudado. Eles estavam perdendo muitos cervos para os saqueadores russos, cossacos, partidários dos vermelhos, ou seja lá quem fossem, pessoas que não esperavam ter que pagar.

"Lá fora era o caos. Eu estava protegido. Nunca tinha me sentido tão seguro e confortável. O Moicano tinha uma área separada com uma tela, em um dos alojamentos, com quatro beliches, uma mesa e cadeira, uma cômoda e algumas louças. Tinha seu próprio fogão, e lençóis cobriam a janela. Ele ficava lá sentado, e fumava e jogava cartas com outros ladrões e guardas, enquanto eu ficava sentado no beliche de cima, lendo ou escrevendo. Eles me ignoravam. Traziam comida para o Moicano. Ele a deixava a um lado e eles jogavam. Quando eles saíam, ele dividia tudo e me dava a metade.

"'Coma todas as migalhas, Inteligente', dizia ele, como se eu precisasse que me dissessem. Parei de trabalhar; ele me disse para não ir. 'Mantenha o fogão funcionando', dizia. 'Você não vai morrer aqui'.

"Por várias semanas, foi o que eu fiz. Lia, dormia, punha lenha no fogão, escutava o som do vento lá fora e a conversa deles enquanto jogavam cartas. Minhas costelas sumiam sob uma sólida camada de carne e meu estômago aumentava, minhas coxas ficaram mais largas que meus joelhos pela primeira vez depois de meses. Por um curto tempo, foi uma bem-aventurança. Depois, não foi tão bom. Quando você está exausto, com frio e faminto, não tem nada a pensar exceto em como aparentar estar fazendo o máximo de trabalho enquanto faz o menos possível, como conseguir comida e como roubar calor.

Quando o cansaço, o frio e a fome vão embora, você começa a pensar em outras coisas. Tem tempo para sonhar, e os sonhos se transformam em tortura. Todas as paixões inúteis voltam a gotejar em seu coração, o medo da morte, o ódio pelas autoridades que o aprisionaram, solidão, até orgulho.

"O Moicano e eu não conversávamos. Não tínhamos nada a partilhar um com o outro. Ele dormia, mas nunca relaxava. Sua mente estava sempre trabalhando, mas ele nunca parava para pensar. Estava sempre ativo e tudo o que eu tinha era tempo livre. Eu o observava às vezes, tentando pegá-lo em um momento entre as cartas ou dormindo ou amolando sua faca, acreditando que tinha que haver instantes em que ele ficasse tão perturbado por alguma lembrança que teria que parar, ou franzir o cenho, ou quando um pensamento que ele não esperava se abrigasse em sua mente e ele o mostrasse no rosto. Nunca o peguei. Ele nunca fazia nada supérfluo. De quantos homens se pode dizer isso? Nada de se coçar, de tamborilar os dedos, assobiar, bocejar, alisar o queixo, morder os lábios, hesitar na fala. Quando ele usava os olhos, era com um propósito, nunca olhava pela janela ou a parede ou o teto para acomodar a mente enquanto sonhava acordado ou resolvia problemas na cabeça. Concluí que ele era um grande homem. Sim, seus olhos. Um peixe olhando através do gelo fino para o céu da tarde veria essa luz e esse mistério. Nas cartas, levava um segundo para examinar sua mão e já sabia tudo sobre suas cartas, então o que fazia com os olhos? Tudo que lhe interessava era observar os outros homens ao redor da mesa. Achava muito o que ver naqueles rostos. Não pensava em nada mais quando os estava estudando, só neles.

"Não sei quanto tempo essa vida continuou. O campo do lado de fora era um murmúrio com gritos e o som de machados na madeira. Um dos últimos pensamentos que me voltou quando eu estava completamente alimentado foi o sentido de como estava longe do mundo, mas eu lidava com isso me deixando enlouquecer um pouco, imaginando que era um explorador no Ártico, preso em um navio no gelo, esperando a chegada de uma expedição de resgate. O campo todo estava enlouquecido havia anos, uma loucura mais profunda e se aprofundando ainda mais com a fome, mas eu tinha me esquecido disso, caso contrário poderia ter entendido que, quando o raio do sol aparecesse no horizonte pela primeira vez desde novembro, a luz cortaria direto na base do cérebro dos prisioneiros, quebraria seus nervos como um cinzel, e levaria o Jardim Branco a seu fim.

"Na manhã em que o sol voltou, eu me sentei perto da janela comendo pão e queijo e lendo Edward Ballamy. Uma coisa entrou pela janela, um punho fechado, todo sangrando ao redor dos nós dos dedos rasgados e veias e tendões atrofiados, o braço atrás arrastando farrapos e ar gelado. A pele estava viva, cinza-azulada, transparente, cobrindo o músculo gasto. O barulho do vidro quebrado e o golpe do frio e a visão dos rasgões vermelhos na pele cinza vieram de imediato, atirei o livro longe, me levantei e dei um passo atrás. A garra humana fechou-se sobre a comida e a agarrou, cortando uma artéria no braço ao puxá-lo de volta pelo buraco denteado na janela, que eu vi porque levantei o lençol e vi o campo lá fora na primeira luz pela primeira vez depois de tanto tempo. Vi o homem que tinha quebrado a janela agarrar minha comida, o sangue pingando de sua manga e virando gelo vermelho ao chegar ao chão, ele sem reparar enfiando a comida na boca que se contraíra sobre seus dentes, de maneira que não havia lábios, só um buraco e dentes. As bochechas tinham se contraído, também, seus pômulos projetando-se no rosto, e a pele se tornara mais fina e mais agarrada em sua testa, seus olhos estavam mortos e enterrados em poços escuros, era uma caveira com a pele sem estofo de um homem morto costurado sobre ela. Enquanto eu o encarava, outro prisioneiro, outro esqueleto ambulante, tentou tomar a comida dele. Eles caíram lutando na neve, tentando matar um ao outro com a última força que tinham, tentando acertar os olhos um do outro com os dedos, pernas pedalando à procura de uma vantagem embora fossem pouco mais grossas do que os ossos dentro delas. Eles não falaram nem gritaram enquanto lutavam, eu só os escutava respirar.

"A cerca de vinte metros do nosso bloco, pude ver um cadáver nu, outro esqueleto com pele, com a cara enfiada na neve, cabelo e sangue misturados e congelados juntos em torno de uma ferida de machado na cabeça. Um guarda com um casaco de ovelha passou correndo com um revólver apontado. Escutei um apito, e um disparo.

"Escutei vozes se elevando na parte de nossa caserna. As outras autoridades, Palito de Fósforo e o Cigano, Cigano que tinha se espalhado no nicho deixado quando Metralhadora foi assassinado, queriam alguma coisa do Moicano. Palito de Fósforo disse: 'Você tem que dividir. Ele é muito para um só.' O Cigano disse: ele 'É o fim, acabou. Tempo de fazer a festa, irmão. Só um pouquinho, um pedacinho pequeno. Eu fico com o coração, eu. Coração cru, ainda quente, é disso que eu gosto.'

"O Moicano disse: 'É o fim. Eu fico com o que tenho. O que eu tenho vai comigo. Vocês vão atrás do príncipe e seu pessoal. Eles têm champanhe e caviar suficiente para todos vocês ficarem bêbados até a primavera.'

"E o Cigano disse: Oh não, irmão. Não é assim. Se você quer roubar o príncipe, enfileire-se conosco e atravesse o campo aberto em frente das lindas Mauserzinhas deles, meu querido. Eh, você conhece a casa dele, paredes de concreto, dessa grossura! Os ratos acharam um bom lugar e nós, o que, o que somos nós, sessenta cachorros fracos demais para pegá-los.

"E Palito de Fósforo disse: 'Você tem que dividir. Para onde você vai com ele? Fugir no meio do inverno? Vocês não vão chegar a dez quilômetros daqui, você e seu porco.'

"E o Moicano disse: 'Já lhe avisei para não falar essa palavra aqui.'

"'Ah, o homem bonito e sua faquinha', disse Palito de Fósforo.

"'Sem essa, irmãos, eh', disse o Cigano. 'Assim ninguém vai ter que jogar fora sua faca sem usá-la, vamos acabar com o gordão, beber um trago e comer um pouco de carne, depois brincar um pouco pela cidade e então vamos todos pegar o príncipe.'

"'Eu vou ficar com esse aqui', disse Palito de Fósforo. 'Vou cortá-lo como um artista e depois matá-lo.'

"'Você não var dar uma de artista', disse o Moicano. 'Você não tem imaginação.'

"Escutando perto do fogão, ouvi o Cigano gritar. Não escutei o som do Moicano matando Palito de Fósforo. As facas são muito silenciosas, por si mesmas. Escutei o Moicano dizer ao Cigano para levar o corpo, e o Cigano fugir, e o Moicano vir ao meu encontro. Ele afastou a tela de lençóis, ainda segurando a faca com sangue. Disse que era hora de partir, que eles tinham parado de distribuir rações aquela manhã. Perguntei-lhe o que o Cigano e o Palito de Fósforo queriam, e ele disse:

"'Eles queriam uma coisa que eu não podia dar para eles.'

"Por um momento, achei que sabia por que os animais não falam — não porque não possam, mas porque o terror os detém no exato momento em que precisam implorar por sua vida, o medo e a desesperança os atinge quando uma criatura de duas pernas se aproxima deles com uma lâmina que brilha afiada nos dedos brancos encolhidos, e eles entendem o quanto foram alimentados e como são fracos e lentos, e como foram glutões e estúpidos, e como seus cascos e patas não podem fazer o que os dedos fazem, e eles estão vencidos, já mortos, já carne. Por um momento eu era um animal. Eu era um porco, pronto para me contorcer nas mãos do açougueiro, e guinchar, mas não falar. Então, comecei a agarrar as palavras. Eu disse: 'Essa coisa era eu?' Eu disse: 'Eu sou o porco?' E o Moicano disse: 'Escute, intelectual. São quatro meses até o rio descongelar e nós descobrirmos quem diabos está governando o país, e se eles se lembram de que havia um lugar como este. Quatro meses e a única comida está na casamata do príncipe. Se você ficar aqui, o príncipe e seus cachorros vão matar você e todo o resto para não deixar que tomem o que ele tem. Ou você terá sua chance com o Cigano e seus amigos. Eles estão famintos, e você não é um lutador. Agora, este é o outro jeito. Partimos juntos, agora, nós dois.' Ele disse: 'É uma escolha difícil, Inteligente? Você pode ficar e ser fuzilado. Você pode ficar e ser comido. Ou podemos enfrentar juntos o ermo.'

"Ele limpou um lado da faca com uma lambida e a passou para mim. Balancei a cabeça. Ele lambeu o outro lado, enxugou com um trapo e guardou-a no cinto. Um tiroteio começou a estalar e rufar no outro lado do campo, onde estava a casa do príncipe. Eu não tinha escolha a não ser ir com o Moicano, mesmo sabendo que só havia um motivo para ele me levar. No Jardim Branco, tudo o que eu podia esperar era uma morte rápida. Provavelmente, a morte também esperava na tundra e na taiga, mas, enquanto estivéssemos caminhando em direção ao sul, a esperança era mais do que um sintoma de loucura.

O Moicano tinha feito preparativos. De esconderijos diferentes ele pegou casacos de pele de ovelha e luvas de couro de cervo, chapéus de pele e botas de feltro. Desembrulhou um Colt preto comprido e o colocou no bolso do casaco. Dentro do casaco, acondicionou uma machadinha. Apareceu com duas sacolas de comida e uma garrafa de bebida alcoólica, e me falou para levar dois livros. Vestimo-nos e saímos. Passamos pelo portão. Já estava escuro, mas havia lua, e conhecíamos o caminho até o rio. Não havia guardas. Eles estavam lutando, alguns com os prisioneiros, alguns entre si, de acordo com hierarquias e arranjos. Mesmo se não estivessem, mesmo se guardar os prisioneiros tivesse algum significado, não havia necessidade de arame farpado nem grades nem sentinelas. Se você fugisse, fugiria em maio. No inverno, a tundra era parede suficiente para segurar qualquer um.

"Passamos pelos cascos dos barcos, descendo o barranco e atravessando o rio de gelo. O Moicano disse que teríamos que abrir uma vantagem de vinte quilômetros entre nós e o campo antes de podermos fazer uma fogueira e descansar. Lembrei-me de uma conversa na mesa de jogo que escutei quando o Moicano tinha saído do quarto e eu estava deitado no meu beliche, fingindo dormir. Alguém, eu acho que foi Pétia, que eles chamavam de Bombeiro porque fazia fogueiras, perguntou se eu estava dormindo, e o Cigano disse 'oh, aquele sempre dorme, exceto na hora de comer. Ele é um queridinho, pirulitos e bolos, só isso'. Pétia disse que era um negócio sujo e o Cigano disse: 'Cautela, meu querido, a sujeira é boa para os negócios!', e os outros riram, e por um momento tudo que escutei foram as velhas cartas deslizando e o tinido das pequenas apostas, e então alguém disse: Kiecha, de Rostov, ele estava numa turma de trabalho ao norte de Baikal, e levou uma vaca com ele quando fugiu, ele e um par de conhecidos. A vaca era nova, não sabia de nada, de pele macia. Kiecha e os outros a mataram mesmo antes de a comida toda acabar. Não fizeram fogueira por medo de serem vistos; cortaram a garganta, beberam o sangue, tiraram os rins e os comeram, ainda quentes.

"Eu seguia os passos que o Moicano deixava na neve do rio. O vento acumulara a neve contra o barranco e o gelo tinha algumas polegadas de profundidade, uns cinqüenta centímetros, no máximo. O luar nos mostrava a extensão achatada do rio pelos pântanos congelados da tundra. Eu sabia que ninguém jamais escapara do Jardim Branco e sabia que ninguém jamais conseguiria no meio do inverno, quando era uns bons dez ou vinte dias de caminhada ate o começo da linha de árvores, e muito mais até uma habitação humana; nessa época, até os tungues armavam suas chumas com seus rebanhos muito longe ao sul. Eu sabia disso, e sabia que ao me engordar o Moicano pretendia me matar, me esquartejar e me levar adiante como carne, deixando meus ossos a dias de distância um do outro no deserto. Mas eu ainda podia escutar os disparos no campo atrás de nós, e estar caminhando outra vez e diminuindo a distância até o lado mais quente do círculo Ártico era quase como achar um refúgio. A temperatura não era inferior a dez graus negativos, e marchando com o casaco de ovelha e as botas de feltro só o meu rosto sentia o frio. Não importava como o caminho fosse longo, nas primeiras horas o rio parecia o glorioso caminho de casa, generoso e fácil, quase um quilômetro de largura, a neve soprando em pequenas ondas com pontas afiadas que sobressaíam pretas sob a lua. O Moicano quase não falava, mas, quando eu via seus pés deixando a marca pela terra intocada de ninguém, e colocava meus pés nas depressões deixadas por ele, meu medo dele e minha confiança nele seguiam caminhos separados. Havia o terror, o pensamento de despertar para vê-lo com uma das mãos agarrando meu queixo e a outra enfiando a lâmina em minha garganta, e ao mesmo tempo havia amor, o amor de um filho por um pai que mostra o caminho, que pode conduzi-lo do lugar dos mortos para o mundo dos vivos.

"Fizemos nossos vinte quilômetros. A primeira boa informação do Moicano era o lugar onde um barco de uma expedição anterior tinha encalhado. Ele estava despedaçado e a maior parte do que restou estava envolvida em gelo mas havia madeira suficiente para uma fogueira com metade do meu Bellamy como acendalha. Comemos e deitamos juntos para dormir em um abraço apertado contra o frio. Eu escutava sua respiração em minha orelha e disse que podíamos pescar, ou caçar, quando a comida acabasse. Ele não me respondeu por um longo tempo e pensei que estivesse dormindo. Então ele disse: 'Quando a comida acabar, intelectual, eu lhe mostro o que fazer. E agora, durma.'

"Quando acordamos no escuro, havíamos congelado juntos, minhas luvas nas costas dele, as suas na minha, unidos no peito e nas pernas, os cabelos de nossas barbas retorcidos em um só. Separamo-nos com violência, juntamos madeira nas rebarbas do fogo, agachamo-nos nos lados com os dedos dos pés nas cinzas, inclinando-nos tão perto das chamas que quase caímos nelas. Comemos e seguimos caminho pelo rio.

"O segundo dia estava mais frio do que o primeiro. Tinha luz mas o céu e a terra eram um cercado cinza, as margens do rio estavam borradas pela névoa, as pedras, o gelo, o horizonte e todas as linhas das coisas mais duras se dissolviam no ar tão áspero como ácido. Meus pés e mãos queimavam e depois a ardência começou a diminuir. Todo o êxtase do movimento para longe do Jardim Branco morreu, e todo o medo do Moicano, e eu só queria me deitar na neve macia e brumosa. O som de nossas pisadas era um acalanto e minha respiração me atrapalhava, mantendo-me desperto. Eu olhava para as margens, divisando uma elevação ou pedras, me arrastando para diante com o prêmio de vê-las se aproximar, passá-las e deixá-las para trás, o que significava que eu ainda estava me mexendo. Isso se tornou um esforço, e eu olhava para as costas do Moicano, sabendo de cor os padrões da geada que marcavam as dobras endurecidas do saco em seu ombro. Depois de um tempo, isso foi demasiado, e abaixei a cabeça para observar as pegadas na neve a minha frente, branco dentro do branco, a única cor substancial na névoa. As pegadas não mudavam, um perfeito oval branco, um rosto sem traços, sereno, feliz, sem nariz nem orelhas nem boca. Eu olhava para o rosto, e escutava o som da minha respiração, e o acalanto das pisadas se enfraquecia, e resolvi que beijaria o rosto, e também perderia todas as sensações. Eu estava deitado na neve, de cara para baixo, aninhando-me na pegada, e morrendo, saboreando a felicidade do sono.

"O Moicano me trouxe de volta da morte por frio. Abri os olhos e vi uma árvore. Era muito bonita. Eu não tinha visto uma árvore por mais de dois anos. Era um lamentável lariço, havia alguns deles de alguma forma amontoados em um estreito muito acima da linha das árvores, mas o tronco e os ramos me pareceram ouro vivo. O Moicano tinha me carregado até ali, colocado uma treliça de ramos onde me deitou, acendeu uma fogueira e fez um abrigo. Gritei de dor quando a sensação voltou aos meus pés e mãos. Não sei como não perdi meus dedos. O Moicano borrifou neve no pão, segurou-o contra o fogo para que a neve derretesse e pôs pedaços em minha boca. Ele disse: 'Você tem que desejar viver mais do que deseja.

"Eu lhe perguntei por quê. Era para que ele tivesse carne quente?

"Ele disse: 'Intelectual, você usa demais sua imaginação. Quando um ladrão encontra um paisano, o ladrão sempre vence porque o paisano só pode imaginar como ficará sua garganta depois que for cortada, e enquanto ele está ocupado pensando nisso, o ladrão está cortando sua garganta. Pense menos, intelectual, respire mais. Respire. Seu coração tem de bater mais forte. O sangue tem de circular. Inverno. Gelo. É isso o que quer comer você nesse minuto.'

"Eu estava deitado de lado, de frente para o fogo. O Moicano deitou atrás de mim e pressionou seu corpo contra o meu. Ele me contou a história do assalto no Alasca, como planejou tudo com um grupo de esquimós fora-da-lei da Rússia e dos Estados Unidos, como eles atravessaram o estreito de Tchukotka de barco, acamparam durante meses em uma cabina do lado americano enquanto a temperatura mudava e o estreito congelava, então foram até uma cidade de ouro no dia de Natal, explodiram um buraco na parede do banco, explodiram o cofre, picharam HELLO AMERIKA na parede, encheram seus casacos de peles com a pilhagem, e cruzaram o estreito gelado de volta com uma parelha de cachorros.

"Quando despertei a lua estava bem em cima, cheia. O fogo tinha queimado até virar brasa. O Moicano estava preso no meu corpo, seu peito pressionado contra minhas costas, suas pernas contra as minhas, os braços atravessados no meu peito. A sensação em minhas mãos e meus pés estava desaparecendo outra vez. Eu estava tremendo. A paisagem estava alterada. Estávamos mais protegidos pelas árvores do que quando nos deitamos, mas nas árvores havia vigilância e espreita. No outro lado do fogo havia um toco que não estava lá antes, coroado por um emaranhado de filamentos de gelo que refletiam a lua atrás. E o toco piscou! Era um menino tungue de cabelos brancos e lábios rachados, envolto em uma pele de veado e uma manta de urso, nos olhando por sobre o último brilho do fogo.

"Eu gritei e me soltei do Moicano com a força de todo o meu medo. O albino fugiu para trás das árvores, do lado contrário ao rio. Correu pela neve como um urso, usando os braços como um segundo par de pernas. A profundidade da neve ia até o joelho. Tentei correr, caí e me levantei com placas de neve caindo do meu casaco e do meu rosto. Sabia que o Moicano estava atrás de mim. Eu era seu animal, seu cordeiro fugido, que precisava ser trazido de volta e cuidado até ser morto. Uma hora ele me atordoaria com um golpe, me deitaria em uma pedra, cortaria minha garganta, me sangraria em um recipiente, me beberia, e me esquartejaria, sem pressa nem ódio, serrando minha cabeça, abrindo-me do pescoço até o umbigo, me destripando, separando o coração, os pulmões e os rins, comendo o fígado ainda quente, cortando as pernas e braços nos joelhos, nos cotovelos e nos quadris e ombros, retalhando o resto da carcaça em pedaços e acomodando a carne, congelada, para sua jornada até o terminal da linha férrea. Vi a mim mesmo feito comida e minha cabeça despedaçada na neve, um olho, uma orelha, meia boca e nariz e meio cepo de pescoço em carne viva aparecendo por cima. Senti tanta pena de minha cabeça, deixada no Ártico por um homem comedor de homem, deixada sozinha no escuro, sem nada para a cobrir. Vi o rastro do albino depois que ele saiu da vista, marcas rasas esquisitas, como se ele roçasse a neve como a ave aquática que roça as ondas nos primeiros momentos de seu vôo. Eu não conseguia avançar tão levemente e o eviscerador estava atrás de mim. Levantava minhas pernas com a força que alguém que está prestes a ser comido tem, imediatamente antes de ser morto, consegui um tipo de galope salteado extravagante e vi uma luz à frente. Era uma luz amarela na abertura de uma chuma. Corri nessa direção. Havia renas acorrentadas do lado de fora, duas corças de montaria e animais de carga. Olhei sobre meu ombro. Não vi o Moicano atrás de mim. Entrei na tenda.

"Havia peles espalhadas sobre a neve e uma lâmpada de azeite com uma chama firme pendurada nas estacas do teto. O albino estava sentado de pernas cruzadas em uma pele de raposa imunda. Do lado contrário a ele estava um xamã com cavalinhos de ferro costurados em sua roupa de couro de cervo e um olho tatuado em uma saliência na testa. Esse era o homem desventurado que todos vocês conhecem e que, acredito, foi a primeira vítima do Moicano nesta cidade a noite passada.

"Em volta deles havia peneiras de couro de cervo, ferramentas de chifres, feixes de casca de árvores e arbustos, varas de adivinhação de marfim, freios de veados, uma velha garrafa vazia de vinho de igreja e um tambor. Fedia, mas lá dentro era quente como o verão e eu estava contente o bastante para gritar. Agachei-me perto da lâmpada e lhes perguntei se falavam russo.

"O xamã perguntou: 'Você tem bebida *avakhi*?'. Eu lhe disse que não. *Avahki* é a palavra dos tungues para "demônio", o que significa qualquer um que não seja tungue. O xamã perguntou se eu vinha do Jardim Branco, e se lá eles tinham bebida forte. Eu lhe disse que não era seguro ir, que os homens estavam matando um ao outro por comida. O xamã disse: 'Eu vi. Primeiro os mais velhos são comidos pelos fracos, depois os fracos são comidos pelos fortes, e depois o forte é comido pelo esperto.'

Samárin parou de falar. Um feio ruído humano veio do lado de fora da sala, uma mistura de soluços e ânsia de vômito. Mutz adiantou-se e abriu a pequena janela de vidro fosco que dava para o fundo do quartel-general. As pessoas na corte podiam escutá-lo tendo uma conversa murmurada com alguém do lado de fora. Ele voltou para a sala. Sua primeira tentativa de falar foi infrutífera; sua boca estava seca. Ele passou a língua em volta das gengivas e tentou de novo. Disse:

— É Racanski. Ele estava procurando o tenente Kliment. Ele o encontrou. Kliment está morto. Parece que foi morto. Assassinado, quero dizer. Eu... ele não está muito longe. Acho que devemos.... transferir a sessão.

— Lamento por todos vocês, agora que sabemos que ele está entre nós — disse Samárin.

— Transferir! Você é um homem ridículo — disse Matula para Mutz, levantando-se. — Todos podem ver que deveríamos ter transferido isso antes de ter começado.

Mutz saiu apressado da sala, atrás de Matula e Dezort. Ao passar por Anna Petrovna, ela o escutou ordenar a Nekovar para levar Samárin de novo para a cela.

— Espere! — gritou ela atrás deles, mas já não se escutava mais a cacofonia das passadas das botas imponentes. Hanak e Balachov seguiam os oficiais. Nekovar estava empurrando Samárin para fora da sala com seu rifle. Anna agarrou seu cotovelo e lhe perguntou o que ele estava fazendo. Nekovar sacudiu-se para se soltar e disse que ela devia sair do prédio.

— Mas ele não é culpado de nada — disse Anna. — Este não é o país de vocês.

— A Rússia não é o nosso país, correto, Anna Petrovna — disse Nekovar, com polidez, agarrando seu prisioneiro pela gola e parando por um momento. — Mas a senhora tem que recordar que estamos acabando de fazer o nosso. Ele ainda não está bem aparado.

— Não permitirei que você o ponha outra noite na cela — disse Anna Petrovna. Nekovar a ignorou e empurrou Samárin para a frente. Anna escutou Samárin gritar sobre seu ombro, agradecendo-a e chamando-a pelo nome.

Os Campos

O grupo de homens, Mutz, Matula, Dezort, Hanak e Balachov, seguiu Racanski pelo caminho a sudeste que levava à terra de pasto dos rebanhos dos castrados. A floresta estava atrás e havia apenas elevações de bétulas rompendo a planura. Com o abate do gado pelos ocupantes, os pastos estavam irregulares e abandonados. Os gritos das gralhas mediam o vazio sob o céu pesado. Um vento úmido batia na grama amarela à beira da estrada. As botas dos homens soavam artificialmente altas na estrada, como se, apesar do grande espaço de ampla terra limpa, o bater, chapinhar e ranger de suas solas no chão se refletisse contra muros invisíveis que se moviam ao redor deles.

Racanski estabeleceu uma marcha perturbada, avançando em uma corrida por alguns metros, depois diminuindo o ritmo para uma caminhada hesitante. Começou a falar sobre o ombro ao caminhar. Mutz ficou contente por algo romper a ausência de palavras da marcha deles.

— Ele disse que um dos fazendeiros tinha lhe falado sobre um forasteiro, um selvagem enorme com a pele murcha sobre um crânio grande, que ele vira correndo pelos campos. Como um lobo atrás de um alce, ele disse.

— Quem disse? Kliment? — perguntou Mutz.

— Kliment, sim, claro — disse Racanski. — Ele me falou esta manhã. Saímos do quartel-general ao mesmo tempo, eu estava saindo do plantão depois de vigiar o prisioneiro à noite, Kliment ia para a estação para ver se o telégrafo estava funcionando, e eu lhe falei sobre o assassino que o prisioneiro disse que estava chegando. O Moicano. Aqui. Ele está aqui.

As marcas de rodas de uma carroça saíam da estrada para um campo arado. O corpo de Kliment estava virado para cima na crista de um sulco profundo, um braço enfiado na água até o cotovelo. Uma mancha de sangue espalhava-se por seu peito, preto nos cantos e ainda grudento e rubro no centro.

— Eu o virei — disse Racanski, ficando atrás. — Tenho manchas do sangue dele no meu casaco. — Sua voz era um murmúrio. Balachov caiu de joelhos, uniu as mãos, fechou os olhos e começou a rezar em voz alta.

— Meu Deus, o que é isso em sua testa? — perguntou Dezort.

Mutz, Matula e Hanak inclinaram-se sobre o rosto de Kliment, que parecia mais cativante em sua serenidade sem sonhos nem respiração do que jamais fora em vida ou no sono. Quatro cortes superficiais e rápidos tinham sido feitos em sua testa para formar a letra M.

— O Moicano! — disse Dezort.

— Ou Marx, ou Monstro, ou Medonho, ou Mamãe — disse Mutz.

— Ou Matula, hein, Mutz? — disse Matula. — Pobre Klim. Tire o braço dele da água, Hanak. Ainda está quente, não é? Ele não estava morto quando morreu, estava? Um desjejum quente, uma trepada, uma caída de neve, e uma faca nas costelas. Ele teve uma manhã cheia, eu diria. Vocês se lembram quando ele parou no meio da terra de ninguém para acender um cigarro, com os homens caindo a seu lado, pá, pá, pá? Juro que se eu pegar esse Moicano, vou esfolá-lo.

— Pois Vosso é o Reino — entoou Balachov.

Mutz viu como Matula olhava em torno, distraído, já impaciente com a inutilidade do morto. Estava irritado pelo encolhimento de seu pequeno exército, e ofendido por ser lembrado da própria mortalidade. Mutz já tinha visto antes como Matula se importava pouco com os mortos, mas odiava perder um oficial. Isso diminuía o império de sua cabeça; ele procurava a sua volta novos homens para ocupar o posto. Foi como Mutz se tornou tenente.

— Racanski — perguntou Mutz. — Como você sabia que ele estava aqui?

— Já disse. Saímos juntos do quartel-general. Quando eu lhe contei do Moicano, ele me falou desse estranho que alguém tinha visto por aqui, e disse que ia dar uma olhada. Acordei uma hora atrás e percebi que não devia tê-lo deixado ir sozinho, e vim pela estrada para procurá-lo. Achei-o deitado de cara para o chão com a ferida em suas costas.

Mutz assentiu. Lembrou-se de Kliment arremessando seixos em Bublik e Racanski algumas semanas antes, depois que eles organizaram uma reunião política, e chamando-os de "a vanguarda da revolução dos guardas". Uma das pedras bateu em Racanski bem acima do olho.

— Aqui — disse Mutz a Racanski. — Ajude-me a virá-lo.

Racanski balançou a cabeça e deu um passo atrás. Dezort olhava fixo para o cadáver com os braços soltos nos lados, mastigando o canto da boca. Balachov chegara ao começo da terceira récita da "Prece do Senhor".

— Vosso Reino virá — disse.

— Ei! Você! Homem do local! — disse Matula. — Já chega disso! Temos o nosso próprio capelão.

— Ele morreu de tifo no ano passado, senhor — disse Mutz.

— Hanak! Vire o Kliment — disse Matula. — Aí está. Uma

grande punhalada. A autópsia acabou. Hanak, você é luterano, não é?

— Costumava beber com eles, senhor.

— Se você conseguir tirar as estrelas do Kliment, você é um tenente, e o capelão em exercício. Vamos, você e Racanski, tirem-no daqui. Dezort, vá com eles. Veja se arruma um caixão. E uma bandeira! Nós temos bandeiras. Homem do local, desapareça. Eu e o Sr. Mutz temos alguns assuntos a discutir.

— Balachov — disse Balachov. — Gleb Alekséievitch. — Ele se inclinou para Matula. Naquele momento, Mutz viu e entendeu o Balachov anterior, o cavaleiro e espadachim que era orgulhoso diante dos homens e um escravo abjeto diante de Deus, e compreendeu que isso devia ser mais terrível na guerra do que a humildade de Matula diante de ninguém. Não foi mais do que um momento. Balachov humildemente foi embora, Hanak e Racanski colocaram nos ombros o monte de carne ainda não endurecida que antes continha Kliment, Hanak começando a tirar as estrelas do tenente com uma das mãos, e Mutz e Matula ficaram a sós.

— Olhe isto, Josef — disse Matula. — Toda essa terra boa sendo desperdiçada. Pense no que os fazendeiros tchecos poderiam fazer aqui. — Ele só chamava Mutz pelo primeiro nome quando estavam sozinhos e quando estava prestes a importuná-lo com alguma perversidade especial.

— Ela não estava desperdiçada antes da guerra — disse Mutz. — Eles mandavam manteiga para a Inglaterra.

— Você acha que é um homem justo, mas justiça é apenas a sua maneira de conseguir o que deseja — disse Matula. Enfiou as mãos nos bolsos e chutou um torrão de terra com a ponta da bota. Mutz sabia que, se o torrão voasse como uma pedra, a serenidade poderia prevalecer. Caso se despedaçasse em pó, significaria uma mudança de estado.

O torrão desintegrou-se em migalhas de lama, sujando a ponta da bota de Matula, que fora limpa a noite passada por Pelageia Fedotovna. Matula baixou os olhos para os pés e bateu suavemente as pontas das botas juntas.

— Por que você é um fracasso tão irremediável, Mutz? — disse ele. — Hein? Eu lhe disse para arrumar transporte para os cavalos. Você era o responsável a noite passada quando o xamã bebeu até morrer. Você interrogou Samárin, ele o avisou sobre o Moicano, e, em vez de mandar seus meninos varrerem a cidade, você nos fez passar toda a manhã no tribunal escutando o condenado tenebroso. Você supostamente deveria ser inteligente. Não acho que seja inteligente ter um ajudante de estrebaria, um aborígine e um de seus irmãos oficiais mortos em menos de vinte e quatro horas. Maldito seja, judeuzinho, não admira que o império austríaco tenha se esfacelado, tendo os de sua raça no exército. A única coisa que não consigo entender é se sua tribo imunda é mentalmente deficiente ou se é parte de uma conspiração, como aquela do banco de hebreus agitando a bandeira vermelha em Petrogrado. Qual dos dois? Hein? — Ele avançou até Mutz, pegou seu queixo com sua mão, e bruscamente o moveu de um lado para o outro para estudar seu perfil. Empurrou a cabeça para trás. — Você é degenerado — disse, e cuspiu no chão. — É como se outro homem o tivesse promovido. Mal posso acreditar nisso, mas vou deixá-lo tentar arrumar essa bagunça.

Os dedos de Matula pressionaram forte o queixo de Mutz. Havia três mundos-Matula ali, aninhados um dentro do outro, o mais escondido, o mais secreto, e até agora Matula só tinha falado do exterior. Agora ele abria uma porta para Mutz descer até o segundo, o nível mais perigoso, se ousasse.

— Arrumar, senhor? — Ele engoliu e prosseguiu. — Quer dizer arrumar enterrando tudo e cobrindo com terra? Ou arrumar no sentido de descobrir quem foi o responsável?

— O que há com você? — disse Matula. Sua respiração era audível. — Resolveu que não se importa se eu o matar?

A frieza de Anna Petrovna no tribunal, onde não olhara para ele mas trocara olhares com o prisioneiro, tornou Mutz mais imprudente. Mas ele duvidava que Matula ficasse contente em perder dois oficiais no mesmo dia. Matula podia tentar moer seu rosto de pancada, isso era verdade.

— Nós ainda não sabemos quem é Samárin — disse Mutz. — Não sabemos quem matou Kliment, ou o xamã, nem o que aconteceu com os cavalos.

— Sua víbora oleosa — disse Matula. — Conheço as sacanagens israelistas com que você sonha, vejo-as antes de você, você conduzindo meus meninos tchecos de volta para casa pelo deserto, deixando-me enterrado aqui.

— Nada nos segura aqui a não ser.

— Tenho ordens de Praga.

— Ninguém as viu. É agradável ser o rei da Sibéria, senhor, eu entendo, nem que seja de uma pequena parte. Ninguém fica surpreso se o senhor não quer voltar para ser uma representante de vendas de uma fábrica de lâmpadas elétricas no sul da Boêmia. Aqui você é um homem muito maior. É maravilhoso para você ser capaz de imaginar que governa as florestas, imaginar que é o Pizarro tcheco, construindo um novo império com um punhado de soldados, escravizando mulheres, ouro e terra. Mas, senhor, aqui os astecas têm a sua própria artilharia, e metralhadoras, mais do que nós, e melhores missionários do que nós. Posso sacar minha pistola tão rápido quanto o senhor.

Matula começou a mover a mão para seu coldre. Abriu a boca, mostrou os dentes, deu um grito agudo, metade um berro, metade uma risada estridente, e avançou contra Mutz. Mutz começou a correr para trás, tropeçou e caiu na lama. Enquanto tentava se levantar e sacar sua pistola, Matula parou.

— Como dois caubóis. Em algum momento, vai ser real — disse. Ele esticou a mão e ajudou Mutz a se levantar. — Eu ia matar você; só mais uma vez, por ter me salvado a vida lá no gelo. Escute, as pessoas morrem. Encontraremos esse Moicano. Só me faça uma coisa, por favor? Vá até lá, até a ponte, e enterre meu cavalo, e o camarada tcheco que morreu com ele. Levante algumas cruzes, leve um cristão para dizer umas palavras por eles. Quero que seja um lugar que eu possa visitar, erguer um monumento mais tarde. Por favor, faça isso.

— Senhor — disse Mutz. Ele sentiu a umidade filtrando-se por suas roupas até sua pele. — Posso perguntar, senhor, se Samárin ficará preso até eu voltar? É claro que ele não podia ter matado Kliment, mas seu testemunho tem incoerências.

— Incoerências. Incoerências. Está é uma verdadeira palavra de Mutz, não? O que você quiser. Você é um homem duro, depois de tudo que ele passou. Venha até a estrada comigo. — Mutz seguiu Matula até a estrada deserta. Matula parou, encarando-o, poucos metros adiante. — Agora — disse. — Nós dois sacamos as pistolas, muito lentamente. — Os dois homens sacaram suas pistolas. Matula começou a andar para trás. — Só para não ter nenhuma incoerência — disse Matula. — Está vendo, Josef? Posso caminhar para trás sem nenhuma in-co-e-rên-cia. Siga-me quando não puder me ver mais.

Mutz observou Matula andar para trás por uns vinte metros, tropeçando duas vezes antes de se virar. Mutz guardou a pistola. A lama estava secando em suas roupas e ele podia sacudi-la para se limpar. Foi sentar-se em um tronco de árvore caído perto do lugar onde o corpo de Kliment estivera deitado. Kliment não deixara nenhuma marca ali que se distinguisse das marcas de rodas de carroça, cascos, pés e chuva. As nuvens no horizonte tinham uma aparência gregária. Não era muito cedo para a neve. Era assim o que a guerra civil sempre devia parecer, campos abandonados, grama não podada e ervas daninhas cobrindo velhos sulcos, montes à distância onde as pessoas tinham conseguido um pouco de palha para a vacas do quintal. Abandono, em vez de ferimentos; um país que ficara calvo, enrugado, aleijado e sujo. Mutz teve um lampejo de lembrança gustativa e desejou um copo de vinho tinto escuro. Tirou um maço de papéis do bolso de sua camisa e leu o rascunho de um relatório sobre as ações da companhia do capitão Matula na cidade de Staraia Krepost seis meses antes, o temor mais profundo que nenhum dos homens ousara mencionar, embora fosse disso que estivessem falando. O maior número de rasuras e inserções no rascunho estavam no mesmo lugar que em rascunhos anteriores, onde Mutz tentava *explicar*, ou melhor, *justificar*, ou melhor, *se desculpar*, ou, sim, *prestar contas da* matança de civis, com referência a *incidentes anteriores* nos quais prisioneiros tchecos tinham sido executados; onde ele tentava *caracterizar as visões políticas* do povo da cidade — *uma ampla extensão de simpatizantes vermelhos e brancos, simpatizantes* mudando para *ativistas* — e onde ele descrevia o que tinha feito. *Tentativas de impedir, impedir* rasurado e substituído por *argumentar*, a frase inteira rasurada e *temendo por minha própria segurança, não fiz tentativa significativa de intervir* inserido. *Significativa* rasurado.

Três batidas pesadas soaram a oeste, golpes abruptos na concavidade do mundo. Artilharia sendo disparada a cerca de trinta quilômetros. Ninguém tinha escutado o som aqui antes. Mutz amassou em uma bola os papéis em sua mão, deixou a bola cair no chão, acendeu um fósforo e se agachou para ver os papéis queimando até virarem lascas pretas que ele empurrou para a lama.

Mutz começou a caminhar de volta para Iazik, estarrecido com a variedade de ameaças e idiotismo que lhe acontecera desde ontem. Em um porão tranqüilo de sua mente, um homem estava tentando pensar enquanto a sua volta os vizinhos pulavam pelas janelas, incendiando-se e estrangulando uns aos outros. Ele não confiava em Matula; confiança, com o capitão, era uma coisa que só se aplicava em retrospectiva. Você confiava que ele não o tivesse matado, em vez de que não iria matá-lo.

Na metade do caminho, Mutz avistou Balachov à beira de um arvoredo. Balachov saiu para encontrá-lo e apertou sua mão.

— Queria falar com você — disse ele. — Fiz de conta que estava procurando cogumelos. Estava com medo de Matula. Lamento por seu amigo.

— Kliment? Ele não era meu amigo, mas obrigado.

— O que devo dizer para minha congregação? Um assassinato como esse parece mais terrível no meio de uma guerra. Você escutou os tiros?

— Sim — disse Mutz, procurando ecos no rosto de Balachov, dando uma olhada no fundo de seus olhos, como se a chave para seu ato danoso pudesse estar lá dentro flutuando em formol. — Os vermelhos devem ter tomado Verkhni Luk e desviado uma artilharia pesada para nos amedrontar. — Fez uma pausa. Eles eram homens tímidos. Mutz achava que a luxúria e o medo de granada eram úteis para combater a timidez, e os achou úteis agora. Disse:

— Você já escutou canhões antes, Gleb Alekséievitch. Anna Petrovna me contou.

— Eu sei.

— Ela me deixou ler a sua carta. Isso o enfurece?

— Não.

— Alguma coisa o enfurece?

Balachov deu o sorrisinho que algumas pessoas dão quando se lembram das piores coisas que lhes aconteceram.

— Quando você faz esse tipo de pergunta, sinto como se estivesse em um palco na frente de um público de professores.

— Desculpe.

— Você tem patronímico?

— Patronímico?

— Como sou Gleb Alekséievitch, Gleb, o filho de Aleksei. Sinto-me mais à vontade, você fala russo muito bem, gostaria de poder usar seu primeiro nome e patronímico. Suas patentes soam profanas. Senhor isso e tenente aquilo.

— O nome do meu pai é Josef.

— Posso chamá-lo de Josef Josefovitch?

— Se quiser — disse Mutz, sentindo-se manipulado, de uma forma gentil.

— Josef Josefovitch, eu queria lhe falar sobre promessas. Escute-me até o fim. Não é um mercado, onde as promessas são pesadas e algumas valem mais do que as outras, e aquele que quebra sua promessa pode ser levado à corte. Não neste mundo, pelo menos. Você pode apenas pedir e esperar. Quebrei uma promessa feita diante de Deus à minha esposa, mas depois fizemos outras promessas um ao outro. Prometi a ela que não iria ajudar os outros a fazer o que me ajudaram a fazer. Prometi que não usaria a faca. Prometi que nunca iria a casa dela sem seu convite, e a fazer tudo que pudesse para evitar que Aliocha descobrisse quem eu era. Ela me prometeu que nunca contaria a ninguém o que eu tinha feito. Estou magoado por ela ter quebrado essa promessa, ainda que você ou ela achem que não tenho o direito de me magoar. Mas eu não acredito que uma promessa quebrada uma vez seja inútil. Ela se torna uma promessa em duas partes, mantidas por duas pessoas, e não creio que nem você nem ela tenham alguma razão para voltar a quebrá-la.

Mutz ruborizou-se e sentiu uma ternura por Balachov, além de sua preocupação pelo segredo, havia um medo mais profundo de ser ridicularizado por isso.

— Anna Petrovna fez outra promessa, Josef Josefovitch —

disse Balachov, dobrando as mãos atrás das costas e olhando Mutz no olho. Mutz desejou não ter lhe dito o nome do seu pai, pelo menos não o nome verdadeiro. O desgosto tornava Balachov mais frio.

— Sobre homens.

— Ela prometeu que não veria outros homens?

— Ela prometeu que veria.

— Ah.

— Não há nada que eu possa fazer sobre isso. Sobre você, ou qualquer outro homem. Não quero que isso aconteça, sei que está acontecendo, e não há nada que eu possa fazer.

Mutz tinha previsto um homem humilde, ainda chocado pela faca de cinco anos antes, mesmo um simplório, e tinha previsto que sua própria repulsa depois de ler a carta de Balachov seguiria com ele à luz do dia e tornaria mais fácil persuadir o castrado. Tinha a expectativa de conseguir dominá-lo. A coisa não estava indo bem. Sem nenhum direito de sua parte, Balachov o estava envergonhando. Mutz estava até começando a lamentar não tê-lo conhecido melhor antes. Mas o rugido dos acontecimentos nos ouvidos de Mutz estava se tornando tão alto que só se aferrando a seus planos ele poderia permanecer são. Viu-se obrigado a fazer seu pedido.

— Lamento que você se sinta assim — disse. — Vejo que você sabe sobre mim e Anna Petrovana. Isso faz o que vou lhe pedir mais fácil.

— O quê?

— Você tem de dizer a sua esposa para partir, e levar o filho com ela.

— Mais fácil?

— Não basta dizer a ela que ela é livre. Você tem de lhe implorar para deixá-lo, se ela se recusar a partir.

— Anna é minha esposa, e Aliocha é meu filho — disse

Balachov com firmeza. — Por que eu deveria lhes implorar para partir se eles não quiserem? — Ele levantou o queixo e Mutz viu uma luz aparecer em seus olhos. Onde estava a humildade?

— Eu não quero ofender seus sentimentos, mas você já não foi ridículo o suficiente? — disse Mutz. Ele escutou sua voz afinar e adquirir um tom mais alto enquanto ele perdia o controle. — A única razão para eles ficarem aqui é você, e você fez tudo o que podia para falhar como esposo e pai. Você fugiu de sua família, e mutilou a si mesmo para nunca mais amar ou fazer amor com uma mulher outra vez. Será que você realmente não compreende que nada a não ser a piedade de Anna Petrovna a faz continuar aqui? Por que você precisa disso? Por que você precisa dela, agora? Por que precisa de um filho? Você já não é mais um homem, e uma esposa e um filho são coisas de homem. Você tem de lhes dizer para partir e tem de lhes dizer para nunca mais voltar.

— Não o farei! Não o farei. Eu não fiz Anna vir para cá, e não lhe direi para ir embora. Vocês, homens — Balachov disse, seu corpo endurecendo-se com orgulho e fúria —, vocês, homens, vocês têm essa carga entre suas pernas, esse pesado fruto amargo e o pequeno tronco da árvore venenosa, e acham que sem isso não existe amor. — Sua voz ficou mais calma. Seu rosto ficou plácido e ele olhou dentro dos olhos de Mutz, quase sorrindo, severo e confiante. — Você realmente acredita que este mundo é um lugar tão horrível que o amor pode ser tirado com uma faca? Você acha que os cirurgiões poderiam removê-lo? Eu desprezo você. Mas você mesmo não se despreza se acredita que precisa ser conduzido pela dureza de uma vara em seus quadris, e uma febre, para amar seu filho, ou seus amigos, ou uma mulher?

— Isso é um sofisma — disse Mutz, ruborizando-se, humilhado de uma maneira que não conseguiria dizer. — Há tipos de amor...

— Seus beijos sempre terão dentes.

Por que Mutz havia pensado que um homem que levava as idéias a tais extremos de execução poderia ser persuadido por um argumento racional? Ele disse:

— Eles não estão seguros aqui. Você escutou os disparos dos vermelhos. Não vejo Matula rendendo Iazik sem luta. A cidade será destruída. Anna e Aliocha serão presos aqui e mortos.

Balachov não escutava. Estava esperando Mutz terminar, seus olhos brilhando agora, justificados.

— Se você ama a minha esposa — disse ele —, em vez de tentar roubá-la, talvez pudesse protegê-la. Se eu fosse um homem, era isso que eu faria.

A Legião

Anna Petrovna estava parada perto do quiosque de peixe salgado na praça, esperando Matula terminar de passar sua tropa em revista para poder pedir-lhe que libertasse Samárin. Estava com frio. Kira Amvrosevna, a mulher dos peixes, lhe emprestara um xale.

— É assim que eles ficarão no dia do Julgamento Final — disse Kira, apoiando todo o corpo no antebraço e julgando os peixes com a ponta de sua faca, balançando-os de lado a lado. A pele cinza e escamosa do peixe estava dura de sal. O peixe estava fino como pergaminho e duro como madeira verde. — Todos os pecadores. Todos os fornicadores e enganadores, todos os grandes mentirosos. Todos esses estrangeiros grosseiros e imbecis com suas armas. O cordão de Cristo passará por seus crânios e eles ficarão pendurados como fieiras de peixe, de bocas abertas e olhos arregalados, sem acreditar. E então haverá o julgamento. É melhor você ter certeza de que está limpa por dentro, Anna Petrovna, porque Cristo vai estripar você com sua faca de estripar e vai julgá-la pelo que encontrar aí dentro.

— Deixe-me em paz — disse Anna.

Elas escutaram o som da artilharia disparando no mundo

— Senhor — disse Kira. — A noite do fim dos tempos. É esse o barulho.

Anna pegou um cigarro e fósforos na bolsa. E se Aliocha tiver herdado o terror do pai por esse som? Tanto melhor se ele aprender agora a nunca ser soldado. Suas mãos tremiam ao acender o cigarro. Em sua imaginação, ela já tinha colocado Samárin em sua casa como um escudo. Ele não poderia protegê-la contra todos os soldados, mas podia ser um enviado das luzes das cidades do outro lado das florestas, do barulho e das conversas e dos pensamentos de lá. Ela não pensava em tocá-lo. Não pensava neles se tocando. Bom, talvez pensasse, enquanto ele a olhava dentro dos olhos, se pensar em alisar o rosto dele com seus dedos era tocar.

— Você não vai fumar essa porcaria aqui — disse Kira.

— Deixe-me fumar em paz.

— Você vai terminar assim — disse Kira, balançando um dos peixes no rosto dela.

Uma corneta soou no teto do quartel-general. Partes de metal tilintaram de propósito lá em cima e o cano do fuzil Máksim apontou na beira da calha. Smutny e Buchar estavam se preparando para cobrir a inspeção. Soldados tchecos começaram a se dirigir para o quartel-general, vindo de todos os cantos da praça. Um deles passou devagar por Anna, observando seu cigarro. Ela achou que ele mancava, mas não era isso. Ele tinha apenas uma bota.

— Você perdeu uma bota — disse ela.

— Não — disse o soldado. — Eu achei uma.

Ela ofereceu-lhe o cigarro e ele o pegou e continuou a caminhar.

Quando os tchecos estavam reunidos, formaram uma linha curva, irregular, do lado de fora do quartel-general. Quando saíram de Praga, em 1914, eles eram 171. Tinham perdido Hruby, Broz, Krejci, Makovicka, Kladivo e Dral na Galícia, em 1916, quando ainda estavam sob ordens dos austríacos, e os russos atacaram. Os russos acertaram Navratil quando capturaram a companhia, porque acharam que ele ia atirar uma granada quando estava apenas tentando pegar seu cantil de água. Slezak e Bures morreram por seus ferimentos no caminho do campo de prisioneiros. A companhia enterrou-os em um pequeno cemitério perto de Dnieper. Colocaram a companhia para trabalhar em uma fazenda fora de Moscou e Hlavacek foi morto quando o capataz o encontrou na cama com sua esposa. Os três irmãos Kriz, acrobatas, foram levados para um circo turcomano, e Ruzicka, um carpinteiro, conseguiu trabalho na cidade. Os russos cortaram as rações, e Chalupnik foi executado por roubar uma vaca. Houve uma epidemia de febre nos alojamentos, e perderam Stojespal e Kolinsky. A companhia foi para Kiev se unir à Legião Tcheca, mas Tseraik, Rohlicek, Zaba, Boehm e Kaspar disseram que não queriam lutar com os russos contra seu próprio povo, e ficaram como prisioneiros de guerra. Em fevereiro de 1917, quando os russos fizeram sua primeira revolução, e ninguém sabia quem estava no comando, não havia muito pão. Cerny, o mais jovem, morreu de febre, seguido por Lanik e Zito. Dragoun e Najman morreram congelados na segunda noite, eles tinham escondido uma garrafa de conhaque e foram para o telhado para tomá-la sem ter que reparti-la com ninguém, caíram no sono lá em cima e houve uma forte tempestade de neve. A companhia teve que alavancá-los com pés-de-cabra quando pararam perto de Tchernigov. Kratochvil, Jedlicka, Safar, Kubes e Vasta, que sempre se interessaram por política, instalaram um soviete no último vagão e o desprenderam do resto do trem à noite. Quando a companhia chegou a Kiev e se uniu ao novo regimento, as coisas melhoraram durante algum tempo, os ucranianos eram gentis com eles. Bilovski engravidou uma moça de Brovari e teve baixa honrosa quando o pai dela deu a Matula seu melhor cavalo, e Vrzla começou a se evadir para os cassinos à noite e tornou-se um traficante de cocaína. Quando chegaram ao *front*, estavam mais gordos e não tão mal. Os russos colocaram a companhia em sua ofensiva. O Cerny mais velho levou um tiro quando eles saíam da trincheira e caiu sem um gemido. Matula fica gritando para a companhia que eles poderiam abrir o caminho lutando até a Boêmia, e cada vez que olhava para alguém ele caía morto, e Matula avançava correndo, e a companhia o seguia, e Matula disse a Mutz que não se agachasse porque estava dando um mau exemplo, e Mutz ficou de pé. Todos ficaram de pé, e Strnad levou tantas balas na nuca que sua cabeça caiu para trás como a tampa da garrafa de cerveja. Além de Cerny e Strnad, a companhia enterrou Vavra, Urban, Mohelnicky, Vlcek, Repa, Precechtel, Ruzicka, Prochazka, Zahradnik, Vavrus e Svobodnik. Knedlik e Kolar morreram mais tarde dos ferimentos. Então aconteceu a revolução bolchevique, e os russos em Kiev perguntaram à companhia se eles os ajudariam a lutar contra os bolcheviques, e Kadlec foi morto por uma mulher com um casaco de couro. Os ucranianos venceram, e a companhia os ajudou a conseguir comida das aldeias da margem esquerda do Dnieper. Depois que a companhia matou alguns camponeses, Bucht e Lanik disseram que seus camaradas eram reacionários sujos filhos-da-puta, e passaram para o lado dos bolcheviques. Biskup e Pokorny, que ficavam reclamando que não estavam sendo pagos, foram roubar um banco em Odessa, e se disse depois que eles ficaram ricos, cruzaram o mar Negro e acabaram em Batumi, com três garotas da Abkasia cada um, uma grande casa à beira-mar e porquinhos pretos correndo entre as palmeiras em seu quintal. Também se disse que foram enforcados.

Então os tchecos a oeste disseram que a Legião tinha que marchar para combater os alemães no *front* ocidental, e a única maneira de fazer isso era dando a volta ao mundo, passando pela estrada de ferro Transiberiana até Vladivostok e pelo Pacífico e pelos Estados Unidos e o Atlântico até a França, portanto a Legião começou a se mover para o leste. Quando Trótski tentou tomar as armas da Legião, Matula e os outros oficiais pensaram que eles fossem entregá-las aos alemães, e começaram a combatê-los, e a Legião tomou toda a Transiberiana, e por um tempo a única Tchecoslováquia livre tinha cerca de dez mil quilômetros de comprimento e dois metros de largura e se estendia dos Urais até o Pacífico. A companhia estava em Irkustki quando os combates começaram, e os trabalhadores da ferrovia eram pró-vermelhos. A companhia passou o verão os combatendo nos túneis da ferrovia e no lago Baikal. Skounic, Marec e Zaba morreram quando um trem foi descarrilado pelos *partisans*, e Brada ficou ferido em um combate na floresta e morreu de gangrena. Myska passou para os vermelhos. Quando a companhia o capturou mais tarde, Matula deu-lhe um tiro na cabeça. No outono, os guerrilheiros vermelhos emboscaram a companhia nas margens do Baikal e mataram Vasata e Martinek. Matula ficou furioso e partiram para uma cidade chamada Staraia Krepost. Matula ordenou que todos os trabalhadores das fábricas e suas famílias se reunissem na praça e a companhia fuzilou dúzias de homens. Depois disso, Kubec e Koupil desertaram. Os vermelhos colaram cartazes dizendo que Matula era um assassino sanguinário e um inimigo do povo. Houve ataques de surpresa aos alojamentos e Benisek foi morto, mas os socialistas revolucionários apareceram e ajudaram a afugentar os vermelhos. A essa altura, o Baikal tinha congelado e a companhia escutou dizer que os guerrilheiros estavam atravessando o gelo. Foram atrás deles mas não os encontraram na escuridão e o gelo começou a quebrar porque tinha congelado cedo. Ao alvorecer, a companhia descobriu que Hajek tinha se afogado e, enquanto contavam os casos de ulcerações do frio, os vermelhos atacaram das margens, matando Zikan, Noha e Smid. Matula foi ferido no peito e sua garganta e traquéia estavam se enchendo de sangue e ele não conseguia respirar, mas Mutz abriu um buraco em sua garganta com a ponta de sua faca, salvando-o. Jahoda conduziu os homens para fora do gelo, e caiu quando chegaram à margem, e Mutz carregou Matula. O segundo projétil parece ter passado direto pelo coração de Matula, mas de alguma maneira não conseguiu matá-lo. Foi depois disso que a companhia assumiu o posto em Iazik. Com a morte de Kliment, havia cento e um sobreviventes.

Quando eles marcharam para a estação em Praga, em 1914, vestiam uniforme novo de algodão da cor das nuvens que anunciam temporais e botas novas, as insígnias e fivelas brilhando, e, embora sem acreditar no sentido do que estavam fazendo, tinham se preocupado em manter-se em formação, tanto porque o motim era um passo muito grande no lugar onde estavam como porque, no verão, atrevidos, sem mancha de sangue, nas ruas com as garotas olhando, marchar parecia um tipo de dança.

Em uma parada na ferrovia da Sibéria no outono, cinco anos mais tarde, o motim se dependurava nos ramos, tão maduro que nem precisava ser colhido, estava caindo. Os uniformes dos soldados estavam cortados com despojos e remendos, cerzidos com barbante roubado, calções de cossaco debaixo da capa cáqui inglesa, camisas americanas manchadas de sangue, vinho e gemas de ovos crus agarrados entre as palhas e engolidos ainda quentes dois anos antes, e com as barras todas perfuradas pelas pontas das baionetas, um cinto com fivela feito em Khiva e levado para as neves do norte por um ferroviário que morreu nas máquinas de sua locomotiva ao encalhar, vindo da primavera da Ásia Central, na quietude do inverno nos meses entre as revoluções, um uniforme tcheco completo, como quando oferecido pelo ofical intendente na Boêmia ao seu usuário ainda um cidadão do agora morto Império Austro-Húngaro, mas uma fraude, pois cada manga, e debruns e pedaços tinham sido substituídas desde que era novo, e nada permanecia do original a não ser a idéia de sua antiga identidade. Cem homens carregavam fragmentos de duas dúzias de exércitos, alguns antigos e desaparecidos, alguns formados e dissipados em um mês no ilimitado continente de grama, neve e pedras entre a Europa e a Manchúria, quando um jogador carismático, generoso, violento e ocasionalmente ambicioso entraria numa loja em uma cidade sem ruas pavimentadas, despejaria uma sacola cheia de ouro no balcão, e pediria um sortimento de acessórios ataviados para cavaleiros e flâmulas de lança e fitas de crinas para um bando de guerreiros arbitrários e suas montarias, e dentro de um mês, depois de um único ataque de surpresa ou rodada de vodca ou discussão, os ornamentos seriam vendidos ou ficariam estendidos ensangüentados ou congelados na lama, apenas esperando que alguém os levasse. Alguns dos rifles dos homens de Matula tinham as primeiras linhas alaranjadas da ferrugem; todos tinham manchas onde o verniz da madeira já estava gasto. Seus chapéus eram um bestiário de couro, lã e pele. Um soldado, o cabo Habadil, tinha trocado seu relógio de pulso — dele mesmo, não de saque — em Omsk, por um chapéu que parecia o escalpo de um velho de cabelo ruivo comprido, que o vendedor jurou ser de um tipo de besta humana que vivia nas montanhas de Altai. As botas que eles usavam registravam anos de campanha e temiam o sexto inverno, o couro enrugado como tataravô, solas improvisadas de madeira, pneu de caminhão, casca de árvore, todas com arranjos de palha e trapos e pedaços de feltro ou couro enfiados dentro para esquentar, embora ainda não estivesse frio em Iazik. Uma centena de homens com 945 dedos dos pés ao todo, o equilíbrio perdido para as ulcerações do frio, e 980 dedos das mãos, 199 olhos, 198 pés, 196 mãos, estômagos assediados por micróbios, um em dez sifilítico, um em dez tuberculoso, e a maioria sentindo o primeiro gosto fétido do escorbuto.

Matula veio em direção a eles, o sabre enfiado aparecendo no cinto, Dezort alguns passos atrás. O sargento Ferko gritou atenção para os homens. Eles cuspiram, espirraram, escarraram, tossiram, juntaram os pés, arquearam os rifles sobre os ombros e se apoiaram de todas as maneiras. Ferko e Matula trocaram saudações e Matula falou, olhando os homens nos olhos um por um. Em retorno, cada um olhava para o outro lado, ou para baixo, para os pés. Alguns até fechavam os olhos para não contemplar o charme narcotizante dos lábios do capitão e a carcaça da alma em seus olhos.

— Homens — disse Matula. — Camaradas. Amigos. Combatemos juntos há cinco anos. Combatemos pelo imperador dos austríacos contra o imperador dos Russos. Combatemos pelo imperador dos russos contra o imperador dos austríacos. Combatemos pelo terror branco dos monarquistas contra o terror vermelho dos bolcheviques. Combatemos com socialistas revolucionários e cossacos contra cossacos e socialistas revolucionários. E, posso dizer a vocês, com orgulho, que nem uma vez comprometemos nossos ideais.

"Lutamos juntos durante cinco anos. Lutamos pelos outros. Já é tempo de lutarmos por nós mesmos. Sei que vocês estão cansados. Sei que vocês não querem lutar mais. Sei que querem voltar pra casa.

Os homens tinham ficado em silêncio o tempo todo, mas, quando Matula disse a palavra "casa", a natureza do silêncio deles mudou, endureceu e apertou. Revigorou-os. Tornou-se importante não deixá-lo se quebrar.

— Eu poderia lhes sugerir que, em vez de voltar para casa na Europa, fizéssemos nossa casa aqui — disse Matula. — Poderia fazê-los ver quantas oportunidades existem para homens empreendedores nessa terra vazia, tão pouco colonizada e tão descuidada por nossos companheiros eslavos, os russos. Poderia persuadi-los de que nosso próprio e novo país na Europa apinhada, o país chamado Tchecoslováquia, terá necessidade de um império e de colônias, como outras grandes e modernas nações européias brancas. Mas vocês querem voltar para casa. Querem voltar para aquela terra natal pequena, segura, verde. Eu sou seu comandante, e digo: não deterei vocês. Mesmo sem nenhuma ordem ter vindo do presidente Masaryk para partir, mesmo sendo vergonhoso deixar essa fértil terra virgem onde derrarramos tanto sangue, não os impedirei de voltar para casa.

"Meus homens, existe, no entanto, um obstáculo à partida. É um oficial desta companhia, o tenente Josef Mutz. Ele não está aqui. Foi para Verkhni Luk em uma incumbência, e só podemos orar para que nada lhe aconteça no caminho. O tenente Mutz é da opinião de que por motivo nenhum devemos deixar Iazik até recebermos ordem explícita para evacuar.

"Tentei argumentar com ele: mostrei como vocês estão ansiosos para partir. Ele me olhou com uma expressão — eu não diria fria, eu não diria burocrática, eu não diria oficiosa —, seria maldade colocá-la como impetuosa, ou como insensível — enfim, ele me alertou de que pessoalmente denunciaria ao quartel-gerneral em Omsk e Vladivostok qualquer tentativa de qualquer soldado ou oficial de deixar Iazik até chegar a ordem de fazê-lo. Fiquei surpreso com sua dureza. Verdade, ele não é como nós; sua primeira língua foi o alemão, não o tcheco; ele é da raça que matou o Cristo Nosso Senhor na cruz, e persiste em continuar seguindo seus misteriosos rituais privados; nos momentos mais duros de nossos combates ele ficava atrás, olhando a distância, como se preparasse secretamente um dossiê para ser usado contra nós em um tribunal no futuro; mas eu nunca tinha pensado mal dele antes. Sem dúvida, de acordo com a letra de nosso novo código militar, que ele, estranhamente, parece conhecer melhor do que nós, ele está correto, mesmo se sua teimosia viole toda regra da justiça natural. Homens, o fato existe: não podemos deixar

Iazik enquanto o tenente Mutz estiver vivo, isto é, enquanto ele pensar do modo como pensa. Portanto, enquanto isso, vamos executar nossos deveres aqui um pouco mais. Em primeiro lugar, isso significa defender esse lugar contra a ameaça vermelha, cuja artilharia vocês devem ter escutado. Não se preocupem: posso lhes garantir que os vermelhos locais só têm três obuses, e já os usaram. Talvez, ao defender Iazik, aprendamos a amar a floresta e sua generosidade.

"Homens, sei que vocês estão desapontados. Sei que estão frustrados. Devo alertá-los para não voltar essa raiva contra o tenente Mutz. Ele talvez tenha se afastado de seus camaradas. É verdade que, se um ou mais de vocês o pegarem em algum lugar isolado, como a linha férrea, seria impossível, apesar de um inquérito completo, identificar quem deu o tiro fatal. Não caiam na tentação. Isso é tudo.

Ferko dispensou os homens. Anna Petrovna dirigiu-se para Matula, que conversava com Dezort e Hanak. Os três formavam um triângulo de costas. Eles sabiam que ela estava lá e a ignoraram. Os olhos de Hanak moveram-se rapidamente até os dela e se desviaram. Ele já tinha costurado nos ombros as estrelas que tirara de Kliment. Anna viu fiapos rasgados do casaco do morto aparecendo.

Anna parou atrás de Matula e disse em voz alta:

— Quero que solte o Sr. Samárin.

Matula virou-se lentamente, ainda falando em tcheco com os tenentes. Assentiu, e voltou para sua conversa. Ele a fez esperar dez minutos e então se dirigiu a ela, a boca de garoto sorrindo falsamente e os olhos verdadeiros em sua falta de sintomas de afeição, e colocou sua mão pesada no ombro dela. Ela se desvencilhou e o empurrou.

— Você o deixará sair? — disse ela. — Sabe agora que ele não é um assassino.

— Mas prometi a seu amigo judeu mantê-lo preso até que ele volte.

— O tenente Mutz está errado sobre todo tipo de coisas.

— Anna Petrovna! — disse Matula, pegando uma das mãos dela nas suas, e segurando-a firme quando ela tentou tirá-la. As mãos dele estavam quentes. — É isso que eu sempre digo! Que maravilha você concordar comigo!

— Não é que concorde com você em nada — disse Anna, ruborizando-se. Ela conseguiu puxar a mão e deu um passo atrás. — Você tem de libertá-lo.

— E deixá-lo vagar pela floresta? Soltá-lo nesse ermo?

Anna olhou para o chão.

— Ele pode ficar comigo — disse ela. Olhou para o rosto de Matula. — Eu me responsabilizarei por ele.

Matula passou a língua pelos lábios e assentiu, com um sorriso maior.

— Isso é interessante — disse ele. — Se entendi corretamente, você quer romper seu relacionamento com o judeu, e substituí-lo pelo prisioneiro? Tem certeza? Talvez seja melhor escolher um dos meus homens. Acho que posso encontrar um que nunca esteve preso, e nenhum deles é hebreu. Tem também alguns católicos, veja você, talvez fossem mais do seu agrado.

O coração de Anna batia com força e ela pensou em dar um tapa em Matula. Anteviu a sensação da pele áspera e da cicatriz em sua mão. Pensou em lançar-lhe uma cusparada, mas isso exigia habilidade.

— Você não vai me provocar — disse ela. — Já o conheço. Zombe de mim o dia todo, se quiser, mas deixe o homem sair.

— Não posso fazer isso — disse Matula. Seu sorriso se foi. — É o que chamam de "fiança". Que garantias tenho de que ele não fugirá antes que eu decida o que fazer com ele?

— Prometo que ele não fugirá.

— Você garante?

— Tenho certeza.

— Que tal isso? Se ele fugir, eu fuzilo você.

Anna deu de ombros.

— Você acha que me sinto segura do jeito que estou?

O sorriso de Matula voltou, e seus olhos piscaram, como uma máquina passando para a próxima sutura.

— O tenente Mutz ficará desapontado quando voltar hoje e descobrir que sua amiga Anna Petrovna está morando com um prisioneiro em quem ele não confia. Ou talvez você esteja esperando que ele não regresse.

— Se ele achar uma maneira de voltar para casa em Praga, espero que não regresse. Você acha que ele não sabe que você incitou seus homems a matá-lo?

— Fria! — disse Matula. — Esses olhos abelhudos que você tem, esse sangue no rosto, e é tão fria com o velho Mutzie. Vamos, tome posse do infeliz, e o mantenha interessado, se não quer que seu filho se torne órfão.

Dentro

Anna teve que esperar do lado de fora do quartel-general enquanto eles foram buscar Samárin. Ele não pareceu surpreso por ela ter conseguido sua libertação. Apertou a mão dela e lhe disse que estava grato. Ela não lhe contou os termos de sua fiança, só que ele não podia sair de Iazik, caso contrário as conseqüências seriam desagradáveis para ela. Caminharam até sua casa. A estrada pareceu curta e o ar, menos frio. Anna sentia-se limpa e leve, como se tivesse lavado uma mancha pesada, grudenta. Ela falava com frases curtas, cautelosas, sobre sua cidade natal. Estava apenas a uma noite de trem do lugar onde Samárin tinha crescido. A língua de Samárin estava mais perto da dela, mais perto do que os tchecos com seus sotaques, mais perto do que os castrados com sua linguagem bíblica, ou do que a autoridade civil e sua gente com suas preocupações com classe e posto. Eles tinham a mesma idade. Samárin lhe perguntou por que ela se mudara para Iazik depois da morte do marido. Anna ficou assustada e furiosa por um momento antes de entender que era uma pergunta justa e merecia ser respondida, e seria feita toda vez que outros estranhos chegassem. Ela contou uma história sobre uma casa que pertencia a um tio-avô morto, uma necessidade de paz e solidão, e um desejo de se estabelecer fora dos tempos conturbados da Rússia européia.

Samárin não disse nada que insinuasse que não acreditara nela e eles caminharam em silêncio. Anna Petrovna virou-se para ele, observou-o por um segundo, e se virou. Ele perguntou o que era.

— Nada. Eu lhe conto depois — disse ela.

— Você vai esquecer.

— É bobagem.

— Então?

— Eu esperava que você ficasse mais impaciente para se livrar, me fizesse entender como gostaria de estar longe daqui. Ficasse mais zangado.

— Eu poderia ficar zangado. Você quer que eu fique?

— Não.

— Pelo que entendo, sua casa será minha nova prisão, e você será minha carcereira. Correto?

— Suponho que sim — disse Anna Petrovna, e riu.

— Um prisioneiro experiente, quando é removido para uma nova prisão, dirá e fará o menos possível até explorar o novo ambiente e descobrir como são os guardas. Isso acontece com todos os prisioneiros, inclusive os perigosos.

— Você é perigoso?

— Sim — disse Samárin. Anna deu uma olhada para ver se ele estava sorrindo mas, se estava, era escondido.

Uma presença molhada, gelada, tocou a nuca de Anna, na suave depressão entre os tendões, onde começa a espinha. Estava nevando. Um floco aterrissou em seu olho e ela piscou e manteve os olhos abertos embora ardesse. Levantou a cabeça para observar os pedaços cinza chegarem girando do céu branco até eles. Um pedaço de neve pousou em sua boca. Ela a limpou com a língua e sentiu o gosto granulado, chuvoso, gosto de viajante das nuvens.

Entraram no pátio pelo portão do fundo. Aliocha estava

desferindo golpes e imitando o bater do metal com um sabre de madeira na mão, uma vara descascada com uma cruzeta que ele lançara em si mesmo. Anna chamou-o e ele a ignorou. Ela chamou de novo, mais alto. Ele se virou, correu para eles, e com o braço esticado tocou o esterno de Samárin com a ponta de seu sabre.

— Renda-se! — disse.

Samárin ergueu as mãos para o alto.

— Covarde! — disse Aliocha.

Anna pegou-o pelos ombros e o puxou para trás, ralhando com ele por ser grosseiro.

— Este é Kiril Ivánovitch, um estudante — disse ela. — Ele vai ficar conosco por um tempo. Ele veio caminhando até aqui desde o Ártico. Escapou de um campo de prisioneiros muito cruel. Portanto, comporte-se. Seja gentil com ele.

Aliocha olhou para o rosto de Samárin. Seu orgulho não sabia o que fazer com essa informação.

— Meu pai lutou na cavalaria — informou a Samárin. — Ele morreu perto de Ternopol. Eles nos enviaram um telegrama. Ele matou sete alemães antes que eles o cortassem. Devia ter uma medalha mas ela nunca chegou. Alguns tchecos têm medalhas. Você tem uma medalha?

— Aqui — disse Samárin, agachando-se para que sua cabeça ficasse ao nível de Aliocha e batendo em uma pequena cicatriz no nó de um dedo. — isto foi concedido ao condenado de primeiro escalão, Samárin, Kiril Ivánovitch, por conduta meritória na fuga da prisão, quando ele combateu a fome, a sede, o frio e animais selvagens apenas com sua esperteza e sua fiel faca. Apesar de ter de caminhar mil e seiscentos quilômetros pela tundra e a taiga para chegar ao povoado mais perto, o prisioneiro Samárin permaneceu alegre, muitas vezes parando para contar uma piada ou dizer uma palavra amiga a um alce ou um cervo que passavam. Toda manhã, depois de uma vigorosa rotina de exercícios, ele cantava as canções nacionais e recitava o catecismo. Banhava-se em água corrente duas vezes por dia, quebrando o gelo se necessário com pedra e um sistema de alavancas concebido por ele mesmo. Nos primeiros dias da caminhada, enfrentou os dias mais frios, quando os pássaros caíam mortos das árvores, enrolando suas roupas em uma trouxa, amarrava-as na cabeça e corria nu pela neve, executando exercícios elementares de ginástica grega ao avançar.

— Como é a ginástica grega? — perguntou Aliocha. Um floco de neve pousou na ponta de seu nariz e ele o fez voar com um sopro de respiração expandido de seu maxilar inferior, sem tirar os olhos do recém-chegado.

— Assim — disse Samárin, e se levantou, inclinou-se para a frente, plantou as mãos no chão, chutou as pernas no ar e se sacudiu apoiado nas mãos por um momento, cabeça para baixo, pés para cima, antes de flexionar os cotovelos, levantando-se rapidamente outra vez.

— Eu consigo fazer isso! — disse Aliocha, largando sua espada e preparando-se para se lançar sobre a lama de neve.

— Não! — disse Anna.

— Espere! — disse Samárin, ao mesmo tempo.

Enquanto Anna ria, Samárin pôs a mão no ombro de Aliocha e disse:

— Primeiro você tem de aprender a amansar os lobos para que eles corram a seu lado à luz do luar e o protejam das tempestades de neve com o corpo deles, e treinar os ursos a buscar peixes e bagas para você. Você tem de ser capaz de fazer os castores derrubarem árvores quando você fizer um som tilintado na garganta, como este. — O pomo-de-adão de Samárin mexia enquanto ele dava estalidos com a garganta.

— Você está mentindo — disse Aliocha, em dúvida. — Você não é capaz de mandá-los fazer isso.

— É possível. Você pode fazer sapatos e roupas de cascas de bétula, costurar com junco trançado e uma agulha feita de uma lasca de marfim de mamute. Você pode beber licor destilado da seiva de bétula e o suco da sorva brava. E você sabe como conseguir luz à noite na taiga?

Aliocha sacudiu a cabeça. Samárin inclinou-se para a frente e cochichou no ouvido dele:

— Pegue uma coruja e a faça peidar.

Aliocha deu uma risada:

— De onde você consegue a chama?

— Resina de pinheiro, casca de abeto novo e caveira de marta — disse Samárin, contando-os com os dedos. — Eu posso lhe mostrar.

— Você não pode acender nosso fogão desse jeito. É difícil. É preciso fósforo.

— É mais fácil com fósforo, claro — disse Samárin.

Aliocha bateu com a ponta de sua vara no chão.

— Vamos até o telhado do estábulo das vacas — disse ele.

Samárin e Anna o seguiram. Com a ajuda deles, o menino puxou a escada perto da vaca Marúsia e a colocou ao lado da porta. Aliocha subiu na frente até o telhado, onde a penugem do musgo nas tábuas já estava escorregadia com a neve derretida. Eles viram que o céu caía sobre Iazik, as cargas cinza tornando-se brancas ao atingir o chão e voando através da floresta, diminuindo o perímetro do mundo com grãos impetuosos. À medida que a tempestade de neve se adensava, o mundo encolhia, e a torre do sino da igreja abandonada, o pasto comum e as árvores desapareciam.

Anna deixou-os ali e foi para dentro de casa, para o calor, o cheiro abafado de madeira aquecida, roupa e lanugem. Logo escureceria. Ela escutou Aliocha gritando no pátio e Samárin urrando como um urso que foi atingido. Foi até a cozinha, pegou um tamborete e abriu a despensa. Pegou uma jarra atarracada de meio litro de uma prateleira no alto e tirou o pó e as teias de aranha. A jarra tinha o lustro escuro de um lago em noite clara. Tirou a tampa e com uma colher pegou geléia de mirtilo e colocou em três travessas. Os mirtilos se acomodavam confortavelmente na mistura doce. Deu uma olhada por sobre o ombro e lambeu a colher, arrepiando-se com o sabor do ácido.

Aliocha trouxe de volta Samárin, o menino entrando com ruído, animado pelo frio, espalhando riscos de neve, jogando seu capuz na cadeira, o prisioneiro atrás dele, alto e cauteloso. Anna acendera a lamparina da sala de estar, e os três se sentaram sem falar. Anna serviu o chá e deu para o homem e o menino colheres de geléia como se estivesse lhes oferecendo prêmios de dez copeques.

Fora

A trilha da ferrovia de Iazik até a ponte passava ao nível das árvores por cerca de doze quilômetros antes de começar a subir para as alturas por onde corria o desfiladeiro. Na primeira parte da viagem, Nekovar e Broucek trabalharam sozinhos nos braços da bomba do trole à mão. Mutz sentou-se na frente entre rolos de corda, os pés pendurados para fora, uma das mãos no breque. Quando chegaram ao declive, o esforço de fazer o trole avançar os retardou. Mutz tirou seu sobretudo cinza e se juntou a Broucek no braço da bomba, de frente para a direção para onde estavam indo. Nekovar ficou de frente para eles, trabalhando no outro braço.

— Broucek, e esses músculos? Os músculos dos ombros? — perguntou Nekovar. — Eles são importantes? As mulheres gostam deles? — Broucek não respondeu. — Alguma mulher já passou a mão pelos músculos de seu ombro antes de aceitar dormir com você? Ficou excitada? Com as pupilas dilatadas? A respiração dela ficou mais rápida?

— Vai nevar — disse Broucek.

— Talvez — disse Mutz.

— Diga-me, Broucek — pediu Nekovar. — E se a maquinaria erótica das fêmeas estiver presa à pressão dos músculos dos homens, tão apertada em seu macio esconderijo externo que começaria a palpitar e se excitar com a tensão quando ele pressionasse o mecanismo preso, fazendo os mamilos se endurecerem e a lubrificação se soltar na boca de sua válvula inferior, por onde o membro rígido do macho então deslizaria, disparando sua mola sexual e fazendo seu corpo e quadris se sacudirem e se mexerem com energia violenta, o que em retorno...

— Pare — disse Mutz. — Pare a poesia.

— Não, irmão — disse Nekovar. — Só estou tentando aprender de um mestre como elas funcionam.

— Elas não são relógios despertadores — disse Mutz.

— Sei que as mulheres não são despertadores — disse Nekovar. — Eu entendo como funciona um despertador. Sei usar despertadores. Sei consertá-los. Sou capaz até de fazer um. Sou um homem prático e estou tentando me aprimorar. Você entende como as mulheres funcionam, irmão?

— Não.

— Bom, irmão, nem todos desistimos de tentar.

— Você assusta as mulheres das tavernas — disse Broucek, sem malícia. — Homens que usam óculos tiram os óculos antes de começar a acariciar as mulheres. Mas você *coloca* os óculos, arregaça as mangas, se ajoelha diante delas e começa a girá-las para um lado e para o outro, e testa o interior delas com seu dedo para ver como elas pulam e gritam, como se estivesse consertando o motor quebrado de uma motocicleta.

— De que outro jeito posso entender o mecanismo?

— Não é um mecanismo! — disse Broucek, começando, depois de anos de paciência, a perdê-la.

— Rapazes — disse Mutz. — Rapazes. O túnel.

O túnel que levava à ponte estava em uma longa inclinação pouco profunda e o trole adquiriu velocidade com Nekovar e Broucek parando de manipular os braços da bomba. Chegaram à ponte, Mutz puxou a maçaneta do breque e o trole parou com uma rajada de centelhas. Um vento frio soprava na garganta e as nuvens estavam ficando amarelas. Na boca do túnel estavam os restos de um cavalo. Os carniceiros já tinham passado. Seus ossos foram limpos da noite para o dia e a crista e o rabo deixados como pendões escuros sujos de sangue em um cabide que brilhava vazio.

Nekovar prendeu a corda em uma das vigas e deixou a ponta livre cair pela abertura, puxando o rolo atrás. Mutz foi na frente, inclinando-se para trás na corda, para ir mais devagar, e chutando a pedra. Mais embaixo ele parou, esticou o pescoço para olhar mais de perto a pedra, estendeu um dedo para tocá-la, quase perdeu a corda, recuperou o controle e desceu na beira do rio. Onde as margens se estreitavam e erguiam-se debaixo da ponte, o barulho do rio era tão alto como a respiração de milhões de almas juntas, e as correntes se retalhavam e quebravam em ondas pontudas e afiadas.

Os corpos jaziam à beira da água, perto de onde as árvores começavam. Uma faixa fora cortada da perna direita dianteira de Lajkurg e as moscas estavam desovando na carcaça. À parte isso, o cavalo estava inteiro e intocado, seus próprios olhos sem bicadas. Tampouco Lukac, o soldado morto, fora comido por carniceiros durante a noite. Ele não jazia onde tinha caído. Seu corpo acinzentado e inchado formava um ângulo reto com o rio, suas botas tocando a beira da água, os braços ao longo do corpo. Sua mão direita tinha sido cortada, depois colocada perto do cepo, os nós dos dedos para cima. No estômago do cadáver havia alguma coisa embrulhada em um trapo. Mutz olhou de volta para a ponte. Broucek estava na ponta da corda já embaixo e Nekovar, a meio caminho. Mutz avisou a Broucek para empunhar seu fuzil e vigiar a floresta.

Mutz inclinou-se e pegou o pacote. Estava úmido. Ele escutou Broucek puxar o ferrolho do fuzil e enfiar um cartucho dentro da culatra. O pacote era pesado e duro. Mutz apertou-o. Dele saía um fedor de carne velha e o pacote resistiu sob seus dedos. Mutz abriu o trapo. Uma unha humana em um polegar cinzento enegrecido e cheirando mal apontava para ele. Mutz exclamou "Fiiiiuuu!" no fundo da garganta e largou o pacote. Esfregou furiosamente as palmas das mãos nas calças e lavou as mãos no rio.

Era uma terceira mão, um punho pútrido com dedos enrolados e os tendões sobressaindo pálidos debaixo da pele dos nós dos dedos esticados como o centro amarelado dos pés das galinhas. O que antes fora as partes mais roliças da mão, o que os leitores de mãos chamam de Monte de Vênus abaixo dos polegares e o Monte da Luz no canto oposto, tinham sido mordidos, as bordas endurecidas da pele no padrão denteado de uma mordida.

Broucek aproximou-se e olhou para a mão meio comida, jogada entre os seixos, a palma para cima.

— Olhe a palma — disse ele. — Olhe o comprimento da linha da vida.

— O que isso significa? — perguntou Mutz.

— Significa vida longa e felicidade.

Mutz agachou-se perto do corpo de Lukac e examinou a mão cortada original, a que estava ao lado do punho de Lukac. A chuva da noite a molhara e no entanto ela estava mais suja do que o braço ao qual pertencia.

— Fique de olho nas árvores — disse Mutz.

— Por quê? — perguntou Broucek.

— Não sei.

Nekovar aproximou-se e ficou de pé atrás, de costas para Broucek. Giravam as cabeças de leste para oeste, sem parar, varrendo a floresta que se enfileirava no escarpado de ambas as margens. A cor, geometria e movimento eram encampados por seus olhos unidos, as bagas escarlate da sorveira brava inchavam nos ramos, a bétula amarela esvoaçava ao vento seus flancos pálidos e férteis, e os troncos das agulhas de lariço assentiam. Entre as cores, a escuridão não se mexia.

— Você escutou alguma coisa? — perguntou Nekovar.

— Não — disse Mutz. — Como se enterra mão?

— Achei que tinha escutado um ruído — disse Broucek. Ele estava com medo. Todos estavam.

Uma crosta denteada de cristal acomodou-se na manga de Nekovar e ele disse:

— Filha-da-puta.

A primeira neve veio escura e escassa e mal congelada, caindo do céu amarelo, mas logo todos estavam cobertos por ela, como um líquen rápido sobre suas capas de lã.

— Alguém está vigiando este local — disse Mutz. — Lukac não caiu em posição de sentido.

— Seja quem for que cortou a mão dele, pode tê-lo arrumado deitado, depois foi embora — disse Nekovar. — Inferno, odeio ver neve caindo no recém-falecido.

— Alguém afugentou os lobos do corpo dele, e as gralhas dos olhos, até agora — disse Mutz. — Alguém que está perto.

— Eles não conseguiram evitar que os carniceiros mastigassem essa mão extra, não é? — disse Nekovar.

— Lobos não embrulham sua comida — disse Broucek.

— O carniceiro mais perigoso aqui é também o predador mais perigoso — disse Mutz —, tem dentes suficientes, e caminha sobre duas pernas.

Mutz e Nekovar ficaram em silêncio. A neve tocava os rostos deles. Broucek sussurrou o padre-nosso para si mesmo. Seus músculos se contraíam à idéia de ser carne para outro homem. Em algum lugar escuro na taiga infinita um açougueiro abaixou suas mandíbulas para incrustá-las em uma coxa tosquiada, um punho segurando a articulação branca do joelho, outro punho segurando a articulação branca do quadril. E assim continuou pelos caminhos emaranhados e amortecidos do labirinto de lariços até que todos os cortes escolhidos e as partes macias tivessem sido devorados e só restasse uma das mãos como comida.

— Deus me perdoe se é um desrespeito ao morto — disse Nekovar —, mas, se eu fosse um canibal, e até a última mão, e desse com um cadáver fresco, e um cavalo inteiro, eu faria um banquete maior do que foi feito aqui.

Mutz concordou com a cabeça. Broucek levantou seu fuzil, deu um passo atrás, suspirou e disse:

— Ali!

Mutz e Nekovar seguiram a linha do fuzil até as árvores acima. Não viram nada.

— Uma criatura branca — disse Broucek. — Deus misericordioso, como um fantasma do próprio demônio.

— O quê? Uma lebre? Uma raposa? — perguntou Mutz.

— Um homem, na forma de um homem! Menos de cem metros adiante. Branco, com olhos vermelhos.

— Como você conseguiu ver os olhos?

— Eu vi — disse Broucek. — Não posso evitar enxergar bem, nasci assim.

Então, todos viram o movimento. Era uma palidez veloz de sombra a sombra, grande e se movimentando com a luz.

— Não atire — disse Mutz. — Não até que saibamos o que é.

— E se tiver dez deles? — disse Nekovar.

Uma lasca de pedra bateu na pedra perto de onde Mutz estava parado e o ar zuniu com a passagem de uma bala. Depois de um momento eles escutaram o tiro. Mutz, Nekovar e Broucek correram para a cobertura das árvores. Dois outros tiros os seguiram até as bétulas.

— Na ponte — disse Broucek. — Vermelhos.

Mutz viu duas ou três figuras se movendo pela ponte, mas eram apenas manchas pretas difusas contra a neve espessa.

— Você consegue ver?

— Vejo os chapéus pontudos. Estrelas vermelhas — disse Broucek — Posso pelo menos tirar uma delas. — Ele levantou o fuzil.

— Não — disse Mutz.

— Eles estão levando o trole.

Mutz viu o trole deslizar, afastando-se deles, em direção à outra ponta da ponte, como se se movesse sozinho. Os vermelhos estavam no máximo a quinze minutos de Iazik de trem, uma hora de cavalo. Quem sabe o que eles queriam da cidade? Com que facilidade ele começara a pensar no bolchevismo como uma força invencível cujos planos eram desconhecidos por seus inimigos, mas que sabia perfeitamente qual era a sua vontade. Era uma questão de vontade, o desejo de luta que migrava de uma causa para outra, de um líder a outro, de um povo a outro, sem que ninguém fosse capaz de controlá-lo. Com os vermelhos, no entanto, a vontade encontrara um lugar duradouro onde pousar, capaz de levantar um gigante feito de milhões de pessoas que caminhariam pela terra, espalhando a morte sem pestanejar ao avançar, e fazendo brotar novos crentes para substituí-los.

— Temos que voltar para Iazik, e não podemos voltar à ponte — disse Mutz. — Não é provável que os vermelhos saiam dali até amanhã. Temos que descobrir uma maneira de subir pelas árvores, daqui até a margem da garganta, passando para o outro lado, e daí chegando à ferrovia.

— Está escurecendo — disse Broucek. — Tem alguma coisa terrível ali no meio das árvores.

— Não temos escolha — disse Mutz. Ele sacou sua pistola e começou a conduzi-los para dentro da floresta, afastando-se do rio.

Um pouco de neve chegava ao chão como neve e enchia as bordas entre as pedras e o chão. O resto ficava preso nas árvores sobre suas cabeças e começava a derreter, lançando gotas pesadas em seus uniformes, que logo ficaram encharcados. A floresta assoviava e fazia barulhos leves com a água caindo. As botas deles afundavam no chão de musgos e gravetos podres e folhas mofadas e faziam pequenos estalidos quando eles quebravam velhas agulhas de lariço. As pedras estavam pretas e reluzentes com a umidade. Mutz nunca sentiu tanto frio. Ele tinha deixado o sobretudo no trole. Tudo o que tinha, além da capa, calças, botas e chapéu, era sua pistola, que não limpava havia dias. Estava ficando escuro; ele não tinha idéia de para onde estavam indo, a não ser que era para cima.

As pedras começaram a espessar, e suas faces verticais ficaram mais altas, com menos espaço entre elas. As próprias árvores tinham que se equilibrar em raízes finas para crescer. Mutz, Broucek e Nekovar começaram a usar as mãos tanto quanto os pés. Subiram em pequenos avanços; Broucek os cobria, enquanto Mutz subia com sua pistola no coldre e Nekovar com seu fuzil pendurado nas costas. Depois Broucek subia enquanto os outros vigiavam a floresta e as pedras em volta.

— Tome meu casaco, irmão — disse Nekovar para Mutz.

— Estou bem — disse Mutz.

— Você está tremendo, irmão.

— Tremer é bom, mantém você quente.

As roupas molhadas e frias friccionavam contra sua pele úmida e gelada. A água tinha penetrado em suas botas através de rachaduras no couro. Suas mãos queimavam como se a água nelas fosse ácido. Ele apertava os dentes para evitar que batessem. Seria agradável deitar-se na trilha esponjosa no chão sob seus pés, gelada e úmida como estava. Ele se perguntou se Nekovar tinha trazido comida.

De cima, Broucek avisou com um assobio que era hora de eles subirem.

— Não estou conseguindo ver nada — sussurrou Mutz. Tinha parado de nevar mas estava completamente escuro.

— À sua frente. Entre as pedras, um espaço, e pedras como degraus. É isso. Suba. Maldito! Eu o estou vendo!

— Não atire! — disse Mutz. — O que está vendo?

— A criatura branca. Ele está nos seguindo.

— Espere até subirmos. — Mutz subiu pelo espaço estreito, os ombros espremidos entre as pedras de ambos os lados. Um frio de água gelada passava pelos degraus de Broucek, e pareciam terminar em uma muralha vazia. Mutz bateu os braços dormentes à sua frente e viu que a muralha acabava em algum lugar sobre sua cabeça. Com esforço, agarrou sua saliência e se contorceu para subir pela chaminé de pedra, firmando os pés e os ombros contra os lados. Quando seus cotovelos chegaram à lama e cascalhos, sentiu Broucek agarrá-lo e puxá-lo. Eles se inclinaram juntos para puxar Nekovar.

— Vamos continuar — disse Mutz.

— Não consigo achar o caminho — disse Broucek.

A saliência onde eles estavam, do tamanho de uma sala grande, tinha terra suficiente para ficar enlameada e dar espaço para um par de lariços espigados crescer. Estava cercada por paredes escarpadas de pedra, sem nenhuma posição segura para a noite. Uma luz brilhando brevemente fora do abrigo mostrava onde os vermelhos tinham armado sua posição na ponte. Eles não podiam subir: e não podiam descer.

— Ficamos aqui até as primeiras luzes da manhã — disse Mutz. Dizendo isso, ele começou a tremer outra vez, agachou-se e passou os braços ao redor dos joelhos.

— Você não conseguirá passar a noite sem uma proteção — disse Nekovar. — Tome meu casaco.

— Não vou aceitar.

— Tome. Eu vou fazer um pouco de exercício. — Mutz deixou que o pesado casaco molhado fosse colocado sobre seus ombros trêmulos e se perguntou se seu corpo não estaria demasiado frio para que isso fosse de alguma ajuda. Escutou Nekovar começar a trabalhar entre os lariços com sua machadinha.

— Nosso amigo branco? — perguntou Mutz.

— Sumiu — disse Broucek. — Não consigo vê-lo.

— Você tem alguma coisa para comer?

— Não. — Broucek agachou-se perto dele. — Gostaria de estar no quartel-general em Iazik.

— Pense mais alto — disse Mutz. — Você vai estar em casa no próximo ano, tomando cerveja e comendo pé de porco e bolinho de carne com molho de mostarda.

— Dói quando você diz isso.

Mutz tentou se concentrar no som da machadinha de Nekovar, o único comunicado de qualquer um dos seus sentidos que contradizia sua ânsia de dormir. Se dormisse, como Samárin no rio congelado, não acordaria. Broucek estava lhe perguntando alguma coisa irritante, no sentido que exigia pensamento. Broucek lhe perguntava sobre as mãos.

— O que você acha? — perguntou Broucek. — O canibal chega à ponte no mesmo momento em que um trem aparece, e o acidente com os cavalos.

— Ele chega à ponte — murmura Mutz. — Levando a mão de sua vítima. Não o pedaço que ele preferia. O último de sua provisão.

— Mas, se ele vê o trem e os cavalos, percebe que chegou à civilização. Por que não jogou fora a mão, fingindo que nunca teve nada a ver com isso?

Mutz esforçava-se para manter as pálpebras abertas. A escuridão dançava para ele e seus ossos doíam. Ele estava entrando e saindo de um sono. Pensando no canibal, via a si mesmo caminhar pela margem do rio em direção à ponte, então ele era o canibal, o Moicano, presumivelmente, vigiando o trem. Então Broucek sacudia seu ombro, dizendo para ele não dormir, e o corte da machadinha de Nekovar.

— Eu, sim... ele, sim, joga a mão fora — disse Mutz. — É a única coisa que o impede de morrer de fome no ermo, sua peça de carne duramente conseguida. Ele a ganhou com honra: um dos dois tinha que morrer, e não foi ele. E então ele vê a ponte. Vê o trem. E o pacote que está levando se torna, naquele momento, a carga mais vil, terrível, perversa que algum infeliz podia possuir. A mão de um homem assassinado, com as marcas de seus próprios dentes ali. É claro que ele a joga fora. Rápido demais.

Broucek começou a falar. Mutz, agora desperto, o interrompe.

— Espere. Ele fica com medo de a mão ser encontrada. Talvez ele a jogue no rio. E se ela for levada para a praia? E se for relacionada a ele? Ele não consegue achar a mão que jogou fora. Mas tem uma outra mão ali. A mão do morto, Lukac. Ele corta uma das mãos de Lukac e a enterra na floresta, onde ela jamais será encontrada. Então, se a mão da vítima original for encontrada, não vai parecer que algum monstro na floresta comeu um ser humano inteiro.

— Por que...

— Ele estava sendo observado. Não da ponte, não da floresta. A criatura branca, talvez. Outro homem, de outro tipo. Nós não acreditamos em fantasmas, nem em gorilas siberianos, não é? O observador recuperou as duas mãos, colocou-as lá no corpo de Lukac, e ficou vigiando Lajkurg. Por que ele, ou eles, fizeram isso? Eles sabiam que alguém como nós ia aparecer. Acharam que podíamos acabar na floresta. E aqui estamos.

Nekovar aproximou-se com um punhado de gravetos de lariço, que espalhou no chão, ao lado da pedra escarpada. Encostou tiras de tronco contra a pedra e espalhou ramos sobre elas para formar um telhado. Eles engatinharam para dentro e se juntaram. Uma chuva congelante começou a cair e Nekovar amaldiçoou. Mais neve podia ter pousado no telhado mas a chuva começou a vazar, ensopando-os outra vez, e rajadas de vento começaram a destroçar o abrigo. Mutz resolveu que não cairia no sono. Parecia-lhe que estava ficando mais fácil permanecer acordado, o que era bom, porque, se ele fechasse os olhos, era pouco provável que os abrisse de novo. Sentiu-se leve e alerta. Ele já estava dormindo. Já estava sonhando.

Causas

Anna preparou sopa e batatas para Samárin e Aliocha enquanto eles traziam lenha do monte no lado de fora e a empilham perto do fogão. Anna escutava poucas palavras de Samárin enquanto Aliocha contava sobre seu professor morto, os tchecos, a vaca, como ele uma vez tinha experimentado abacaxi, e como no México os cachorros eram carecas. Samárin o incentivava com uma pergunta de vez em quando. Durante a refeição, Samárin quase não falou, não lhe agradeceu, nem perguntou por que ela concordara em ficar com ele como hóspede em sua casa. Comeu rapidamente, mas sem ser glutão. Quando ela lhe perguntou se queria mais, ele disse sim, e estendeu sua tigela. Enquanto eles comiam, ela o observava. Ele encontrava os olhos dela, mantinha o olhar por um segundo ou dois antes de abaixar a vista para seus pés outra vez. Parecia mais tranqüilo do que estaria um homem de um campo de prisioneiros como ele, mas não tinha arrogância no rosto. Tampouco humildade. Quando ele a olhava, era com expectativa. Era uma oportunidade para ela dizer ou perguntar qualquer coisa que quisesse, se estivesse pronta, o que era um cumprimento mais delicado do que simplesmente agradecer, e mais intimidador. Mais ainda porque ele sabia, sem impaciência, que ela perguntaria. Seus olhos não mostravam curiosidade e sim prontidão para dedicar ao que quer que ela dissesse agora tudo o que ele tivesse dentro de si que pensasse, sentisse e respirasse. Em outros tempos, com outros homens, ela acharia aborrecido esse silêncio de espera, e não entendia por que era diferente agora, a menos que houvesse alguma coisa no rosto dele que a fascinasse, alguma coisa que prometesse, não que ela pudesse ver o que era, mas que seria capaz de ver se pelo menos o pegasse do ângulo certo, o que estava prestes a fazer.

— Aceita um cigarro? — perguntou ela. Samárin disse que sim e eles foram acesos. Anna levou Aliocha para a cama, fez com que ele desse uma grande tragada no cigarro para manter seus pulmões livres de infecções, leu para ele uma passagem de *Tsar Sultana*, deu-lhe um beijo de boa-noite, apagou a vela, desceu e foi até Samárin, que virava as páginas de uma revista de São Petersburgo.

— Esta é de dois anos atrás — disse Anna, apontando para a revista. — Você aceita um conhaque?

— Sim — disse Samárin.

— É tudo que tenho — disse Anna. — Não tem nada doce para acompanhar.

— Não gosto de doce.

Anna encheu dois copos e se sentou em frente a ele, à mesa da cozinha. Ela hesitou, depois, vendo que Samárin não ir fazer um brinde, levantou seu copo e disse:

— À liberação!

— Liberação — disse Samárin, e tocou seu copo no dela. Ele não tomou tudo de uma vez. Tomou metade do copo e o colocou sobre a mesa.

— Quando você falou sobre o Moicano hoje — disse Anna —, falou como se o admirasse, embora ele seja um assassino. Embora ele estivesse se preparando para comê-lo.

— É pior saber que alguém está planejando matar você, ou

saber que eles vão matar você para depois comer? O que acontece depois importa?

Anna pensou sobre isso um instante.

— Sim, claro — disse ela. — É pior acreditar que seu companheiro pensa em você só como comida. Isso é pior do que ser seu inimigo. Então, pelo menos você saberia que ele ainda pensava em você como um homem.

— No que se refere à comida — disse Samárin —, eu digo isso sem nenhum desrespeito pelo seu falecido esposo, mas tenho certeza de que você já ouviu a expressão "carne de canhão". Acredito que é pior alimentar os canhões com centenas de milhares de homens que você não conhece do que se alimentar, você mesmo, com um homem que conhece.

— Isso não pode estar certo! — disse Anna. Por alguma razão, ela sentiu vontade de rir, não de Samárin, mas do mundo e do absurdo de tentar entendê-lo.

— Espere — disse Samárin, levantando um pouco as mãos. Ele não gesticulava muito. — É claro que tive medo do Moicano. Eu queria acreditar que tínhamos nos tornado demasiado íntimos para que ele me usasse desse jeito, e, quanto mais íntimos me parecia que éramos, mais aterrorizador era imaginar o momento em que ele me pegaria. Mas lá no rio, quando a chuva e toda a natureza estavam tentando nos matar de frio, e mesmo antes, na prisão, quando ele me protegia e me engordava, o conforto que eu tinha em pensar nele como um pai era maior do que o horror que sentia ao pensar nele como meu esquartejador. Você não acha que foi a mesma coisa com Isaac? O filho de Abraão? — Havia um novo gume na voz de Samárin, como se, agora, ele estivesse tentando convencê-la de algo, embora ela não soubesse o que era. — Isaac sabia que o pai ia matá-lo e, no entanto, confiou nele, e o amou até o fim.

— Era diferente — disse Anna. — Abraão estava obedecendo

a Deus, e Isaac sabia disso, pelo que me lembro. O Moicano era só um criminoso, um ladrão. Ele não tinha um motivo maior. Só permanecer vivo.

— *É* só um criminoso — disse Samárin. — Você falou "era". Lembre-se, eu acho que ele está em Iazik. Ele pode estar escutando. Lá fora.

— Bom, agora me diga como o Moicano pode ser como Abraão.

— Você acredita em Deus?

— Se existe um, é um tolo. — Anna falou mais abruptamente do que pretendia. Agora ficaria óbvio para Samárin que havia nela um rancor pessoal. Mas ele não fez comentário.

— Então, você realmente não acredita em Deus, mas acredita que Abraão acreditava, e isso torna certo para ele sacrificar seu filho? Isso lhe dava um motivo?

— Não — disse Anna. — Um Deus que exige um sacrifício assim é um Deus que não merece ser ouvido. Eu... eu conheço pessoas que... derramaram seu próprio sangue e carne por Deus e isso dói mais, muito mais e muito além da dor da ferida. Mas não vejo o que isso tem a ver com o Moicano. Você nunca disse que ele era religioso. Nunca disse que ele tinha a alma doente.

— Talvez — disse Samárin devagar. — Talvez chegue um tempo em que você ouvirá mais sobre todas as coisas que ele fez.

— O que quer dizer?

Samárin não disse nada, encostou-se para trás na cadeira com os olhos um pouco arregalados e os lábios apertados. Olhando para ele, Anna sentiu um oco no estômago, seu couro cabeludo picou e ela teve a sensação desagradável de que ele estava mantendo a si mesmo como prisioneiro. Ela queria parar com aquilo. Bebeu o resto de seu conhaque, levantou-se, encheu os copos outra vez, bebeu um pouco mais do dela, deixou a garrafa na mesa, e a sensação parou. Ela descansou a mão direita sobre a mesa, perto do copo. Samárin tinha recuperado o controle sobre si mesmo. A sensação de horror estava diminuindo e ela se perguntou se tinha sido só sua imaginação. Samárin inclinou-se para a frente, pôs sua mão na dela, e perguntou se poderia dirigir-se a ela pelo "você" familiar. Ela assentiu e flexionou os dedos que se entrançaram com os deles.

— Você está certa — disse Samárin. — O Moicano não tinha outro motivo a não ser ele mesmo. Eu disse isso esta manhã. O que me pergunto é isso. Se não é roubo, se não é Deus, existe algum motivo que justificaria que um homem matasse e comesse seu companheiro no meio de um deserto? Não estamos falando do acaso aqui, como as histórias de náufragos ou exploradores do Ártico que, pela sorte, decidem quem entre eles deve morrer para que os outros vivam. Estamos falando de um homem que não apenas usa sua própria força bruta para dominar seu companheiro para poder comê-lo, mas que cria o companheiro com esse propósito, como um fazendeiro engordando seu leitão.

— Não consigo pensar em nenhum motivo que justifique isso.

Samárin engoliu seu drinque, gentilmente desprendendo seus dedos dos de Anna. Ela encheu os copos outra vez. O fato de ele tirar suas mãos das dela a espantou, mas tê-las colocado antes, não.

Samárin disse:

— Suponha que um homem, o canibal, saiba que o destino do mundo depende de ele escapar ou não da prisão. Suponha isso. Ele é um homem tão dedicado ao mundo futuro que se consagra a destruir todos os funcionários corruptos e cruéis que puder, e a acabar com os cargos que os mantêm, até destruir a si mesmo. Suponha que ele entendeu que a política, mesmo a revolução, é muito suave, apenas muda um pouco as pessoas e os cargos. Não é que ele *veja* toda a feia tribo dos burocratas e aristocratas e exploradores que torturam e fazem o povo sofrer. É que eles caem sobre ele e os de sua espécie como uma cidade cai em um atoleiro. Ele não é um destruidor, ele é a destruição, e deixa que as pessoas boas que restaram construam um mundo melhor das ruínas. Dizer que ele é a encarnação da vontade do povo é pouco, uma piada, como se o tivessem eleito. Ele *é* a vontade do povo. Ele é a centena de milhares de maldições que eles proferem todos os dias contra sua escravização. Considerar um homem assim com os mesmos padrões dos homens comuns seria estranho, como julgar os lobos por matarem os alces, ou tentar atirar no vento. Você pode ter pena do homem inocente que ele matou, se for inocente. Mas o fato de a comida vir na forma de um homem é um dano acidental. Não tem malícia. O que parece um ato mau para uma única pessoa é o ato de amor do povo a seu futuro ser. Mesmo chamá-lo de canibal é um equívoco. Ele é a tempestade que o povo chamou, contra a qual nem todas as pessoas boas encontram abrigo a tempo.

— O Moicano era assim? — pergunta Anna.

— Só lhe peço para imaginar a existência de um homem assim — disse Samárin. Anna estava um pouco embriagada. Sabia disso. Sua imaginação estava embaçada. O imaginário terrorista-revolucionário-canibal de Samárin não a assustava como talvez assustasse se estivesse sóbria e fosse capaz de vê-lo claramente e ao natural em sua mente, sangue ao redor dos lábios, olhando para cima. Enquanto falava com ela, a voz de Samárin ficava mais cálida e rápida e seus olhos a fizeram sentir-se importante, e disso ela gostava mais do que desgostava das palavras que ele falava.

— Seu canibal imaginário soa terrivelmente vão — disse ela. Passou a ponta de seu dedo indicador sobre os nós dos dedos de Samárin. Não havia nenhum preço a ser pago por ninguém por tão pequeno gesto de tocar. Ela começou a brincar com dedos dele. — Os homens não deviam fazer sacrifícios de sangue por coisas que não podem conhecer, como Deus, ou o povo — disse ela.

— Não devem existir ideais?

— Achei que era você o cético. Vamos conversar sobre outras coisas. Venha para a sala.

Samárin seguiu Anna. Ele perguntou a ela:

— Fale-me sobre o tenente Mutz. Ele é seu amigo?

O Avakhi

Mutz despertou de um sonho superficial e intrincado. Ele estava em um chão duro e sujo, e uma fogueira a seus pés tinha virado brasa. Estava em um lugar coberto; o ar estava parado, sobre sua cabeça havia o fraco reflexo de um brilho de ambos os lados, e havia um cheiro de madeira queimada e lã seca.

— Ele está acordado — disse Broucek. Mutz pôs as mãos no chão e se empurrou para a posição de sentado, com as costas na pedra e as botas ainda viradas para a fogueira. Estavam em uma caverna. A fogueira brilhava na boca da caverna. Sentado de pernas cruzadas perto da fogueira e olhando para ela estava um homem que Mutz não via claramente, mas não era Broucek nem Nekovar que pareciam estar de ambos os lados.

— Quem é esse? — perguntou.

— A criatura branca — disse Broucek. — Nós não conseguimos despertar você.

— Um aborígine?

— Tungue — disse Nekovar. — Um menino de pele branca e cabelo branco.

— Ele fala russo?

— Sim — disse o homem perto da fogueira. Agora que Mutz podia vê-lo com clareza, compreendeu que era como Samárin o descrevera, entre menino e homem, e cabelo tão branco como a lua. Um par de óculos feitos em casa, com as lentes cobertas com um filamento de tecido escuro, estava puxado sobre sua testa, e ele usava um casaco de couro de cervo, meias compridas e botas. Um velho rifle de carregar pela boca estava deitado sobre seus joelhos.

— Estávamos tentando despertar você — murmurou Nekovar no ouvido de Mutz. — E alguém começou a jogar cones de lariços em nós. Olhamos para cima e vimos a cabeça do aborígine aparecendo no meio das pedras. Broucek queria atirar nele mas não deixei. Vi que era um tungue, não um monstro da floresta, e só um garoto, e, me desculpe por dizer isso, mas você não ia durar sem calor e abrigo, irmão. Então perguntei a ele se tinha fogo. Ele me esticou a mão e me puxou para uma abertura nas pedras acima da saliência onde ficamos presos. Nem Broucek conseguira vê-la no escuro. Nós três juntos demos um jeito de arrastar você até lá e depois era uma subida fácil de cem metros até essa caverna dele.

— Os vermelhos verão o fogo — disse Mutz. Ele sentia-se fraco, mas com a cabeça clara e desesperadamente faminto. Seus ossos doíam com o retorno do calor. Isso foi tolice, esquecer seu sobretudo. Para começar, ele não tinha a constituição tão sólida como Broucek e Nekovar, e não havia nada que pudesse fazer a respeito, exceto ser mais inteligente. Era grato a eles, mas a gratidão também era uma carga.

— A caverna dá para o outro lado — disse Nekovar.

— Nós agradecemos — disse Mutz, erguendo a voz para falar com o albino. — Você tem comida?

O albino esticou a mão e passou uma sacola de algodão com alça suja e com carne de rena seca dentro. Mutz mastigou um pouco. Era dura demais para mastigar; parecia couro de vaca. Ele a deixou ficar na sua boca enquanto a amaciava e chupava de tempos em tempos. Era uma lembrança de comida.

— Seu xamã morreu — disse Mutz.

— Eu sei — disse o albino.

— Como você sabe?

— Você acabou de me contar.

Broucek riu.

— Espere — disse Mutz, colocando a mão no ombro de Broucek e continuando a falar com o albino. — Você estava viajando com ele, não estava? Não quero perturbá-lo com perguntas, mas tem alguma coisa aqui sobre um outro homem que é importante para nós. Por que você e o xamã estavam viajando tão distante ao sul, separados?

— Nosso Homem me deixa na floresta. Ele vai na frente, para a cidade. Um mês, ele fala.

— Iazik?

— Sim.

— Para beber?

— Não só. Ele quer um cavalo. Ele diz: "Venha em um mês".

— O que ele quis dizer, ele queria um cavalo?

— Ele vê os cavalos, e quer um. Ele quer chegar ao Mundo Superior. Os cervos, ele diz, são vagarosos demais para mim. Sou grande demais, ele diz. Preciso de um cavalo para chegar ao Mundo Superior, eu e a bebida junto. Ele diz: "Se eu não voltar em um mês, vá e pegue o meu corpo".

— Mas você podia ter vindo junto.

— Sim.

— Por que não veio?

— Tenho medo.

— Medo de quê?

— Do *avakhi*.

— Todos os europeus são *avakhis* para você, não são?

— Não! — O albino levantou os olhos para o fogo, e o vermelho de seus olhos pegou o brilho das brasas. — Este não é um nome para chamar todos vocês. Este *é* um *avakhi.* Este é um demônio. Ele é do Mundo Inferior. Nós o vemos. Nós o vemos, e ele nos caça.

— Você o viu?

— Na floresta.

— O que ele estava fazendo?

— Ele mata seu amigo. Mata e sangra. Ele o pendura numa árvore. Tira as roupas do amigo. Ele corta o amigo de cima até embaixo, tira seu fígado e come enquanto ainda está quente, como se matasse um cervo.

Nekovar e Broucek mexem-se no fundo da caverna e invocam a proteção de Deus e todos os santos.

— Houve uma luta? — perguntou Mutz.

— Não. Nós seguimos ele e vemos tudo. Mas ele nos vê.

— O que vocês viram?

— Os dois caminhavam juntos seguindo a corrente, pelo rio. Eles comem toda a comida que carregam nas bolsas. Estão famintos. Eles não sabem como caçar. O *avakhi* fica para trás. Os dois andam devagar. Estão cansados. O *avakhi* levanta a cabeça. O outro europeu não vê. O *avakhi* puxa uma faca. O outro não vê. O *avakhi* não está cansado. Ele fingiu que estava. Ele pula para a frente, uma vez, como um cachorro, a outra vez como um urso. O som dos pés dele no chão faz o outro se virar. Ele olha para o *avakhi.* Levanta a mão. O *avakhi* está em cima dele. Um braço empurra a cabeça dele para trás. O outro braço passa a faca pela garganta dele. Todo o sangue sai. O peso do corpo do *avakhi* joga o outro no chão. O *avakhi* lambe a faca. Ele pendura o corpo do amigo no tronco de uma árvore. Esquarteja o corpo. Corta todas as partes. Deixa penduradas alto em uma bétula para secar, as pernas e os braços cortados e a carne das costelas. Enquanto ela seca, ele vive das vísceras do amigo. Ele enterra a cabeça e as costelas. Nós o vigiamos durante dias. Ele não tem medo. Ele acha que não tem ninguém perto dele. Ele acende fogueiras.

— Por que vocês não o fizeram parar? — perguntou Mutz.

— Por que deveríamos?

— Então por que o vigiaram?

— O xamã não tinha visto uma criatura do Mundo Inferior antes. Não sem cogumelos. Talvez ele deixe cair alguma coisa para a gente usar. Não é assunto nosso se um homem come seu amigo. Se ele quiser comer um de nós, aí é diferente. Aí oferecemos para ele carne de cervo em vez disso. Tem muitos cervos por perto. O *avakhi* não consegue sentir o cheiro deles. Isso é estranho, para um *avakhi*.

Mutz sentiu a quietude dos tchecos a seu lado. Eles tinham ficado surpresos e adequadamente nauseados com a revelação de um ato de canibalismo em sua paróquia siberiana, ilimitada e temporária, mas à qual já estavam acostumados. Era como uma história na imprensa marrom, sempre destacada como algo que nunca acontecera antes, e sendo homens modernos e progressistas, Nekovar e Broucek tinham se divertido com esse destaque por um momento, e agora estavam prontos para outra coisa, porque as novidades dessa época de maravilhas vinham com a certeza de que, assim como essas coisas nunca tinham acontecido antes, elas com certeza aconteceriam outra vez. O que o fez fazer tantas perguntas, quando estava febril, tonto e faminto, com dores como as de um reumático? Então, talvez não tenha sido o Moicano que tentou comer Samárin, mas Samárin que escapou com sucesso da colônia penal com o Moicano em sua barriga. No fundo de si mesmo Mutz se envergonhou com a descoberta de que considerava isso um pequeno incremento das vantagens de sua classe, o intelectual comendo o criminoso, e não o contrário. No entanto, ele desejava ardentemente provar a culpa de Samárin. As estruturas da Rússia tinham se alterado, fraturado e entrado em colapso, mas não o bastante para que não pudessem armar um tribunal para julgar um canibal, pelo menos. Onde três se reunissem, fossem um rabino, um cossaco e um bolchevique, fossem um castrado, uma viúva e um oficial tcheco judeu, eles concordariam que nada justificava aquilo. Não concordariam? Samárin estava seguro debaixo do cadeado e chave até Mutz retornar, e então ele talvez fosse capaz de convencer Matula de que o prisioneiro deveria continuar preso. Se os vermelhos não chegassem. O que era atraente era a oportunidade de mostrar a Anna Petrovna que tipo de homem era o estudante prisioneiro: um mentiroso, criminoso, e um comedor de homens. A mentira a magoaria mais. Outra vez, ele reconheceu a malícia em si mesmo, e o infinito cálculo da contagem dos pontos e balanços, e recuou. Um homem deveria ser admirado por reconhecer a maldade latente em si mesmo, e saber como mantê-la escondida, e no principal contida, ou a conduta correta exige que a maldade nem sequer possa estar lá? Queime-a. Como Balachov. Não aquilo. Aquele não era o lugar onde ela ficava. Não ali.

— Como ele descobriu que vocês o estavam vigiando? — perguntou Mutz.

— Certa manhã ele não está lá, no campo onde dorme, onde come as partes humanas. Às vezes à noite nós o vemos agitar o fogo para os lobos. Agora ele não está ali. Não o vemos. Vemos os membros e a carne do peito de seu amigo penduradas. A carne está seca agora. Quando o vento sopra, as peças mexem. Nosso Homem diz que vai comer cogumelos. Quando come os cogumelos, ele vê claramente o *avakhi*. Ele come os cogumelos e nós esperamos. É de manhã. Nosso Homem está cantando. Estou escutando ele cantar. Eu como um cogumelo. Estamos viajando juntos, Nosso Homem e eu, pela estrada que vai dar no Mundo Superior. Encontramos o amigo do *avakhi*. Ele está zangado, porque está cortado em pedaços. "Olhe!", ele diz. "Meus braços estão aqui, minhas pernas estão ali, minha cabeça e minhas costelas estão enterradas, meu coração, fígado, pulmões, rins e outras tripas, tudo comido. Tudo o que tenho foi comido, e o que ficou é comida para os lobos e as gralhas. Meu espírito vai nu para o Mundo Superior." Justo nesse momento há o barulho, como se o céu estivesse rachando, e o *avakhi* está de pé sobre nós.

— Era um sonho? — perguntou Mutz. — Quero entender. Você comeu cogumelo alucinógeno e sonhou que estava no inferno, vendo o fantasma do homem morto. Samárin, o *avakhi* estava no seu sonho, ou era real?

O albino assentiu.

— Sim. Ele está conosco lá no Mundo Inferior. Ele está zangado. Ele é real. Ter comido as tripas do amigo o fez ficar cego no Mundo Inferior e ele não pode ver o espírito do companheiro. Ele grita conosco. Mostra sua faca. Suas mandíbulas estão manchadas de sangue. Seus dentes são afiados e pretos. Seu hálito fede a carne. Ele é tão alto como o céu. Sua faca é do tamanho de uma árvore. Ela corta o sol quando a levanta. Nuvens vermelhas sangram do sol. Ele diz que vai nos matar. Ele não pode ver o que nós vemos. Ele escuta Nosso Homem contar a jornada do espírito de seu companheiro para o Mundo Inferior. Ele escuta Nosso Homem contar como o espírito de seu companheiro está triste por estar sem seu corpo no Mundo Inferior. Nosso Homem diz para o *avakhi*: "Seu amigo está de pé perto de você. Ele pede para ter seu corpo de volta. Ele diz: 'Tire meus braços e minhas pernas e a carne do meu peito da árvore, desenterre minha cabeça e meus quadris, e costure tudo junto.'

"O *avakhi* fica mais zangado. Suas unhas são como picaretas enferrujadas. Seus dentes, como pingentes de gelo. Ele pega Nosso Homem. Derruba-o no chão. Ajoelha-se no peito dele. Faz um corte na testa dele com a faca. Escreve a palavra MENTIROSO na sua língua. Nosso Homem grita. Seu terceiro olho está cego.

O *avakhi* diz que vai nos matar os dois se nos vir outra vez. Nós saímos do Mundo Inferior por caminhos separados. "Venha me buscar em um mês", Nosso Homem diz. "Se eu não voltar em um mês, vá e pegue o meu corpo." Quando eu saí do Mundo Inferior, quando o cogumelo acabou, o *avakhi* tinha desaparecido. Levou a carne com ele. Nosso Homem tinha desaparecido. Ele não pode encontrar o Mundo Superior, entende? Agora está cego para vê-lo. Não pode chegar lá sem um cavalo.

— Você viu o *avakhi* aqui pelo rio? — perguntou Mutz.

— Vi quando ele jogou o último pedaço do seu amigo na água. A mão. Ele corta a mão do soldado morto e a enterra. Ele come um pouco do cavalo. Ele sobe a ponte. Encontra um homem na ponte. Eles partem. Eu pego as mãos...

— Como era ele, o homem que o *avakhi* encontra na ponte?

— Longe demais para ver!

— Ele tem um nome em russo, o *avakhi*?

— Sim.

— Qual é?

— Não posso falar. Ele me mata. Ele promete.

Mutz enfia a mão dentro da túnica, no bolso da camisa, e pega uma pequena caderneta encadernada com couro e um lápis. As margens das páginas estavam úmidas mas a parte principal do papel estava seca.

— Você pode aumentar o fogo? — pediu ele.

O albino soprou nas brasas e pôs alguns gravetos verdes cheios de espinhos. Houve um cheiro de resina e uma coroa de pequenas chamas subiu da fogueira. Mutz levantou. Sua cabeça girou e ele quase caiu. Recuperou-se e agachou-se perto da fogueira. Colocou a caderneta aberta sobre os joelhos, firmou-a com uma das mãos, e começou a desenhar com a outra. Desenhou como um gravador, fazendo séries de linhas paralelas, sombreando-as para fazer as áreas mais escuras. Nekovar e Broucek aproximaram-se para observar. Suas bocas estavam levemente abertas. As chamas refletiam em suas faces e lançavam mais luz sobre o papel. O albino não olhou. Virou o rosto para vigiar a escuridão lá fora. Por um quarto de hora ninguém falou. Havia o assovio e o estalo da resina fervendo no fogo, o som do lápis de Mutz correndo no papel e o barulho da respiração dos homens.

Mutz terminou e poliu o desenho com o dorso da mão.

— Bom — disse Broucek. — Ficou bom. É ele.

Mutz tinha desenhado duas cabeças de Samárin, cada uma com três quartos do rosto, um de cabeça raspada e sem barba, a outra com o cabelo crescido. Mostrou-o para o albino, que não olhou. Mutz tocou em seu ombro. O albino deu uma olhada e virou a cabeça o mais que pôde.

— Por favor, olhe — disse Mutz. — Este é ele? Este é o *avakhi*?

O albino olhou de novo. Fungou.

— Sim — disse.

Canções

Anna sentou-se no divã, deixando espaço para outra pessoa. Colocou seu copo e a garrafa na escrivaninha e acendeu outro cigarro. Não sobraram muitos, mas ela não fumava com freqüência. Samárin seguiu seu exemplo, pegou o cigarro que ela ofereceu, curvou seu corpo para o fósforo, e sentou-se na cadeira de braços do outro lado da sala. Uma única lamparina queimava no canto. Iluminava igualmente os dois, mas parecia a Anna que o jogo de sombras e superfícies fazia a luz brilhar mais forte e mais oblíqua sobre Samárin, realçando o encovado de seu rosto e olhos. Ele escolhera sentar-se afastado. Bem, havia tempo. Ele era prisioneiro dela. Ela tiraria a fotografia dele amanhã. Tomou um gole de conhaque e sorriu.

— Como é ser meu prisioneiro? — disse ela.

— Confortável — respondeu Samárin.

O que ele tinha perguntado?

— Você estava me perguntando sobre Mutz. Ele disse alguma coisa sobre mim?

— Ele ficou perturbado porque encontrei uma fotografia sua que alguém deixou cair.

— Ele costumava me visitar. Ficava para passar a noite — Anna segurou a respiração, tentando ver se Samárin reagia. Ele não reagiu. — É solitário aqui para uma mulher. Você acha que sou prostituta?

— Não.

— Eu gosto de beber. Gosto de companhia, às vezes. Gosto de gostar de me ver quando olho no espelho. Eu canto. Então Mutz... ele gosta de mim, e esta é a coisa mais atraente em qualquer um. Ele é gentil. Tem um rosto bom. Não quero dizer bonito, embora quase o seja, e não quero dizer que seu rosto expresse boas intenções, embora o faça. Não se pode separar os dois; talvez ele ficasse feio, sem as boas intenções, e pareceria um idiota sem os traços bem-feitos. Ser civilizado talvez signifique não se obrigar a gostar das pessoas seja qual for sua aparência, mas parar de se perguntar se a aparência faz alguma diferença para você gostar delas. Ele é inteligente. Sabe muito sobre muitas coisas. Sim, ele é judeu. Sim, um soldado judeu na Rússia é como um pingüim no deserto. Sabe que aqui importa menos? Sibéria. Qualquer ser humano vivo aqui é exótico. Será que eu teria coragem de levar um esposo judeu para a Europa, para enfrentar as difamações e suspeitas do povo dele e do meu povo e, talvez, pedras lançadas pela janela, não é? Não sei. Talvez isso me fizesse amá-lo. Mas não amei, não aqui. Não tenho certeza do motivo. Não por ser judeu. Ele não é religioso. É um estranho entre os tchecos, mas é por que, para eles, ele parece alemão mais que judeu. Para alguns deles, não importa que ele fale tcheco melhor do que eles. Pensam nele como alemão. E, de alguma forma, talvez estejam certos. Mesmo agora, mesmo aqui, ele habita um lugar que não existe mais, um império de todos os tipos de línguas e nacionalidades, mas onde as regras são em alemão, e eles falam alemão nos escritórios, e os trens correm em alemão. Ele trabalhava como gravador em uma firma de Praga que imprimia certificados de participação naquele império. Tudo em alemão. Não quero dizer que tem alguma coisa errada com os alemães, quero dizer que ele estava ligado àquele mundo de uma certa ordem. Ligado de um modo como não devemos nos ligar às organizações, mas os homens com freqüência o fazem. Seu império foi gentil com ele e ele ficou infeliz com sua destruição. Acho que ficou desapontado pelo Império Austríaco não se ter tornado os Estados Unidos da Áustria. Perturbava-me o fato de que por trás de seu sentido de ordem, da maneira correta de fazer as coisas, sua necessidade de colocar tudo em seu lugar e entender quem estava fazendo o que a quem, havia esse conjunto de leis e costumes de um mundo que não existia mais. Fiquei furiosa quando os tchecos fuzilaram o professor. Nós o chamávamos de professor, era um exilado que ensinou Aliocha a ler, escrever e contar. Claro que Josef também ficou furioso, mas disse uma coisa que jamais lhe perdoei. Ele disse: "Nós temos regras tão estúpidas". Como se as regras fossem o problema, e não o tiro. Você entende?

— Sim, entendo — disse Samárin.

— Mas ele era agradável. É agradável. Ele não consegue falar com Aliocha como você. Perdeu a família toda quando era criança, da maneira mais estranha. Não quero dizer perdeu no sentido de que eles morreram. Perdeu. Extraviou-se. Seus pais, irmãos e irmãs emigraram para os Estados Unidos quando ele era muito pequeno, e no último minuto ele adoeceu. Sua família tinha comprado as passagens, tinham muito pouco dinheiro, deixaram Josef para trás com um tio e foram, com o plano de, mais tarde, ele ir se juntar a eles. Mas a família chegou aos Estados Unidos, e desapareceu. Quem sabe o que lhes aconteceu? Talvez tenham morrido em um incêndio, ou em um acidente ferroviário. Talvez as cartas se extraviassem; um mal-entendido sobre a maneira de os americanos anotarem os endereços. Dez anos depois que eles partiram, quando Josef tinha vinte anos, ele foi para os Estados Unidos procurá-los. Passou três meses procurando ao redor de Chicago. Não encontrou ninguém. Mesmo assim, todos ficaram surpresos quando ele voltou a Praga.

Anna parou, tomada pelo sentimento de que estava falando demais. Estava prestes a ficar bêbada e Samárin estava sentado ali com os olhos fundos de quem escuta, que pareciam se aprofundar mais quanto mais ela os enchia com suas divagações. Ela tomaria mais um drinque, e ele também. Ele transformaria as muitas histórias dela em uma só. Ele tinha esse poder. Ela levantou-se e encheu outra vez o copo dele e o dela, e sentou-se de volta. Cruzou e descruzou as pernas para fazê-lo olhar para elas, e ele olhou. Ela se perguntou se ele realmente estaria limpo. Perguntou-se se realmente se importava.

— Foi estranho você achar aquela fotografia — disse ela. — Eu a dei de presente a um dos homens locais. Gleb Alekséievitch Balachov. Ele dirige a loja na praça. Ele me importunou tanto tempo por uma foto, e depois vai e a perde.

Samárin assentiu.

— Você foi generosa por deixá-lo ter uma fotografia dessas.

Anna ruborizou-se e disse rapidamente:

— Balachov é gentil, mas muito devoto. Você sabe que eles não são ortodoxos nesta cidade, não sabe?

— Não sabia.

— Sinto não ter um gramofone. Poderíamos escutar um pouco de música.

— Tem um violão ali.

— Está desafinado.

— Poderíamos afiná-lo.

— Eu toco muito mal.

Samárin levantou-se, pegou o violão, colocou-a debaixo do braço e passou o polegar por suas cordas. Aproximou-se e a entregou a Anna.

— Está perfeitamente afinado — disse ele. — Quando você falou em música, deve ter desejado que eu a trouxesse até você. Toque.

— Bem, sente-se — disse Anna, apontando o lugar vazio no divã a seu lado e acomodando o instrumento em seu colo. Ela tocou uma por uma as cordas e mexeu nos pinos de afinação. Ela sentiu o peso dele se ajeitando no sofá e corou.

— Toco muito mal — disse outra vez.

— Todo mundo toca mal — disse ele. Ela olhou para ele. Samárin estava sentado recostado no canto do fundo do sofá com os braços atrás da cabeça, observando-a e sorrindo. Um pequeno peixe de prata nadava, com intimidade, do ventre a seu seio, deixando um traço de efervescência. Ela tentou esconder a luz de permissão em seus olhos e pressionou suavemente seu lábio inferior para parar de sorrir tanto.

Começou a puxar as cordas. Era uma canção masculina que tocava para Aliocha e agora tentava cantá-la mais suave, sem o pesado ritmo de marcha.

O Mais Honorável
Escudeiro, de partida
Fomos irmãos o bastante
Para saber quem é o mentiroso
Uma carta no envelope
Não, espere, não a tire
A morte me dará mais tempo
Para saber o que é o amor

A Mais Honorável
Querida Senhora Sorte
Às vezes chega na hora
Às vezes chega atrasada.
Quantos gramas de chumbo em seu coração?
Escute a dúvida do seu dedo no gatilho:
A morte me dará mais tempo
Para saber o que é o amor

A Mais Honorável
Sua Majestade, no Estrangeiro
Quando você a abraça forte assim
Sei que você é uma fraude
Vejo seus ninhos da seda mais pura
Espere, e me escute:
A morte me dará mais tempo
Para saber o que é o amor

Anna parou, abaixou a cabeça e riu.

— Tem mais versos mas não me lembro — disse ela, enquanto Samárin sorria e batia palmas. Anna ofereceu-lhe o violão.

— Agora você toca — disse.

— Só sei uma canção — disse Samárin.

— Bem, deve ser bonita. — sorriu Anna. — Toque!

Samárin apoiou o violão sobre os dois joelhos e começou a tocar, sem nenhuma demora para afinar ou bater ou passar os dedos para cima ou para baixo na madeira. A canção de Samárin não era em tom maior ou menor. Ela não sabia em que tom estava. O tom da sinceridade veio a sua cabeça e ela sorriu.

Samárin cantou:

Dizer o nome de uma estrela é suficiente
Entre os mundos onde a noite não permite brilhos
Não é porque esta estrela é a que amo
Porque, para mim, todas as outras estrelas são escuras
Não é porque esta estrela é a que amo
Porque, para mim, todas as outras estrelas são escuras
E se meu coração está triste na noite
Tenho outro elogio a fazer a ela

Não é porque com ela é maior a luz
Mas porque com ela não preciso de luz para viver
Não é porque com ela é maior a luz
Mas porque com ela não preciso de luz para viver

Anna pulou e bateu palmas, sentou-se e passou sua mão rapidamente sobre um lado da cabeça de Samárin e sobre seu ombro.

— Outra! — disse ela.

— Eu lhe disse, só sei esta.

— Toque outra vez!

Os Vermelhos

Os tchecos dormiram em turnos de duas horas à beira da fogueira. Quando Nekovar o acordou, Mutz tentou se enrolar e afastar-se da mão que o sacudia. Sua cabeça e seu corpo pareciam estar se separando um do outro por espaços sem superfícies. Nekovar insistiu e Mutz sentou-se. Seus olhos pareciam ter sido salgados e ele tinha náuseas. O frio que vinha do lado de fora da caverna tocou com insolência seu pescoço e o enjôo aquietou. Mandou Nekovar dormir e aproximou-se da fogueira. O albino tinha trazido mais madeira. Mutz empilhou-a. Do lado de fora começou a nevar outra vez. Broucek dormia debaixo do casaco, apoiando a cabeça em uma pedra como travesseiro, e parecia contente. O albino acomodou sua cabeça sobre as mãos juntas. Mesmo dormindo, parecia à espera de um golpe. Será que o xamã o maltratava? Mutz examinou seu próprio coração, o único instrumento a sua disposição para adivinhar a moral do morto, e concluiu que o xamã não fazia isso. Perguntou-se por que eles, os tchecos, tinham tratado o xamã tão mal, e se importaram tão pouco com sua morte, como se ela tivesse sido causada por seu fraco por bebida, como se ele mesmo tivesse se matado. Você olhava para os rostos do xamã e do albino, conhecia suas histórias, como eles às vezes comiam e se abrigavam entre peles, sem dúvida, mas às vezes sentiam frio e fome, caçavam e eram caçados na floresta siberiana. E você pensava: eles estão acostumados. Mas era assim que os que sofriam menos sempre pensavam sobre os que sofriam mais, que eles estavam acostumados, que já não sentiam tanto como você. Ninguém nunca se acostuma. Tudo o que aprendem a fazer é parar de deixar que isso apareça.

Uma vez inflamada, a consciência descarrega um calor estável, e a culpa se espalha. Mutz pensou em Balachov e sentiu outra onda de náusea por lhe ter pedido que convencesse sua esposa e filho a deixarem para sempre a cidade. Se voltar a Iazik, pedirá perdão a Balachov. Fará mais. Pedirá o conselho de Balachov. Quem é melhor para responder sobre Anna que seu esposo, que a amou como um homem, e agora, como afirma, ainda a ama, como um não-homem? Ele procurará Balachov, humildemente, e perguntará sobre o amor. Eles riram de Nekovar, procurando o segredo que colocava em movimento a máquina sexual das mulheres, mas, a seu modo, Nekovar estava à frente de Mutz; pelo menos estava procurando.

Ficará amigo de Balachov. Seus inimigos são Matula e Samárin, os pólos gêmeos da loucura em Iazik. Nada poderia avançar enquanto Matula impedisse que os tchecos voltassem para casa e Anna continuasse interessada em Samárin. Não parecia possível que uma mulher cujo marido tinha se castrado por amor a Deus tolerasse um amante que havia matado e comido um companheiro-prisioneiro. Mutz percebeu que estava sorrindo. Aqueles que cometem os atos mais extremos sempre se colocam abertamente não apenas diante dos mais extremos castigos como também do mais extremo ridículo. A guerra mal acabava na Europa e piadas sobre homens desmobilizados cujos testículos tinham sido feitos em pedaços por balas e granadas já varriam o hemisfério norte. O que fariam as mulheres desses homens? De muitas maneiras, elas estavam em pior posição do que Anna

Petrovna. Não, realmente não era muito engraçado. E não seria possível que a automutilação do esposo a tivesse vacinado, de alguma maneira, contra o terror que atormentaria a imaginação dos outros com a história do canibalismo na floresta? Samárin pode argumentar que, comparado com a brutalidade de Balachov consigo mesmo e sua família em nome de um alto ideal, o fato de ele ter matado e comido o Moicano era autopreservação. Um criminoso como o Moicano deveria ter sido enforcado. Em algum lugar a oeste de Vladivostok e leste de San Francisco deve existir uma sociedade cujos membros entusiastas fazem campanha para que os criminosos sejam comidos. Mais moderno, e menos perdulário. Nos Estados Unidos eles o assam com eletricidade. Não. Não era o canibalismo como tal. Era o que Samárin tinha feito depois, como descrito no estado drogado do albino, quando ele o viu de pé sobre eles à luz do dia na floresta na forma de um demônio nos campos de cinza e escória do submundo tungue. Ele entalhou letras na testa de um homem. Mutz mesmo as viu. Mutz viu como Samárin era capaz de alterar seu rosto, como tinha todos os humores em um mostrador e os escondia nos escaninhos. No entanto, era difícil acreditá-lo capaz de selvageria. E se Samárin tinha matado e consumido o Moicano para garantir sua fuga do Jardim Branco, quem tinha assassinado Kliment, e entalhado a letra em sua testa? Haveria um terceiro homem na floresta?

Todas essas questões sobre homens e mulheres conhecidos por Mutz estavam agora do lado oposto de um elemento que havia se alterado desde que ele o encontrou pela última vez, os vermelhos. Antes, em 1918, os vermelhos eram homens possuidores de uma Idéia. Agora a própria Idéia possuía os homens, e armava trens, terra. Do pouco que Mutz sabia, os homens que antes possuíam a Idéia ainda estavam discutindo qual era a Idéia; e isso era uma coisa que a Idéia, agora que possuía os homens e armava os trens e terra que eram seus, provavelmente não toleraria por muito tempo.

Ele estava desperto. Sacudiu Nekovar, Broucek e o albino. Perguntou ao albino se queria voltar com ele a Iazik para buscar o corpo do xamã. O albino assentiu, sonolento.

— Primeiro, temos que fazer uma coisa — disse Mutz. Ele olhou para Broucek e Nekovar. A confiança no rosto deles era aterrorizante. — Temos que ir até os vermelhos.

— Eles vão nos destripar — disse Broucek. — Não é melhor voltarmos a Iazik primeiro?

— Você fará o que o tenente Mutz mandar — disse Nekovar.

Mutz disse:

— Podemos nos esgueirar por eles agora, e voltar a Iazik, mas não podemos escapar de Iazik sem eles. Eles controlam a ponte.

Broucek estava pensando sobre isso, ainda confiante, sem evitar os olhos de Mutz, mas esperando outras coisas.

— Eles podem atacar Iazik quando quiserem, e nos matar a todos — disse Mutz. — Não temos os meios para impedi-los, a não ser falando com eles.

— Vamos, irmão — disse Nekovar. — Só vamos ter certeza de que sabemos o que estamos fazendo. Os vermelhos não são tudo o que está nos impedindo de partir.

— Não — disse Mutz. — Fico feliz por você entender isso. Você entende, Broucek?

Broucek ficou em silêncio por um longo tempo. Depois, disse:

— Eu o mato por você. Eu não me importo. Seria como matar um cachorro doido.

— Você não estaria fazendo isso por mim — disse Mutz. — Jamais pense que é por mim. — Mesmo que fosse. Como era fácil a traição quando mais de um homem já estava pensando no mesmo modo de trair, e abriam seus corações no mesmo momento. Agora ele conseguia enxergar dentro da alma de Matula porque estava adquirindo uma igual. A conveniência de um tempo e um lugar entre a guerra e a lei, quando uma arma e uma ordem eram tudo de que se precisava para fazer um problema desaparecer. Como parecera natural salvar a vida de Matula no gelo. Como parecia natural agora vender sua carcaça para os vermelhos. Mutz tinha uma ânsia estridente de saltar de volta para dentro dos limites de uma nação sensata, ou um império, como aquele no qual vivera uma vez, e bater a porta para uma anarquia como aquela. Mas só poderia fazer isso aumentando ainda mais a anarquia. Moisés! A última coisa de que você precisava no deserto era de dez mandamentos. Isso seria para depois.

A neve caía em flocos esparsos, pesados e úmidos. Mutz ainda estava com o casaco de Nekovar. Era desagradável sair da caverna, mas a neve não estava profunda e o chão branco tornava a navegação mais fácil. Seguiram o albino descendo por uma inclinação pouco profunda por mais de um quilômetro até chegarem a um afloramento acima da linha férrea, algumas centenas de metros da boca do túnel. Das pedras, podiam olhar para baixo para a linha férrea sem serem vistos facilmente. O trem vermelho estendia-se, escuro, em descanso desde o túnel. Um aparato espesso atarracado sobressaía de um vagão achatado acoplado à frente da locomotiva: a peça de artilharia. Atrás do tênder da locomotiva, vinham vagões de carga, vagões achatados com metralhadores atrás de sacos de areia, e vagões de passageiros com janelas, alguns escuros, alguns mostrando a luz de lâmpadas. Mutz podia sentir o cheiro da fumaça de carvão das fornalhas de cada vagão. Sentinelas em grupos de três sentavam-se com sobretudos ao redor de pequenas fogueiras, os rifles sobre os joelhos. O mais próximo estava a menos de cem metros.

Mutz fez sinal para os outros subirem.

— Eles não estão prontos para avançarem — sussurrou Nekovar. — Estão apenas mantendo a locomotiva aquecida para não congelar, mas ela não está pronta. Ainda levará umas duas horas. Provavelmente, vão se pôr a caminho quando alvorecer.

— Para que são os arames? — perguntou Broucek — Tem arames que saem do trem para a linha do telégrafo.

— Eles devem ter um telégrafo no trem — disse Nekovar.

— Talvez tenham um restaurante também — disse Broucek.

— Aposto que eles têm prostitutas russas a bordo — murmurou Nekovar. — O comunismo é todo sobre participação igual para todos, não é, tenente, irmão?

— Sim — disse Mutz. — Ou eles podem simplesmente fuzilar você.

Dividiram o grupo. Broucek e o albino ficariam para trás, escondidos, enquanto Mutz e Nekovar iriam negociar. Se os negociadores fossem bem recebidos, Broucek e o albino esperariam por eles em uma cabana abandonada a meio caminho de Iazik. Mutz olhou para o trem lá embaixo uma última vez. A neve tinha parado de cair e estava mais frio. Nuvens perfuradas giravam ao redor da lua. A neve no chão e nos ramos das árvores começava a endurecer e a brilhar. O volume sólido e concentrado do trem e o círculo das fogueiras iluminando o seu redor se estendiam desde o túnel, passando pela rede planetária de fios e arames do telégrafo, como se sentissem a inteligência do mundo, tateando na escuridão e no caos do vazio de Samárin, Balachov e Matula, atrás de alguma coisa que tivessem perdido. Estavam chegando a Mutz. Em Londres, Paris e Nova York, eles viam os vermelhos como uma ameaça anárquica, destrutiva e turbulenta que exigia ser controlada. Aqui na floresta escura, olhando o círculo das luzes, Mutz viu apenas uma nova ordem, um novo império, vindo tomar seu lugar entre o velho, e sentia o desejo de estar dentro do círculo, e não fora, com os comedores de homens, anjos feitos à mão, visionários narcófilos e senhores da guerra da Boêmia. E como o destroçava saber que Anna estava fora desse círculo, e embora ela detestasse esse lugar desolado de loucura o tanto que sua sensatez lhe dizia, encontrava aí uma fonte sem a qual não podia passar. Mesmo quando a ordem do novo estado invadisse seu espaço, como iria acontecer, ela nunca toleraria muito tempo um homem que tinha fugido dos extremos que ali se encontravam com tanta avidez e, ainda pior, que procurou explicar o extremo, e saná-lo.

Um lobo uivou à distância na floresta atrás deles. Outro o seguiu, e um terceiro. Alguns dos sentinelas se viraram. Nenhum se levantou. Mutz pôs a mão no ombro de Nekovar. Eles olharam um para o outro e inclinaram a cabeça. Mutz tirou seu cinto e o coldre com a pistola e os entregou para o albino, que os colocou com inesperada rapidez, e ficou parecendo um bucaneiro fantasmagórico. Nekovar deu sua arma para Broucek e o abraçou timidamente. Mutz pegou seu lenço que já tinha sido branco. Nekovar pegou e desdobrou um pedaço de papel com o que parecia o rascunho do desenho de uma mulher artificial movida a eletricidade. Erguendo essas bandeiras de rendição sobre as cabeças, eles rodearam o afloramento, subindo até o campo aberto de neve, em plena vista das sentinelas. A lua brilhava sobre eles.

Ninguém os viu. Mutz respirou profundamente o ar gelado e gritou:

— Não atirem! Queremos conversar! Não atirem!

Quando sua voz rolou pela neve, ecoando levemente nos flancos do trem, as sentinelas se levantaram, negras e indignadas. Mutz escutou o estalido dos ferrolhos dos fuzis para a frente e para trás e os soldados vermelhos correndo em direção a eles, as barras dos casacos balançando, fuzis levantados à frente como se fossem fazendeiros atacando com seus forcados. Mutz reprimiu o instinto de correr e se esconder. Gritou, "Não atirem!", outra vez, e Nekovar acrescentou sua voz.

Uma dúzia de russos os cercou. Usavam vários tipos de chapéus de civis e *chapkas* e tinham braçadeiras vermelhas sobre as mangas dos sobretudos, que eram de fabricação inglesa. Envaidecidos e solenes com a responsabilidade, vários estavam gritando com os tchecos para esticar as mãos ainda mais para o alto. Outros se perguntavam quem eles eram. Numerosas mãos os estavam revistando, enfiando-se em seus bolsos, tirando documentos, o dinheiro de Matula, fotografias. Um dos vermelhos agarrou o papel de Nekovar e um subgrupo se formou em volta, todos franzindo profundamente o cenho. Entre todos eles, um que usava uma capa de couro de cervo, chapéu de couro e botas militares, começou a empurrar a turba para trás. Chamava os soldados de camaradas, distribuía ordens, e perguntou a Mutz e Nekovar se eles estavam desarmados.

Ele conduziu Mutz e Nekovar para a porta aberta de um dos vagões de passageiros. A multidão de sentinelas os seguiu enquanto o chefe subia e entrava no vagão. Os soldados mantiveram distância dos tchecos. Alguns tinham baionetas fixadas nos fuzis. Seus rostos expressavam suspeita e curiosidade. Estavam tão ansiosos para matar quanto para conversar. Qualquer coisa servia. Havia mulheres entre eles.

— Somos tchecos — disse Mutz. — De Iazik, no final da linha.

— Intervencionistas — disse um dos vermelhos.

— Brancos imundos.

— Contra-revolucionários.

— Eles são burgueses?

— Faccionários!

— Como podem ser faccionários? — disse um vermelho magrelo, em uma *chapka* de pele de esquilo, empurrando o ombro de um rival. Alguns dos vermelhos riram. O vapor se ergueu de suas bocas.

— Vocês são comunistas? — perguntou Nekovar.

— Comunistas! — disseram vários e "sim" profundos troaram pelo semicírculo.

— Somos trabalhadores ferroviários — disse um.

— Isso é um segredo militar!

— Sim, cale-se, idiota.

— Tenho orgulho de ser comunista e trabalhador ferroviário — disse um homem de barba branca com um fuzil bem azeitado, dirigindo-se a todos eles, como se estivessem em uma reunião e fosse sua vez de falar. Nenhum dos vermelhos mais jovens se mostrava inclinado a fazê-lo calar. — Trabalhei trinta anos na estrada de ferro, e eles não me deram nada, e o chefe falava comigo como se eu fosse uma criança, e levaram meu filho para a guerra, e ele nunca voltou. Eles me deram uma casa ruim. Pequena. Úmida. Eles odiavam se separar do dinheiro, os parasitas. Minha esposa ficou resfriada e morreu. Foi uma vergonha.

— Certo, Stiopa Aléksandrovitch. Fale.

Stiopa Aléksandrovitch aproximou-se de Mutz e Nekovar, pôs seu rosto na frente dos deles, e espetou-os com um dedo. Ele não tinha dentes.

— Este é o trem do Povo — disse. — Esta — ele bateu em seu fuzil — é uma arma do Povo. O Povo, isso somos nós. Está publicado.

— Nós fuzilamos nossos chefes. Eles eram uns porcos.

— Cale-se, Fédia.

— Deus salve o Lênin vermelho! — Irrompeu um alvoroço quando o magrelo escutou isso.

Um homem pulou dos trens. O estalido de suas botas na neve e nos trilhos silenciou os outros vermelhos e eles deram vários passos atrás. O alvoroço cessou.

O comissário do Soviete dos Trabalhadores da Ferrovia de Verkhni Luk tinha pouco mais de vinte anos, e um bigode louro cheio e elegante. Mesmo à luz da lua, Mutz podia ver que ele o olhava com um extraordinário grau de esperança nos olhos; não esperança de que Mutz fosse oferecer alguma coisa de que precisasse, mas a imensa esperança de que todos os novos homens e mulheres que encontrasse seriam um mensageiro precoce da nova sociedade que ele aguardava, não importa quantas vezes se desapontasse.

Era o camarada Bondarenko, em um casaco de couro preto, com uma pistola, amando ser jovem em uma revolução, e sabendo disso, daí alguns gestos cinematográficos. Os outros vermelhos amavam-no por parecer jovem e bonito e sem mácula, mesmo os tendo conduzido a uma ação que terminara na execução dos administradores ferroviários leais aos brancos, ou leais às velha ordem da propriedade, pelo menos. Mutz viu os vermelhos olharem para Bondarenko como se ele fosse o depositário de suas virtudes, a garantia de que a honra deles lhes seria devolvida, intacta, quando os dias de matança terminassem.

Bondarenko ordenou que as mãos de Mutz e Nekovar fossem amarradas às costas, o que foi feito com vontade e sem maldade. Bondarenko subiu de novo no trem, e Mutz e Nekovar foram empurrados para segui-lo, com um homem armado atrás de cada um deles. Esse grupo arrastou-se pelo corredor do vagão de passageiros passando pelas cabines. As portas deslizantes das cabines estavam abertas. O vagão estava super-aquecido. Cheirava a tabaco ruim, chulés de homens, sopa rala e velhas ataduras de feridas. Nas cabines, os homens estavam fumando, jogando cartas, lendo jornais, discutindo política, e dormindo o sono invejável dos exaustos, os membros jogados onde primeiro caíram. Uma cabine era dos doentes e feridos. Dois homens de peitos nus, um com o crânio enfaixado, o outro com o braço enfaixado, estavam deitados com mantas até as cinturas, uma mão atrás das cabeças, olhando para os que passavam pelo corredor com a atenção particularmente arregalada dos soldados feridos.

Mutz e Nekovar foram conduzidos a uma sala mobiliada em meio vagão. Havia venezianas bege sobre as janelas e um fino carpete verde recentemente colocado. Estava vincado e marcado com pegadas de lama preta e miolo de neve. Mapas técnicos da ferrovia central siberiana se encontravam afixados em quadros-negros e havia uma mesa de desenho vazia. No canto afastado, perto de uma porta marcada ENTRADA PROIBIDA, havia uma escrivaninha com uma superfície de feltro verde. A lâmpada da escrivaninha se refletia no brilho capturado da nogueira envernizada. Havia xícaras sujas de chá, uma maçã meio comida e um pedaço amassado de jornal sobre a escrivaninha, e mais jornais amontoados, alguns impressos recentemente a julgar pela aparência, no chão perto da escrivaninha, ao lado de um caixote aberto contendo granadas de mão embrulhadas na palha. Um relógio na parede mostrava 8:45. A posse de Bondarenko do vagão de auxiliares do antigo chefe da ferrovia era deliberadamente desleixada. Ele queria mostrar como se importava pouco com a aparência burguesa da velha burocracia, sem descartar completamente a possibilidade de que pudesse precisar dela no futuro. Não era, Mutz sentiu quando o comissário sentou-se na cadeira giratória estofada atrás da escrivaninha, que Bondarenko fosse cético; mas sim humilde e confiante o suficiente na sabedoria do povo para saber que não sabia, exatamente, que aspecto eles esperavam que a nova ordem tivesse depois que a guerra fosse ganha. Fez Mutz se lembrar de Balachov, mas talvez do guerreiro piedoso que Anna conheceu na Europa, antes da guerra.

— Tenho uma proposta — disse Mutz. Bondarenko sorriu e pareceu interessado, mas balançou a cabeça e interrompeu Mutz quando ele tentou continuar. Começou a lhes falar da queda de Omsk, dois dias antes. Eles sabiam disso? O Exército Vermelho do Camarada Tróstki triunfou, os brancos estavam em vergonhosa retirada para o leste em direção a Irkustki, e a Revolução vencera. O trem do almirante Koltchak, cheio de bêbados, cocaína e despojos, foi obstruído por uma turba que se espalhava por centenas de quilômetros pela Sibéria, com os cossacos fechando aldeias para usá-las como parques de diversão sangrentos e saindo sem deixar ninguém vivo, e os ricos pagando com caixas cheias de jóias por um lugar no vagão blindado para Vladivostok ou para a China. Cadetes e oficiais brancos, prostitutas, empresários, garçons, cambistas, cantores de cabarés, contrabandistas, negociantes — milhares se amontoavam mortos de tifo ao longo dos trilhos, e saqueadores estavam arrancando seus ouros, peles e botas.

— Nós entendemos que os brancos estão acabados e os vermelhos estão ganhando — disse Mutz. — Os tchecos em Iazik só querem voltar para casa. Esta é a substância da minha proposta.

— Os tchecos em Iazik — disse Bondarenko, com uma tristeza que Mutz não gostou. O comissário encontrou os olhos de Mutz outra vez e desviou os seus. Ainda havia a esperança sem limites em seus olhos. Ocorreu a Mutz que essa esperança, que parecia tão sedutora, podia não ser mais que a esperança de que ele e Nekovar fossem homens o suficiente para entender por que a vida ou morte deles seria decidida pela Idéia, e não por ele, o mero Bondarenko.

— Eu gostaria de ler para vocês um telegrama que nosso Soviete recebeu um mês — um mês — atrás do quartel-general do Exército Vermelho nos Urais — disse ele, tirando um pedaço de papel de uma gaveta da escrivaninha. — Gostaria que vocês me dissessem se acham que isso me deixa algum espaço para dúvidas. Um momento. — Ele deixou o papel virado sobre a mesa, tirou sua pistola, soltou o pente de balas, contou o número das balas, recolocou-o no lugar, pôs a pistola cuidadosamente sobre o feltro, sua boca apontando para os tchecos, e pegou o pedaço de papel. Uma substância amarga se manifestou na saliva de Mutz e ele engoliu. Ele tentou ler os caracteres do telegrama enquanto a luz o iluminava mas só podia ver as faixas da fita de telégrafo presas no papel.

Bondarenko disse, muito devagar, repetindo algumas palavras:

— Aqui diz: "Para Bondarenko, comissário, Soviete dos Trabalhadores da Ferrovia de Verkhni Luk. Referente aos tchecos de Matula e Iazik. O ramal ferroviário de Iazik não é de importância militar imediata. No entanto. *No entanto.* Tendo em mente os atos bestiais — *atos bestiais* — cometidos por essa unidade em Staraia Krepost, fica ordenado que, na primeira oportunidade, você libertará Iazik pela força das armas, a despeito do custo em sangue das pessoas civis ou militares dali. Também é ordenado que qualquer tcheco — *qualquer tcheco* — feito prisioneiro em Iazik deve receber, de você, rápida e implacável justiça revolucionária, na forma da pena de morte — *pena de morte.* Qualquer tentativa dos tchecos de Matula de fugir ou se render — *fugir ou se render* — antes do seu ataque deve ser tratada da mesma maneira. *Da mesma — maneira.* Assinado, Trótski. *Trótski*!"

— Isto é... — começou Mutz. Bondarenko o cortou.

— Espere. — Ele virou o telegrama. — Aqui. Vocês dois lêem russo, não é? Leiam. Pode ter uma ordem mais clara? Vamos. — Ele pegou a pistola e se levantou. Mutz e Nekovar foram levantados por trás na tentativa de colocá-los de pé. Os dois homens resistiram e tiveram as cadeiras tiradas de baixo deles, e caíram no chão.

— Não posso acreditar que um servo leal do povo cometa tal ato — disse Mutz.

— Por quê? — perguntou Bondarenko. Ele parecia ofendido, desapontado com a falta de compreensão de Mutz. — O camarada Trótski é o comissário do povo. — Mutz escutou-o procurar algo outra vez na gaveta da escrivaninha. Ele se ajoelhou perto da cabeça de Mutz, que estava deitado no carpete. Suas botas rangeram. Ele segurou alguma coisa na frente dos olhos de Mutz. Eram os documentos legionários de identidade de Bublik e Racanski.

— Nós já fuzilamos esses dois hoje — disse Bondarenko. — Nós os pegamos esta tarde, em nosso caminho até a ponte. Eles nos falaram que eram comunistas, desertores, e queriam se unir a nós. Tivemos que executá-los, no entanto. É extraordinário ver o poder do Povo em ação. Seus camaradas pareciam ser homens bons, mas a Revolução não tinha utilidade para eles. Um deles, Racanski, eu acho, nos disse que havia matado um de seus próprios oficiais esta manhã.

— Kliment?

— Talvez. Não me lembro. Já basta de conversa. Vamos levá-los para fora.

Os tchecos foram içados para se levantarem. Dessa vez, eles não lutaram. Bondarenko, de novo, foi na frente e eles o seguiram.

— Parece ruim, irmão — disse Nekovar.

Mutz viu que sua mente tinha dificuldades para acomodar o que estava acontecendo. Ela estava acostumada a contar passos imaginários à frente, em direção a futuros possíveis, e retornar para contar o que tinha visto. Agora sua imaginação enviava mensageiros atrás de mensageiros à frente, no único caminho possível, e nenhum deles regressava. Como era possível preparar-se para a morte se não era possível imaginá-la? Agora que sua vida estava medida em minutos, ele queria que Anna soubesse o que tinha acontecido com ele. Para sua surpresa, nenhuma oração estava se formando nele, nenhum deus. Estava muito horrorizado com sua consciência caindo no mar da morte e não existindo mais. Não era como dormir. Mutz não se sentia corajoso, nem orgulhoso, mas o comissário era tão amigável que ele sabia que era inútil pedir por sua vida. O que ele achou mais inesperado foi a raiva que sentiu de si mesmo por não retornar a Iazik para avisar a Anna, aos tchecos e aos castrados. Esse era um lugar para onde sua imaginação podia ir, com facilidade, a preciosa vida de Anna, a vida nela que era tão maior do que a vida de uma pessoa comum, sendo terminada em dor e medo. Ele não morreria em paz.

— Quanto tempo antes de atacar Iazik, camarada Bondarenko? — perguntou ele.

— Algumas horas — disse Bondarenko, sem se virar. — Será rápido.

Canibais

Samárin tocou sua canção duas vezes mais, por insistência de Anna, e se recusou a tocá-la uma quarta vez. Com cuidado, ele guardou o violão, colocando-o contra a escrivaninha e não entre eles. Anna tinha escutado a música antes, mas Samárin a fizera uma parte de sua vida.

Sentaram-se e olharam um para o outro por alguns momentos. O coração de Anna batia forte. Ela desejava estender a mão, apertar a nuca dele e beijá-lo, alisando-o com a outra mão, e se perguntava por que ele não via o desejo e prontidão em seu rosto, e agia. Será que sua beleza fugiu em alguma noite recente, ou mesmo uma hora atrás? Ela estava velha? Era boba? Uma mudança aconteceu no rosto de Samárin. Ele sorriu e era um Samárin mais novo, mais ávido, uma liberação, Anna viu imediatamente, mais real do que ele experimentara ao escapar do Jardim Branco ou ao ser tirado da cela de Matula. Uma prisão interior o libertara, e ele estava assombrado com isso, e o mundo lá fora parecia ainda mais brilhante por ter chegado a ele tão inesperadamente.

— Por que você está sorrindo? — perguntou ela.

— Você — disse ele. — Estou caindo na sua curiosidade. Tão grande necessidade de ser satisfeita.

Anna deu de ombros.

— Então caia — disse ela com voz rouca.

Ele se inclinou para a frente e a beijou nos lábios, colocando a mão em sua cintura. Suas cabeças se inclinaram e as pontas das línguas se tocaram. Anna pôs suas mãos nos lados da cabeça de Samárin e a segurou alguns milímetros distante da sua. Seus olhos moveram-se pelo rosto dele. Tanto de uma vez. A cabeça dele estava quente e ela sentiu sua pulsação. Os olhos dele ficaram fixos nos dela.

— O que você está fazendo? — sussurrou ela.

— O que você quer que eu faça — disse ele.

— Você pode adivinhar?

— Sim.

— Tão simples.

— Você sabe, faz um longo tempo — disse ele. — Talvez eu tenha esquecido. Talvez todas as mulheres sejam como você. Mas não acho que esqueci. Não acho que sejam.

— Você ficou me olhando no tribunal hoje — disse Anna. — Você ficou me olhando o tempo todo. Senti que você me conhecia.

— Eu conheço você — disse Samárin. — Conhecerei ainda mais.

Anna beijou-o outra vez. Ela escutou passos nas escadas e Aliocha chamando por ela.

— Espere — disse ela, e subiu a escada para encontrar seu filho.

— Estou com frio — disse Aliocha. — Posso dormir na sua cama?

— É claro que você está com frio, andando por aí fora da cama sem nenhum chinelo — disse Anna. — Mamãe ainda não vai para a cama. Não me diga que a fornalha já apagou. — Mas tinha se apagado. A pequena fornalha no canto do quarto de Aliocha, que Anna acendera quando o sol se pôs para ir aquecendo aos poucos, enquanto o menino dormia, tinha que ser acesa de novo, e Aliocha se aconchegou de novo entre as cobertas. Anna colocou rapidamente os gravetos mas a princípio o fogo não pegou. Ela repreendeu Aliocha por ser uma peste.

— Fique comigo — pediu ele. — A fornalha lá de baixo já deve ter apagado.

— Sua cabeça está cheia de besteiras — disse Anna, mais rispidamente do que pretendia. Levantou-se de perto da fornalha, que por fim tinha acendido, e se inclinou sobre ele. Ele logo dormiu, a bochecha esmagada contra a mão. Ele deve ter falado no sono. Será que sonharia com uma mãe brava, dando-lhe as costas? Bem, deixe-o. Ele vai escutar coisas piores em sua vida. No entanto, isso a perturbava. Ela o beijou e desceu.

Samárin estava de pé, olhando para as fotografias penduradas na parede dos dois lados do quadro que seu pai fez de Balachov. Algumas ela fizera em sua cidade natal quando era garota; outras eram da Ucrânia.

— Você fez estas? — perguntou Samárin.

— Sim. — Por um momento, ela esperou que ele elogiasse. Mas esse não era o jeito de Samárin. Ele achava que seu interesse era elogio suficiente, e ela achou que era.

— Quem são estas pessoas? — Ele estava olhando para a fotografia de uma família camponesa em uma estação ferroviária, em 1912. Era inverno. O pai e a mãe, embrulhados em mantas esfarrapadas, estavam inclinados como montanhas sobre um bebê deitado entre trouxas, os dedos grossos apertando os cueiros da criança. Em primeiro plano, uma garota, sentada em outra trouxa, virada do outro lado, encarava as lentes da câmera, o rosto sem esperanças e orgulhoso, os olhos abertos e desinteressados e orlados com um círculo de sujeira. Ela parecia faminta.

— Não sei — disse Anna. — Eu tirei a foto deles. Não sei o que lhes aconteceu. Muitos camponeses passaram pela estação aquele ano. A colheita fracassou nas terras novas. Não sei para onde estavam indo.

— Ninguém deveria ser obrigado a fugir quando a colheita é insuficiente, não é? — disse Samárin. — Deveriam ser capazes de conjurar um açoite para destruir os que têm dinheiro mas não os alimentam. — Anna viu o velho Samárin ressurgir e sentiu um sobressalto de medo. Foi Samárin quem mudou de assunto. — Não tem fotografia do seu esposo — disse ele.

— O quadro — disse Anna rapidamente. — A semelhança é pouca. Meu pai era um artista ruim. Além disso, meu esposo me conheceu quando eu estava tirando foto de uma manifestação. Ele impediu que um cossaco me batesse, ou matasse. Nas fotos ele aparece dessa maneira.

— E nenhuma foto do povo de Iazik.

— Tenho algumas. Mas eles não se importam com fotos.

— Eles são muito devotos, você disse, como Balachov, e não ortodoxos. Não foi isso que você disse? E a outra coisa que você disse era que conhecia pessoas que tinham derramado seu próprio sangue e carne por Deus. Achei que essa foi uma expressão muito pouco comum. Balachov é um desses homens?

— O que você quer dizer? — perguntou Anna, impotente. Ele sabia, mas ela era obrigada a fingir. O alívio era que ele não estava usando seu conhecimento para atormentá-la, e que ele não sabia que Balachov era seu esposo. Havia delicadeza em suas perguntas; não era gula por detalhes lascivos nem um golpe para conseguir vantagem. Ele estava tentando gentilmente abrir a mente dela para lá entrar. Parte dela tinha consciência de que se sentia tão bem com esse interrogatório porque queria tocá-lo, beijá-lo outra vez e começar a brincar com o corpo dele, mas ela não daria atenção a essa parte de si mesma.

Samárin perguntou:

— Balachov é um castrado?

Anna assentiu, odiando escutar a palavra na boca de Samárin. Não foi o jeito como ele a disse, mas a palavra falada em voz alta por um homem, em particular este homem neste momento. Foi como um soco em sua barriga, e ela se lembrou o tanto que o Gleb inteiro significou para ela uma vez e o quanto ela parecera significar para ele, e como não foi apenas um ato contra ela, e como não tinha sido apenas uma preferência a Deus sobre ela, zombando do amor que faziam e do filho que tiveram como loucuras de jovens pecadores em jogos de cartas e duelos; mas como tinha sido um ato que quase matara nela a esperança de que existissem homens merecedores do amor que as mulheres lhes davam, uma esperança já ameaçada pela compreensão de que seu pai era um tolo.

— O que importa a você se ele é ou não um castrado? — perguntou. — Deixe o homem se arrepender disso em paz. — Sentou-se no divã, os lábios apertados, e observou seus dedos no colo, brincando com seu anel.

— Não pergunto para ter um conhecimento mais íntimo de Balachov ou de qualquer um deles — disse Samárin, sentando-se perto dela e inclinando-se em sua direção. A animação dele a excitara e o desejo dele de continuar falando sobre os castrados fez com que o achasse desagradável. — Mas você não pode ficar surpresa por eu ter me admirado. Você vive aqui. Você se esquece de quantas pessoas ao oeste dos Urais acham que nunca houve castrados, ou que morreram há séculos. Isso mostra que existe esperança.

— Esperança? — disse Anna, olhando para cima. Ela riu. Não tinha escutado nada tão engraçado havia muito tempo.

— Esperança em pensar que o homem moderno fará um sacrifício assim por algo em que acredita, por algo além do que possam pegar e tocar. Que nem tudo é uma transação.

Por um momento, Anna sentiu que todo o peso era retirado

dela, deixando-a tão leve, vazia e triste como uma única lanterna chinesa, balançando ao vento. Ela começou a falar e, ao primeiro som de sua boca, seu rosto se ruborizou e ela começou a chorar, e, enquanto levantava sua voz contra as lágrimas, enfurecia-se.

— Esperança — disse ela. — Esperança! Um palhaço acaba com sua masculinidade na floresta com uma faca quando recebe a palavra de Deus. Sim, ele acha que é um homem justo, ali de pé com uma torrente de sangue escorrendo por seus dedos, acha que fez uma coisa corajosa. Fez seu pacto com aquele velho porco sedento no céu. Mas o céu está a uma distância tão grande, é tão longe, sabe, Kiril Ivánovitch? É uma distância tão grande, a percorrer, e, no momento em que você chega lá, o sangue já não está mais quente, está todo seco, e você não pode colocá-lo de volta, e você diz a Deus: "Veja! Veja o que fiz por você!" e Deus diz: "Obrigado." E você olha em volta e vê todas as cabeças curvadas diante dele, todos os milhões que trouxeram a ele seus sacrifícios de sangue, e sabe o quê? Deus não tem tempo. E você pensa: "E se eu não tivesse feito?". E se eu tivesse ficado com as pessoas que conheço, e se eu tivesse ficado com as pessoas que amei, em vez de percorrer toda essa distância com meu sacrificiozinho insignificante por Deus que não precisa dele? Isso não teria sido um sacrifício melhor e mais difícil? Tarde demais! Seu canibal. Tarde demais! Construir um futuro brilhante com a carne de seu companheiro? Você realmente acha que um homem pode comer outro e isso não deixar sua marca em cada ato que ele fizer daí em diante, e em cada conseqüência de todos os seus atos? Você realmente acha que o fedor dessa única traição não vai se espalhar por todos os atos de todas os anarquistas que ele inspirar?

— Não é assim — disse Samárin, com calma.

Anna limpou seus olhos com as costas de sua mão e falou mais gentilmente.

— Quando escuto um homem falar assim — disse ela —, penso em uma criança mimada que matará sua mãe se ela não o deixar ir atrás do arco-íris.

Samárin estendeu a mão e tocou na face mais vermelha de Anna.

— Bom — disse ele. — E se esse canibal imaginário não for um revolucionário anarquista, afinal? — Ele aproximou seu rosto do de Anna, de modo que seus olhos estavam fitando os dela só a poucos centímetros de distância. — Você gostaria mais se ele matasse e comesse um homem por amor?

Anna ainda estava tonta por ter falado tão alto, tão rápido e tão imprudentemente quando estava chorando. Ainda assim, podia perceber uma mudança em Samárin. Enquanto ele se aproximava, seu eu liberado ia desaparecendo, como se seu eu mais duro, mais frio estivesse empurrando o novo liberto Samárin de volta a sua cela interior. Ela não queria que isso acontecesse.

— Eu gostaria mais? — repetiu ela.

— Se ele matasse e comesse um homem por amor. Se ele tivesse assassinado seu companheiro, o tivesse esquartejado e comido, para poder viver o bastante para ver outra vez a mulher que amava. Isso seria melhor para você?

Samárin, o Samárin de que Anna gostava, estava desaparecendo, e Anna queria que ele voltasse, e estava preparada para ir atrás dele.

— Sim — disse ela. — Eu gostaria mais se fosse assim. Ela pôs os lábios na boca dele, que a abriu e empurrou seu corpo para a frente para que seus seios pressionassem o peito dele. Pôs a mão entre as pernas dele e sentiu a bendita reafirmação de sua dureza ali e, como se a esperança fosse uma forma de magnetismo, a mão esquerda dele deslizou por baixo de sua blusa. — Você está pensando? Não pense — disse ela. — Você gosta de mim. — Ela o acariciou e subiu sua saia e sua anágua, juntando-as ao redor dos quadris, e tirou sua calcinha. Com as duas mãos, levantou a mão dele, a mão que tinha se movido entre suas pernas, e a dobrou de maneira que seu indicador e o dedo do meio ficassem esticados. Puxou-os para baixo e introduziu-os em sua fenda, que havia muito estava umedecida. Ela olhava nos olhos de Samárin enquanto provocava a si mesma com os dedos dele. — Vamos seguir um ao outro — disse ela. — Não pense. — Samárin sorriu e assentiu. Anna podia ver que ele tentava não pensar, embora estivesse sendo empurrado de volta para dentro de si mesmo. Anna uma noite pagara a um jovem rapaz castrado para fazer isso com ela, quando estava um pouco embriagada e solitária e ele tinha passado o dia cortando lenha para ela. Ele tinha lhe emprestado os dedos, mas como ria, como uma garota.

No Céu Escuro

No local de reunião dos castrados, Drozdova anunciou à congregação o retorno de Balachov do céu, e os castrados o saudaram. Balachov tentou ficar parado. Nunca tinha girado tanto tempo antes. Gotas de suor caíam no chão. Ele cambaleou e caiu. Drozdova e Skripatch levantaram-no e ficaram perto. Ele tremia.

— Como ele foi longe! — gritou Drozdova.

— Longe, longe — ecoou a congregação. — Verdade! — Eles pareciam famintos. Havia tanta expectativa de serem alimentados em seus rostos redondos suaves!

— Sim — murmurou Balachov. — Sim. — Houve um farfalhar quando os castrados se inclinaram para ouvi-lo. — Às vezes a jornada é mais difícil. Até os anjos, mesmo os favoritos de Deus, devem ser testados. Eu fui testado. Na jornada para o céu da qual acabei de retornar, Jesus Cristo nosso Salvador escondeu de mim a luz, e eu tive que achar meu caminho na escuridão. Tive que achar meu caminho.

"Nesse Paraíso escuro, ainda há paz, e há canções, e água que corre, e grama sob os pés. Mas não há luz. Você escuta voz ao seu redor, e escuta o bater das asas dos anjos em cima e em torno de você, mas não pode reconhecer ninguém. No escuro, o Paraíso está cheio de almas. Cada voz pode ser a do Senhor.

— O Inimigo! — disse alguém da congregação.

— Não, amigo Kruglov, o Inimigo não está ali. É um teste, não um truque. Escutem: eu caminhei pela escuridão do Paraíso durante horas, que pareceram dias. Até que encontrei o Salvador, sentado sozinho perto de uma cachoeira. Uma fosforescência saía da queda-d'água, e vi o contorno de seu rosto. Eu tinha escutado muitas vozes, e não estava certo se eram ou não de Cristo: mas, quando o vi, soube que era ele. Ele se virou para mim e à luz da cachoeira pude ver que estava cheio de tristeza. Ele não falou, mas me estendeu uma coisa que segurava nas mãos, sobre os joelhos. Era uma espada. A espada começou a brilhar. Ela brilhava vermelha e incandescente, como se tivesse saído direto da forja. Eu sabia que ela estava queimando em suas mãos, e que ele devia estar suportando uma grande dor, e sabia que devia tomá-la dele, mas tive medo, e não a tomei. E retornei para vocês.

A congregação estava em silêncio.

— Irmãos e irmãs, me perdoem — disse Balachov. — Não posso lhes dizer o que isso significa.

— É bom, irmão — disse Skripatch. — É a maior incumbência de Deus, a espada chamejante, como a arma protetora com a qual o anjo supervisionava o Éden.

— Talvez, irmão — disse Drozdova. — Talvez seja um sinal de seu grande poder de convencer, que haverá uma hoste de almas duvidosas nas terras ao redor que montarão o cavalo branco pelo ofício de seu escapelo sagrado.

— Ela parecia a espada que uma vez eu carreguei — disse Balachov. — Quando era um soldado.

— Deus nos proteja — vozes murmuraram na congregação.

— Aquele não era você — disse Drozdova. — Aquele era o corpo do homem que você deixou para trás quando se tornou um anjo — Ela começou a cantar. Skripatch e a congregação se uniram a ela. Depois de uma hora, o culto se dispersou. Balachov ouviu suas súplicas e lhes disse que fechassem suas portas, pois havia um assassino à solta.

Mais tarde, Drozdova sentou-se para ler passagens de Jó enquanto Balachov varria o chão e Skripatch copiava itens em uma série de livros-razões espalhados sobre uma mesa de cavalete.

— Kruglov está com pouco querosene para seu lampião — disse Skripatch.

— Todo mundo está — disse Drozdova.

— Ele é vizinho dos gêmeos Darov — disse Balachov. — Como estão eles de luz?

— Eles têm mais, mas só para dois meses.

— Que a dividam — disse Balachov. — Eles podem ler, escrever e remendar suas botas na mesma mesa.

— Os Darov acreditam que Kruglov é um preguiçoso.

— Que ele os ajude a consertarem o telhado deles. Se não ajudar, vou falar com ele.

Skripatch disse:

— Os lobos levaram uma vaca.

— Com quantas ficamos?

Skripatch correu o dedo por uma coluna.

— Segundo os tchecos, noventa. — Ele abriu outro livro. — Segundo minha lista, temos duas mil, quatrocentas e oitenta e sete escondidas na floresta.

Balachov encostou-se na vassoura, abaixou a cabeça e falou para o chão.

— Receio que elas sejam descobertas.

— Até agora não foram, graças à misericórdia divina.

— O céu nunca foi escuro para mim até agora. Pode ser um sinal de que serei expulso?

Drozdova levantou-se rapidamente e o abraçou.

— Como você poderia ser expulso? Você é o melhor entre

nós, um anjo entre os anjos. Era um bom sinal, mesmo você não sendo capaz de interpretá-lo.

— Eu falei com o tenente judeu, com Mutz — disse Balachov. — Eu o humilhei porque ele me pediu para fazer uma coisa que eu não podia fazer, e eu recusei, e ele foi embora pensando que não tinha deixado nenhuma marca em mim. Mas ele estava errado.

— O que ele lhe pediu para fazer? — perguntou Drozdova.

— Convencer a viúva e seu filho a irem embora.

— Eu sabia que a viúva estava nisso. Gleb Alekséievitch, que tipo de afeição estranha você pode ter por ela? Você agora não é um homem.

— Ela é uma boa mulher.

— Ela é uma prostituta pintada! Ela exulta nas correntes da luxúria como se fossem guirlandas! Você sabe disso. Gleb Alekséievitch, como pode me dizer essas coisas? Sem diminuir seu próprio ato de purificação, mas você sabe que dor, que sofrimento extenuante e longo é para uma mulher tirar seus seios com uma faca. — Ela começou a chorar e voltou para sua cadeira e abraçou a Bíblia, balançando-se para a frente e para trás. Skripatch levantou a vista e voltou a mergulhar a cabeça mais fundo nos livros. Balachov largou a vassoura, se aproximou e pôs suas mãos nos ombros de Drozdova.

— Olga Vladímirovna — disse ele. — Eu sei. Mas é como eu disse ao tenente Mutz. Se dissermos que o amor morre com o golpe de uma faca, que tipo de anjos nós somos? Meu amor por Anna Petrovna não é diferente do meu amor por você, ou por Skripatch, ou pelo amigo Kruglov.

— Deveria ser diferente — disse Drozdova. — Ela não é um de nós. Você deveria me amar mais do que a ela. E como esse afeto começou? Você a conheceu em sua vida antiga?

— Um pouco.

— Eu sabia. O judeu estava certo. Você deve lhe dizer para ir embora. Ela está do lado oposto ao nosso. Ela ficou para trás. Que queime.

— Talvez seja eu quem deva ser queimado — disse Balachov. — A espada que queima quem a segura: talvez eu deva voltar.

Drozdova estava inundada de lágrimas.

— Você não pode voltar — disse ela. — Você executou o ato. Você se purificou.

— Um anjo que comete um pecado mortal ainda deve queimar no inferno para sempre — disse Balachov. — Depois que lançamos ao fogo todas as Chaves do Inferno, devemos voltar nossas costas a todos aqueles que não lançaram, por medo de manchar nossa pureza? Os rituais e regras e hábitos da vida em comum são suficientes?

— Sim! Eles são suficientes! Já estamos tão perto do céu! Por que voltar atrás?

— Deus se alegraria com um anjo que se oferecesse à condenação eterna para cessar o sofrimento de um pecador.

— Besteira! Blasfêmia! Aonde você vai? Vai vê-la?

— Não. Tenho outros encargos.

— Gleb Alekséievitch! — Drozdova levantou-se com as mãos juntas e o chamou. — Leve o seu chapéu!

Balachov pegou um caminho que levava do fundo de sua loja em direção ao sul, para as terras de pasto. A neve que caíra mais cedo tinha congelado e seus pés deixavam marcas leves e um fraco cheiro de terra, a última terra solta do outono, rapidamente perdida nas fumaças das madeiras dos fogões da cidade. Agachou-se para evitar uma sentinela tcheca que pulava de um pé a outro para se manter aquecido, cordões de papel torcido pendurados de suas botas, o rosto embrulhado em um cachecol contra a primeira geada. Balachov chegou à estrada para os campos e começou a correr. Os sulcos mostravam-se profundos e bruscos com a lua na sombra da neve e seus pés esmagavam o gelo como um bêbado cambaleando para casa por uma arcada. Ele saiu da estrada ao longo de uma fileira de bétulas e caminhou quase dois quilômetros até um campo que se espalhava por uma cavidade rasa, circulada por velhos pinheiros altos e esqueléticos. Atrás dos pinheiros, de maneira que seria difícil ser vista de qualquer lado de fora do campo, havia uma cabana, um poço e uma construção maior sem janelas.

Balachov foi até o poço e desceu o balde. Levou vários baldes cheios para um barril que ficava perto de um cercado e os despejou ali, quebrando o gelo fino que o cobria, até dois terços do barril se encherem. Tirou suas botas e roupas, pendurando-as no cercado, e acomodou seu corpo branco e magro na barra de cima. Sua carne brilhou suave à luz da lua, a mesma luz afiada que dava aos velhos pinheiros a aparência de servos. No cruzamento de suas pernas não restava mais nada; depois que sua esposa tentara forçá-lo, ele tinha pela segunda vez levantado a faca contra si mesmo para um ato mais profundo de purificação. Ele deslizou para dentro do barril, arfando através dos dentes cerrados e estremecendo por um segundo ao se enfiar na água escura, apertando os braços nos lados para mergulhar a cabeça e se manter ali por um curto tempo enquanto os fragmentos remanescentes de gelo lhe faziam comichões. Então ele se abaixou e pulou, pegando na beira do barril e se içando para fora e para o chão. Pegou suas roupas e botas e correu até a cabana.

Na escuridão suja de fuligem e de resina, encontrou uma manta grosseira e com ela se embrulhou, fechando cuidadosamente a porta e certificando-se de que a janela estava fechada. Pelo tato e prática, encontrou o lampião e o fósforo ao lado, iluminou-o e acendeu o fogão. O cômodo continha um banco estreito, duro, dois baús, o fogão e uma mesa. Balachov dobrou a manta e as roupas e colocou-as em uma pilha sobre um dos baús. Do outro, tirou uma blusa branca limpa, calças brancas e bandagens para os pés e os colocou, e suas botas. Penteou o cabelo e a barba. Pegou uma tesoura pequena na mesa e cortou as unhas. Quando já tinha um monte de aparas das unhas, jogou-as no fogão.

Balachov pegou uma chave na mesa, apagou o lampião e deixou a cabana. Caminhou pelo chão duro até a outra construção, abriu o cercado e entrou. Fechou a porta atrás de si. Na escuridão, um animal grande e quente bateu os cascos e bufou.

— Olá, Omar — disse Balachov. Ele acendeu outro lampião. Omar era de linhagem árabe e raça russa. Sua pele preta brilhava. Tinha uma cocheira no canto da construção. As paredes do estábulo eram grossas e parcialmente forradas com fardos de palha, e o calor do cavalo tirava a friagem do ar. Omar olhou fixamente para Balachov, deu alguns passos para a frente e esfregou o nariz no tirante da cocheira. Balachov pediu-lhe gentilmente para ser paciente e foi preparar sua comida. Enquanto Omar comia, Balachov ficou na cocheira com ele, encostado em seu flanco com o braço sobre a nuca do cavalo, alisando-o.

— Coma, belo animal — disse ele. — Como fico feliz por você não poder falar. Sei que você escuta. Não acho que você entende. Isto é, acho que você entende que conversar é o que as pessoas fazem em vez de levar adiante as coisas. Mas você realmente escuta. Isso faz de você um espelho para mim, Omar. Quando falo com você, seu silêncio significa que posso escutar como minhas palavras soam para os outros. Você sabe, tenho falado com a congregação, minha congregação. Nós somos anjos, sabe. Estamos livres do pecado. É maravilhoso. Nós somos muito bons. Ajudamos uns aos outros. Não comemos carne, não bebemos nem fumamos, e, é claro, claro, não matamos. Matar é um pecado mortal, seja você soldado ou não. E não pode haver dúvida quanto à fornicação, Omar, ou à procriação, porque, como anjos, diferente de você, eu não tenho nada com que fazer isso. Eu cortei tudo. Então tudo é muito bom. Vivemos no Paraíso. Mas tem uma coisa, Omar, que me perturba. É isso: eu continuo mentindo o tempo todo. Você não sabe o que é mentir. Cavalos não mentem. Seria engraçado se mentissem. Sobre o que mentiriam? Que esse potro não é seu? Que você nunca encostou naquela égua? — Balachov riu. — Essa não foi a risada de um anjo, foi, Omar? Havia zombaria nela, não alegria. E eu não acho que é uma coisa angelical ser mentiroso. Deixe-me ver. Mentiras. Sim, eu escrevi uma carta para minha esposa, contando para ela que havia me transformado em anjo, e lhe dizendo que estava confessando tudo, no entanto, de alguma forma não pude lhe contar que, como meu amigo Tchernetski, procurei uma prostituta de dez rublos na noite antes de o meu regimento e meu cavalo — Hijaz, Omar, você teria gostado dele —, antes que eles fossem massacrados. Deus vê o final tanto quanto o começo das coisas, lembre-se, Omar, e eu acho que é mais provável que, ao deixar meus companheiros serem massacrados, Deus tenha me punido mais pela mentira do que por ter procurado a garota. Você sabe, Omar, a coisa maravilhosa das mentiras é a maneira como elas fazem nascer outras mentiras. Assim, menti para minha esposa e para o tenente judeu, dizendo que mantive minha promessa a ela de não purificar nenhum outro homem ou mulher, quando duas noites atrás castrei um jovem em Verkhni Luk e o levei a Deus. Minha própria mão no escalpelo. E, para proteger essa mentira, tive que contar outra. Tive de mentir sobre o prisioneiro Samárin matando o xamã. Não acho que sou um anjo bom, e um anjo tem de ser perfeito. Omar, comecei a achar tão fácil mentir, até para proteger meu orgulho, e não devo ter nenhum orgulho. Esta noite, retornei da visão de um céu escuro dizendo que Cristo tinha me oferecido uma espada chamejante, e era uma mentira, Omar! Cristo estava rindo! Ele estava me estendendo a espada com suas mãos queimadas e ele ria de mim!

Na Execução de Mutz

Pela maneira como os trabalhadores da ferrovia se arrumaram na neve, Mutz sabia que o próprio Bondarenko iria atirar neles e que ainda lhe seria dado viver menos do que um minuto. O som de seus pés na neve era-lhe precioso; parecia-lhe que ela era propriedade sua, que cada partícula do gelo pertencia a ele. Foi tomado pela ânsia de experimentar seu gosto.

— Espere — disse ele. — Antes que atire.

— Não fazemos isso — disse Bondarenko, parando e se virando. — Não atendemos ao último pedido.

Mutz anteviu sua rapidez. Era um homem que atiraria imediatamente, assim que sacasse sua pistola. Não haveria palavras. Enérgico.

— Tenho sede — disse Mutz — Deixe-me colocar um pouco de neve na língua. — Bondarenko não disse nada e sua mão não mexeu para sua pistola e Mutz se ajoelhou e pegou um leve monte de neve na palma de sua mão em concha. Levantou-se e pôs a língua no pó frio. Os cristais de gelo doíam e seu gosto penetrou fundo. Mutz, o rapaz, e Mutz, o homem, reconheceram um ao outro e por um instante ele foi engolfado por uma alegria tão intensa que mal podia suportar.

Ele ouviu Nekovar falar. Nekovar questionava a data do telegrama. Nekovar estava certo. Nekovar os levaria de volta à escuridão gelada da guerra e para a ferrovia e para as possibilidades de viver mais tempo. E Mutz sabia que era certo mas, por um momento, ele vira no limiar uma maneira de afastar a certeza da morte e a grande maravilha da vida e as mantivera em equilíbrio, nenhuma negando a outra e cada uma iluminando a outra, morte e vida como a beira e o âmago. A morte dava à vida a beleza da finitude, a beleza do fim da linha, e a vida, mesmo um único segundo de vida, fazia a morte menor. E Mutz soube que, embora ele só pudesse ver isso nesse momento, mais tarde iria se debater com isso canhestramente, e não acreditar ou não lembrar o que era, e embora Anna, e Balachov e Samárin nunca o vissem, eles já viviam naquele limiar.

— Por que não telegrafar para saber das novas ordens? — disse Nekovar a Bondarenko. O sargento procurava, incomodado, o apoio de Mutz.

— O telégrafo está quebrado — disse Bondarenko.

— De que marca ele é?

— Siemens.

Nekovar balançou a cabeça, bateu na própria coxa e se virou de Bondarenko para Mutz e outra vez para Bondarenko.

— Eu posso consertá-lo em meia hora.

— É verdade, camarada comissário — disse Mutz.

— Para quê? — disse Bondarenko. Não era que ele quisesse matá-los, Mutz viu, mas estava cansado e queria dormir e a vida deles o estava fazendo ficar acordado. Além disso, ele não queria vacilar na frente do coletivo.

— Camarada Bondarenko — disse Mutz. — Sua revolução precisa de armas e de cápsulas. Alguns de seus homens estão feridos. É claro que se vocês atacarem Iazik vencerão os tchecos, porém outros do coletivo se ferirão, cidadãos pacíficos serão mortos, haverá destruição e vocês gastarão as munições. Nós só queremos permissão para deixar a Rússia através de Vladivostock e ver nossa nova terra natal. Eu sei que um ato cruel foi cometido em Staraia Krepost. As ordens foram dadas por nosso comandante, capitão Matula. Ele é um tirano, um assassino e um louco. Se pudermos trazê-lo a vocês como prisioneiro, vocês devem nos deixar seguir para oeste passando em paz pelo leste. Meu camarada Nekovar consertará seu telégrafo, e você poderá perguntar a seus comandantes.

Bondarenko ergueu as sobrancelhas, apertou os lábios e coçou sua cabeça atrás, com o cano da pistola. Indicou Mutz com a pistola, olhando para Nekovar:

— Eu posso atirar no tenente, e você ainda teria que consertar o telégrafo.

— Eu teria, mas não o faria — disse Nekovar.

— Ladno — disse Bondarenko abruptamente, afastando a pistola e batendo palmas, despertando a si mesmo com um banho de decisão. — Vamos reunir o comitê de organização. — Ele caminhou uma pequena distância e se colocou no centro de um semicírculo de comunistas que falaram em turnos. Nekovar e Mutz, enquanto isso, eram vigiados por homens baixos, de barba, de casacos mal-ajambrados que não diziam nada mas os encaravam. Depois de um tempo, Bondarenko voltou, os outros membros do comitê se dispersando atrás.

— Nós discutimos o caso de vocês e chegamos a uma conclusão — disse Bondarenko. Todos os membros do comitê tinham visto o filme *Selvageria*, do Cinema Vermelho, mostrando os massacres de Staraia Krepost. O camarada Stepanov argumentou que, baseado no comportamento deles no filme, todos os tchecos deviam ser executados, sem misericórdia. O camarada Jembtchujin disse que alguns dos tchecos, e o tenente judeu, Mutz, tinham tentado parar o massacre. O camarada Stepanov disse que o filme era um trabalho de arte, e que o retrato que o ator interpretou do tenente era uma falsa representação da realidade, no sentido de não ser possível que um oficial judeu fosse tão diferente de seus homens, e se colocasse contra eles, sem que eles tentassem matá-lo. O camarada Jembtchujin disse que, se o retrato do tenente era falso, talvez os atores que desempenhavam os outros papéis não pudessem ser considerados de confiança quanto à verdade sobre o que os tchecos tinham feito. O camarada Stepanov disse que o camarada Jembtchujin era um contrarevolucionário e que isso era uma calúnia contra o Cinema Vermelho. O camarada Titov tinha uma questão sobre o capitão Matula; ele não parecia um personagem de um melodrama barato, com sua crueldade enlouquecida? Por que os tchecos não se rebelaram contra ele? O camarada Bondarenko disse que o ponto era que o telégrafo estava quebrado e seria útil poder usá-lo outra vez. Se ele não pudesse ser consertado, eles poderiam de qualquer forma fuzilar os prisioneiros de manhã, antes de atacarem Iazik. Sua moção foi aprovada.

Bondarenko conduziu-os de novo para o vagão dos auxiliares. Mutz percebeu que, enquanto caminhavam, Nekovar continuamente se virava para olhá-lo. Era constrangedor. Mutz tinha recebido respeito e solidariedade de Nekovar antes, nunca reverência.

— O que é? — perguntou ele. — Obrigado por salvar minha vida. Por que você está me olhando desse jeito?

— Eles colocaram você em um filme!

— Não eu — disse Mutz. — Nunca tentei parar a matança.

— O filme mostra que tentou, irmão, e isso é bom para nós.

A bordo do trem, levaram Nekovar, vigiado por dois soldados armados, para a sala do telégrafo, pela porta marcada ENTRADA PROIBIDA, com o alerta de que, se ele sequer tocasse em algum dos livros de código, seria fuzilado na hora.

— Boa sorte, irmão — disse Mutz, a última palavra pungente em sua boca, como um remédio não testado.

— Meia hora, irmão! — disse Nekovar, ao passar e entrar na luz indistinta à frente. Bondarenko levou Mutz até uma cadeira e a colocou a alguns metros de sua escrivaninha, perto de uma grande janela. Um funcionário entrou com duas xícaras de chá, e as deixou. Mutz envolveu o metal estampado do suporte da xícara em suas mãos geladas. O que Balachov estaria fazendo agora? Os eunucos eram potentes em seus sonhos? Bondarenko estava debruçado sobre a escrivaninha, a boca procurando a xícara, como se estivesse cansado demais para levantá-la. O chá transbordava de seus lábios. Ao se encostar outra vez na cadeira, parecia não apenas exausto mas destituído de satisfação. Para surpresa de Mutz, ele falou: e a curiosidade aparecia no comissário, embora ele parecesse envergonhar-se disso.

— Tchecos — disse. — Sempre prontos para matar um ao outro. Por quê? Você não é um tcheco, claro.

— Sou cidadão da república da Tchecoslováquia.

— Não entendi por que o seu soldado Racanski matou seu camarada, o oficial. Ele estava muito excitado, e seu sargento, Bublik, estava até mais excitado, e ficava interrompendo-o. Eles não esperavam que atirássemos neles.

— Eles eram comunistas, como vocês.

— Era isso que ficavam repetindo. Um pouco do que eles disseram parecia sensato. Mas eram tchecos, e tínhamos essa ordem. E, com o sotaque deles, era tão difícil entender o que diziam.

— Vocês os enterraram?

— Eles estão num vagão chato no final do trem.

— Eles têm famílias na Boêmia.

— Todos nós temos famílias.

— Tenho que escrever para elas.

— Todos nós temos que escrever cartas. O soldado, Racanski.

ele ficava falando sobre ter matado o oficial. Me parece que ele esperava uma comenda de nós por isso, ou um posto de algum tipo. E ficava falando de um grande revolucionário em Iazik. A espada da vontade do povo, ele o chamava. Fala elegante para um soldado raso, um estrangeiro. Como se ele estivesse citando. Vocês têm um grande revolucionário lá em Iazik?

— Tem um criminoso foragido, um intelectual, um estudante. Era isso que ele quis dizer.

— Um exilado?

— Ele diz que escapou de um campo de prisioneiros no Ártico chamado Jardim Branco. O nome dele é Samárin.

Bondarenko não pareceu achar isso interessante. Apoiou sua cadeira para trás, em dois pés, juntou as mãos atrás da nuca, e bocejou, olhando para a frente sem foco. Pela porta, eles escutavam o som de ferramentas no metal.

— Por que campo de prisioneiros? — disse Bondarenko, sem olhar para Mutz. — Isso é falar de modo grandioso. Só havia uma prisioneira lá, e ela está morta. Está tudo no jornal *Bandeira Vermelha*. — Ele pegou um jornal do chão ao lado de sua cadeira, mostrou-o para Mutz e deixou-o na escrivaninha. Mutz sentiu um peso cair em seu peito e uma ameaça terrível, próxima, incompreensível, minúscula como uma agulha e pesada como uma montanha.

— Talvez ele tenha mentido para vocês — disse Bondarenko. — Nosso cientista, o acadêmico Frolov, visitou o Jardim Branco com seu aeroplano alguns meses atrás. Você deve saber sobre a expedição Frolov. Não? — Bondarenko inclinou-se para a frente, mais desperto. — É uma viagem maravilhosa em torno do Ártico por ar, dedicada à Revolução de Outubro e realizada em nome do povo. O mundo inteiro a está seguindo. O acadêmico Frolov sempre foi um dos nossos. Diferente daquele cachorro do Jardim Branco, Apraksin-Aprakov. O príncipe Apraksin-Aprakov, o geólogo. O Jardim Branco era o campo dele, sua expedição à península Taimir. Ele achava que havia ouro lá, e níquel. Tinha cabanas lá no alto, e servos de sua casa e outros geólogos.

— Quem era a prisioneira?

— Uma jovem revolucionária, que explodiu uma bomba. O povo do czar a deu para Apraksin-Aprokov usar.

— Usar?

— Sim, usar. Essa era a moral deles. De qualquer maneira, com a revolução, parece que os suprimentos deles nunca chegaram, e eles morreram de fome. Foi assim que o acadêmico Frolov os encontrou. Mortos de fome, congelados, mortos, secos, como múmias.

Mutz perguntou qual era o nome da prisioneira. Ele ouviu Bondarenko levantar o jornal, então, depois de um momento, virar a página.

— Orlova — disse Bondarenko. — Iekatierina Mikhailovna.

— Camarada — disse o guarda. — Ele o consertou.

Mutz levantou-se enquanto Bondarenko ia em direção à sala do telégrafo. Sobre os ombros, teve um relance do rosto de Nekovar, olhando para o aparelho com alegria e afeição. O telégrafo começou a estalar e ele escutou os russos murmurando e rindo. Bondarenko voltou com uma faixa de papel impresso em suas mãos e o mostrou para Mutz. Ele aproximou-se. Mutz recuou e Bondarenko o abraçou.

— Vitória! — disse o comissário, e apertou sua mão. Sobre o seu ombro, gritou: — Tragam o tcheco aqui! — Nekovar e seus guardas apareceram. Nekovar estava rindo e Mutz deu uma palmada em seu ombro e apertou sua mão. Abraçar não era o seu estilo.

— Você é um gênio — disse ele.

Nekovar deu de ombros e coçou o nariz.

— Siemens — disse ele.

— Camarada Bondarenko — disse Mutz. — Por favor, envie a mensagem a seus comandantes.

O rosto de Bondarenko assumiu a mesma expressão de esperança que eles tinham visto no primeiro encontro, como se o triunfo de Nekovar sobre a tecnologia alemã tivesse reafirmado para ele que o movimento do qual fazia parte não poderia ser derrotado. No entanto, Mutz agora sabia que o fundo escuro que dava à esperança sua forma estava condenado.

— Nosso operador de telégrafo está doente — disse Bondarenko. — Delirando.

— O sargento Nekovar pode transmitir — disse Mutz.

— A mensagem tem que ser codificada — disse Bondarenko. — Não posso deixar vocês verem o livro de códigos. Sou o único que pode enviá-la. Será muito lento. O povo da Rússia lhes agradece pelo trabalho que fizeram, mas o mais provável é que tenhamos que atirar em vocês, e Iazik será tomada muito antes de chegar a resposta. Só temos até o amanhecer para ter notícias deles, e então teremos que prosseguir.

Mutz olhou seu relógio. Eram 9h30.

— Isso lhe dá pelo menos nove horas — disse.

Bondarenko olhou-o com seriedade, desejando que ele compreendesse.

— Somos trabalhadores da ferrovia — disse. — Nossos relógios seguem a hora de Petrogrado. A hora local é quatro horas mais tarde. Se eu não tiver notícias dos representantes do povo no quartel-general de Trótski em cinco horas, vocês terão que morrer, e seus camaradas serão liquidados.

— É tão difícil assim para você codificar e enviar um pequeno telegrama? — perguntou Mutz.

— Mas então ele terá de encontrar seu destinatário. São vinte circuitos telegráficos que o telegrama terá que atravessar até o quartel-general, e eles passam por todo o espectro de vermelho e branco. Quais são as chances de todos esses circuitos estarem funcionando? Nossos *partisans* têm ordens para cortar os fios de telégrafo por toda a retirada dos brancos, e os brancos devem tê-los cortado em sua retaguarda ao fugir. Mesmo se os fios estiverem intactos, quais são as probabilidades de cada uma dessas vinte estações de telégrafo retransmitirem a mensagem em código? A maioria dos operadores de telégrafo são nossos, no coração, mesmo nas áreas dos brancos, mas não todos. Conheço um centro de telégrafo nos Urais onde o turno do dia põe uma bandeira preta, branca e dourada pela memória do sanguinário Nikolai, e o turno da noite põe a bandeira vermelha em seu lugar. E, se a mensagem chegar nas primeiras horas da manhã, alguém terá de lê-la, e enviar uma resposta. E então ela terá que fazer todo o caminho de volta.

Mutz olhou para Nekovar.

— Não se preocupe, irmão — disse Nekovar. Foi tudo o que pôde dizer para tranqüilizá-lo, e Mutz entender que ele já sabia o que Bondarenko estava dizendo, e tinha se resignado com a morte. Consertar o telégrafo foi um gesto de desafio diante de um processo que nem mesmo Nekovar poderia reduzir à mecânica e eletricidade.

Bondarenko puxou a cadeira para mais perto da escrivaninha e inclinou seu corpo sobre um bloco de formulários de telegrama, desajeitado e como um garoto fazendo sua redação. Começou a escrever, falando ao mesmo tempo em que escrevia:

— Estou dizendo que você está oferecendo nos entregar Matula, morto ou vivo, até o anoitecer, em troca do adiamento de nosso ataque, e das vidas e passagem segura para o leste do resto dos tchecos. Parece generoso. — Ele arrancou a folha de papel, levantou-se e caminhou para a sala do telégrafo. Mutz agradeceu-o e Bondarenko não respondeu. Entrou na sala do telégrafo e fechou a porta atrás de si. Depois de um tempo, eles escutaram os estalidos; alguns estalidos, depois uma longa pausa enquanto Bondarenko procurava as palavras no código. Nekovar e Mutz foram deixados sob a vigilância de dois guardas que estavam de pé observando-os, os rifles abaixados, um em cada porta. A fuligem em seus rostos fazia seus olhos parecerem mais brilhantes. Nekovar perguntou o nome do mais próximo. Era o camarada Filonov. Ele transferia seu peso ao falar, como se achasse o fuzil uma carga embaraçosa. Atrás da barba, seu rosto trabalhava ansiosamente. Dava a impressão de alguém que estava intimidado.

— Então, você viu o filme sobre nós, Filonov? — perguntou Nekovar, sentando-se no chão perto de Mutz.

— Sim?

— Você se lembra se havia algum ator que interpretava um sargento tcheco? Ele era bonito?

— Você nem estava lá — disse Mutz. — Você foi deixado na estação aquele dia.

— Eu não me lembro — respondeu Filonov.

Nekovar ficou decepcionado.

— Eles podiam ter me colocado lá, irmão — disse ele para Mutz. — Então eu poderia me ver do lado de fora, e poderia consertar a mim mesmo.

— Consertar você mesmo?

— Sim, irmão. Um homem que não agrada às mulheres é uma máquina que sabe que está quebrada, mas não pode se consertar porque não pode se ver do lado de fora. Eu posso consertar qualquer coisa, irmão, qualquer máquina, qualquer mecanismo que você quiser, mas preciso olhar para ele do lado de fora, girá-lo em minhas mãos, entender como ele trabalha examinando-o. Não posso fazer isso comigo mesmo. Tentei examinar as mulheres, como Broucek disse, tentei entender como elas funcionam, mas cheguei à conclusão de que talvez não sejam as mulheres que estão quebradas, sou eu. E sei que poderia me consertar, justo eu, eu poderia fazer isso, mas sou a única coisa, entre todas, que não posso consertar.

Mutz sentiu a obscura raiva impaciente crescer dentro dele outra vez.

— Sim, irmão. É uma pena — disse Nekovar. — Eu queria me ver em um filme.

— Parece bastante provável que em cinco horas você esteja quebrado sem nenhuma possibilidade de conserto — disse Mutz e, ao dizer isso, sentiu que só aumentara a desgraça deles ao dizê-la em voz alta. Outra vez, era difícil, depois daquele momento de conforto à beira da execução. Seus pensamentos precipitaram-se para a frente e desta vez não desapareceram na vasta expectativa da morte. Precipitaram-se de encontro a uma parede impenetrável, preta, macia ao toque mas inflexível, como veludo grudado na face de um rochedo de granito. E ao mesmo tempo havia outros pensamentos que ultrapassavam facilmente o obstáculo, chegando a Anna nos dias que se seguiram, e Aliocha, e Broucek, e mesmo Dezort, sobrevivendo à carnificina dos vermelhos, talvez, mas esses eram pensamentos estranhos, fracos, vistos da janela, porque eram pensamentos sobre o que seria depois que ele tivesse partido e aqueles a quem ele tocara estariam, incrivelmente, continuando sem ele. Era isso que os fantasmas eram? Pensamentos sobre os vivos no futuro, pensamentos do morto sobre os vivos, quando o morto ainda estava vivo?

Um homem barrigudo de uns cinqüenta anos, de barba prateada, cabelo saindo das orelhas e da cabeça em tufos, e um casaco branco amarrotado com manchas púrpura de sangue seco sobre terno preto, entrou no vagão com um garrafa de vodca e três copos. Seu rosto tinha uma aparência inchada, sonolenta, enrugada, rabugenta, como a de um recém-nascido, como se nenhuma quantidade de indulgência pudesse recompensá-lo pelo sofrimento que lhe fora infligido pelo ato de ter nascido. Sentou-se na cadeira de Bondarenko, começou a encher os copos, e disse:

— Tchecos?

— Tchecos — disse Mutz.

— Pensei que eles já tivessem matado vocês. Dr. Samsonov. — Deu os copos aos dois, e levantou o seu.

— Eu também preciso de um gole — disse Filonov.

— Soldados não bebem quando estão de serviço, você não sabe disso? — disse o médico. — Agora. Tchecos. Ao nosso encontro. Sinto-me muito cordial em relação a vocês, porque estou certo de que vou conhecê-los pelo resto de suas vidas, que provavelmente vai ser curto. À amizade vitalícia! — Eles ergueram os copos e os esvaziaram.

— Você também está de serviço — disse Filonov.

— Este é um remédio prescrito — disse Samsonov, enchendo outra vez os três copos.

— Eu preciso de remédio — disse Filonov. — Tenho dores por todo o corpo. Estou com febre.

— Apenas gases — disse Samsonov. Levantou seu copo outra vez e olhou Mutz com expectativa.

— Este é para o sistema do telégrafo russo — disse Mutz, e eles beberam a isso.

— Lamento não ter nada para comer — disse Samsonov. — Foi a fome que originou a revolução ou foi a revolução que originou a fome? Nunca soube a resposta.

— É porque sanguessugas como você não dividem o que têm que o povo passa fome — disse Filonov.

Samsonov suspirou.

— Sou um liberal, você sabe — disse ele. — Passei toda a minha vida falando com meus amigos sobre liberdade, sobre o dia em que não existiria mais o czar, não existiriam mais aristocratas, não existiriam mais padres. Queria muito que isso acontecesse. E agora aconteceu, e não estou gostando. — Encheu de novo os copos e passou-os. Nekovar levantou-se devagar e ofereceu seu copo a Filonov, que o pegou.

— Oh! — disse o médico. — O homem condenado atende ao pedido de seu carrasco. Isso é algo que não tinha visto antes.

— À VITÓRIA DA REVOLUÇÃO MUNDIAL! — gritou Filonov, e esvaziou seu copo. O médico hesitou, depois esvaziou o dele. Mutz seguiu. A boca do médico esticou-se na forma de um sapo e ele franziu o nariz.

— Esse não desceu tão bem quanto os outros — disse.

A porta da sala do telégrafo se abriu e Bondarenko saiu. Ele empurrou suavemente Filonov para passar e olhou para o médico, que começou a se levantar da cadeira. Havia alguma coisa deliberadamente culpada nos movimentos do médico, como se ele estivesse tentando imitar um servo pego na biblioteca do seu senhor.

— Sente-se — disse Bondarenko. — Você também trabalha aqui. — O médico se sentou e Bondarenko deitou-se no chão do lado oposto a Nekovar e Mutz, com a cabeça apoiada na parede do vagão. Fechou os olhos.

— Enviou a mensagem? — perguntou Mutz. — Camarada Bondarenko?

O médico, ainda atuando em sua caricatura de empregado estúpido, encheu outro copo de vodca, esvaziando a garrafa, e caminhou exageradamente na ponta dos pés, como uma ave do pântano, até onde Bondarenko estava deitado. Bondarenko abriu os olhos, olhou para cima, balançou a cabeça, e fechou os olhos. O médico voltou na ponta dos pés, esvaziando o copo ao caminhar.

Mutz tentou outra vez.

— Camarada...

— Sim, enviei. Durmam, tchecos. Eles não deviam dormir, camarada doutor?

— Sim — disse o médico, balançando a cabeça, tentando sacudir a última gota da garrafa dentro do copo. — Se eles dormirem profundamente, saberão sua sorte em um momento. E, se sonharem, o sonho de minutos passará como anos, e lhes parecerá que viveram vidas inteiras antes de a aurora chegar. De qualquer maneira, é aí onde eu vivo.

Mutz virou-se para Nekovar.

— Irmão — disse ele, franziu o cenho e sorriu. — Agora eu sei o que irmão significa. Por favor, não me olhe desse jeito.

— Desse jeito como, irmão?

— Como se estivesse mais preocupado comigo do que com você mesmo. Como é seu primeiro nome?

— Melhor você não ser lembrado disso, irmão. Quando voltarmos para junto dos outros, terá que me chamar pelo sobrenome outra vez, e se sentirá mal.

— Você não pode achar que vamos sair daqui.

— Acho, irmão. Tenho fé naquela centelha que está viajando pelo fio. É um fio fino, irmão, e comprido, mas aquela centelha, ela vai rápido, como a luz. É uma mensageira maravilhosa. Não sente o frio, não fica cansada e não fica faminta. Ela está aqui e lá, a cem quilômetros de distância, quase ao mesmo tempo. Não se preocupe, irmão. A mensagem já chegou lá.

— Mas os operadores têm que retransmiti-la.

— Não posso responder por eles, irmão. Mas eles só estão lá para servir à centelha, à mensageira. Quem são eles para pará-la?

Mutz estava com náuseas da bebida e falta de comida, as têmporas pulsando com o sangue, seus olhos ardiam e seus membros doíam. Estava começando a dormir. Ele poderia tentar ficar acordado, para saborear as últimas horas. Só que não havia nada para saborear nesse vagão fedorento e abafado. Pelo som da respiração de Bondarenko, ele podia dizer que o comissário já estava dormindo. O médico tinha se debruçado sobre a mesa, o rosto aninhado nos braços dobrados. Filonov ainda estava acordado, mas agora se encostava contra a parede do vagão, apoiando o cabo do rifle no chão. Eram 10h15 em Moscou, 2h15 da madrugada aqui. Anna estaria em seu sono mais profundo.

— Nekovar — disse Mutz. Ele via as centelhas se movendo como um relâmpago entre as montanhas, disparando de horizonte a horizonte na escuridão da Sibéria. — Eu sei como as mulheres funcionam. Posso explicar. Está escutando? Elas precisam acreditar que você está lhes enviando uma mensagem. Não importa se está num código que elas não entendem. Elas precisam acreditar que é importante, e que você depende delas para transmiti-la. Entende, Nekovar?

Nekovar, longe em uma banquisa gelada, não respondeu.

Mutz acordou. O telégrafo estava rangendo como dentes. O relógio marcava 1h05 da manhã em Iazik. Todos, exceto os guardas, estavam dormindo, e os guardas estavam cochilando. Mutz levantou:

— Camarada Bondarenko! — gritou ele. — O telégrafo! A resposta!

O vagão tremeu. Filonov levantou seu rifle e apontou para Mutz. Bondarenko bocejou, piscou, esfregou a cabeça com a ponta dos dedos e se levantou. Olhou para Mutz, assentiu e caminhou devagar para a sala do telégrafo. Nekovar se levantou. Mutz achou que podia cheirar o alvorecer chegando, e um vento sudeste passando pelas agulhas dos lariços.

— A centelha! — disse Nekovar.

Bondarenko voltou com anéis de papel desprendendo-se de seus punhos. Olhou para Mutz e balançou a cabeça.

— Notícias locais — disse. — Mensagens de Verkhni Luk no circuito local. Filonov, sua esposa teve um menino.

Filinov enrubesceu e sorriu.

— Glória... — começou ele, e parou, e olhou para baixo, para o chão. Quando voltou a olhar para cima, tinha dominado o sorriso, e parecia sério. — Nada de nomes da igreja — disse. — Esse vai ser de Marx, Engels, Lênin, a Revolução de Outubro e Trótski. Melort!

— Melort — disse Bondarenko. Ele assentiu. — Um bom nome, refletindo nossa realidade socialista. Glória, realmente.

— Se você tiver um neto — disse o médico, acordando e falando através das cortinas de muco. — Ele pode ser Melort Melortovitch.

Filonov aproximou-se e bateu forte na orelha do médico, com o dorso de sua mão. O médico gritou e cambaleou, mas não caiu. Um copo caiu da mesa e rolou pelo carpete sem se quebrar. Bondarenko levantou os olhos da leitura das fitas.

— Doutor, eu lhe falei — disse, sem força. — Não zombe do povo trabalhador. Sua classe sempre só fez zombarias, para cima e para baixo, e um para o outro. Esse tempo acabou. Se vocês zombarem dos homens modernos em ação, eles o esmagarão, porque vocês estão no caminho. Camarada Filonov, talvez Rosa seja um nome melhor.

Todos o olharam.

— Eu me enganei. É uma menina.

Mutz não podia dormir. O telégrafo trepidava sem descanso. O relógio não tinha o segundo ponteiro. O ponteiro dos minutos mexia sem propósito, pulando de minuto a minuto. Era difícil não olhar para ele. Bondarenko estava sentado no chão, lentamente, sonolentamente passando pelas fitas. Mutz olhava do relógio para Bondarenko e de volta ao relógio outra vez. Ele devia implorar a Bondarenko para ir se sentar perto do telégrafo, mas a desesperança tinha tomado conta. Era como se outra pessoa fosse ser fuzilada, e ele, Mutz, já estivesse morto, e este vagão seria sua vida depois da morte. Era aquilo a primeira mudança da luz, o azular da escuridão? A fita de papel farfalhava nas mãos de Bondarenko, o médico roncava, o telégrafo estrepitava, e todo o assombro do mundo e da vida no mundo se espremia entre o pulo silencioso de dois milímetros de um ponteiro de relógio sob o vidro. Faltava uma hora e quarenta minutos. Sem esforço consciente de sua parte, Mutz sentiu uma mudança dentro de si, uma vigília e o retorno da consciência. Já não se sentia cansado. A náusea tinha desaparecido e seus sentidos estavam mais aguçados. Ele viu, cheirou, sentiu e escutou mais detalhes ao mesmo tempo do que estava acostumado a sentir em um dia. A mancha dos dedos na garrafa de vodca, o brilho dos invólucros de bronze dos cartuchos de Filonov, o raspar das duas beiras da fita do telégrafo que se roçavam, os minúsculos intervalos entre as pranchas do chão debaixo do carpete onde ele estava sentado, o cheiro do couro da bota secando, a maneira como o queixo de Nekovar se projetava quando ele dormia. Lembrou-se de como Samárin tinha descrito o Moicano, seu controle sobre si mesmo e sua habilidade de ver a vida que tinha passado, a vida agora e a vida que viria como uma única pintura completa, suas pinceladas de ação naquele quadro que ninguém mais podia entender até que ele tivesse terminado.

— Doutor — disse. — Doutor, acorde. Doutor. Acorde, doutor. Por favor. Doutor. Escute. É importante. O senhor acha que um homem pode ter tanto controle de si mesmo, de suas paixões, que pode se sentar em segredo dentro de si mesmo, como um piloto dentro de uma nave, e se conduzir para qualquer direção que escolher, fazendo parecer aos outros que ele é qualquer tipo de homem que quiser parecer?

— Oh, Deus — disse o doutor. — Tantos mortos, e minha cabeça doendo terrivelmente, e você falando dessas coisas.

— Suponha — disse Mutz. — Suponha que um homem aparece, em momentos diferentes, como um canibal assassino, forte, sem piedade, e como um jovem estudante inteligente, solidário e atraente? Isso significaria que ele é um lunático, ou significaria justamente o oposto, que está em pleno controle de sua aparência externa?

— Quando eu era estudante, sempre estava faminto — disse o doutor com dificuldade. — Eu poderia comer o decano de anatomia inteiro. Ele tinha carne.

— Não é isso que quero dizer — disse Mutz.

Sem levantar os olhos da fita, Bondarenko falou com uma voz calma, otimista:

— No entanto, por que um estudante não pode ser um canibal, ou um canibal ser um estudante?

— Uma boa maneira de estudar anatomia — disse o médico.

Bondarenko levantou a vista para Mutz. Esfregou os olhos e passou a língua sobre os dentes.

— Você pensa muito à maneira antiga — disse. — Esses homens realmente existem e um dia todos os homens serão assim, mas não da maneira como você disse. Esse piloto interior não será secreto. Segredos são para os capitalistas e parasitas burgueses. O homem comunista dominará suas paixões, e não terá razão para manter isso em segredo. Terá orgulho. Navegará pela vida no mundo exatamente como escolher, exatamente como a vontade do Povo escolher; o percurso escolhido por ele e o percurso escolhido pelo Povo se aproximarão cada vez mais até que se torne impossível separá-los.

— Mas por que eles comeriam um ao outro? — perguntou Mutz.

— Ninguém disse que comeriam — disse Bondarenko.

— Se a vida de muitos é mais importante que a vida de um — disse Mutz —, por que não comeriam? Por que um homem não sacrificaria um outro e o comeria, pelo bem do povo?

Bondarenko pensou um pouco.

— Teria que haver uma razão muito boa — disse.

— Doce razão! — disse o doutor.

— E, claro, uma reunião plenária do soviete pertinente, com voto.

— Razão, justiça e canibalismo — disse o doutor. — Utopia!

— Essas são as fantasias de sua escrivaninha — disse Bondarenko, sorrindo em turnos para Mutz e o doutor. — Só servem para mostrar por que sua classe está vivendo seus últimos dias. Depois da revolução, toda a riqueza será dividida de maneira justa, e ninguém nunca passará fome outra vez. Vocês são como crianças. Nunca viram igualdade, portanto não acreditam nela. Mas é claro que ela não será possível se vocês não acreditarem nela primeiro.

— Como Deus — disse Mutz. — Ou fadas.

— Foi ele quem disse! — o doutor falou para Bondarenko, apontando para Mutz. — Não eu!

Bondarenko não ficou perturbado.

— Um homem nunca encontrará Deus ou o Diabo fora de sua cabeça, não importa onde procure — disse. — Mas encontrará a injustiça dos outros homens por todo lugar. Não estou certo, camarada Filonov?

— Antes eu rezava o tempo todo — disse Filonov. — De manhã à noite. Beijo os ícones, respeito todas as festas, jejuo como um santo. Meu pai e meu avô também. E o padreco, um bêbado ladrão e puto, dou para ele metade do meu salário para as velas, e para que ele reze pela família. A esposa tem um filho. Menino. Bonito, forte e perfeito, como um filhote dourado de urso. A boa igreja dá o nome do menino, Mefodi. Os padres querem um rublo para o batizado. Não tenho. Inverno, a família precisa de roupas. Não tem comida. Os padres falam sem rublo não tem batizado. Filho não pode ficar sem batizar, já devo metade do salário de um ano, pego um adiantamento de salários na oficina do chefe, pago o padre, batiza o menino. Menino fica doente. É preciso dinheiro para o doutor. Os amigos não têm. O chefe diz você já nos deve seus salários. Tenta o padre. A igreja é cheia de ouro, a cara dele parece relógio de estação, come por cinco, tem cozinheira própria, luz elétrica em casa. Chupou meu sangue durante anos. Padre, eu digo, me empreste um rublo para o doutor. Não posso, ele diz. Por que não, eu pergunto, depois de tudo que lhe dei. O dinheiro não é meu, ele diz, é de Deus. O menino morre. O pessoal da oficina faz um pequeno caixão de aço de chapas corroídas da caldeira. O padre vai lá no cemitério no túmulo. Não se preocupe com o dinheiro para o funeral, ele diz. Você me paga mais tarde.

O doutor abriu a boca para falar. Viu Filonov erguer a mão e não disse nada.

O ponteiro do relógio pulou para a frente. Mutz se perguntou se poderia ser fuzilado dormindo, e se isso seria melhor. Não estava preocupado em parecer corajoso. Não queria morrer em uma hora, e parecia que era o que ia acontecer. Quanto tempo mais ele precisa viver? Não precisava de um ano. Nem de um mês. Uma semana estaria bom. Poderia fazer muita coisa em uma semana. Poderia ajudar muita gente e revelar muitos segredos, sabendo que iria morrer em sete dias, e as pessoas se lembrariam dele quando estivesse morto, e pensariam bem dele. E então, na última hora, ele perceberia que precisava de outra semana. Ninguém nunca estava pronto para morrer em uma hora.

— Comissário Bondarenko — disse ele. — Seria possível enviar mais um telegrama? Não em código. Uma simples pergunta. Você poderia enviá-la para todos os departamentos de polícia russos. Talvez depois que eu morrer seus investigadores poderão aproveitá-la para estabelecer a verdadeira história do maravilhoso revolucionário de Iazik, Samárin. Há, ou houve, um ladrão e assaltantes com o apelido de Moicano? Poderia enviar um telegrama, perguntando à polícia russa, Branca ou vermelha, o que eles sabem sobre ele? Alguém pode responder.

— Não temos polícia — disse Bondarenko — Os comunistas não roubam um do outro.

— Enviará o telegrama?

— Não.

Mutz balançou a cabeça devagar e cruzou os braços sobre o peito. Olhou para Nekovar, que outra vez caíra no sono, e parecia sorrir. O doutor tinha ficado quieto, a cabeça descansando sobre a mesa. Parecia a Mutz que era importante recordar nesse momento, no entanto tudo o que conseguia pensar era em quem se recordaria dele. Já se haviam passado seis meses desde que recebera uma carta de um tio de Praga. Sua família tinha desaparecido. Nekovar morreria com ele. Anna se perguntaria o que tinha acontecido com ele, mas não por muito tempo. Por alguma razão, o que mais queria era ser lembrado por Aliocha. Havia alguma coisa profundamente honrosa e boa em ser a lembrança da infância de outra pessoa. Agora, ele nunca seria um pai, mas os homens que não podem ser pais podem ser pais por uma hora, ou um minuto. Subitamente, sentiu, pela primeira vez, uma coisa que antes só apreendera com seu intelecto e preconceitos, a tragédia de Balachov e Anna, o esposo e a esposa, o pai e a mãe, vivendo a quilômetros de distância, separados para sempre e por um universo pelo golpe de uma simples faca. Sentiu isso sem condenar Balachov, sem a raiva do ciúme em relação a Anna. Os demônios mundanos da guerra, culpa, religião e auto-aversão que inspiraram seu desprezo por Balachov eram os mesmos que levantaram a faca castradora para o cavaleiro. Se ele, Mutz, vivesse, a coisa mais importante seria unir esses dois que ele tentou separar. Não que ele fosse viver. Viu a si mesmo olhando seu cadáver na neve, espantado com sua falta de movimento, como essa máquina maravilhosa poderia ser parada tão facilmente. Dormiu.

Um som curioso o despertou, de papéis esvoaçando perto de sua cabeça. Sentiu a luz do dia antes de abrir os olhos e sua alma mergulhou dentro dele. Abriu os olhos. Era manhã. Bondarenko estava de pé sobre ele, agitando um telegrama em seu rosto.

— Acorde, beleza — disse Bondarenko. — Você tem trabalho a fazer.

Mutz não entendeu, mas parecia um novo mundo. Nekovar agitou-se a seu lado. Eles se levantaram.

— Camarada Trótski deu a boa notícia. Ele nunca dorme — disse Bondarenko. — Chegou dez minutos atrás. Vocês têm até essa hora de amanhã para nos trazer Matula, morto ou vivo. Devem partir agora. Terão que caminhar. Dois camaradas vão escoltá-los até os nossos postos avançados.

Mutz não conseguiu falar. A corrente de alegria foi envenenada pela perspectiva da traição fria. Era bom e ruim estar vivo, como sempre tinha sido, mas este era um tempo abrupto, e ele era jogado para cima e depois para baixo. Ele e Nekovar começaram a se dirigir para a porta.

— Espere — disse Bondarenko. Ele foi até a escrivaninha e pegou um bloco de jornais amarrados com um cordão. — São sua propaganda, acredito. Pode ajudar vocês.

— Sim — disse Mutz, pegando o pacote. Nekovar estava olhando para ele. A página de cima podia ser lida embora embrulhada.

— Está vendo o que está escrito, irmão? — disse Nekovar. — Boas notícias de Praga.

— Sim — disse Mutz. — Boas notícias de Praga.

— Eles se lembraram de nós — disse Nekovar.

Bondarenko enfiou a mão no bolso e tirou outro telegrama, dobrado em quatro. Deu-o a Mutz. Mutz olhou-o, e olhou para Bondarenko. Bondarenko brilhava de otimismo.

— Eu atendi a seu outro pedido — disse ele. — Para ajudá-lo.

Agora você está conosco. Porque você acabará acreditando que a nossa é a única verdade.

Mutz desdobrou o telegrama e o leu.

+++ DE PANOV IRKUTSK + ATT MUTZ IAZIK + RE MOICANO + ESP PERIG ATIVISTA CRIM-POL +

MOICANO É MEMBR REVI ORG RNS + ROUBO BANCO ODESSA 1911 OREBUNRG 1911 ALASCA 1912

+ BOMBAS PETERSBURGO 1911 KIEV 1912 + MATOU FAMÍLIA GEN BRODROV 1913 + SUPOSTO RESPOS 10 OUTROS ASSASS+

CONDENADO MORTE 1913 + ESCAPOU + ÚLTIMA NOTÍCIA ORGANIZANDO CÉLULAS REVOLUCIONÁRIAS FRENT PRUSS 1914 + DAT NASC 10 AG 1889 VOLGA REG +

NOME VERDADEIRO +

SAMÁRIN, KIRIL IVÁNOVITCH+

FINAL+++

A Locomotiva

Aliocha estava um pouco sem fôlego, tentando acompanhar Samárin, que dava passadas largas e rápidas, e Samárin segurava sua mão, apertando-a em sua palma áspera e quente. Os pés do homem trituravam a neve macia do caminho e os do menino trotavam atrás em ritmo leve e rápido, dois passos para cada um dos dele. Eles caminhavam pela estrada que ia da casa até a estação. Samárin erguia-se sobre Aliocha, uma montanha de ossos balançando entre a lã. O homem não olhava para baixo. A luz em volta deles era clara e azul. O raspado rouco dos corvos soava vindo do escuro da beira da floresta e um gato fazia as honras para o sol no jardim do carpinteiro, arqueando-se e estreitando os olhos.

— Mamãe logo vai acordar — disse Aliocha.

— O que é isso, você não quer ver a locomotiva? — perguntou Samárin. Olhou para o menino por um momento, sem quebrar o ritmo de suas passadas.

— Quero — disse Aliocha.

— Podemos tomar o desjejum a qualquer momento, mas eles só alimentam o trem uma vez por dia, bem cedo de manhã.

— Por quê?

— Para ter certeza de que vai funcionar, naturalmente.

Aliocha não respondeu. Para ele, era uma grande revelação ser possível tomar o desjejum a qualquer momento. Sabia que tinha realmente acordado esta manhã. A ferroada do frio em seu rosto não era de quem estivesse dormindo. Além disso, ele tinha cruzado Iazik, em todas as direções, metro por metro, há anos, e ninguém o levara por essa estrada por onde estava indo agora. Correra, caminhava e fora carregado por essas casas muitas vezes, mas com Samárin era uma nova estrada, que começara quando ele acordou e viu Samárin de pé sobre ele, observando-o dormir. Quando Aliocha abriu os olhos, Samárin sorriu para ele, levou os dedos aos lábios, curvou-se e o tirou das cobertas, e Aliocha se sentiu como um pão, quente e recém-saído do forno. Sussurrando "isto não é para meninas. Isto é o que os meninos fazem quando as meninas estão dormindo", Samárin carregou-o assim até embaixo, na cozinha, onde suas roupas estavam esperando. Quando Samárin o carregou pela escada, os degraus não rangeram como faziam quando Mutz saía da casa de manhã. Mutz era mais desajeitado, e cheio de segredos, e nunca queria nem brincar nem conversar. Quando Aliocha acordou, a primeira coisa que viu foi outra expressão no rosto de Samárin, não o sorriso. Era como se ele estivesse se olhando no espelho. Como se ver no espelho quando estava concentrado em alguma coisa importante.

— Kiril Ivánovitch — disse Aliocha. — Você pode acordar uma pessoa só olhando para ela?

— Por que não? — disse Samárin.

— Mesmo assim, você não acordou mamãe.

— Não.

— Onde você dormiu ontem à noite?

— Em um lugar seguro.

— Com mamãe?

— Oh! Você será um promotor, então, não um cavaleiro, nem um engenheiro.

— Eu quero ser um criminoso condenado — disse Aliocha.

— Por quê?

— Para poder fugir.

Chegaram à estação. O som da locomotiva, como um velho cachorro respirando, vinha do outro lado dos prédios amarelos da estação. Três tchecos, em grupo, com as mãos nos bolsos e conversando, viraram para Samárin e Aliocha, e pegaram os fuzis pela boca de onde estavam encostados na parede.

— Espere aqui — disse Samárin, soltando a mão de Aliocha, que ficou olhando enquanto ele se aproximava dos tchecos. Os tchecos estavam desconfiados. Seguiram a mão de Samárin, que apontava para o menino, depois lhe perguntaram mais coisas. Aliocha sabia que Samárin tinha passado a noite no quarto de sua mãe. Ele só esperava que o homem tivesse partilhado algo da dança estranha e assustadora que a mãe e os homens faziam ali à noite. Às vezes parecia que machucava, mas ela ficava mais gentil e feliz no dia seguinte. Talvez Samárin lhe contasse sobre isso depois.

Samárin lhe fez um aceno e ele caminhou até lá. Os tchecos olharam para ele, os dois sorrindo, um ainda desconfiado. Em péssimo russo, perguntaram-lhe se queria ver a locomotiva. Estúpidos! Samárin acabara de lhes dizer, não é? Havia tanta repetição entre os adultos. Ele assentiu. Um dos tchecos pôs a mão nas costas de Aliocha e parecia que ia empurrá-lo para a frente, em direção ao trem.

— Eu quero ir com tio Kiril — disse Aliocha, como Samárin lhe havia dito. Samárin também queria ver a locomotiva. Ele estava interessado. Ele sabia como era o vapor. Depois de alguns minutos de mais consultas, os três foram juntos, Samárin levando Aliocha pela mão, o soldado tcheco ao lado deles, com seu rifle pendurado no ombro.

A locomotiva era um grande animal verde-escuro chiando de possibilidades. Cheirava a fumaça e óleo. Foram os homens que fizeram essa obra tão engenhosa? Ela parecia ter saído de uma rachadura do chão, pronta para arrastar a estação e Iazik para a boca do inferno, casas, homens e estradas quebrando e deslizando com ela. Mas essa locomotiva não estava engatada a nada, a não ser a um tênder abarrotado até a boca com madeira recém-cortada e um único vagão arruinado e vazio. Havia dois homens dentro da locomotiva, tchecos também, desconfiados também, mas de qualquer um que entrasse em seus domínios de vapor, não porque era um condenado russo com o filho da viúva. Samárin levantou-o até o estribo e subiu também. O soldado tcheco ficou parado atrás, a poucos metros de distância, observando.

O maquinista assentiu para Samárin, olhou para Aliocha sem mudar de expressão, e voltou para seus medidores e alavancas. O foguista levantou os olhos e voltou a passar a madeira do tênder para a fornalha. Seus antebraços nus brilhavam vermelhos quando eram iluminados pela luz da fornalha. O calor pressionava a pele de Aliocha.

— Aí está o fogo — disse Samárin. — E aqui a lenha.

Aliocha pegou uma lenha do tênder e a passou para o foguista quando ele se virou da fornalha. O foguista fez um gesto para a porta aberta e Aliocha atirou a lenha lá dentro. Sua mão parecia chamuscar quando chegou mais perto do fogo.

Samárin começou a explicar como a locomotiva funcionava, como era importante a temperatura da fornalha, o nível que mostrava a pressão do vapor, o regulador que mandava o vapor para movimentar as rodas, o breque e o pequeno tubo de gás que mostrava quanta água havia no grande nariz da máquina, e que nunca devia esvaziar. Enquanto ele falava, contando a Aliocha sobre os diferentes tipos de máquina nos Estados Unidos, na África e na Inglaterra, o maquinista começou a dar pequenos resmungos afirmativos de uma sílaba. Depois de um tempo, ele se juntou às explicações.

Samárin disse que estava surpreso ao ver que a tripulação não tinha armas.

— Ali está uma pistola! — disse Aliocha, antes que o maquinista pudesse responder, apontando para uma Mauser em um coldre aberto dependurado em um gancho perto da cabeça do maquinista.

— Obrigado, Aliocha — disse Samárin. — Eu não tinha visto. Agora, onde será que está o apito?

— Aqui — disse o maquinista. Ele se abaixou, levantou Aliocha e lhe apresentou a um pedaço de corrente, sem brilho, com óleo seco, presa pela alça no teto da cabina.

— Posso puxar? — perguntou Aliocha.

— Puxe — disse o maquinista. A mão de Aliocha fechou-se em torno da corrente e ele puxou. Nada aconteceu e ele puxou com mais força até sentir, dentro das entranhas da máquina, uma válvula se abrir e a força tremer atravessando a corrente contra sua palma. A locomotiva emitiu seu longo grito rouco. Aliocha sentiu-se forte, como se a locomotiva estivesse levando pela taiga o próprio grito dele de solidão e desejos.

Aliocha percebeu que, quando os eventos violentos e inesperados ocorreram de repente, se tornou difícil, um minuto mais tarde, recordar a ordem precisa no qual ocorreram, por mais que fosse vívida a memória de cada evento separado. Dentro do som do apito veio outro, agudo, saindo do grito. Mais do que um som, um golpe em seus ouvidos, um barulho, uma explosão. Aliocha também viu a mão tirando a pistola do coldre. Deve ter sido a mão de Samárin, e o som da pistola sendo disparada deve ter vindo depois. O soldado tcheco só podia ter caído no chão, como uma mala estourando ao cair, como resultado de a pistola ter sido disparada contra ele, e isso só podia ter acontecido antes de Aliocha ver a pistola, na mão de Samárin, apontada para o maquinista. No entanto, todas essas coisas pareceram ter acontecido simultaneamente, e dançavam juntas como fantasmas no palco da mente de Aliocha, a boca da arma apontada, o soldado tcheco morto, o tiro que o matou, a velocidade da mão de Samárin chegando até a arma, o apito. Pelos próximos minutos, o tempo se fundiu e Aliocha só podia ver o fantasmagórico *show* de impactos dançando em sua mente, mesmo quando via outras coisas acontecendo, Samárin ordenando ao maquinista que o descesse, o maquinista abaixando-o até o chão, Samárin dizendo ao foguista para atiçar o fogo se queria continuar vivo, Samárin dizendo ao maquinista para levantar a pressão. Samárin não gritava. Seus olhos se moviam entre a tripulação e o pátio e voltavam, rápidos e ardilosos, como insetos em uma poça. Disse a Aliocha para pular da locomotiva. Aliocha pressionou as costas contra o tênder e passou os braços por um esteio de suporte de metal.

— Pule! — disse Samárin. — Não me desobedeça. Não vou me virar outra vez. — Aliocha balançou a cabeça. Estava com medo e sabia que Samárin era o centro desse terrível novo problema e descobriu que queria ficar lá, no centro, com o problema, e não vendo o problema se aproximar dele ou se afastar.

— Diabos — disse Samárin. — Atice! — Deu um chute no foguista. A fornalha estava rugindo. — A pressão está boa! — disse Samárin. — *Pochli!**

O maquinista e o foguista estavam pálidos e assustados. Mostravam isso no silêncio e nos movimentos delicados. O maquinista removeu o breque e acionou o regulador. O vapor bateu no metal e a locomotiva começou a andar.

— Pule! — disse Samárin. Ele procurou atrás de si, sem olhar, para pegar Aliocha. Aliocha espremeu seu corpo, afastando-se da

---

*"Vamos!" (*N. do E.*)

mão em garra. O foguista agora jogava a lenha na fornalha com a pá larga e a luz vindo da porta brilhava branca e quente como o sol de verão. Soava como o bramido de um rio e as velhas partes azeitadas da grande máquina espichavam-se, içavam e tombavam e os pistões sugavam e berravam vapor.

— Para onde vamos? — perguntou o maquinista.

— Para lugar nenhum — disse Samárin, e com dois movimentos poderosos de sua perna, um para forçar a mola e outro para soltá-la, ele empurrou o maquinista para fora do estribo. O tcheco desapareceu, e era a mão de Samárin no regulador. O instinto de Aliocha era correr até a soleira da porta para ver o que tinha acontecido com o maquinista. Era muito alto para cair sem preparo, e lhe parecia que agora eles estavam indo rápido. Mas ele só se agarrou ainda mais firme ao suporte porque entendeu que Samárin também o atiraria para fora do trem se tivesse uma chance. Enquanto ele ficasse apertado ali no canto, estava salvo. Samárin observava os controles, com a pistola apontada para o foguista, e a cada poucos segundos mexia a cabeça para olhar pela janela. De onde estava, Aliocha, por momento, via lariços e bétulas passando à luz precisa do outono. Eles já estavam fora de Iazik. Já fazia quase um ano que ele tinha viajado de trem, e nunca desse modo. Um buraco de preocupação crescia em seu estômago por estar se afastando demais do alcance da mãe, e ao mesmo tempo o vento entrando pela porta aberta, o estrondo do vapor e o rápido voltear das costas do homem inteligente e terrível a sua frente prometiam-lhe um lugar onde estaria a salvo, e que consistia em sempre correr em direção a um destino distante que não era conhecido nem visto mas era bom e existia. Aliocha conhecia apenas um centro para o qual tudo retornava: lar, telhado, mãe. Agora havia o centro de velocidade, viagem, líder.

Por cima dos ombros, Samárin olhou rápido para Aliocha.

— Você ainda está aí? — disse. — Diabos. Eu lhe disse para pular. Vou jogá-lo da primeira ponte se você não pular logo.

— Você matou o soldado tcheco — disse Aliocha, cheio de espanto.

— Não preciso de um garoto comigo para contar as cabeças. Atice, imundo! — Para o foguista.

— Quem é você de verdade? — perguntou Aliocha.

— Destruição.

— Destruição de quê?

— De tudo que fica no caminho da felicidade das pessoas que nascerão depois que eu morrer.

— E mamãe?

— Ela não significa nada para mim, Aliocha, e nem você. Tudo no mundo agora está quebrado e não pode ser emendado.

O terror invadiu Aliocha.

— Você machucou mamãe?

Samárin voltou-se e o encarou. Seus olhos eram mais terríveis em sua raiva do que qualquer castigo.

— Não — disse.

Houve um estranho som na cabina, como se uma fina vara de metal tivesse se quebrado em duas. Outros ruídos de rupturas soaram sobre o ruído da máquina. O foguista inexplicavelmente inclinou-se para a frente no ato de enfiar as lenhas na fornalha, puxando a manivela com suas mãos. Suas luvas pareciam escurecer e soltar fumaça e Aliocha viu que um de seus lados, perto dos quadris, estava escurecendo com um líquido que saía de um buraco de seu casaco. Mas não era só a roupa que parecia rasgada. Parecia impossível, mas uma parte do próprio foguista parecia ter se soltado também, e do rasgão escuro debaixo daquela tira de roupa e carne seu sangue estava jorrando.

Samárin empurrou o foguista para longe da fornalha e deixou-o deitado no canto oposto a Aliocha.

— Metralhadoras — disse Samárin, voltando para os controles. — Fique abaixado.

Aliocha agachou-se no chão da cabina. Ele olhava para o foguista. Sua carne já parecia estar ficando cinza, e os olhos estavam fechados. A facilidade com que a vida pôde ser tirada dele era espantosa. Aliocha podia escutar o som das metralhadoras. Elas soavam bem distantes, muito diferente do pequeno ruído de metal contra metal quando as balas batiam na locomotiva. Que estranho que essas pequenas pancadinhas de metal agudo pudessem parar uma vida de dezenas de anos, toda aquela fala e movimento.

Samárin, olhando para a frente na linha, gritou algo que Aliocha não pôde escutar e puxou o apito, duas ou três vezes. A locomotiva bateu em um obstáculo na linha. Todos os ferrolhos e placas tremeram e o trem continuou. O som das metralhadoras ficou mais alto. Houve uma explosão perto, uma rajada que pareceu passar pela cabeça de Aliocha, deixando-a vazia e leve, os ouvidos cantando. A locomotiva trovejou. Samárin começou a jogar lenhas na fornalha. As metralhadoras ainda estavam disparando.

Uma bala acertou dentro da cabine e alguma coisa tocou Aliocha no ombro. Ele sentiu uma dor escandalosa, irracional, desdobrar-se dentro dele e sentiu medo. Sabia que uma parte dele tinha sido furada pelo metal voador e se perguntou se ficaria parado e cinzento como o foguista, e o que aconteceria com a parte dele que não ficasse parada. O espaço entre seu peito e suas roupas estava se enchendo de algo quente e molhado, que devia ser sangue.

— Kiril Ivánovitch — disse ele, e se surpreendeu que sua voz estivesse tão fraca e fina. Samárin não escutou. Quando ele falou, todo o seu corpo se acendeu de dor, mas agora estava com raiva e com medo e gritou — Kiril Ivánovitch! — Saiu alto, e ele estava chorando, assustado e, mesmo com a dor, ainda se sentia um pouco envergonhado e infantil quando viu Samárin virar-se e olhar para ele. Samárin estava zangado com ele, Aliocha podia ver. Samárin pôs uma das mãos sobre os olhos, bateu no painel de instrumentos com o punho, e caiu ajoelhado, abaixando tanto a cabeça que ela tocou o chão. Depois a levantou e se virou para Aliocha, tocou-o e falou o nome dele. Aliocha tentou responder mas, embora seus lábios se movessem, não saía som. Era difícil ficar de olhos abertos. Samárin continuou a dizer seu nome e as metralhadoras continuaram disparando e houve mais explosões. Aliocha escutou o som dos breques, sentiu a locomotiva indo mais devagar até parar e, depois do que pareceu um longo tempo, com as balas martelando o trem de ponta a ponta, ela começou a se mover em direção a Iazik. Aliocha sentiu frio. Ondas passavam sobre ele, puxando-o cada vez mais para o fundo, até que ele ficou quieto.

A Natureza do Fardo

Anna acordou com o maravilhoso sentimento que os insones têm quando sabem que dormiram bem, como se tivessem roubado alguma coisa sem ninguém ver. Nesses momentos, as lembranças do que levou a tão profundo sono fica à distância alguns segundos, e esses segundos são talvez o único momento em que se pode dizer que o mundo mostrou alguma misericórdia. Ela escutou o apito de um trem à distância e se perguntou se tinha sido isso que a acordara. Lembrou que algo extraordinário, perigoso e agradável tinha ocorrido. Lembrou-se de que um botão duro e grande a tinha penetrado e completado. Um homem a beijara com desejo e ela havia puxado o sexo dele para que a penetrasse mais rapidamente. Quanto tempo de fome saciada de uma vez! Ela se espreguiçou e mexeu as pernas debaixo da colcha, e se perguntou para onde ele teria ido, e que horas eram. Estava claro lá fora, luminosamente claro. Era surpreendente Aliocha não ter vindo procurá-la. Será que ele já tinha levado Samárin para o jardim para brincar de cavaleiros? Ela sorriu, era provável. Uma sensação de ser parte de três a invadiu, e ela soube como isso era perigoso, porque não podia durar, porém ainda haveria mais horas juntos. Ela se levantou e lavou o rosto. O barulho de suas mãos na água da bacia encontrou um silêncio diferente, que parecia frio e não pulsava. Era o silêncio de um.

A boca de Anna secou em um momento e de camisola ela correu até o corredor e viu que Aliocha não estava em seu quarto. Escutou tiros à distância. Em voz alta falou o nome de Deus no qual não acreditava, outra e outra vez, enquanto corria descendo as escadas. Gritou por Aliocha na cozinha, no pátio, e correu pelo chão gelado, passando pelo portão até que o salpico de uma lágrima em seu pé a fez compreender que não estava com sapatos nem com meias. Ela inspirou o ar até seus pulmões doerem e deixou-o sair em um grito que rasgou a carne de sua garganta: "ALIOCHA!"

Fungando, limpando o nariz com as costas da mão, tremendo, respirando demasiado rápido, ela se vestiu e amarrou as botas, zonza com a roda nauseante e pesada que começara a dar voltas em sua cabeça, passando a mesma seqüência de pensamentos uma e outra vez. Ela matara seu filho por luxúria. Ela, Anna Petrovna Lutova, matara seu filho por luxúria. Levara o assassino para sua cama. Sacrificou Aliocha porque não podia suportar a vontade de ser tocada, e querida e preenchida. Ela havia perdido seu amor, sua alegria, sua quente firme contorcida risonha amuada orgulhosa essência de garoto, seu querido e mimado príncipe, que ela pariu e cuidou com tanto sacrifício e por tanto tempo, por causa dessa doença dentro dela que não podia suportar. Nenhuma prece poderia trazê-lo e ela estava amaldiçoada para sempre. Seu marido tinha visto a prostituta nela e tomou o caminho mais rápido para se afastar. Era culpa dela. Será que Aliocha ainda estava vivo? Não, ela foi cobiçosa. Ela foi amaldiçoada. Ela foi uma tola. Ela matou seu filho por luxúria.

Anna correu pela estrada em direção à estação. O carpinteiro castrado, Gratchov, disse que tinha visto Aliocha de mãos dadas com o condenado. Perguntou a ela o que estava acontecendo e ela não respondeu. A roda girava rangendo dentro de Anna. Ela matara seu filho por luxúria. Será que ele ainda estava vivo? Fora uma tola. Houve mais tiroteio à distância, a explosão de armas mais pesadas agora. Soldados tchecos passaram por ela. O caos encrespava para fora da estação. Um soldado tropeçou e caiu, levantou-se e continuou correndo. O azul esplêndido do céu, o brilho na poça de gelo, trazia esse dia de juízo final em uma caixa radiante de chocolate. Os soldados gritavam uns com os outros em tcheco. Corriam com seus fuzis em ambas as mãos, olhando de um lado para o outro, ligeiramente inclinados para a frente, como se pensassem que o inimigo estivesse dos dois lados.

Na estação, um cadáver estava meio coberto com um encerado nos trilhos, as botas encostadas em ângulo. Anna sentiu como se a mão a tivesse alcançado por dentro, a tivesse agarrado pelo coração e sacudido todo o seu corpo. Estava muito desesperada para gritar e segurou os cabelos nos punhos. Os soldados tchecos se moviam lentamente, como uma multidão. Ela mal podia entender essa língua mas entendeu que um trem, o próprio trem deles, tinha sido roubado. Ela correu em direção ao centro da multidão, onde estava um homem que ela reconheceu como o maquinista do trem tcheco, sentado tremendo em uma manta. Um dos soldados apertava e torcia a perna do maquinista. Ele fazia caretas de dor.

— Quem viu meu filho? — perguntou Anna. A roda girou. O filho que ela matara.

— Sua puta maldita — disse o maquinista em russo, olhando para ela, e olhando para o outro lado disse mais em tcheco. Os outros soldados olharam para Anna.

— Não me importo com o nome que você me chame — disse Anna. — Onde está meu filho?

— O condenado o levou. Somos todos como crianças para ele. Oh, o rapazinho queria ver o que o maquinista do trem faz! Então venha e veja, e traga seu tio com você! — O maquinista cuspiu e os soldados murmuraram. Ele continuou: — Seu bastardo sabia o que ele planejava, e você também. Não se preocupe com o menino. Vocês dois serão carne para os corvos quando Matula pegar vocês.

Um homem estava gritando e fazendo gestos para a linha. Tinha uma pistola na mão. Era Dezort, gritando para os tchecos se mexerem. Eles começaram a correr pelos trilhos, Anna entre eles, vermelha com as lágrimas e o sangue pulsando, mal capaz de ver os dormentes e os trilhos, tremendo com ódio de si mesma. Em pouco tempo, eles se encontraram com o resto dos tchecos, que tinham atravessado a cidade até a estação direto da praça. Smutny e Buchar tinham instalado a metralhadora Máksim apontada para a linha. Hanak caminhava em círculos, os ombros baixos e descarnados, mãos nos bolsos, observando todo mundo enquanto eles não estavam olhando. De pé com as pernas separadas e os polegares no cinto, dando largas passadas pela linha como uma barricada, de costas para Anna, olhando para a linha na direção da locomotiva, estava Matula. Anna correu para ele e em volta dele, de modo a poder olhá-lo. Como seus olhos poderiam registrar a presença de uma mente viva atrás deles, e serem tão sem vida? A roda girava dentro de Anna. Parecia-lhe que Matula tinha se tornado parte da punição que ela merecia por trair seu filho ao levar um criminoso condenado para sua cama. Aqueles olhos opacos de Matula, vazios até do conforto da malícia, desprezo ou ódio que garantissem a ela a humanidade dele, agora pareciam naturais. Não era que seus olhos fossem, como ela pensara antes, alienígenas em sua falta de sentimentos. Era que até então ela não tinha cometido o pecado que a capacitasse a entender como sua desumanidade era uma parte do mundo humano.

— Onde está meu filho? — sussurrou ela.

— A puta da cidade quer saber onde seu filho está — disse Matula bem alto. Os outros tchecos pararam de falar, se aquietaram e escutaram. — Todos eles a abandonaram! Seu iídiche Mutz fugiu, e seu amigo condenado levou seu filho embora. Você não tem mais nada agora, não é, a menos que o tenente Hanak a queira.

— Por que você não vai atrás deles? — murmurou Anna.

— Todos eles vão cair de volta para mim — disse Matula. — Enquanto isso, você perdeu o direito da fiança do condenado. Nós concordamos que isso seria a sua vida.

— Fui uma tola — disse Anna. Ela começou a soluçar. — Cometi erros graves. Por favor, salve o meu filho. — Ela caiu de joelhos. — Por favor, salve o meu filho.

Os tchecos em volta mudaram de posição e nenhum falou.

— Beije minha bota — disse Matula. Anna sentiu um instante de alívio. Não era para haver espera. Ela já tinha sido admitida ao lugar da punição: podia continuar mas não podia ser pior. O tiroteio tinha parado e houve um silêncio completo. Anna curvou seu corpo e abaixou os lábios para a ponta do couro polido da bota de Matula. Tinha o cheiro de guerra, inverno, bosta raspada e lama. Ela pressionou a mão no dedo do pé dele. Era duro mas ela queria que ele sentisse. Tanto pior, melhor. Endireitou-se e limpou a boca com as costas de sua mão e se levantou e olhou Matula nos olhos. Sua boca de menino estava torcida como se estivesse prestes a rir e olhar em seus olhos era como raspar os nós dos dedos em granito duro.

— Bom, leve-a embora, Hanak — disse o capitão, mas quando Hanak deu um passo à frente todos eles viram uma figura volumosa caminhando em direção a eles, vindo de onde a linha desaparecia entre as árvores, a cerca de quatrocentos metros de distância. Anna começou a correr em direção à figura e Hanak a pegou pelo antebraço e, quando ela tentou se soltar e mordê-lo, ele puxou seus braços para trás e segurou-os às suas costas, de modo que ela não conseguia se soltar. Ele era magro, leve mas, forte. Anna gritou o nome de Aliocha.

— Devo enviar os homens até lá? — perguntou Dezort.

— Não — disse Matula.

Samárin caminhou em direção a eles entre os trilhos, rápido para um homem com um fardo, carregado em seus braços à frente, embrulhado na camisa antes branca manchada de sangue. Anna gritou o nome de Aliocha outra vez, e outra vez. O fardo não se mexeu. Ninguém mais falou. Eles observaram, até poderem ver o rosto de Samárin claramente, e ver como ele estava concentrado em sua tarefa. Não havia nada mais. Rápido como ele caminhava, movia-se com grande cuidado, e isso introduziu em Anna a toxina, esperança. A esperança queimou-a como ácido: como doía, e quando ele gritou o nome de Aliocha outra vez, sua voz estava mais fraca. Agora, eles escutavam os pés de Samárin nos cascalhos, e sua respiração. Quando ele estava a cerca de vinte metros, Anna sentiu que Hanak já não podia mais segurá-la e se libertou, quase caindo, e pegou seu filho das mãos de Samárin. Ela sentiu o calor do garoto. Oh, ela foi um pouco perdoada! Ele estava vivo, e só ela seria punida agora, talvez, não ele. A roda não parava de girar. Tudo que estava a seu redor tornou-se silencioso e invisível. Ela olhou o rosto do filho. Estava branco e quieto e seus olhos estavam fechados, mas ele não tinha a aparência aviltada e abandonada do morto. "Aliocha", ela murmurou. "Meu bom, meu favorito, meu amor, meu pobrezinho." Ela aproximou a face de sua boca levemente aberta, depois o ouvido. Uma brisa fina dos pulmões menor que sua mão. Ele respirava. Tão distante quanto se fosse um rumor, no outro lado do mundo de sua consciência, houve uma agitação de raiva. Um alquebrado amante fracassado retornara, trouxera o filho alquebrado de volta a sua alquebrada e traidora mãe. Onde estavam os outros?

— Ele foi ferido no ombro — disse Samárin. — Houve muito sangramento mas não atingiu os órgãos vitais, e os ossos.

Anna lançou-lhe um olhar, e para Matula. Ela sabia que tinha que correr com Aliocha, mas não sabia como.

— Por que você o levou? — disse. Não tinha interesse em ferir Samárin, agora não importava, mas ela viu que a suavidade de sua voz foi um choque para ele: ela não o vira mostrar um grama de dúvida, antes.

— Porque é mais importante para o mundo futuro eu escapar daqui agora do que a vida de Aliocha.

— Então por que o trouxe de volta?

— Porque sou fraco.

Aliocha agitou-se nos braços de Anna, franziu o cenho e fez um pequeno som. Ela encostou seu rosto no dele, acariciou sua face e sussurrou em seu ouvido que ele era o mais corajoso, o melhor, o menino mais lindo do mundo. Aliocha choramingou outra vez mas não abriu os olhos. Anna levantou os olhos.

— Ele precisa de um médico — disse ela.

As palavras acabaram com o encantamento de olhar e escutar que havia caído sobre os tchecos. O maquinista veio mancando perguntar sobre seu foguista e Samárin olhou para ele sem falar. Matula ergueu o braço para afastar o maquinista. Sacou sua pistola e engatilhou-a.

— Onde está o meu trem?

— A caldeira secou quando dei marcha a ré por causa dos vermelhos — disse Samárin.

Matula levantou a pistola e fez um gesto para Anna e Aliocha.

— Vá e fique de pé em frente do condenado com seu bastardo, senhora. Vou ver se consigo acertar os três com uma única bala. Que pena o judeu não estar aqui para eu poder exterminar todos vocês como uma família.

— Senhor — disse Dezort.

— O quê? — disse Matula, virando-se surpreso para ele. Ao virar, ele soltou a respiração e deixou cair a pistola, o que coincidiu com o som de uma bala acertando o metal. O som do tiro seguiu um segundo depois. Os tchecos se atiraram no cascalho e mato nos dois lados do trilho. Anna caiu devagar de joelhos no chão. Seu cuidado com Aliocha, que não podia ser mexido abruptamente, prendeu seu pânico em um lugar sólido. A roda em sua cabeça não parava de girar. A mensagem tinha mudado, agora só dizia a palavra Não outra e outra e outra vez, como uma prece ao espaço e ao tempo. Ela fechou os olhos e colocou seu rosto no quente espaço escuro entre o queixo e o ombro de Aliocha, procurando seu pulso com os lábios, para se prender a isso como uma medida. Não podia parar de escutar Matula falando com um rosnado alegre, sua língua da batalha, seu tempo feliz.

— Encontrem o atirador! — ele estava dizendo. — Dez mil hectares de terra de floresta ao norte daqui eternamente para o homem que liquidar com o atirador, e o título de príncipe em meu reino, e a viúva aqui para reprodução. Ela vai parir mais uns doze se vocês quiserem. Dezort, leve três homens e limpe a trilha da locomotiva, defenda-a. Por Deus, nunca me senti tão apaixonado por este lugar. Cada homem que perdermos aqui, seu sangue tornará esse chão mais sagrado para nós.

Uma voz muito distante veio em ondas pelo ar, distorcida, ampliada e metálica, como se a pessoa estivesse falando por uma corneta. Anna reconheceu a voz. Era Mutz, falando em tcheco. Ela escutou o nome de Broucek. O que quer que Mutz estivesse dizendo causou um estranho tremor entre os tchecos, um endurecimento e uma dor. Matula começou a gritar.

— Vou esfolar você! — gritava ele. — Seu biltre judeuzinho de bosta, vou assar você no espeto, vou cortar todos os seus sentidos, um por um, olhos, ouvidos, nariz, língua e pele! O mesmo está valendo para qualquer escória aqui que escutar uma palavra do que esse iídiche perjuro, apunhalador pelas costas, amante dos vermelhos disser.

Anna levantou-se e abriu os olhos. Olhou ao redor. Todos os tchecos olhavam para ela. Os poucos que olhavam com ódio estavam tentando aumentá-lo. Os outros tentavam esconder a vergonha imitando os olhos de pedra de Matula, mas não conseguiam imitá-los. Anna afastou-se deles. Aliocha agitava-se em seus braços. O menino maravilhoso tinha força. Anna começou a correr. Samárin não estava lá: tinha escapado.

Declarações

Aliocha estava deitado na cama, delirando, empolgado com hussardos e chocolates, enquanto Anna limpava e cuidava de seu ferimento. O fragmento de metal tinha entrado em seu pequeno ombro branco sob a clavícula, deixando uma marca denteada por onde tinha passado e um corte triste por onde tinha saído. O sangue havia parado de escorrer. O menino se torcia e arqueava quando ela tocava a carne viva profunda com o pano molhado quente e Anna se concentrou nisso, em limpar a parte ferida, sussurrando palavras encorajadoras para ele, tentando não pegar em seu ombro são com muita força com a outra mão, ao segurá-lo para que não se mexesse. O tungue albino estava sentado a um canto, olhando. Anna o encontrara acocorado em seu pátio, olhando para uma figura que fizera com pedaços de palha na neve. Ele dirigiu seus olhos vermelhos para ela e se levantou e ela entendeu que ele era o aprendiz do xamã e só queria saber o que podia fazer por ela. Ela lhe disse que seu filho fora ferido em uma batalha e perguntou se ele sabia de algum tratamento. O albino deu de ombros, mas a acompanhou casa adentro e subiu as escadas. Quando ela lhe pediu para trazer água quente da cozinha ele foi prepará-la. Mais tarde, ele sentou na pequena cadeira de vime de Aliocha, fazendo-a ranger quando respirava. A maneira como ele olhava para Aliocha, atenta e indiferente, como um pássaro, era reconfortante para Anna.

Ela pediu ao albino para vir ajudá-la, segurando os pedaços de compressas sobre o ferimento enquanto ela passava uma bandagem bem apertada ao redor do ombro de Aliocha. Seus dedos descascados eram pouco mais escuros que a pele do menino. Ele cheirava a fumaça, folhas caídas e couro de cervo velho.

— Ele é seu único filho? — perguntou o albino.

— Sim.

— Onde está o pai?

— Morto.

— Como ele morre?

— Na batalha.

O albino pensou sobre isso:

— Sua família tem azar — disse ele.

— A idéia de azar era de grande conforto. Agora não. Eu fiz isso acontecer.

— Você é bruxa?

Anna encontrou em si mesma a risada, uma risada mais antiga, mais obscura do que a risada da noite anterior.

— Se eu fosse uma bruxa, eu não o faria se curar? — Uma nova onda de ódio a si mesma a invadiu e ela se inclinou para beijar os olhos de Aliosha, mas a cabeça dele se movia violentamente de um lado para o outro e, em vez de beijar, ela pôs a mão em sua testa quente.

— Você deve ter visto seu xamã tratar as pessoas feridas — disse Anna.

— Sim. Ele me manda ir pegar o que ele precisa. Musgo, planta, mel... esta não é a época boa do ano.

Anna olhou para o albino e disse bruscamente:

— Por que você está sentado aí, então? Vá e encontre o que puder para remédio.

— Não — disse o albino. — Você não precisa de nosso remédio. Você precisa de um de seus médicos.

— Não tem médico aqui. Se eu não colocar alguma coisa nessa ferida, qualquer coisa, será como soltar a mão dele se ele estivesse caindo por uma ladeira íngreme. Não seria mais fácil se eu acreditasse naquelas maravilhosas forças terríveis além do horizonte, como você, Mutz, Samárin e o notável Sr. Balachov, nenhum dos quais pode me ajudar agora? Eu entendo que Aliocha não tem importância, eu não tenho importância, todos somos miseravelmente pequenos. Mas eu queria que meu filho fosse mais importante do que isso para o mundo. Por favor, vá e veja o que consegue achar. Qual é seu nome?

— Igor.

— Seu nome verdadeiro, em sua língua.

— Develchen.

Ela lhe pediu outra vez que fosse.

— Eu não sou um xamã — disse Develchen. — Não posso ver no Mundo Inferior e no Mundo Superior, como Nosso Homem podia, para saber se havia algum lugar ali guardado para o doente.

— Não me importo com isso! — gritou Anna. — Não me importo, entende? Não me importo com céus e infernos e deuses e demônios e czares e impérios e comunistas e esse povo ou aquele povo. Não me diga mais nada. Eu quero alguma coisa para o ferimento do meu filho e, seja qual for o tipo de bruxaria da floresta que venha com ele não me importa, entende?

Develchen se levantou e saiu do quarto. Anna virou-se para Aliocha e murmurou:

— É isso que acontece quando uma mulher tola, lasciva e sem fé é deixada sem nada em que se apoiar? Quando você não acredita em nada, nesse dia vai acabar acreditando em qualquer coisa? Oh, apenas se cure, filhinho. — Aliocha mexia a cabeça de um lado para o outro.

Develchen saiu da casa pela porta da frente e caminhou para

o leste, afastando-se da cidade, da estação e dos campos, e entrando na floresta. Olhou uma vez para o telhado de um celeiro alto que ficava do lado oposto da casa de Anna, elevando-se acima da encruzilhada onde se situava, com uma boa vista da ponte a oeste e a estação ao norte. Mutz, Nekovar e Broucek estavam lá, com outros homens armados que Develchen não tinha visto antes. Ele se apressou.

Mutz estava deitado sobre uma manta no telhado de inclinação acentuada, apoiando-se, como os outros, em uma extensão de corda grossa que Nekovar tinha passado por todo o telhado. Com os pés na corda, eles podiam manter a maior parte do corpo escondido enquanto observavam as aproximações à encruzilhada. Os castrados estavam escondidos em suas casas. O sol adensava a fumaça das madeiras, serpeando sobre as ruas da cidade. Mutz se perguntava se teria uma chance de ver Anna antes de começar a luta onde todos seriam mortos. O que podia evitar que os vermelhos atacassem Iazik? Eles devem ter entendido a tentativa de fuga de Samárin de trem como um plano previamente elaborado para enganá-los, embora Samárin tenha esmagado o trole em que Mutz e os outros voltavam para a cidade, um segundo depois que eles saltaram.

O bom senso dizia que Matula dirigiria todas as suas forças para defender a cidade contra o ataque dos vermelhos, mas Matula não tinha bom senso, e Mutz agora o havia absolvido de qualquer obrigação de salvar sua vida. O mais provável era que Matula dividisse seu exército remanescente pela metade, uma para cobrir a linha férrea contra os vermelhos, a outra para atacar a casa de Anna Petrovna, onde ele presumiria que Mutz estivesse. Os vermelhos então destruiriam a cidade para esmagar Matula. Era tudo perfeitamente normal.

Contra a carnificina à vista havia três, Mutz, Nekovar e Broucek, talvez o albino, e talvez mais três. Dezort estava ao lado de Mutz no telhado, a bandeira da trégua sob a qual viera enrolada no seu pescoço como um cachecol. Ele trouxera dois soldados com ele. Estava lendo um dos jornais tchecos que Bondarenko dera a Mutz.

— Terminou? — perguntou Mutz.

Dezort assentiu.

— Você acha que é verdadeiro?

Dezort assentiu outra vez. A primeira página do jornal trazia um decreto do novo governo da Tchecoslováquia, promulgado em Praga cinco semanas antes, ordenando que toda a Legião Tcheca na Sibéria se desmobilizasse e se dirigisse a Vladivostok para evacuação imediata.

— Matula devia saber disso há cerca de um mês — disse Dezort. — O telégrafo para Irkustki e Omsk estava funcionando até a semana passada. Ele nunca deixava ninguém mais ver as mensagens, só ele e Hanak. Nós podíamos ter ido embora, e agora estamos em uma armadilha.

— Você, então, está conosco, irmão? — perguntou Nekovar, do outro lado do telhado. Ele enfiou a mão no bolso e tirou uma granada que passou para Dezort, balançando a cabeça, como um homem persuadindo um gato a sair da cama com um presentinho.

— Parece sem saída — disse Dezort. — Matula tem noventa homens, e os vermelhos estão prestes a atacar.

— Você veio, não foi? — disse Mutz. — Os rapazes escutaram o que falei pela trombeta de voz de Matula sobre a evacuação. Como podem continuar leais a ele agora? Todo mundo percebe que ele perdeu a cabeça.

— Eles ainda têm medo dele e seus sequazes. Ele é louco mas é um dos seus loucos mais espertos, você sabe. Tem outra coisa, Mutzie.

Mutz perguntou o que era, embora soubesse.

— Matula tem sido bom para convencer todo mundo que você é um tipo de espião, que está fazendo um relatório sobre o que aconteceu em Staraia Krepost, a matança, você sabe. Que você realmente não é um dos nossos, nesse sentido, que não nos defenderá. Ele tentou culpá-lo por estarmos aqui, e eu não acho que alguém vai acreditar nisso, mas suponho que... nós... eles acham que você fez um acordo com os vermelhos para testemunhar contra nós em troca de sua vida.

— Você está cheio de merda, irmão — disse Broucek, sem tirar os olhos da mira de seu rifle, vigiando a estrada para a estação.

— Sou tão culpado quanto qualquer outro por Staraia Krepost — disse Mutz.

— Josef — disse Dezort, abaixando a voz e aproximando o rosto do de Mutz sobre as vigas úmidas do telhado. — Você só ficou olhando. Você vacilou. Eu atirei na cabeça de um homem que estava com as mãos amarradas nas costas.

— Eu tentei impedir você?

— Vocês três, Mutz, Broucek, Nekovar. É isso que vocês têm em comum. Vocês todos vacilaram enquanto nós fazíamos a matança. — Dezort lançou um olhar para Nekovar, que olhava fixamente para ele, a boca um pouco aberta, prestes a sorrir mas sem sorrir, jogando a granada suavemente para cima e para baixo como uma bola de tênis.

— Não gosto do jeito como você está brincando com a granada, sargento — disse Dezort. Seus lábios cobriram seus dentes da frente e ele os lambeu.

Mutz pôs a mão no ombro de Dezort.

— Alguma vez traí alguém desta companhia? — perguntou.

— Ainda não.

— Tentei evitar que alguém fosse deixado na Sibéria, mesmo Matula?

— Até agora, sim.

— Eu quero que saiamos deste lugar, e quero arrastar essas centenas de imbecis direto até Vladivostok sem que ninguém morra ou desapareça, e que voltemos para casa pela Europa, tomar o trem para o novo país, abrir as nossas velhas portas e sentir aquele cheiro de café, verniz e bom fumo, sentir abraços afetuosos e tirar esse cáqui imundo de cima de nós. Todos nós exceto um. Eles não precisam de todos nós, os vermelhos. Eles só precisam de um. Um sacrifício. Eles têm uma grande organização, uma grande idéia, os vermelhos. Os vermelhos são um pouco como um deus, entende, Dezort? As pessoas falam deles como se fossem uma grande coisa real com intenções, ações e necessidades, mas você nunca pode realmente vê-la, apenas pequenos sinais de seu poder em pessoas e coisas que ela faz e destrói. Mesmo quando ela está lá, você nunca a vê. Como um deus. Como um deus, ela quer o sacrifício ocasional.

— Quem?

Mutz franziu o cenho frente à obtusidade de Dezort. O homem parecia genuinamente confuso.

— Matula. Só Matula. O resto fica livre.

— Oh. — Dezort franziu o cenho e deu uma risadinha escondida. — Entendo. Porque ele tinha um tipo de idéia semelhante. Ele me enviou aqui para tentar convencer você a voltar. Então ele ia entregá-lo para os vermelhos como o verdadeiro cérebro por trás do massacre de Staraia Krepost.

— Mas você não concordou com o plano de Matula.

— É claro que não! — A risadinha escondida outra vez.

— Porque os vermelhos viram o filme que fizeram sobre o massacre. Foi a investigação deles. O filme. E eles acreditam que Matula é o assassino em comando.

— Esse filme... eu estou nele?

— Não sei. Você está conosco?

— Como você vai capturar Matula?

Mutz olhou para Broucek, que virou por um segundo para encontrar os olhos de Dezort, antes de voltar para sua mira.

— Oh — disse Dezort. — Entendo. Desse jeito. A coisa é... eu sei que Broucek é um atirador muito bom, mas Matula não vai se mostrar agora.

— Eu o teria matado uma hora atrás se você não o tivesse alertado — disse Broucek.

Mutz tirou os pés da corda e começou a deslizar em direção à calha e à escada que levava até o chão.

— Tenente Dezort, sargento Nekovar, soldado Broucek, por favor, defendam a encruzilhada enquanto eu estiver fora. Não atirem em nossos amigos a menos que seja realmente necessário.

Mutz desceu pela escada. Caminhou até a ponta do celeiro e percebeu com tristeza que era um velho soldado de trinta anos. Como o habitante de uma cidade onde ventasse muito, que sabe por instinto que, ao virar uma esquina, está sujeito a ser atingido pelas rajadas, Mutz sabia sem pensar que estava prestes a cruzar uma provável linha de fogo das tropas de Matula, na estrada achatada e larga até a estação. Tudo parecia ter ficado muito quieto. Mutz brilhava com o calor do suor de medo e seu coração estava ocupado. Suas tripas agitavam-se. Começou a imaginar todas as maneiras como a bala o machucaria. Olhou para cima para ver se Dezort estava de vigília. Era como ver um reflexo de seu próprio rosto. A mesma palidez, a mesma consciência de que ali estavam as linhas de fogo, de que eles não sabiam como se safar disso, de que estavam muito longe de casa, de que ninguém se importava.

Mutz atravessou correndo a estrada e entrou na casa de Anna. Parou por um momento. Estava zonzo. Escutou Anna chamando do andar de cima, perguntando quem era.

Mutz tremia. O medo da bala tinha dado lugar ao medo do

que aconteceria agora com Anna. Subiu correndo as escadas, quase caindo, e encontrou Anna do lado de fora do quarto de Aliocha. Ela passou os braços em volta dele e se apertou, cálida, contra ele. Ele sentiu as lágrimas dela descerem por seu pescoço.

— Josef, eu tenho sido tão terrivelmente idiota — disse ela. A presença de Mutz, sua familiaridade e tranqüilidade, era como se fosse o princípio do presente do perdão para ela. Receber agora a chance de se confessar, e se ofertar. — Trouxe o condenado para casa. Dormi com ele. Eu deveria ter confiado em você. Ele roubou meu filho para ajudá-lo a roubar o trem, Aliocha foi ferido e agora estou com medo de que morra. Mereço ser enforcada. Eu fiz isso porque o desejava. Você pode acreditar nisso, Josef? Eu desejava tanto Kiril Ivánovitch que esqueci de proteger meu próprio lindo filho. Quando você sempre foi tão bom. Quando você se esforçou para me dar o que eu queria tanto. Sou pior do que uma puta, Josef.

— Não diga essa bobagem.

— Uma puta recebe dinheiro e eu não recebi dinheiro, deixei aquele animal me ter e depois roubar meu filho.

— Como está ele?

— Dormindo. Ou morrendo. Eu não deveria dizer isso, não é? Não sei o que fazer. O albino foi à floresta buscar algum remédio. É a isso que estou reduzida, Josef, não é baixo demais? Aí está Anna Petrovna, a prostituta, mandando buscar o médico feiticeiro. — Ela falava rapidamente. Parou, afastou-se de Mutz, olhou para ele e limpou os olhos e o nariz com um lenço sem goma que tirou de sua manga. Ele a olhava em dúvida, claro; ela teria que convencê-lo. — Você vai me dizer que pare de sentir pena de mim mesma. Josef, me pergunto o que há em mim que me impediu de confiar em você. Uma febre permanente. Você nunca acreditou no condenado. Se eu fosse uma boa mãe, eu teria escutado a você, e meu Deus, Josef, não é como se você não estivesse pronto a ficar comigo à noite. Estou envergonhada.

Mutz estava mais sem palavras pelo ódio de Anna por si mesma do que jamais ficara por seu orgulho ou por rejeitá-lo. Para sua própria surpresa, perguntou sobre Balachov.

— Ele não veio aqui — disse Anna. — Talvez não saiba. Pode estar se escondendo do barulho do tiroteio. Se ele vir, deixo-o entrar. Não acredito que virá. Que diferença faria?

— Aliocha ainda é o filho dele.

— Devemos entrar, quero ficar perto de Aliocha. Venha comigo. Eu sei, você tem de ir embora, Matula está chegando, eu sei, apenas por um momento, venha até o quarto de Aliocha e fique e fale comigo, por favor. — Anna pegou a mão de Mutz, olhando-o com uma ternura e humildade que ele nunca vira antes. Ele a deixou conduzi-lo ao quarto de Aliocha e eles se sentaram juntos na beira da cama. Anna acariciou a testa do filho, e pegou o punho dele em sua mão para ver se a pulsação estava boa. Olhou para Mutz, depois olhou para Aliocha. Pareceu a Mutz que Anna o estava convidando a tocar Aliocha, mas ele estava muito confuso para deixar de olhar para ela.

— Você pode colocar sua mão nele — disse Anna. — Fale com ele. Talvez isso ajude. — Que estranho ela antes achar o embaraço de Mutz com seu filho tão irritante. Agora, emocionava-se com isso, seu respeito pelo menino, por ela, depois do que ela havia feito. Ela amaria Mutz, se ele quisesse; ela o escutaria.

Mutz sabia que devia falar com Aliocha, mas não conseguia. Só conseguia olhar para Anna. Ele viera a sua casa arrastando com ele o grande prêmio do conhecimento sobre Samárin para fazê-la se voltar contra o condenado. Agora isso não tinha mais utilidade. Foi mais simples do que poderia esperar. Samárin tornou tudo mais fácil: ele não podia ter feito nada pior para Anna. Ela era dele, de Mutz, se eles vivessem. Era sincera. Quando olhava para ele tão terna e humildemente, ela queria acreditar que poderia amá-lo, que o bom senso e uma mente racional era o que precisava desejar agora. Verdadeiramente, ela estava certa disso. Mas ele sabia que amanhã ela não estaria tão certa. Hoje, acreditar que devia amar Mutz era parte do arrependimento de Anna pelo crime que acreditava ter cometido. No próprio momento em que se ofereceu a ele, Mutz teve a máxima certeza de que nunca poderia tê-la. Sem saber o que dizer, e sabendo que não deveria mencionar Samárin, não pôde deixar de dar a notícia que originalmente tinha pensado trazer.

— Os vermelhos nos capturaram ontem à noite — disse ele. — Descobri algumas coisas sobre Samárin.

— Gostaria que você tivesse me mandado uma mensagem. Ele me encantou tanto a noite passada, com seu modo distante. Nós bebemos conhaque. Fiquei como uma adolescente. Não entendo por que não pude perceber que ele era um criminoso comum, como os ladrões do Jardim Branco, como esse Moicano que anda por aí matando pessoas. Isso não deveria ser aparente? Sou mesmo tão idiota assim?

— Claro que não — disse Mutz. — É a genialidade dele, conhecer tão bem a si mesmo que pode esconder ou mostrar as partes dele que o fazem parecer o que deseja parecer. Ele nunca se mostrará completamente. Seria demais, até para ele, fazer isso, ser o homem completo. Não é que ele finja ser alguém que não é, mas você só vê o lado que ele quer lhe mostrar, e em algum lugar, sobre isso e além, sua inteligência maquinadora vê tudo, seu eu estudante e seu eu criminoso, os graus de sua crueldade, seu passado, presente e futuro, e o grande brilho de utopia à distância para a qual acredita estar abrindo um caminho. Anna, pense no que você acabou de dizer! Os ladrões do Jardim Branco — quem lhe falou sobre esse lugar? Samárin. O Moicano — quem lhe falou sobre ele? Samárin. Samárin descreve a si mesmo e ao Moicano tão bem por que conhece muito bem os dois, porque ele é os dois.

Anna pôs as duas mãos na boca. Isso abafou o grito que explodiu curto e estridente de dentro dela. Mutz continuava a falar, mas a ela parecia que ele falava rápido demais, misturando as palavras, e era difícil fazer qualquer coisa contra o zunido ruim em seus ouvidos. Ela compreendeu que era o efeito do sangue martelando em sua cabeça. Queria pedir a Mutz para ir mais devagar, mas não conseguia falar. Tentou juntar o que ele havia dito, como não era o Moicano, o homem que matava, roubava e destruía sem misericórdia, que estava fingindo ser Samárin, o revolucionário anarquista, ou fingindo ser Samárin, o estudante encantador, mas que eles eram todos faces de um único homem, Kiril Samárin, o Moicano. Como era esse o homem que matou o xamã com aguardente porque o xamã era o único homem em Iazik que conhecia sua identidade, como esse era o homem que tinha convencido Racanski, sob seu feitiço e inimigo de Kliment, a matar o oficial e entalhar a letra M em sua testa, para fazer os tchecos acreditarem que o Moicano estava solto enquanto Samárin estava no cativeiro.

— Espere — sussurrou Anna. Todo o sangue tinha desaparecido de seu rosto. — Fale mais devagar, Josef. Não posso suportar pensar que o beijei, que o deixei fazer amor comigo. Que o desejei!

— Posso parar — disse Mutz. — Prefiro não lhe contar mais nada. — Era verdade. Se ele achasse que poderia ter ainda que um mínimo prazer ao extinguir seu ciúme remanescente de Samárin, estaria errado. Agora que Samárin fora embora, o conhecimento que Mutz ganhara, mesmo o fato de tê-lo, sem pensar em infligi-lo a Anna, o fazia se sentir sujo, como um torturador e o pior fofoqueiro da cidade ao mesmo tempo.

— Há mais? — perguntou Anna depois de um tempo, sua voz um pouco mais forte.

— Sim.

— Não tem... nada bom?

— Talvez. Mas não antes do pior.

— É difícil entender o que você está dizendo, Josef — disse Anna. Ela tremeu. — Se Samárin é o Moicano, isso significa que Samárin escapou do Jardim Branco sozinho? Que ninguém tentou.... que ninguém levou um companheiro como comida na jornada, como Samárin disse?

— Não — disse Mutz. — Não para todas essas coisas. Samárin não estava sozinho. Ele não escapou do Jardim Branco. E havia essa comida.

— Oh, Aliocha — disse Anna, deitando-se de costas e apoiando o rosto no travesseiro para ficar olhando o rosto adormecido do menino. — O que eu fiz?

— Samárin não estava fugindo — disse Mutz. — Ele estava indo para o Jardim Branco, não saindo de lá. Ele nunca foi preso lá. Sua descrição — era tão real, não era? — foi uma ficção. Ele a fez parecer tão real porque ele próprio acreditava nisso, não que isso tenha acontecido na realidade, mas que poderia acontecer com pessoas como ele no futuro. Esse é o espaço de tempo e de possibilidades com os quais sua mente trabalha. Ele realmente estava aprisionado, no passado. Ele realmente escapou. Mas nada disso aconteceu lá, e naquele momento, no Ártico. E, como o czar e a velha Rússia são os inimigos de Samárin, e o tratam como tal, qualquer maneira como ele imagina que seus inimigos o tratem pode ser a maneira como homens como eles tratariam seus inimigos, se tivessem o poder. O próprio Samárin não sobreviverá entre os vermelhos. Sua destrutividade é pura demais. Mas a maneira como ele descreve o Jardim Branco, não era uma história verdadeira, era um vaticínio. Era uma premonição da retribuição justificada dos inimigos do czar.

— Não entendo. Se não há um Jardim Branco, para onde ele estava indo?

— Havia um Jardim Branco. Era o campo de uma expedição liderada por um aristocrata chamado príncipe Apraksin-Aprakov, um geólogo amador que acreditava que havia depósitos de metais raros nos contrafortes das montanhas Putorana, nas altas extensões do Ienissei. Por alguma razão, Samárin fez uma jornada até lá, ou tentou chegar lá. Se ele saiu de um dos portos de rio do sul da Sibéria na primavera, pode ter viajado até lá e voltado nessa época. Você pode imaginar como a ida deve ter sido difícil através da taiga e da tundra, com os rios e pântanos descongelando e os mosquitos, para um homem a pé. Ele devia saber que não conseguiria fazer isso sem levar outro homem com ele como comida. E ele realmente levou esse homem, e realmente o comeu, até uma única mão que jogou fora antes de ontem, na margem do rio, quando chegou à ponte da ferrovia.

Anna fechou os olhos. Depois de um tempo, disse:

— Continue. Você disse que talvez tivesse alguma coisa boa.

Mutz sentiu a mesma timidez que sentira quando bateu à porta de Anna pela primeira vez. Eles tinham sido tão íntimos desde então que isso agora estava afastado de sua lembrança. Cada palavra que ele dizia, sabia, estava empurrando os dois para mais longe um do outro. Era como se ele quisesse destruir o que não podia consertar.

— Você me feriu quando me rejeitou, e me feriu outra vez quando se apaixonou por Samárin mesmo antes de encontrá-lo.

Anna levantou-se rapidamente, pegou a mão de Mutz e o afastou da cama, de modo a ficarem de frente um para o outro perto da janela. Ela olhou dentro dos olhos de Mutz. Era muito intenso. Ele desviou os olhos. Era muito intenso, mas não tinha a mesma fome consumidora que teve antes.

— Josef, você é tão inteligente, como pode falar assim, como um rapazinho? O que você quer dizer com se apaixonar? Você sabe que não foi isso. Sabe que nunca foi isso com Samárin. Que idade você tem, e sabe tão pouco do que uma mulher precisa e sente? Acha realmente que só os homens sentem a lascívia? Sei que o rejeitei, mas eu estava louca, Josef, tola, impaciente, cheia de lascívia. Paguei por isso, você não acha? Você pode me perdoar, com certeza? Podemos ficar juntos agora, não podemos?

— Quer que eu termine de lhe contar sobre Samárin?

Anna assentiu, tocando o interior da palma de Mutz com as pontas de seus dedos. Mutz retirou sua mão. Enfiou-a na capa e tirou um jornal, *Bandeira Vermelha*, o exemplar que Bondarenko lhe dera.

— Aqui tem uma descrição do que uma expedição aérea ao Ártico encontrou no Jardim Branco, não muito tempo atrás. Fala de uma terrorista, Iekatierina Orlova, sendo mantida pelo príncipe no Jardim Branco em uma espécie de servidão, como sentença por ter levado uma bomba. Era o exílio dela. Quando prendemos Samárin dois dias atrás, ele levava uma casca de árvore com uma mensagem riscada, "ESTOU MORRENDO AQUI. K.". Acredito que o K era de Kátia, por Iekatierina. Acho que Samárin, o Moicano, foi até o Jardim Branco para libertá-la. Não sei por que motivo, se ele estava atuando como parte de uma estratégia de seus camaradas terroristas, ou por alguma outra razão.

— Que outra razão poderia ser? — perguntou Anna.

— Não sei. Mas ele trouxe seu filho de volta. Não vejo como isso podia ser parte de alguma visão de sua inteligência destrutiva. Aliocha e você não deveriam significar nada para ele. Pronto. Isto é tudo que sei. Tenho que ir. Sinto muito por Aliocha. Não se atormente. Os vermelhos têm um médico. Se conseguirmos passar por Matula e nos rendermos aos vermelhos, ele ficará bem.

— Obrigada — disse Anna. — Você me perdoará?

— Se tenho algo a lhe perdoar, eu lhe perdôo. Mas perdoar não vai mudar você.

— Leve-me com você para Praga quando sairmos daqui. — Oh, sim, era isso que ela queria, de que Aliocha precisava, um homem corajoso, cuidadoso, inteligente em um bonito e pequeno país ativo, no distante oeste. Não uma punição por sua estupidez, não, não, olhe para essa gentileza, consideração e frieza nos olhos escuros de Mutz, nada da loucura sangrenta com que seus outros amantes estavam envenenados. Agora ela amaria com sabedoria.

— Posso levar você, se sobrevivermos — disse Mutz. — Você quer ir?

— Sim!

Mutz não pôde deixar de sorrir, embora ainda não acreditasse. Os olhos de Anna quase voltaram a ser como eram antes, ansiosos, inquisitivos, desafiando-o para mostrar que, por mais que fosse difícil o novo jogo a ser jogado, ela teria habilidades para jogá-lo.

— Vou lhe perguntar isso outra vez amanhã a essa hora — disse ele.

Lá embaixo, houve uma batida na porta.

O Pedido de Samárin

Balachov estava dormindo em sua cabina escura perto do estábulo. A porta se abriu com o chute da bota de um estranho e a lingüeta bateu na parede interna. A luz do sol entrou. Balachov abriu os olhos. Pela luz que passou pela silhueta na soleira da porta era tarde, no mínimo nove horas. Ele sentou-se e jogou as pernas sobre a borda da cama. Samárin entrou e se sentou a seu lado. Colocou os braços em volta de Balachov.

— Bom dia, Gleb Alekséievitch — disse Samárin. Estava caloroso e alegre.

— Bom dia, Kiril Ivánovitch — disse Balachov. — O que você quer?

— Que má acolhida por parte de um homem de Deus! — disse Samárin. — Você sempre foi bom em ter um pouco de comida, meu caro. Vamos fazer nosso desjejum.

Balachov apontou para uma das arcas. Samárin foi abrir a outra. Estava trancada.

— Segredos, segredos, segredos — disse ele, levantando a tampa da arca que Balachov havia apontado e fazendo uma busca. Depois de um tempo, tirou um pouco de peixe seco, um pedaço de pão, uns bloquinhos de chá, xícaras e uma panela.

— Posso? — perguntou.

— À vontade — disse Balachov, levantando-se. — Vou pegar água.

— Não — disse Samárin. — Não, você fica aqui. Vou acender o fogão e fazer o chá. Você esteve desperto a noite toda, eu acho, deve estar cansado. Todo aquele tiroteio ao norte da cidade e você não escutou nada, escutou? Bem, foi pouca coisa, algumas pessoas feridas.

— Que pessoas?

— Seja paciente, Gleb Alekséievitch. Tudo a seu tempo.

— Tenho coisas a fazer. Não quero que você fique aqui.

— Isso é porque não lhe contei por que vim! Tem uma pequena coisa que eu quero que você faça por mim, e depois vou embora.

Samárin preparou a comida em silêncio, exceto quando cantou uma frase de uma música. "Entre os mundos", cantou. Esperando a água ferver, ele ficou de pé observando-a por um momento, de costas para Balachov, depois se virou.

— Aqui está uma — disse ele. — O que é um vegetariano com seis pernas e um grande pênis? Não sabe? Um castrado a cavalo! — Ele riu. Balachov não. — Você armou toda uma parada para seu cavalo ontem à noite. Girando e girando pelo cercado, homem e animal caminhando lado a lado. Ainda dá para ver os pés e as marcas das ferraduras lá fora na neve. Depois de um tempo, você parou de guiá-lo, não foi? Não tem mais marcas dos pés, só das ferraduras! Gostaria de dizer que as marcas parecem um pouco mais profundas com você montado, mas não sou um rastreador. Deve ser bom, se você não tem nem pênis nem bolas próprias, galopar em um garanhão à luz da lua, na neve. Em pêlo, talvez? Se pelo menos ainda tivesse éguas selvagens para montar. Você deve se sentir como um centauro. Metade homem, metade cavalo. E agora aqui estamos nós juntos nessa cabina aconchegante. Um homem e meio. O cavalo é lindo, Gleb Alekséievitch. Como se chama?

— Omar.

— Omar. Fui ao estábulo para vê-lo esta manhã. Ele está ótimo. Não me olhe assim! Não toquei nele. Mas ele está muito bem. Seria tão bom para mim se pudesse ter um cavalo desses. Faz muito tempo que não vejo um cavalo bonito assim. — Ele fez uma pausa, e bateu o pé. — Não, Gleb Alekséievitch, você deveria dizer: "Por favor, leve-o". É generosidade cristã. Vamos. "Por favor, leve-o". Diga agora.

— Essa é a pequena coisa?

— Não! — Samárin riu. Deu a Balachov uma xícara de chá, com lascas e camadas dos pedaços derretendo-se no marrom. Balachov balançou a cabeça. Samárin colocou-a no chão perto do pés de Balachov. — Agora, o pão. — Pegou o pedaço de pão de centeio seco. — Um pouco de sorte. Já tenho uma boa faca amolada. Não a antiga. Esta eu peguei da cozinha de Anna Petrovna, sabe? Ela é amiga sua, não é? Um casal nada provável.

— O que você estava fazendo na casa de Anna Petrovna?

— Já lhe pedi para não me olhar desse jeito, Gleb Alekséievitch, qualquer um pensaria que você se preocupa mais com Anna Petrovna do que com Omar. Sei que vocês são amigos, mas as coisas não podem ir muito além disso, não é? Agora, você não pode colocá-lo de volta.

— Não entendo — murmurou Balachov.

— Perdão, não escutei.

— Não entendo de que serve ser tão cruel.

— Não serve. Eu não sirvo. Você sabe disso. Eu sou uma manifestação. Da raiva presente e do amor futuro. Mas isso está colocado de maneira extravagante, Gleb Alekséievitch, e ainda não respondi a sua pergunta, que era: "O que eu estava fazendo na casa de Anna Petrovna?". Bem, eu estava trepando com ela, de um lado. Uau! Calma aí. Por favor, não se levante. Você pode acidentalmente cair sobre essa faca, e esse seria o fim para você, antes de ter comido seu peixe. Já que isso obviamente o incomoda, eu não a forcei. Ela estava muito ansiosa. O marido está morto há muito tempo, sabe? Foi agradável, a trepada, e antes da trepada. Você provavelmente não sabe como pode ser bom tocar com seus dedos aquele pequeno lugar macio e úmido dentro dos lábios e ver como ela sorri e fecha os olhos e torce o corpo e diz alguma coisa que é como uma nova palavra de deleite e a respiração e as batidas do coração, tudo ao mesmo tempo. Você sabe? É claro que não sabe. Você provavelmente nunca o enfiou dentro de uma mulher antes de perdê-lo. Bom, Gleb Alekséievitch, tudo que posso dizer é que se você soubesse o que estava perdendo você saberia o que está perdido para você. Então, isso foi bom — você está bem, Gleb Alekséievitch? Parece pálido. Tome o seu chá. — Samárin mordeu um pedaço de pão, pegou um pedaço do peixe e os mastigou com grande esforço, ainda falando. — Sim, isso foi bom, mas não foi por isso que o fiz. O negócio era que eu precisava sair daqui, eu precisava tomar um trem e, para tomar um trem, tinha que chegar perto de um e, para chegar perto de um, eu precisava tomar emprestado o filho da viúva. O que seria mais natural do que a curiosidade de um menino sobre locomotivas, puxando seu estranho amigo condenado até a estação esta mesma manhã, enquanto mamãe dormia, para dar uma olhada no trem dos tchecos? Funcionou muito bem. Eu roubei o trem. Foi irritante o menino se recusar a pular e ficar a bordo. Foi cansativo o foguista ter sido atingido quando passamos pelas tropas mais acima da linha. Vermelhos, eu acho. Foi cansativo o menino ter sido atingido. Fique sentado, ou vou matá-lo.

Samárin segurou a ponta da faca a um centímetro da garganta de Balachov. Sua outra mão segurava o cabelo de Balachov.

— O que aconteceu com Aliocha? — perguntou Balachov. Sua voz estava sumindo. — Por favor, deixe-me ir. — Ele se sentou de novo e Samárin se afastou.

— Você parece perturbado — disse Samárin. — Você estava

de olho no filho da viúva como mais um freguês para a tábua de corte? Um herdeiro, talvez? Suponho que terá de conseguir outra pessoa para ter os filhos para você.

— Ele está muito ferido? Está vivo?

— Ele está vivo — disse Samárin. — Fico incomodado por você se importar. Pensei que vocês, eunucos malucos, só se importassem com os seus.

— Você é como o tenente judeu — disse Balachov. — Vocês acham que o amor, mesmo a amizade, qualquer laço humano, acabam quando as Chaves do Inferno são jogadas ao fogo. Isso não é verdade.

— De todas as religiões, a sua é a mais engraçada, Gleb Alekséievitch. Quando as luzes se apagarem pela última vez e o mundo terminar, alguém no seu sono final despertará e dará boas risadas dos homens e mulheres que mutilaram seus genitais porque pensaram que isso os transformaria em anjos. Fique onde está! Escute. Vai me escutar? Consegue isso? Aconteceram coisas que não acontecerão, que eu não permitirei que aconteçam outra vez. Sua seita é ridícula mas tem algo que preciso tirar de você hoje, um método que é absurdo da maneira como você o utiliza e com as crenças que você agrega a ele. Ainda assim, preciso dele. Aconteceram coisas que não permitirei que aconteçam outra vez. — Samárin respirava pesadamente. Sua voz estava desigual. — Qual é a sua filosofia? Que para entrar no Paraíso, você tem que se livrar até dos meios de cometer pecado? Por que você não arranca seus olhos e corta fora sua língua? Tudo que vocês conseguem pensar é no fruto proibido e na prática carnal, que significam — ffffffft! A faca. Isto é merda, meu amigo. Não há outro mundo além deste, e nenhuma outra vida. Nós temos que fazer nosso próprio Paraíso aqui, se quisermos um, mas isso levará muito tempo, e muita gente terá que morrer. Você sabe quem eu sou? Eu sou Samárin. Eu sou o Moicano. Eu sou Samárin-

Moicano. Sou ladrão, homem-bomba, terrorista, anarquista, o destruidor. Estou aqui na terra para destruir tudo que não parece Paraíso. Existem outros como eu. Entenda. Cada escritório, cada fileira, cada serviço, cada banqueiro, lojista, general, padre, proprietário de terra, nobre, burocrata. Em dez anos deixamos nossa marca. Foi difícil. Aconteceram coisas que não permitirei que aconteçam outra vez. Houve momentos quando a missão foi dura, Gleb Alekséievitch. Dura. Demasiado... dura. Houve momentos em que aqueles que o destruidor deveria usar, e destruir se necessário para seguir em frente, ou pelo menos abandonar, ficaram... — Samárin piscou rapidamente enquanto procurava pela palavra — ... *impressos* nele. Você sabe, seis meses atrás, eu tinha uma linha clara daqui para aqui — com cuidado, Samárin traçou uma linha horizontal no ar. — Nunca fui prisioneiro no Jardim Branco. Essa foi uma mentira necessária. Eu estava em liberdade e tinha uma jornada clara e meios de Moscou à Geórgia para influir no curso do que eles chamavam de revolução ali. Era isso que eu tinha a fazer. Foi combinado com meus camaradas, mas nenhum acordo era necessário. As linhas da vida, da ação e da necessidade coincidiam muito bem. No entanto, nunca fui para a Geórgia. Fiz uma viagem de seis meses para o Ártico, a pé, por nenhum motivo a não ser ver se poderia salvar uma mulher que uma vez conheci quando estudante, que estava prisioneira ali. Kátia. Por que fui até lá? Você sabe o quanto eu desejava encontrá-la? Sabe o quanto ela significava para mim? Levei uma companhia comigo, um decidido jovem revolucionário socialista, inteligente, para poder matá-lo e comê-lo quando nossa comida acabasse. E isso foi o que eu fiz, Gleb Alekséievitch.

— Deus perdoe sua alma.

— Deus perdoa, Deus perdoa, foda-se Deus. Está me escutando? Planejar matar e comer outro homem porque você deseja ajudar uma única mulher que provavelmente está morta, de qualquer forma? Não por uma causa, mas por você mesmo? O que isso parece?

— Você deve ter amado muito essa Kátia.

— Idiota! O que você acha que é o amor? É capaz de arrastar um homem milhares de quilômetros pela tundra e fazer dele um canibal?

— Você a encontrou?

— Sim. Ela estava morta. Todos eles estavam mortos. Ela estava congelada. Havia minúsculos pedaços de gelo na maciez sobre sua boca.

— Kiril Ivánovitch...

— Escute, maldito! Você não consegue escutar? — Samárin deu um chute na xícara e ela disparou debaixo da cama e bateu na parede, impregnando o chão tosco de madeira com uma mancha que se espalhava. — Outra vez! Hoje. Um menino recebe um pequeno pedaço de granada no ombro. Ele sangra. Ele cai. Não tenho motivos para voltar. Posso deixá-lo deitado ali, pular do trem, correr para a floresta, passar sem ser visto pelos vermelhos e seguir para o oeste. É lá onde eu devia estar. É lá onde o destruidor tem de trabalhar. E, outra vez, uma outra dessas putas me pegou, e me arrastou para trás, carregando o filho dela. Eu tinha que continuar, mas voltei para trás, por causa dessa mulher. Só passei uma noite com ela, nós cantamos, eu beijei a pequena cicatriz em seu peito, e ela me teve. Você sabe o que estou dizendo, Gleb Alekséievitch. Isso não deve acontecer outra vez. Você chegou ao momento em que isso não devia acontecer de novo, por um mundo melhor do que esse nosso miserável. Agora, eu também cheguei. Pegue a faca. Tire-o. Me castre.

Balachov, que estava sentado curvado, olhando para seus pés com as mãos juntas, ergueu os olhos e perguntou a Samárin o que ele queria dizer.

— O que você acha? Pegue a faca. Faça o que você faz. Me castre.

Balachov pegou a faca e jogou-a na cama, balançando a cabeça. Samárin a agarrou, abriu à força os dedos de Balachov e pressionou o cabo na palma da mão dele. Jogou longe seu casaco, afrouxou as calças e deixou-as cair.

— Não está aí — disse Balachov, balançando a cabeça. — Este não é o lugar onde o amor está, senão que tipo de mundo é esse que você está tentando criar?

— Me castre — disse Samárin. — Não posso ser assim. Não é amor, é uma doença, é um poder sobre mim que não posso suportar. — Ele caiu de joelhos em frente de Balachov, levantou sua camisa e pegou seu escroto na mão fechada. Seus lábios esticaram-se e tremeram e duas lágrimas deixaram uma marca larga na fuligem de seu rosto. — Me castre, Gleb — soluçou —, ou não serei bom para o futuro.

Balachov jogou a faca na cama outra vez, levantou-se, pressionou a cabeça de Samárin contra a sua barriga e a alisou por alguns momentos. Ele curvou-se para beijá-la, depois deixou Samárin chorando e começou a caminhar em direção a Iazik.

Fazendo os Demônios Tropeçarem

No andar de baixo, houve uma batida à porta. Mutz desceu para ver quem era. Sacou sua pistola. Anna escutou-o engatilhar a arma ao descer, o alerta da morte industrial contra o pisar das botas na madeira. Ela escutou a porta se abrindo. Em vez de vozes, houve um momento de silêncio, e o que poderia ser uma palavra. Então a porta se fechou e ela escutou pés subindo as escadas. Não eram de Mutz.

— Olá, Gleb — disse Anna a Balachov. Ele parecia diferente. Sua serenidade fora quebrada. Não parecia ter acabado de fazer uma boa viagem ao Céu.

— Soube do que aconteceu com Aliocha — disse Balachov. — Sinto ter vindo, mas queria vê-lo.

— É bom você ter vindo — disse Anna. — Ele é seu filho, apesar de tudo.

— Mutz foi embora — disse Balachov. — Ele me olhou e apertou minha mão. Disse apenas "Matula", sacudiu minha mão e partiu.

— Aliocha está dormindo. Foi ferido no ombro. A bala passou direto. O dano não foi tão terrível, não passou pelo osso, mas dói, pobrezinho, e estou preocupada com infecção. Ele estava febril.

Balachov aproximou-se da cama e se ajoelhou ao lado. Estava prestes a tocar a cabeça de Aliocha quando parou e foi lavar as mãos na tigela perto da cômoda. Anna o observava. Havia alguma coisa na maneira como andava que era mais descuidada do que antes. Parecia o que Anna não o vira parecer desde que ela chegou a Iazik: solitário. Bem, ela já tinha chorado tudo, estava vazia agora. Balachov retornou a seu posto no chão perto da cama. Uma das mãos de Aliocha estava fora das cobertas e Balachov a colocou entre as suas. Anna imaginou se, caso acordasse, Aliocha ficaria assustado ou se, em algum lugar profundo que ele jamais descobriria, reconheceria o pai como sua própria carne e sangue.

— Você se importa? — perguntou Balachov.

— Não. Mas, se ele acordar, não lhe diga que é seu pai.

— Não. Você se importa se eu rezar? Sem falar.

— Não.

Minutos se passaram em completo silêncio. Balachov levantou-se e se aproximou de Anna.

— Você mudou — disse Anna.

— O que fazemos... acontecem mudanças em nossos corpos... — disse Balachov, ruborizando-se. — A pele fica mais macia, ficamos mais pesados.

— Não. Desde ontem.

— Você vê alguma coisa?

— Há problemas na sua irmandade?

— Não posso mais liderá-los. Comecei a mentir a eles sobre minhas visões. Menti também para você, e sempre quis lhe dizer a verdade, e manter minhas promessas, depois de ter quebrado tantas feitas a você antes. Eu lhe prometi antes que não ajudaria ninguém na purificação, e poucas noites atrás quebrei minha promessa.

— Você levou a faca a um homem?

— Sim. Ele tinha dezenove anos.

— Oh, Gleb.

— Eu encontrei o condenado no caminho de volta de Verkhni Luk e ele descobriu o que eu havia feito. Ele disse que não diria nada se eu não dissesse nada sobre ele pegar de mim um litro de aguardente. Eu sabia que Samárin tinha matado o xamã, Anna. Poderia ter avisado a todos vocês. Esse foi meu feito. Fui orgulhoso demais para lhe contar. Fui orgulhoso demais para deixar que você soubesse que quebrei uma nova promessa que lhe fiz. Assim, me tornei um mentiroso. Um mentiroso não pode ser um anjo da casa de Deus. O que isso significa é que me importo mais com o que você pensa do que com o que Deus pensa.

— Isso me agrada.

— Não agrada a Deus.

— Gleb, eu chamei Samárin para passar a noite comigo. Dormimos juntos. Fizemos amor.

— Eu sei.

— Eu fui a tola que o desejei e não pude ficar sem ele, e confiei nele. Deixei que roubasse nosso filho.

— Nosso filho! — Balachov sorriu. — Soa estranho.

— O que quer que você faça a si mesmo não pode fazer com que ele deixe de ser.

— Por que você veio para Iazik? Nunca imaginei que viria. Quando vi você na estação com Aliocha pela primeira vez, quatro, cinco anos atrás? Por um momento, fiquei feliz. Depois, foi como a faca outra vez. Odiei você. Perguntei-me se o Demônio não teria tomado sua forma para me atormentar. Isso foi fácil. Orei, jejuei, girei. Depois, foi mais difícil, quando vi que era realmente você. No começo, ainda a odiei. Senti-me como uma criancinha brincando de algum jogo maravilhoso em uma noite de verão que nunca termina, que nota uma criança mais velha observando a distância, e, embora a criança pequena ainda acredite no jogo, não pode deixar de sentir os olhos da criança mais velha, que acha que seu castelo é apenas uma pilha de gravetos, e suas roupas mágicas são apenas lençóis emprestados da grande casa. Depois, parei de odiar você. Tentei ajudá-la. Você se recorda de que isso foi o mais difícil de tudo. Eu tinha abandonado o mundo, tinha embarcado na nave dos castrados, tinha queimado as Chaves do Diabo, e ainda assim você exercia um controle sobre mim que nada tinha a ver com paixão. Como se eu e você tivéssemos compartilhado um grande segredo uma vez, e agora eu o tivesse esquecido, e sabia que você o tinha, mas já não podia voltar a você para descobrir o que era.

Anna compreendeu que nunca sequer por um momento havia pensado que seu esposo estava louco. Teria sido muito mais fácil se tivesse sido capaz de fazer isso. Ele parecia estar lhe pedindo para ficar. O que fez Anna compreender que, se sobrevivessem, ela teria que partir.

Aliocha chamou a mãe e ela foi até lá, sentou-se na cama e o cobriu de carinhos. Seus olhos estavam abertos e ele estava meio lúcido. Sua temperatura estava alta e seu ombro doía. Ele perguntou por Samárin e Anna lhe contou que o Sr. Samárin estava bem e que ele, Lioch, era um bravo menino. Anna olhou para a soleira da porta onde Balachov estava esperando.

— Gleb — disse ela. Ele aproximou-se e retomou sua posição no chão, o rosto na altura do de Aliocha.

— Este é Gleb Alekséievitch, nosso bom amigo da cidade — disse Anna. — Ele veio ver que pessoa corajosa... quer dizer, ele veio ver como você está.

— Olá, Aliocha — disse Balachov.

— Olá — disse o menino.

— Você vai ficar com uma bela cicatriz. Seus amigos ficarão com inveja.

— Vou ser um hussardo, como meu pai — disse Aliocha. — Ele tinha um monte de cicatrizes.

— Sim — disse Balachov. — Ouvi dizer que ele tinha cicatrizes.

— Ele morreu na guerra.

— Morreu? Você sabe que, mesmo assim, tenho certeza de que ele pode ver você, quando você está com problemas, e pode enviar uma palavra boa.

Aliocha fez uma careta e prendeu a respiração.

— Ainda vai doer assim quando eu crescer, no exército?

— A dor vai embora, a menos que alguma coisa o faça se lembrar da ferida. Mas isso não acontece com freqüência.

Do lado de fora, eles escutaram gritos, vidro quebrando e tiros. Uma única explosão a algumas centenas de metros fez o vidro na janela tremer. Anna sobressaltou-se e viu seu esposo se esquivar, cobrindo a cabeça com os braços por um segundo.

— Não se assuste — disse Aliocha para Balachov. — Os hussardos virão.

Balachov soltou os braços.

— Até logo, Aliocha — disse ele. — Rezarei por você. Fique bom, cresça e fique alto, fique sábio, ame sua mãe. — Beijou o filho na testa e se levantou.

— O que devemos fazer? — perguntou Anna. — Levá-lo para baixo? Será mais seguro? — Do lado de fora, os tiros se intensificavam.

— Fique longe das janelas — disse Balachov. Ele foi para a porta. Anna lhe perguntou para onde estava indo.

— Se um anjo cai para salvar alguém, isso deve agradar a Deus, embora não tanto a ponto de Deus poder salvar o anjo — disse Balachov.

— Espere — disse Anna. — Aonde você está indo? Vamos pelo menos nos dar um beijo de despedida.

Balachov desceu as escadas, gritando palavras loucas que ela só podia entender pela metade, de adeus, de afeto, talvez, embora não pudesse ter certeza. Develchen chegou com um punhado de musgo e folhas queimadas pela geada.

— Eles estão atirando — disse ele. — O homem que veio descendo as escadas diz que vai para o inferno. Eu digo para ele que Nosso Homem sabe como sobreviver no Mundo Inferior. Leve uma corda pesada, ele diz. Os grandes demônios tropeçam fácil quando estão correndo atrás de você.

O Cavalo de Presente

No meio da manhã, Mutz e os outros no telhado podiam ver que os vermelhos tinham começado a atacar a cidade ao nordeste. Colunas de fumaça cinza subiam como espíritos das casas perto da ferrovia, o barulho da explosão chegando segundos depois. Duas das casas estavam pegando fogo. As metralhadoras bicavam o ar dos dois lados. Por volta do meio-dia, tiros solitários começaram a visar a posição de Mutz. Lascas de madeira pulavam eretas sob golpes invisíveis. Eles viram os tchecos correndo de cantos de casa para cantos de casa em direção à ponte, a oeste, e no caminho da estação ao norte. Dezort e seus dois homens deixaram o telhado para cobrir a ponte, a partir do solo. Nekovar deu toda a munição de seu rifle para Broucek. Broucek passou algumas rodadas de rifle entre os cantos das casas, tentando não ferir ninguém, mas deixando-os saber que eles estavam ali. Não havia sinal de Matula.

— Pensei que iríamos para casa antes de ter de lutar outra vez — disse Broucek. — Sinto-me como um fazendeiro passando por uma seca pelo quinto ano consecutivo.

Os atacantes trouxeram um pequeno morteiro para instalar no celeiro. Uma bomba caiu não longe dali, quebrando os vidros da casa de Anna.

— Estou vendo — disse Nekovar. — Atrás da árvore de

amieiro. — Ele pegou uma prancha rusticamente moldada no formato de uma raquete de tênis, puxou o pino de uma granada, atirou-a ao ar, girou e arremessou-a com a raquete. A granada aterrissou em um poço do lado de fora da casa do vizinho de Anna e não explodiu.

— Não faça isso de novo — disse Mutz.

— Só para assustá-los, irmão — disse Nekovar. — Não é o meu jogo. Prefiro futebol, você sabe. Mas eu costumava observar os aristocratas e patrões jogarem quando trabalhava como ajudante na Associação de Campos de Tênis de Toda a Boêmia. Era assim que eles geralmente acertavam na bola, mas às vezes um bom jogador a acertava de cima, com grande força. Era mais preciso. Assim. — Ele se levantou, equilibrando-se sem jeito contra a corda, pegou outra granada, tirou o pino, jogou-a no ar, inclinou-se para trás e a acertou com o bastão para baixo. Ela aterrissou perto da árvore de amieiro e explodiu, espalhando folhas amarelas e gravetos pela neve e fazendo a turma do morteiro fugir.

— Isso daria um a zero — disse Nekovar. Ele sorriu, perdeu o equilíbrio, deslizou pelo telhado e caiu no chão. Quando chegaram até onde ele estava caído, Nekovar sangrava de um corte comprido na nuca e mal conseguia respirar. Pegaram a manopla de acender fogo para carregá-lo até a casa de Anna. Anna e Develchen tinham levado Aliocha para o divã na sala e eles deitaram Nekovar na mesa da cozinha. Com dificuldade, Mutz convenceu Broucek a voltar para o telhado. Anna e Develchen ficaram cuidando de Nekovar. Não havia nada que eles pudessem fazer. Anna olhava para ele, perguntando-se por onde começar a enfaixar sua cabeça, quando Nekovar abriu os olhos. Estavam surpreendentemente brilhantes. Por um tempo, ele olhou para Anna. A visão parecia agradá-lo. Ele falou, com uma voz calma e clara.

— Senhora — disse ele. — Irmã, por favor me diga. Você não precisa esconder isso de mim agora. Só me conte, qual é o segredo? Qual é o segredo do mecanismo que excita as mulheres?

— Hum — disse Anna. — Se me prometer não dizer a ninguém.

— Prometo — murmurou Nekovar.

Anna inclinou-se e disse secretamente no ouvido de Nekovar:

— Há um ossinho minúsculo, minúsculo, que as mulheres têm dentro da vagina, uns cinco centímetros para dentro, à esquerda. É muito difícil de achar, realmente muito difícil, mas, se você encontrá-lo, e apertá-lo muito levemente, enquanto alisa o lóbulo da orelha direita dela como se estivesse alisando a orelha de um ratinho, essa mulher vai estar pronta para amá-lo para sempre. É assim que nós funcionamos.

— Ah! — disse Nekovar. — Eu sabia que Broucek estava escondendo isso de mim. Obrigada. — Ele suspirou, deu um sorriso de felicidade e fechou os olhos.

Era meio-dia. O sol do outono tardio ainda tinha um pouco de calor em seu pico. Seus raios derreteram a neve em Iazik. Mutz e Broucek sentiram-no nas costas. Mais casas estavam queimando. Eles podiam cheirar a fumaça. O tiroteio tinha diminuído mas não cessado. Eles não sabiam que Nekovar estava morto. Viram seus antigos camaradas montarem o morteiro outra vez. Perto da ponte, Dezort gritou. Sacudia a cabeça para eles, fazendo o sinal de polegar para baixo.

— Alguém está cantando? — perguntou Broucek.

— Não estou escutando — disse Mutz. — Talvez eu deva me render a Matula.

— Eu não deixaria, irmão. Além disso, isso nos salvaria?

— Poderíamos fugir para a floresta.

— Estou escutando alguém cantar.

Mutz agora também escutava. Um coro de vozes não treinadas mas fortes, cantando palavras russas em uma música que parecia os hinos que os missionários ingleses e americanos cantavam. Broucek apontou para a procissão. Estava vindo da praça em direção à ponte. Balachov ia à frente, levando um pano branco em um mastro em uma das mãos, e conduzindo um cavalo preto com a outra. Atrás dele vinham dezenas de aldeões, vestidos de branco, cinza-claro e creme, debaixo de sobretudos e mantos pretos. Todos eles estavam cantando e, ao caminhar, mais aldeões, sobretudo homens com algumas mulheres, saíam das casas para se juntar a eles. Atravessaram a ponte e viraram para entrar no caminho da estação, passando pela casa de Anna e embaixo de Mutz e Broucek.

— O que devo fazer? — perguntou Broucek.

— Não sei — disse Mutz. — Cubra Balachov enquanto puder vê-lo.

A procissão tinha cerca de oitenta almas agora, todas cantando, abafando o som do tiroteio fraco que continuava ao noroeste. Balachov era quem cantava mais alto.

Pai santificado, nosso Redentor,
Um rouxinol cantando no verde jardim
Enquanto o Espírito Santo, o autor do movimento primeiro,
Toca o sino celestial
Chamando as ovelhas brancas até ele:
"Vocês, minhas ovelhas, minhas ovelhas brancas,
Vocês irão ao Paraíso com alegria
Em seus corações, todos serão felizes,
Não ficarão desnudos para sempre,
No jardim, serão aves preciosas,
Eu os protegerei de todos os infortúnios,
Colocarei a graça em seus corações;

Aquele que deseja receber a graça.
Precisa sofrer por Deus.
Vocês devem apreender as obras de Deus,
Devem receber o corte dourado,
Pois suas almas não terão pecados a pagar,
Pois suas almas serão para sempre puras."
Nosso pai, nosso Redentor,
Está como sempre em sua mesa dourada
Os que não tiverem medo o verão
Os corajosos, os audaciosos,
A eles é dado Zion,
Para eles, será trazido um cavalo branco.
Monte rápido neste cavalo branco, meu amigo,
E alegre-se em seu coração,
Segure firme as rédeas douradas
Viaje para longe daqui,
Viaje por seu país
E mate o temido dragão.
Plantaremos verdes jardins em todos os lugares

A duzentos metros desde a encruzilhada da ponte, uma sentinela tcheca saiu de trás de uma das casas e ordenou que a procissão parasse. Balachov disse que trazia um bom cavalo para o capitão Matula.

— Quem são as outras pessoas? — perguntou o soldado.

— São meus amigos.

— Elas devem parar de cantar.

Balachov virou-se, fez um gesto e a cantoria parou. Matula saiu da cobertura com Hanak, que o alertava contra os atiradores de tocaia.

— Não com essas pessoas ao redor — murmurou Matula, que olhava para o cavalo. Seus olhos estavam tão sem vida como sempre mas a pele em torno deles tremiam à idéia de uma montaria.

— Quanto você quer por ele? — perguntou a Balachov.

— É um presente, capitão.

— Conheço os clássicos! Você tem vinte soldados vermelhos e judeus escondidos na barriga dele, não tem? — Matula alisou a cabeça do cavalo. O animal bateu os pés. Estava selado. — Você estava cantando sobre um cavalo branco.

— Conhecemos cavalos de cores diferentes.

— Nunca vi nenhum de vocês, atazanadores de Deus, cavalgando um cavalo antes, muito menos um como este. De onde você o roubou? O que você quer?

— Nós esperamos poder evitar a destruição da cidade — disse Balachov. — Você gostaria de montá-lo?

Matula olhou de um lado e outro da estrada.

— Por que você não o cavalga, homem local? — disse ele. — Mostre-me que tipo de orgulho tem esse animal. Se ele derrubá-lo no chão como um saco de farinha das costas do traseiro de uma carroça, saberei que é digno de ser montado por um oficial. Vamos, suba. Vamos, homem, não precisa abraçar e beijar seus amigos, é um cavalo que você vai montar, não é uma forca.

Balachov começou a montar o cavalo, mas pôs o pé direito no estribo. Os tchecos riram. Balachov tentou outra vez, subiu na sela pesadamente e puxou as rédeas para tentar fazer o cavalo se virar. O garanhão não se mexeu.

— O cavalo deveria estar montando você! — rugiu Matula, batendo em seu traseiro. Os olhos dele tinham uma película de água, como pedras depois da chuva.

De alguma maneira Balachov fez o cavalo se virar e os dois começaram a marchar devagar pelo caminho por onde tinham vindo, passando pelas pessoas da procissão que se desviaram um pouco, dos dois lados da estrada. Matula teve o cuidado de manter os aldeões entre ele e Broucek enquanto observava Balachov trotar pela estrada.

— Bem, ele conseguiu se manter, o que diminui o cavalo — disse Matula. — Esplêndido animal — murmurou.

Balachov chegou à casa de Anna e virou Omar outra vez. Viu Anna olhando para ele.

— O que você está fazendo? — perguntou ela.

— Indo embora.

— Para onde?

— Para onde preciso ir. Volte para dentro, não é seguro aqui fora. Como está Aliocha?

— Do mesmo jeito. Gleb, seja o que for que estiver fazendo, estou implorando, não o faça.

O cavalo abaixou e agitou a cabeça e deu patadas na neve suja da estrada meio descongelada.

— Sabe — disse Balachov —, quando você não é mais um homem e não é mais um anjo, a vida pode ser muito incômoda.

Anna começou a ir em sua direção.

— Para mim, você parece mais um homem agora do que há muito tempo — disse ela.

— E, embora você tenha sido gentil hoje, não mais um pai.

— Eu lhe disse, você ainda o é — disse Anna. — Queimei todas as fotos que tinha de você. — Ela levantou a câmera. — Tenho ainda algumas placas. Posso?

— Tenho que ir — disse Balachov.

Anna suspirou e pressionou o obturador.

— Está feito — disse.

— Adeus — disse Balachov. — Nós nos amamos, não é? — Ele se inclinou para a frente, segredou na orelha de Omar, e foi embora.

— Sim — disse Anna, quando ele já estava fora do alcance de sua voz. — Nós nos amamos.

Adiante, na estrada, Matula franziu o cenho ao ver Balachov galopando de volta.

— Ele nunca vai conseguir controlá-lo a essa velocidade. Vai quebrar o pescoço. Que pena se levar o cavalo com ele. — O cavalo e o cavaleiro estavam se aproximando a golpe. — É um milagre ele não cair. Deve ter colado suas botas nos lados. Embora... — Matula alisou o canto de sua boca, um gesto que fizera a última vez sob o fogo na banquisa de gelo de Baikal. — Eu me pergunto se esse aldeão não nos enganou um pouco quanto a sua experiência, Hanak. Como é o nome do companheiro?

Um instante antes de chegar até Matula, tão rápido que só Matula entendeu o que estava acontecendo, Balachov tirou a mão direita das rédeas, enfiou-a sob o sobretudo comprido, tirou um sabre de cavalaria, segurou-o alto sobre sua cabeça, levou-o para trás sobre o ombro esquerdo, apoiou-se nos estribos e se inclinou à esquerda na sela. Ao passar por Matula, a força inteira de seu braço solto e o ímpeto completo do cavalo em ataque estavam por trás do balanço do sabre pesado e afiado, entrando na brecha entre o queixo e o pescoço de Matula.

— Belo golpe! — gritou Matula. Sua voz diminuiu para um sussurro quebrado quando a parte superior de sua garganta e a boca da qual ela emergia faziam um arco no ar, junto com sua cabeça, e para dentro de um monte de penas de animais do outro lado da estrada. Uma golfada de sangue jorrava do homem sem cabeça que ficou de pé ali e precipitou-se caindo na neve enquanto os aldeões se espalhavam. Hanak disparou sua pistola duas vezes em Balachov, acertando-o nas costas e matando-o enquanto ele puxava as rédeas de Omar, antes de Hanak ser por sua vez atingido por um único tiro de Broucek.

Anna escutou os tiros e os gritos dos aldeões. Ela podia ir até lá. Mas não iria. Não deixaria Aliocha. Tinha certeza de que nunca veria seu esposo com vida outra vez. Ela teve um vislumbre de si mesma em uma das poucas vidraças que restaram não quebradas em sua casa. Seu rosto a amedrontou. Era como uma dos rostos das plataformas ferroviárias em tempos de fome, ou das mulheres judias em tempos de *pogroms*, quando estavam passando da vida para a sobrevivência.

Aliocha estava acordado. Tinha escutado o cavalo.

— Os hussardos vieram? — perguntou ele.

— Não. Aquele era o Sr. Balachov.

— O nome dele era Gleb, como o papai.

Anna abraçou-o

— É só um nome — disse ele. — Embora, meu filhinho, o Sr. Balachov tenha algumas coisas em comum com seu pai. Para alguns homens, quanto mais perto alguma coisa está, menos eles se importam com ela, e quanto mais longe alguma coisa está, mais eles a desejam. Oh, não me escute. Nós vamos embora de Iazik. Temos que encontrar uma cidade para viver. O que você acha do tenente Mutz? Você gosta dele?

Entre os Mundos

Anna e Mutz mal se viram, e não se falaram, até o dia seguinte. Com a morte de Matula, os tchecos aceitaram a autoridade de Mutz e Dezort, e a promessa deles de que deixariam Iazik. Eles colocaram o corpo de Matula em uma maca, cabeça e corpo juntos, e foram entregá-lo aos vermelhos, sob uma bandeira de trégua. Dois dos vermelhos tinham sido feridos na luta. Em uma reunião, propostas eloqüentes foram apresentadas e votadas para todos os tchecos serem sentenciados à morte. Bondarenko argumentou pela clemência, por motivos sanitários se não por outros e, quando a discussão parecia ir contra ele, puxou a cabeça de Matula de sob a manta que a cobria e a sacudiu para os trabalhadores ferroviários em assembléia, amenizando seus desejos de vingança. Mutz viu que os olhos de Matula estavam abertos. Na morte, finalmente, eles tinham adquirido uma expressão. Era um pouco mais do que pura surpresa, embora Mutz se perguntasse se não estava vendo aí o eco de um instante de admiração pelo golpe de sabre que o decapitou e, naquele instante, um reconhecimento de seu fracasso maior, que havia outros além dele mesmo e dos tungues a contestarem seu domínio sobre a taiga.

O trem vermelho entrou na estação, arrastando a locomotiva quebrada dos tchecos a sua frente. Ambos os lados cuidaram de seus feridos, enquanto os castrados apagavam os fogos e começavam a consertar os estragos em suas casas. Nenhum dos aldeões fora ferido na luta, mas a maioria das casas em frente à linha da ferrovia foi danificada ou destruída, e houve tumultos quando os castrados acusaram os tchecos ou os recém-chegados de saques. Bandeiras vermelhas apareceram sobre a estação e o prédio da administração. Bondarenko conduziu um esquadrão pela cidade como um feiticeiro, apontando para coisas e as declarando propriedades do povo. Mutz passou horas convencendo; convencendo o médico dos vermelhos, exausto pelo trabalho e pela ressaca, a ir ver Aliocha; convencendo Bondarenko de que devia permitir aos tchecos permanecerem com suas armas e, até chegarem ao Pacífico, com o trem; convencendo os tchecos desconfiados, de que deveriam confiar nos vermelhos, e convencendo os socialistas tchecos de que não deveriam. Não houve nenhuma confraternização até a noite, quando Mutz, Dezort e Bondarenko saíram de horas de negociações infrutíferas sobre os termos da partida dos tchecos para descobrirem que os cozinheiros tchecos e comunistas tinham concordado sobre a melhor maneira de cozinhar uma novilha que fora morta no tiroteio (ensopada).

Na manhã seguinte, chegou uma tropa da cavalaria vermelha, os cavalos pintados de lama até as coxas e os cavaleiros sujos e assustados, com mantas de couro de cervo amontoados sobre os sobretudos. O comandante, um mongol chamado Magomedov, de chapéu astracã e um casaco cossaco, teve inveja de Bondarenko pelo telegrama de congratulações que ele recebeu de Trótski por capturar Iazik, e Mutz se viu tomado por Bondarenko como um aliado na discussão que se travou a respeito das propriedades do povo em que os dois comandantes do povo deveriam se aquartelar. O oficial político de Magomedov, Gorbúnin, pediu licença e foi explorar a cidade a pé. Chegou à casa de Anna Petrovna, de pé na soleira de sua porta, de casaco preto com remendos nos cotovelos. Ela segurava uma câmera.

— Bom dia — disse ele.
— Bom dia.
— Suas janelas estão quebradas.
— Estou esperando o carpinteiro.
— Gorbúnin, Nikolai Iefimovitch. — Ele inclinou a cabeça.
— Lutova, Anna Petrovna.
— Camponesa?
— Não.
— Trabalhadora?
— O que você acha?
— Parasita burguesa?
— Mãe viúva.
— Essa câmera.
— Minha.
— Tira boas fotos?
— Pode tirar.
— O que você acha disso? — Gorbúnin pegou um jornal em papel fino, quatro páginas impressas em uma única peça dobrada de papel. Chamava-se *Cascos dos Sovietes.*

Anna examinou-o. O frio tornava suas faces rosadas e, depois que o médico a tranqüilizara sobre Aliocha, o brilho da curiosidade e do desejo estava em seus olhos outra vez.
— Não tem fotos — disse Anna.
— É meu jornal — disse Gorbúnin.
— Meus parabéns.
— Você gosta daqui?
— Não.
— Vai embora?
— Sim.
— Para onde?
— Praga.
— Quando?

— Logo.
— Você gosta de mim?
— Não sei.
— Eu gosto de você.
— O que você quer?
— Você sabe cavalgar?
— Sim.
— Filhos?
— Um menino. Ele foi ferido, mas logo vai ficar bom.
— Ele cavalga?
— Pode aprender.
— O jornal precisa de fotos.
— Sim.
— Você quer deixar a Rússia?
— Não.
— Quer trabalhar?
— Depende.
— Venha trabalhar para mim.
— Como quê?
— Fotógrafa.
— Terá comida?
— Claro.
— Roupas?
— O povo providencia.
— E minha casa?
— Confiscada.
— Por quê?
— Burguesa.
— E se eu ficar?

Gorbúnin pensou por um momento.

— Confiscada, definitivamente.

Anna franziu o cenho e assentiu devagar.

— Fotógrafa.

— Sim.

— E escola para meu filho?

— Tem três professores na minha unidade. Incluindo eu.

— O que você ensina?

— Filosofia, francês e cavalaria elementar.

Anna encarou o homem, forte, não alto, no começo dos quarenta, com linhas ao redor da boca e olhos sugerindo uma impaciência benigna, uma vida pensando sobre lições difíceis, e uma facilidade para rir. Seus olhos eram pretos e vertiginosos.

— Que tipo de fotografia? — perguntou Anna.

— É você a fotógrafa.

— O que você viu na última semana?

Gorbúnin entrou na casa para lhe contar sobre isso e, enquanto tomava chá em sua cozinha, Anna começou a ver fotos entre as palavras de suas histórias: uma mulher muito velha chorando ao lado do pão quente. Três corvos em um cadáver. Um cavaleiro, montado, pregando uma foto de Lênin na porta de uma igreja. Sombras de cavaleiros sobre a neve nova brilhando. O rosto de Gorbúnin molhado de chuva. Pegadas na lama ao redor de uma estátua caída. Dois camponeses ao lado de uma fogueira, assustados pelo olho de vidro de um tártaro. Uma menina cansada. Um bebê sujo. Um pai enlouquecido. Dentes de ouro em uma palma de velho. A entrada de cidades silenciosas. Bandeiras vermelhas ao vento e bocas abertas para cantar.

Ela perguntou a Gorbúnin:

— Quando seria?

— Logo — disse Gorbúnin. — Você vem?

Anna assentiu.

— Com certeza — disse ela, e riu.

Aquela manhã, os tchecos enterraram Matula, Nekovar, Hanak e Horak, o foguista, em túmulos em um local perto da estação. Mais tarde naquele dia, um quinto homem, Smutny, morreu de ferimentos que recebera na batalha. Os castrados não receberiam, muito menos enterrariam em seu próprio cemitério, o corpo de Balachov. Ele estava no inferno, eles diziam, pelo pecado mortal de matar Matula. Seu corpo poluiria os outros. Mutz mostrou a Skripatch, o novo chefe deles, que ao matar Matula Balachov salvara a cidade, e Skripatch assentiu e disse que era verdade.

— Você acha que ele realmente acreditava que iria para o inferno? — perguntou Mutz.

— Sim — disse Skripatch. A seu lado, Drozdova estivera chorando.

— Então ele fez um sacrifício por vocês e por nós muito maior do que sua vida. Vocês não ficam envergonhados?

— Não — disse Skripatch. — Ele deveria ter permanecido puro, um anjo, e se submetido à vontade de Deus.

— Mas Deus não ama o auto-sacrifício?

— Ele ama mais a humildade.

— Isso não faz sentido — disse Mutz.

— Vocês têm sentido, nós temos fé — disse Skripath. — Não há que pensar, mas acreditar.

Samárin tinha desaparecido.

Mutz foi ver Anna. Eles se beijaram no rosto e Anna lhe disse que Aliocha estava se recuperando.

— Você parece feliz — disse Mutz. Sua cor estava plena e seu sorriso ia e vinha.

— Apesar da morte do meu marido, você quer dizer? — disse Anna. — Estive de luto por mais de cinco anos, lembre-se.

Mutz lhe falou sobre os castrados e como eles não enterrariam o corpo de Balachov.

— Bem, então, nós mesmos o enterraremos, na beira da floresta. Eu conheço um lugar — disse Anna. — O vento sempre leva ondas de folhas para lá no outono, marés de folhas. Você, eu e Broucek. Você encontrará um tempo, não?

— Claro.

— Eu direi alguma coisa. O que devo dizer? Conheço esse olhar! Você acha que eu deveria estar mais triste, mais respeitosa pelo sacrifício dele. Eu direi: "Uma vez tive um esposo e um amado e Aliocha tinha um pai e esse homem morreu. Gleb Balachov não pôde substituir esse homem e não tentou. Às vezes ele me fazia lembrar de meu esposo e, talvez, às vezes, eu o fizesse lembrar de uma mulher que amou, o mesmo tempo atrás, mas só podíamos nos manter distantes, e isso estava me matando. Lamento a morte de Gleb Balachov, e fico feliz porque no último dia de sua vida ele tentou mudar para ficar mais parecido com aquele meu homem, aquele que amei em 1914. Mas não pretendo ficar de luto por outros cinco anos porque um homem, por minha causa, pôs de lado sua religião perversa em suas últimas horas. Gleb, você não está no céu nem no inferno, você está em paz agora, descanse. Nós nos lembraremos de você.

Mutz assentiu, brincando com um telegrama na mão, alisando-o e enrolando. Olhou para fora pela janela. Ele não queria olhar para Anna. Os olhos dela não encontrariam os dele, agora.

— Você e Aliocha virão comigo para Praga? — perguntou ele.

— Não posso, Josef. Lamento muito. Vou trabalhar como fotógrafa com os comunistas. — Ela olhou para ele, culpada. Embora ele estivesse esperando isso, ela viu como ele ficara chocado. Anna estava verdadeiramente tão decidida no dia anterior a ir com ele. Uma vontade tão profunda era algo como um casaco que se podia usar um dia e mudar? Qual era a verdadeira natureza dela, quando não podia, como Samárin, ver todos os seus eus de uma vez e escolher?

— Ontem eu sabia que você mudaria de idéia, embora você

mesma acreditasse no que estava dizendo — disse Mutz. — Mas agora estou surpreso ao ver como dói.

— Josef — disse Anna, capaz de olhá-lo agora. — Não é bom se proteger tendo dúvidas. Talvez, se você não tivesse duvidado de mim ontem, eu mesma não estaria duvidando de mim agora.

Eles se sentaram em silêncio por um momento. Mutz podia ver o que agora reconhecia como amor tentando se transformar em amizade e se perguntou se, se eles vivessem na mesma cidade muito tempo, as lembranças desse novo sentimento mais suave abafariam o antigo e no fim parecesse que nunca existira outra coisa.

Conversaram um pouco sobre as coisas que tinham feito juntos, sobre o rosto de Anna no dinheiro de Matula, sobre como seria uma Rússia comunista. Mutz perguntou se poderia dormir no divã de Anna. Ele dormiu por quatro horas, depois foi cuidar da escavação da sepultura para Balachov. Mais tarde, Mutz e Broucek levaram o corpo de Gleb Alekséievitch em um lençol para o túmulo, seguidos por Anna, e o enterraram. Eles colocaram sobre seu coração a fotografia de Anna que Samárin roubara dele. Mutz esperara que Anna a oferecesse a ele, mas ela não pensou nisso, e ele não pediu. Anna fez sua oração fúnebre como tinha ensaiado, mas com menos raiva e, no último momento, abriu a mortalha para ver o rosto do esposo antes que a terra o cobrisse.

Nos dias seguintes, em Iazik, Bondarenko e Gorbúnin, a seus modos diferentes, tentaram explicar a natureza da nova liberdade para os castrados, e como sob o comunismo tudo pertencia a todas as pessoas igualmente, enquanto os castrados explicavam a eles que já viviam uma vida em comum, como demonstrado pela velocidade com que combinaram reconstruir as casas danificadas pela batalha. Os aldeões mantiveram seu rebanho escondido. A autoridade civil e sua esposa foram tratados como exemplos, como os únicos representantes da classe opressora disponíveis. A casa deles foi tomada e eles foram expulsos. A empregada, Pelageia Fedotovna, recebeu uma braçadeira vermelha e a tarefa de transformar o local em uma Casa da Cultura.

Um dia, um dia realmente de inverno, quando uma pequena tempestade de neve levou a temperatura para menos dez, Mutz presidiu a última parada dos tchecos até a estação, até a locomotiva consertada que estava outra vez produzindo vapor e puxava um vagão emprestado de janelas quebradas. A autoridade civil e sua esposa, pessoas antigas para os vermelhos, já estavam a bordo. Esperavam poder emigrar. Mutz leu em voz alta para os sobreviventes da companhia de Matula o telegrama que o nomeava capitão em comando até que chegassem à Tchecoslováquia. Quando ele disse a palavra "Tchecoslováquia", um dos tchecos começou a soluçar. Mutz não leu em voz alta a sentença final do telegrama, avisando-o de que, ao chegarem a Praga, ele deveria retomar seu próprio posto e responder pelas ações da unidade em Staraia Krepost.

— Vamos, irmãos — disse ele. — Estamos partindo.

Ele tinha se perguntado se alguém iria puxar aplausos. Ninguém puxou. Ele ficou de pé ao lado do vagão para contar os homens que subiam a bordo. Ninguém poderia ser deixado para trás agora. Para sua surpresa e constrangimento, o primeiro homem a subir da neve silenciosa e gelada para os degraus parou, abraçou Mutz, apertou sua mão, e disse "Obrigado, irmão", antes de embarcar. E assim foi com cada um deles, um longo, apertado abraço, uma palavra de gratidão, às vezes um aperto de mão, às vezes um beijo, uma saudação de um ou dois da moda antiga. O último a passar foi Broucek.

— Você arranjou isso? — perguntou Mutz.

— Eles não o fariam só porque lhes pedi, irmão — disse Broucek. — Eles gostam de você, e estão gratos.

Mutz foi o último a embarcar. Ele olhou para o final da estrada da estação, caso alguém viesse correndo para lhe pedir que ficasse, ou para levá-los com ele, mas ele já havia se despedido dela, e ela não viria. Subiu os degraus e fechou a porta do vagão. Quando o trem começou a se mover, os tchecos, então, deram vivas, gritando e batendo os pés e os canos dos rifles no chão, começando a rir e a contar histórias como se já estivessem de novo na terra natal.

Mutz ficou de pé no corredor observando Iazik desaparecer. O trem se movia devagar, aos trancos e guinchos. Eles passaram pelo trole amassado. Samárin nunca foi encontrado. Não parecia provável que ele voltasse para perturbar Iazik. Por que voltaria? Seu desespero para fugir da cidade e viajar para o oeste sugeria que ele e os semelhantes a ele já tinham decidido trabalhar para destruir a nova ordem vermelha. A menos que o mesmo espírito de destruição tenha decidido que poderia encontrar sua melhor saída junto aos comunistas, e não contra eles. Por que assassinar alguns burocratas, afinal, se podia aterrorizá-los e exterminá-los como uma classe, centenas de milhares deles? Dentro desses horrores, permanecia um mistério mais profundo, que o próprio subversivo estava sendo subvertido, que o próprio espírito de destruição estava sendo roído de dentro, que a mesma mente terrível que podia imaginar tão perfeitamente um campo de concentração no Ártico que ainda não existia estivesse a caminho de um Jardim Branco real com crueldade igual mas por uma razão diferente, uma razão que dizia respeito a uma mulher particular que ele conhecera, e faria qualquer coisa para alcançar.

— Sinto falta de Nekovar — disse Broucek, de pé perto de Mutz.

— Está frio — disse Mutz, sem pensar.

— Não apenas porque ele consertaria o aquecedor aqui. Estar com uma mulher nunca será tão satisfatório, sabendo que ele não estará mais lá para me perguntar o dia inteiro sobre como a coisa funciona — hesitou Broucek. — Não pense na viúva, irmão. Conheço um local em Irkustki que o ajudará a esquecer. — Broucek começou a listar os bordéis e salões de dança da rota que seguiam, que poderiam visitar enquanto estivessem se arrastando para o leste pela Transiberiana, passando pela grande debandada branca, por Krasnoiarsk, para Irkustki pelo lago Baikal, pelas montanhas Iablonov até o norte da Mongólia, contornando a fronteira chinesa ao longo do rio Amur, até o mar do Japão. Possivelmente seriam meses antes de chegar a Vladivostok, e a jornada deles ainda estaria apenas pela metade.

— Fico preocupado em atravessar os Estados Unidos de trem — disse Broucek. — E se tivermos que lutar para atravessá-la, como aqui?

— Não acho que teremos.

— Não é a mesma coisa? Já li sobre isso. Vi filmes. Planaltos e florestas, índios em vez de tungues, neve e calor, Montanhas Rochosas em vez dos Urais, caubóis em vez de cossacos. Eles não têm vermelhos na América, irmão?

— Sim. Mas eles não estão cruzando o Colorado em trens blindados.

Passaram por Develchen, o albino, indo para o norte, afastado dos trilhos, conduzindo Omar pela neve que cobria até o machinho de suas patas. O corpo do xamã estava atravessado no cavalo. De todos os convencimentos de Mutz, conseguir que os vermelhos deixassem o albino partir com o garanhão foi o mais difícil. O cavalo não sobreviveria muito tempo. Não importava. Mutz não estava exatamente certo sobre o que pretendia o albino, mas o enterro do xamã consistiria em suspender o xamã até o alto de um lariço em um casulo de casca de bétula, e deixá-lo ali, balançando. Será que Omar, também, seria embrulhado na bétula e suspenso ao lado do xamã? E essa seria a montaria do xamã, o corcel pelo qual ansiava, no qual voaria para o Mundo Superior, deixando para trás as renas e sua própria bebedeira? Com seus talismãs cantando ao vento astral, seus três olhos luzindo como forjas, um tambor em uma das mãos, uma garrafa de raios de lua na outra e a espuma fumarenta de cogumelos mastigados nas gengivas, o espírito do cavalo de Balachov levaria o xamã para onde ele queria ir, por sua vontade e contra a deles, para o Mundo Superior, para rir na cara dos deuses.

Agradecimentos e Notas

Sou devedor de dois livros em particular, pelo conhecimento sobre a seita dos castrados, conhecidos na Rússia como *skoptsy*. São *La Secte Russe Des Castrats*, uma tradução francesa do trabalho de 1929 de Nikolai Volkov, com sua excelente introdução feita por Claudio Sergio Ingerflom, *Communistes contre Castrats*; e *Khlist*, de Aleksandr Etkind. O hino dos castrados perto do final do romance foi extraído do primeiro trabalho. Reprimida como foi pelas autoridades soviéticas, a seita parece ter sobrevivido até meados do século XX. Ingerflom refere-se ao livro russo publicado em 1974, *Iz Mira Religioznovo Sktantsva* (Do mundo das seitas religiosas), cujo autor, A. I. Klebanov, encontrou os castrados em 1971, em Tambov, Criméia e norte do Cáucaso. Um número de 1962 da revista acadêmica soviética *Náuka i Relíguia* (Ciência e religião) traz um artigo, "Fragmentos de um navio naufragado", descrevendo uma série de atos de castração religiosa realizados desde o final da Segunda Guerra Mundial.

A julgar por conversas recentes com tchecos a respeito, a história da Legião Tchecoslovaca não é amplamente conhecida na República Tcheca hoje, fora dos círculos acadêmicos, pelo menos não pelas gerações mais novas. A maioria dos historiadores da guerra civil na Rússia refere-se a ela de passagem, mas o único relato completo que encontrei em inglês foi a monografia de John Bradley, de 1991, *The Czechoslovak Legion in Rússia, 1914-1920.* Ele informa que um comboio de navios japoneses levando os últimos dos 67.739 membros da Legião deixou Vladivostok em 2 de setembro de 1920, terminando sua odisséia siberiana. Os leitores que conhecem *The Good Soldier Svejk*, de Jaroslav Hasek talvez saibam que ele (Hasek) era um dos tchecos que participaram da guerra civil na Rússia, mas do lado dos vermelhos, não com a Legião. Suas proezas na Rússia formam a base dos contos reunidos como *The Red Commissar* e traduzidos por *sir* Cecil Parrott.

A prática entre os condenados fugitivos russos e soviéticos de levar com eles um companheiro inocente como comida está documentada. Um verbete do *Gulag Handbook* de Jaques Rossi, sob o título *korova* (vaca) começa: "Uma pessoa designada a ser comida; sem suspeitar de nada, um criminoso novato, convidado pelos companheiros mais velhos para se unir a eles em uma fuga, é adequado para esse papel... se, durante a fuga, os suprimentos de comida dos fugitivos se esgotarem, sem perspectiva de renovação, a 'vaca' será abatida..." Rossi anota que a prática foi predatória para o sistema soviético do Gulag, sendo registrada em uma revista médica russa já em 1895. Foi Ruben Sergueiev, do escritório do *Guardian* de Moscou, quem primeiro me falou sobre isso.

Sou grato ao presidente da organização Arun, na cidade de Tura, na Região Autônoma de Evenque ("evenque é o nome do povo nativo da Sibéria antigamente chamado pelos russos como "tungus") pelo presente que me foi dado do *Evenque Heroic Epics*, presente que, naquele momento, eu descortesmente tentei recusar, pensando que jamais o leria. Eu estava errado. Sou grato ao povo de Tura, Krasnoiarsk, Ienisseisk, Norilsk, Novosibirsk, o Kuzbass e Tchukotka, por sua hospitalidade e paciência durante minhas visitas, e ao *Guardian* e ao *Observer* por tornar estas visitas possíveis.

Os leitores russos podem reconhecer na canção de Samárin minha tentativa de traduzir um poema de Innokenti Annenski, de 1901. Eu primeiro o conheci em uma versão bem mais recente para violão por Aleksandr Sukhanov. Depois descobri que Sukhanov fez mudanças sutis no texto original, mas foi sua versão que traduzi. A canção de Anna é, claro, a *Vache Blagorodie*, de Bulat Okujava, escrita muito depois dos eventos descritos no livro e, espero, seu único espalhafatoso anacronismo.

Minhas desculpas aos leitores tchecos e eslovacos por minha decisão de não incluir os sinais diacríticos ao escrever os nomes tchecos e eslovacos.

Gostaria de agradecer às pessoas que me proporcionaram lugares para escrever longe das grandes cidades, a saber, Tânia e Salva Iliuchenko e John Byrne e Tilda Swinton; Leslie Plommer, por um leito em Berlim; Duncan McLean, Eva Youren, Lenka Buss, Marion Sinclair, Michel Faber, Natasha Fairweather, Susan e Russell Meek, e Victoria Clark, que leram o livro em manuscrito e deram apoio e sugestões preciosas; Jamie Byng e Francis Bickmore em Canongate; e minha querida Iúlia, por corrigir meu russo, tolerando minha ausência e me alimentando com brincadeiras.

James Meek
Londres, 2004

Este livro foi composto na tipologia Minion, em
corpo 11/15, e impresso em papel off-white 80g/m²,
no Sistema Cameron da Divisão Gráfica
da Distribuidora Record.